KB180920

# 현대 여성주의 시로 본 '몸'의 미학

김순아 지음

국학자료원

# 현대 여성주의 시로 본 '몸'의 미학

김순아 지음

## || 책머리에

이 책은 현대 여성주의 시에 나타난 '몸'의 미학을 좀 더 다양한 시각으로 조명해보고자 그동안 노력해왔던 연구의 결과물이다. '몸'에 대한 필자의 관심은 박사논문의 테마인 '여성시'를 읽으면서부터 시작되었다. 여성시와 '몸'은 의미론적 측면에서 교집합을 가지고 밀접하게 연관되기에, 먼저 몸에 대한 학자들의 논의를 살필 수밖에 없었다. 메를로-퐁티, 푸코, 라캉, 보드리야르, 들뢰즈, 버틀러 등 서양철학자들의 논의는 그동안 미처 알지 못했던 몸의 의미를 좀 더 폭넓게 이해하는 데 도움이 되었다. 물론 그 이론가들의 논의를 모두 꿰뚫었다는 의미는 아니다. 몸에 대한 철학적 논의는 한 사람의 논의에만 주목하더라도 그 범위가 대단히 넓고 깊이 또한 결코 얕은 것이 아니기 때문에, 짧은 기간 내에 그 의미를 모두 파악하기는 어렵다.

때문에 몸철학을 처음 공부할 때는 여성시와 밀접한 관련을 맺는 페미니즘을 기웃거릴 수밖에 없었다. 생물학적 성을 떠나서는 얘기될 수 없는 페미니즘은 '여성의 몸'에 근원을 두는 크리스테바, 식수, 이리가레이 등 프랑스의 포스트모던 페미니스트들의 논의를 이해하는 데도 중요한 열쇠가 돼 주었다. 그러한 이해와 관심 속에서 「현대 여성시에 나타난 '몸의 시학' 연구」라는 학위논문을 완성할 수 있었다. 그러나 '몸'에 대한 관심은 학위 논문을 완성한 이후에도 지속되었다. 몇 몇 학자들의 논의를 좀 더 심도 있게 읽으려 노력하였고, 그 과정에서 몸은 단순히 서양철학자들에 의해서만 논의되는 것이 아니라, 동양의 노장철학과도 밀접한 관련이 있음을 알게 되었다.

그래서 필자는 노장사상을 여성주의 시와 접목시켜 살펴보기도 했다. 그리고 최근에 이르러서는 '여성의 몸'을 벗어나면서도 여성성과 의미맥락을 형성하는 '몸'의 시를 분석하기도 했다. 이 책에 실린 글은 학위논문을 제외한 나머지의 글들이다. 네 편은 학위 논문을 쓰기 위해 공부하는 과정에서, 나머지는 그야말로 순수하게 써보고 싶어서 쓰고 학회지에 발표한 글이다.

이론은 방대했고 그 의미를 조금씩 깨쳐나가는 데 무척 즐거웠지만, 시를 논의하는 데 중요한 것은 작품이지 이론은 아닌 바, 이론을 앞세워 작품을 짜 맞추는 방식은 최대한 지양하려 애썼다. 그보다는 여성주의 시작품에 나타난 '몸'의 상상력이 궁극적으로 무엇을 말하려 하는가에 관심을 가지고 그 의미를 밝히려고 노력하였다.

여성주의 시에서 몸은 단순히 몸 그 자체를 의미하지 않는다. 그 속에는 시인의 시정신이 깃들어 있다. 그것은 궁극적으로 자기 삶의 주체로서, 타인 및 세계와 어떻게 관계를 맺을 것인가에 관심을 둔다. 그러니까 몸은 시인의 존재성 혹은 세계관을 표출하는 시적 육체인 셈이다. 한국 여성주의 시에서 시적 육체의 탐색이 본격화되기 시작한 때는 1990년대부터라고 할 수 있다. 이 시기는 문학 전반에 걸쳐서 이른 바 페미니즘 논의가 본격화되었고, 여성시인들의 진출이 현저하게 증가된 시기와도 일치한다. 여기에는 거대담론의 와해와 포스트모더니즘 담론의 유입이라는 시대적 배경도 자리하고 있다.

그래서 필자는 이 책을 구성하는 글을 모두 90년대 이후 여성주의 시에 초점을 맞추었다. 90년대 이후 여성주의 시에서 몸은 하나의 의미로 포착되지 않는다. 이 시기 여성주의 시는 이전 여성주의 시에서 보이던 몸의 역사적 상징들을 거두어 내고, 우리 일상 속에서 몸으로 부딪치고 체험하는 모든 것들을 분화된 몸의 지점에서 솟아오르고 흐르며 이동하는 몸으로 말하고 있다. 그리고 그 움직임은 무수한 갈래, 무수한 방향으로 흩어져 각자 고유한 빛을 발하고 있기 때문에 어느 한 측면에서 접근하기는 결코 쉽지 않았다.

그러나 변형된 '몸'의 이미지를 통해 변화된 삶, 변화된 자신을 지향하려는 욕망을 드러내 보인다는 점에서는 공통적이라 할 수 있다. 시 속에서 변화는 주제론적 측면에서 '몸'의 변화뿐 아니라 형식적 변화까지 동반하고 있었으며, 이는 '세계의 변경(邊境)'으로 내몰린 여성/몸/자연/감성의 가치로 '세계를 변경(變更)'하려는 뚜렷한 실천 의지를 담지하고 있다고 볼 수 있다. 어떤 측면에서 이 글들은 그러한 시인들에 대한 필자의 열렬한 지지와 사랑, 그리고 그 유쾌한 도발에 기꺼이 동참하고픈 욕망에서 탄생하였다고 해도 과언이 아니다.

그러나 작품에 내재한 의미를 온전히 읽어내었는가, 하는 질문에는 자신 있게 대답하기 어렵다. 몸의 언어로 자신의 혹은 세계의 아픔을 노래하는 시인들, 그 언어의 심연에 가 닿기 위해 예민한 촉수를 갖고 싶었지만, 오랫동안 낡은 관념에 갇혀 있었던 나로서는 그들의 빛 발하는 언어들 앞에서 부신 눈을 끔벅이며 휘청거릴 수밖에 없었다. 그래서 한동안 백지 위의 허공을 떠돌며 아득히 헤매기도 했다. 그런 다음에야 더듬더듬 간신히 한 편 씩의 결과물을 얻을 수 있었다.

시를 읽는 동안 '시인들이 왜 몸으로 시를 쓰는가 혹은 써야 하는가', '문학은 몸의 상상력을 통해 세상에 어떻게 존재해야하는가' 하는 의문이 약간은 해소된 듯싶다. 정신 · 이성적 관념에 갇혀 있는 한 진정한 새로움을 만들어내는 창조력은 얻어지지 않는다. 정신은 폐쇄적이다. 세계와 관계하지 못한다. 정신은 나에게 피해가 될 것을 염려하여 먹고 싶고, 말하고 싶고, 보고 싶고, 만지고 싶은 것을 통제한다.

하나 몸은 진보적이다. 몸이 항상 먼저 세계에 나아간다. 몸은 우리도 모르는 사이 타인에게 말을 걸고, 답을 하기도 한다. 몸은 물질이지만 단순한 물질이 아니다. 몸은 나를 세계와 연결시키는 통로이자, 세계를 만나게 해주는 창이며, 세계에 개방돼 있다. 시인들이 상상력의 질료로서 '몸'을 활용하는 것은 그러므로 자연스러운 일일 것이다.

이 책에 실린 글들은 몸에 대한 동서양 사상가들의 논의를 아우르며 좀 더 다양한 시각으로 접근하였다는 점에서, 여성주의 시와 몸을 탐색하려는 출발선에 있는 이들에게는 조금이나마 길잡이가 될 수 있을 것으로 생각된다. 그러나 '몸'의 미학을 전반적으로 말하기에는 아직 부족하며, 어찌 보면 몸의 상상력을 말하려는 서설(序說)에 불과하다고 할 수 있다. 고전과 현대를 아우르거나, 몸의 감각을 좀 더 구체적으로 구분하여 살피거나, 유사한 특징을 가진 시인들의 시적 계보를 추적하는 작업 등 논의할 내용들은 아직 무한하게 남아있고, 지금 이 순간에도 시는 계속하여 씌어지고 있기 때문이다.

몸의 시를 전체적으로 꿰뚫어보는 통찰력을 갖추려면 더 오랜 시간 학문에 매진해야 할 듯싶다. 그러나 지금으로선 그 과제들을  얼마나 더 수행할 수 있을지, 과연 가능하기나 할지 가늠할 수 없다. 미래는 예측할 수 없고 언젠가는 연구자의 자리에서 떠나 새로운 길을 모색해야 할 순간이 올 것이기 때문이다.

그래서 책을 엮기로 마음먹었지만, 막상 글을 모아보니 무안하고 부끄럽다. 시도 읽히지 않는 시대에 도대체 누가 논문을 읽을 것인지 무력감이 몰려오기도 한다. 지인의 손에 건네주어도 어쩌면 손에 집히는 순간 책장에 꽂히거나, 읽히지도 않고 버려질 수도 있을 것이다. 그래도 어쩔 수 없다. 사실 이 글은 현실적 삶에 별 도움이 안 된다. 그럼에도 책을 묶는 것은 이것이 그간 살아온 내 삶의 흔적이기 때문이다.

이쯤에서 내 주변의 사람들을 떠올리지 않을 수 없다. 대학원에서 만나 함께 공부하고 때로는 친구처럼 울고 웃으며 나를 격려해주었던 나의 동기들, 선배들이 없었다면 이 글이 책으로 나오긴 힘들었을 것이다. 그들에게 고마움을 표한다. 페미니즘을 공부하도록 인도 해주셨던 송명희 교수님께도 감사 인사드리며, 늘 공부가 모자란 제자를 걱정하고 용기 북돋워주셨던 조동구 교수님께도 진심으로 감사 인사 올린다.

책 읽고 글 쓰는 동안 가족들에게 소홀했다는 사실이 새삼 가슴을 친다. 아내 역할을 다 하지 못해도 변함없이 나를 사랑해주는 남편에게 미안하고 고맙다는 말 전하고 싶다. 내 세계에 빠져 있는 동안 저 혼자 지구 반대편으로 날아가 외롭게 공부하고 있을 큰아들 선형이와, 곁에서 수시로 에미 기분 살피며 제 학업과 삶을 꾸려가고 있는 작은아들 동형이에게도 미안하고 고맙다는 말 전한다.

이외에도 나에게 관심을 가지고 음으로 양으로 여러 가지 도움을 주신 많은 분들이 있다. 일일이 거론하지 못하지만 그분들께도 지면을 빌려 진심으로 감사하다는 인사드린다.

해운대 장산 기슭에서<br>김순아

‖ 목 차

## 01 여성시에 나타난 에코페미니즘적 특성

–문정희, 정끝별, 나희덕, 김선우 시를 중심으로



## 02 '여성의 몸'과 전복의 전략

–김언희 · 나희덕의 시를 중심으로

## 03 '몸'의 상상력과 언술 특징

– 이선영, 허수경의 시를 중심으로



## 04 섹슈얼리티의 전략

– 신현림 · 김선우의 시를 중심으로

## 07 '다른몸-되기'의 전략

-이원, 김행숙의 시를 중심으로



## 08 2000년대 여성시의 '몸' 전략

-김이듬 · 문혜진의 시를 중심으로

## 09 '몸주체'와 (탈)여성적 글쓰기

– 황병승, 진은영의 시를 중심으로

01

# 여성시에 나타난 에코페미니즘적 특성

—문정희, 정끝별, 나희덕, 김선우 시를 중심으로—

## Ⅰ. 서론

근대문명 혹은 자본주의 가부장제는 현실을 구조적으로 양분하고 이 양자를 위계화 해왔다. 데카르트의 이성중심주의, 뉴튼 이후 근대과학의 새로운 패러다임과 과학기술의 발달, 기독교의 인간중심적 가치관 등이 자연과 인간을 분리시키고 인간중심의 가치에서 자연을 착취하도록 기여[1]해 왔던 것이다. 이러한 근대정신은 자연과 우주생명을 인간을 위해 존재하는 주변적 · 객체적인 대상으로 파악하게 하고 여성은 남성에게, 생산은 소비에 종속되는 것으로 이해하게 만들었다. 그 결과 생태파괴와 인간소외라는 심각한 문제를 불러일으켰다.

에코페미니즘의 대두는 이러한 문제를 극복하기 위한 한 가지 대안이라는 점에서 그 의미를 찾을 수 있다. 에코페미니즘은 기본적으로 근대문명과 가부장적 이데올로기가 생태문제의 근본 동인으로 본다. 그리하여 궁극적으로는 남성적 지배질서로부터 여성의 해방을 추구한다. 자연

1) 송명희, 『타자의 서사학』, 푸른사상사, 2004, p.53.

을 지배하려는 인간의 태도와 여성을 대하는 남성의 태도가 같다[2]고 본 것이다. 에코페미니즘은 근대문명에 의해 훼손된 삶의 공간에서 우리가 어떤 정신의 변화를 도모해야 하는가하는 데서 출발한다. 그리고 주체와 객체, 인간과 자연, 여성과 남성으로 분리하는 근대의 논리를 거부하고 통합과 상호관계성을 지향한다. 나아가 여성이 인식의 주체로서 인간과 자연의 관계를 반성하고, 생명에 대한 가치와 새로운 환경윤리를 보여줄 것을 요구한다. 즉 황폐화된 생태계를 복원하기 위해서는 자연과의 올바른 '관계'를 찾는 일이 우선되어야 하며, 그것은 여성성의 회복을 통해 이루어질 수 있다고 본 것이다.

이에 본고는 파괴된 생태계와 인간의 본성에 대한 회복의 가능성을 에코페미니즘적 세계관이 드러나는 여성시에서 찾아보고자 한다. 여성시는 여성이 자신의 체험과 세계관을 통해 사회적 약자로서 겪는 실제를 담고 그것을 극복하려는 의지를 나타낸 시로서, 에코페미니즘이 근본적으로 지향하는 조화와 상생의 원리를 보다 능동적인 관점에서 찾아볼 수 있을 것이다. 물론 남성이 쓴 시에도 얼마든지 여성적 주체에 대한 발견과 인식론적 전환이 드러나지만 남성에 의해 쓰여진 것이므로 사회적 약자로서 겪는 실제를 담아내기에는 한계가 따를 수밖에 없다. 그런 점에서 에코페미니즘 시는 여성시인들의 시에서 찾는 것이 보다 유용할 것으로 보인다.

한국 현대시에서 에코페미니즘이 비평적 담론으로 떠오른 것은 1990년대 후반부터라고 할 수 있다. 짧은 기간에 비교적 많은 논의[3]들이 나오

---

2) 마리아 미스 · 반다나 시바 지음, 손덕수 · 이난아 옮김, 『에코페미니즘』, 창작과비평사, 2000, p.11. 참조

3) 김명원, 「한국 현대시의 에코페미니즘 연구」, 성균관대학교 박사학위논문, 2005. : 손점현, 「에코페미니즘과 김광섭의 <성북동 비둘기> 연구」, 『문예시학』제10권제1호, 충남시문학회, 1999. : 이연승, 「정진규 시의 에코페미니즘적 이해와 실천적 의미」, 『비평어문』제30집, 한국비평문학회, 2008. : ______, 「에코페미니즘의 관점에서 본 정현종의 시세계」, 『한국언어문화』통권38호, 한국언어문화학회(구 한양어문학회), 2009. : 이혜원, 「백석 시의 에코페미니즘적 고찰」, 『한국문학이론과 비평』

고 있지만 아직은 본격화되었다고 할 수는 없다. 본고에서 대상으로 삼은 여성시는 문정희, 정끝별, 나희덕, 김선우의 작품이다. 이들의 시는 생태 파괴의 심각성뿐만 아니라 권력과 위계에 의한 사회적 불평등이 인간 본연의 삶을 왜곡시킨다는 에코페미니즘적 시각을 동시에 보여주고 있다는 점에서 주목된다. 그러나 이들에 대한 연구는 주로 개별적인 논의나 단평[4]정도에 머물러 있으며, 에코페미니즘 시각으로 접근하여 함께 다룬 연구는 거의 보이지 않는다.

이런 점에 착안하여 본고는 이들 여성시를 통독하고 이들의 시에서는 에코페미니즘이 어떤 양상으로 수용되었으며, 그 추구하는 가치와 발현의 의미는 무엇인지 살피고자 한다. 특히 에코페미니즘의 키워드인 '자연'과 '여성(몸)' 그리고 '생명'이 어떤 관점으로 해석되고 인식되어 시적 상상력으로 표출되는가에 주목하여 살피고자한다. 이러한 접근방법은 생명체의 지속을 위한 문학의 역할을 찾아 볼 수 있다는 점과 아울러 에코페미니즘 여성시에 대한 연구를 본격화할 계기를 마련할 수 있다는 데 의미가 있을 것이다.

---

제28집, 한국문학이론과 비평학회, 2005. : 윤혜옥, 「에코페미니즘과 시적 상상력」, 조선대학교 석사학위논문, 2010. : 남진숙, 「한국 현대시의 에코페미니즘적 상상력 연구」, 동국대학교 박사학위논문, 2008.

4) 이태동, 「문정희 시의 에코페미니즘 연구」, 고려대학교 대학원 석사학위논문, 2007. : 허은숙, 「문정희 시에 나타난 생태여성주의의 양상」, 경남대학교국어교육학과 석사학위논문, 2008. : 이영섭, 「현실의 불모성과 존재의 길 찾기 :나희덕 시 연구」, 『현대문학의 연구』제33집, 한국문학연구학회, 2007. : 나유덕, 「나희덕 시 연구」, 한국교원대학교국어교육학과 석사학위논문, 2004. : 류경미, 「나희덕 시 창작의식 연구 : 자아각성 양상을 중심으로」, 단국대학교문예창작학과 석사학위논문, 2004. : 조영미, 「신화를 모티브로 한 시 쓰기 – 김선우 시에 나타나는 신화 이미지를 중심으로」, 『한민족문화연구』제14집, 한민족문화학회, 2004. : 양선주, 「김선우 시에 나타난 모성성 연구」, 고려대학교문학예술학과 석사학위논문, 2005. : 이계림, 「김선우 시 연구」, 한국교원대학교국어교육과 석사학위논문, 2007. : 엄경희, 「상처받은 '가이아'의 복귀 – 여성시에 나타난 에코페미니즘」, 『한국근대문학연구』제4권제1호, 한국근대문학회, 2003.

## II. 에코페미니즘의 형성과 수용

에코페미니즘은 생태학과 페미니즘이 결합된 용어로, 1974년 프랑스 작가 프랑수아즈 드본느에 의해 처음으로 사용되었다. 드본느는 『페미니즘 또는 파멸』이라는 저서에서 여성과 자연이 억압과 직접적인 연관성이 있다는 가설을 제시하며 에코페미니즘을 출발시킨다. 그리고 생산의 토대로 작용하면서도 문명의 중심에서 소외되어온 자연과 여성의 공통점을 발견함으로써 생태주의와 페미니즘 논의를 통합적으로 진전시킨다.[5)]

생태주의에서 가장 핵심적인 것은 생명의 개념이다. '생명'이라는 가장 근원적인 요소에 문제가 생기기 시작하면서 등장한 것이 생태주의라는 것이다. 생태문제는 가치 체계에 따라, 인류중심주의(표층생태학)와 생태중심주의(심층생태학)로 크게 분류된다. 이 중 보편적인 관점은 인류중심주의로, 인간을 다른 모든 존재나 생명체와 본질적으로 다르고 우월하며 고귀하다고 본다. 즉 인간은 다른 존재나 생명체를 자신의 목적을 위한 도구나 재료로 소유, 지배, 개조할 수 있으며 이용할 권리를 갖는다는 것이다. 그리하여 인간의 자연지배가 정당화된다.[6)] 이에 반해 생태중심주의는 생태계의 모든 구성체들이 본래 고귀한 것이며, 자연을 오직 인간만의 목적으로 마음대로 지배하거나 착취할 수 없다고 본다. 이는 자연과 더불어 모든 생명체가 공생공존 해야 할 공동체임을 강조하는 생태학적 사유이다.[7)]

인류중심주의는 그동안 보편적인 가치관으로 받아들여졌다. 그러나 생태문제를 과연 이런 관점에서 해결할 수 있는가 하는 회의가 일었고, 이로부터 생태중심주의로 바뀌어야 한다는 움직임이 급진적으로 일어났

---

5) 로즈마리 퍼트남, 이소영 옮김, 『페미니즘 사상』, 한신문화사, 2000, p.478.
6) 박이문, 「녹색의 윤리」, 『녹색평론』15호, 녹색평론사, 1994, pp.41~51. 참조
7) 송명규, 『현대 생태사상의 이해』, 뜨님, 2004, p.16.

다. 그 결과 생태주의 담론에서는 생태중심적인 관점을 적극 지향하게 된다. 이러한 지향은 에코페미니즘의 관점과도 상통한다.

페미니즘은 기본적으로 여성의 성적 차별 및 불평등, 종속 등을 종식시키고자 하는 사상이다. 이 이론의 층위는 페미니스트들만큼이나 매우 다양하다.[8] 그 중 에코페미니즘은 여성 억압의 원인을 자본주의나 가부장제 사회구조에서 찾는 페미니즘의 사상과 생태주의가 결합되어 확장 · 심화된 가장 최근의 이론이다.

1980년대 서구에서 본격적으로 시작된 에코페미니즘도 두 가지 경향으로 나뉠 수 있다. 하나는 급진적/문화적/영성적 에코페미니즘이고, 다른 하나는 사회적/사회주의적 에코페미니즘이다. 전자는 가부장제에 대한 비판을 바탕으로 환경문제를 분석하면서 여성과 자연 모두를 해방시킬 수 있는 대안을 제시한다. 후자는 자본주의적 가부장제에 대한 분석을 바탕으로 가부장제적인 재생산 관계가 남성의 여성 지배를 드러내는 방식에 주목한다. 즉 전자는 여성과 자연의 연관성에 주목하여 논리를 심화시킨 반면, 후자는 사회정의의 실현을 위한 잠재력을 가지고 있다고 할 수 있다.[9]

이를 통해 생태주의와 에코페미니즘 사이에 공동의 사유체계가 존재함을 볼 수 있다. 그러나 생태중심주의와 에코페미니즘 사이에는 생태문제의 근본원인을 두고 차이를 보인다. 생태중심주의는 생태문제의 근본

---

8) 쇼왈터는 생물학적, 언어학적, 심리분석적, 문화적 페미니즘으로 나누었고, (일레인 쇼왈터, 박경혜 역, 「황무지에 있는 페미니스트 비평」, 『페미니즘과 문학』, 문예출판사, 1988), 루스벤은 사회학, 심리학, 마르크스주의, 레즈비언, 흑인 페미니즘 등으로 구별하였다. (K.K.루스벤, 김경수 역, 『페미니스트 문학비평』, 문학과 비평사, 1988.) 한편, 조세핀 도노반은 '마르크스주의, 프로이트주의, 실존주의, 급진적 페미니즘'으로 나누며 (조세핀 도노반, 김익두 역, 『페미니즘이론』, 문예출판사, 1993), 통은 '자유주의, 마르크스주의, 급진적, 정신분석적, 실존주의, 사회주의, 포스터모던 페미니즘'으로 분류한다. (로즈마리 통, 이소영 역, 『페미니즘 사상』, 한신문화사, 1995).

9) 김임미, 「에코페미니즘 논리와 문학적 상상력」, 영남대학교 대학원 박사학위논문, 2003, p.5.

원인을 인간중심의 세계관에서 찾을 뿐 남성중심적 세계관 자체를 문제 삼지 않는다. 이에 반해 에코페미니즘은 생태문제의 근본원인을 남성중심적이고 가부장적인 세계관에서 기인되었다고 여긴다. 여기에는 남성지배 여성종속의 근원이 자연에 대한 인간의 지배논리와 같다는 인식이 자리 잡고 있다.

한국에서 90년대 중반부터 본격적으로 떠올랐던 에코페미니즘 담론은, 이 시기 본격화되었던 '생태문학'의 담론과 맞물린다. 생태학적 관점은 인간중심적 사고에 의한 자연의 피지배성을 강조하며 환경문제를 각성시킨다는 점에서는 획기적인 좌표를 설정했다. 하지만 인간에 의한 인간의 지배, 즉 남성중심의 가부장제에 의한 여성의 피지배성, 백색중심의 유색인종의 피지배성, 착취위주의 선진국에 의한 제3세계의 피지배성에 대한 인식의 촉구는 결여되어 있었다. 모든 억압의 문제가 근대화를 기반으로 야기된 결과였음에도 피지배성과의 연계성에 대해서는 편협한 시각이었던 것이다.[10]

한편 가부장제와 남성중심주의의 폐해에 대한 저항담론으로서 여성문제를 중심으로 억압문제를 논의해오던 '페미니즘' 역시 생태문제에 대한 새로운 대응방식에 고심하게 되었다. 인간에 의해 황폐화된 생태문제를 페미니즘의 내부에서도 간과할 수 없었고 이것이 페미니즘과 생태학이 자연스럽게 만나는 계기를 만들었다.

에코페미니즘 시는 여기에서부터 출발하며, 이는 텍스트에서 여성과 자연에 대한 인식을 어떻게 새롭게 하고 있는가 하는 점과 맞물린다. 그리고 이것은 생명에 대한 재발견과 재인식을 통해 나타난다. 기존의 페미니즘 시가 남성패권주의의 억압과 차별 속에서 희생당하는 여성의 실상을 폭로하는 데 중점을 두었다면, 에코페미니즘 시는 여성과 자연이 동일

---

10) 문순홍, 『생태학의 담론』, 아르케, 2006, p.363. 참조

한 지배구조에 의해 생명력이 파괴된다는 점과 여성성과 자연의 회복을 통하여 조화로운 새로운 사회질서를 보여주는 시적 상상력이 발현되는 시라고 할 것이다.

이런 선상에서 본고는 현대 여성시 가운데 에코페미니즘적 상상력이 두드러지는 문정희, 정끝별, 나희덕, 김선우의 작품을 통해 이들의 시적 양상을 검토해 보고자 한다. 이 들의 시는 여성과 자연을 동일시하고, 자연과 인간의 순환적 질서 속에서 서로를 아우르며 공존의 삶을 지향한다는 점에서 공통적이다. 그러나 여성성과 생태적 특성을 드러내는 방식에 있어서는 서로 다른 방식을 보여주고 있다.

## III. 현대 여성시에 나타난 에코페미니즘적 특성

여성과 자연을 동질적인 것으로 인식할 수 있는 가장 기초적인 근거는 여성과 자연이 모두 생명을 낳고 번성시키는 원초적 활동성을 가졌다는 점에 있다. 자연의 오묘한 운행원리가 새로운 생명을 끊임없이 생산함으로써 종의 번식을 가능하게 하는 것처럼 여성의 신체적 조건 또한 인간이라는 종을 불멸로 이끄는 생산성의 기반이라 할 수 있다.[11] 이러한 사유가 시와 만나는 지점은 여성의 '육체'이다. 여성의 육체(몸)는 단순히 물리적 요소가 아닌 생명을 잉태하고 성장시키는 역동적인 여성성을 표상한다.

여성시인들은 생명 탄생의 과정을 여성의 직접적인 체험을 통해 형상화하면서 자연과 여성의 동일화를 극대화시킨다. 또한 텍스트에서 자연과 여성의 동일화는 '대지'와 매우 밀접한 관계로 나타난다. 대지는 흔히 '모성'을 상징한다. 이때 모성이라 함은 생명을 창조하고 기르는 기능을

11) 엄경희, 앞의 책, p.338.

하는 어머니의 이미지로 구체화되지만 여성시에서는 생태계 파괴로 인해 변질되고 있는 모성까지 포괄한다.[12] 여성이 자연과 비슷한 방식으로 권력에 의해 억압되는 것처럼 자연의 파괴는 여성성의 파괴와 같은 것으로 파악할 수 있다. 그러므로 자연의 회복 역시 여성성의 회복과 동시에 이루어진다고 할 수 있을 것이다.

## 1. 문정희 : 평화와 평등의 원리

문정희는 자연성과 여성성의 회복을 원시적 자연에서 찾고 있다. 그의 시에 보이는 원시적 자연은 그간 분리되어 인식된 자연과 인간, 여성과 남성의 관계를 새롭게 설정한 공간이다. 즉 시인은 자본주의 이전의 원시적 사회, 주체와 객체의 대립이 없는 평화로운 사회를 설정함으로써 문명의 폭력에 의해 상처 입은 모든 존재의 본성을 회복하고자 한 것이다. 그는 자연(남성)과 인간(여성)이 유기체라는 인식으로 사물을 바라본다. 그리고 생명을 가진 모든 대상에 애정을 보낸다.

> 허허벌판 감자밭에/ 항아리만한 여자가 앉아 있었다.// 감자를 캐다가 배가 고파서/ 감자더미에 올라앉아/ 감자를 혼자 구워먹고 있었다./ 멀리서 한 사내가 고란이 같이/ 뛰어왔다./ 쫓기며 쫓기며 숨겨달라고 했다.//여자는 감자 먹던 손으로 급한 김에/ 아래를 가리켰다./ 고란이는 치마 속으로 들어갔다./ 둘은 큰 항아리가 되었다.//-중략-// 여자는 날마다 뚱뚱해졌다./ 두엄만큼 되었다./ 집더미 만큼 되었다./ 드디어 여자는 감자를 낳았다./ 천년동안 줄줄이 낳았다./ 우리 지구에는 감자

12) “자연은 문명적 세계를 만들어 내는 물적 토대로서 끊임없이 그 생산성을 고갈시키는 방향으로 지배되어 왔으며, 여성은 출산과 보육의 임무를 떠맡음으로써 문명의 중심에서 소외된 채 착취되어 왔다.”고 자연과 여성의 억압을 기술하였다. (엄경희, 앞의 책, pp.336~337. 참조)

들로 가득해졌다./ 닮은 감자들은 서로가 우스워서/ 맨날 웃었다.// 총
든 병사는 무엇이며 어디로 갔는가?/ 감자들은 가끔 생각했다.

– 문정희, 「감자」 일부, 『하늘보다 먼 곳에 매인 그대』

위 시에서 시인은 '총든 병사'에 의해 쫓기는 사내를 치마 속에 숨겨주는 여자의 모습을 통해 남성을 포용하는 여성의 모습을 보여준다. 이런 포용력은 세상의 모든 푸른 생명들을 길러내는 대지의 풍요로움과 같다. 그러므로 위기에 처한 사내를 품어주는 여자의 행위는 자식을 길러내는 어머니의 모습이라 할 수 있다.

시의 소재인 '감자'와 '항아리'는 둥글다는 공통점을 가진다. 이는 시인이 모든 대상들과 더불어 소통하며 자연스럽고 편안한 삶을 지향하고 있음을 보여준다. 또한 '두엄'은 풀이나 짚 또는 가축의 배설물 따위를 썩힌 거름으로 천년 동안 줄줄이 감자를 낳게 되는 기제로 사용된다. 감자는 다산과 풍요의 생명력을 상징한다. 즉 '여자(여성/자연)'가 쫓기는 '사내(남성/인간)'를 포용해 줌으로써 인류가 번성하고 풍요로워 졌다는 것이다.

감자를 낳게 하는 기름진 대지와 여성의 자궁은 닮았다. 여성은 임신이나 출산을 통해 성정체성을 확립한다. 따라서 여성에게 있어 임신과 출산은 생물학적인 의미를 떠나서 심리적으로 성숙하는 과정이며 여성 고유의 수용적 이미지로 환기된다. 모든 상처받은 것들을 껴안아 치유하는 모성(대지)적 여성성(자연성)은 본성을 확보하며 남성/여성이 평화롭게 공존하는 것을 모색하는 방식으로 이어진다.

이제부터 세상의 남자들을 / 모두 오빠라고 부르기로 했다. // 집안에서 용돈을 제일 많이 쓰고 / 유산도 고스란히 제몫으로 차지한 / 우리집의 아들들만 오빠가 아니다. // 오빠! / 이 자지러질 듯 상큼하고 든든한 이름을 / 이제 모든 남자를 향해 / 다정히 불러주기로 했다. // 오빠라는 말로 한방 먹이면 / 어느 남자인들 가벼이 무너지지 않으리 / 꽃이 되지 않으리. // -중략- // 오빠! 이렇게 불러주고 나면 / 세상엔 모

든 짐승이 사라지고 / 헐떡임이 사라지고 / 오히려 두둑한 지갑을 송두리째 들고 와 / 비단구두 사주고 싶어 가슴 설레이는 / 오빠들이 사방에 있음을 / 나 이제 용케도 알아버렸다.

– 문정희, 「오빠」 일부, 『오라, 거짓 사랑아』

'세상의 남자들을/ 모두 오빠라 부르'면서 남성이 아닌 '노동과 헌신, 봉사와 애정으로서의 남성'인 오빠로 불리어질 때 '세상의 모든 짐승이 사라진'다. 그리하여 남성적 공격성, 파괴성 폭력성이 아닌 진실과 사랑이 있는 혈연적 운명의 오빠가 된다. 시인은 남성적인 부정적 관점을 비판하면서도 그 부정적 근성의 남성을 모성적 큰 범주로 수용하고 이해하는 성숙한 삶을 보여준다. 즉 여성을 억압하는 대상인 남성을 '오빠'라고 부름으로써 폭력적인 대상마저 따뜻하게 끌어안는 것이다. 이는 권위주의적 남성을 친숙한 동반자로 인식하며 남성과 여성 간의 거리를 없애고 가까이 다가가는 모습으로 드러내고자 하는 데 있다. 남성과 여성의 이분법적 사고에 대한 갈등과 억압의 기호들이 더 이상 존재하지 않게 되는 것이다.

가을이 오기 전 / 뽀뽈라*로 갈까 / 돌마다 태양의 얼굴을 새겨놓고 / 햇살에도 피가 도는 마야의 여자가 되어 / 검은 머리 길게 땋아내리고 / 생긴 대로 끝없이 아이를 낳아볼까 / 풍성한 다산의 여자들이 / 초록의 밀림 속에서 죄 없이 천년의 대지가 되는 / 뽀뽈라로 가서 / 야자잎에 돌을 얹어 둥지 하나 틀고 / 나도 밤마다 쑥쑥 아이를 배고 / 해마다 쑥쑥 아이를 낳아야지 // 검은 하수구를 타고 / 콘돔과 감별당한 태아들과 / 들어내 버린 자궁들이 떼 지어 떠내려가는 / 뒤숭숭한 도시 / 저마다 불길한 무기를 숨기고 흔들리는 / 이 거대한 노예선을 떠나 / 가을이 오기 전 / 뽀뽈라로 갈까 / 맨 먼저 말구유에 빗물을 받아 / 오래오래 머리를 감고 / 젖은 머리 그대로 / 천년 푸르른 자연이 될까

* 뽀뽈라 – 멕시코 메리다 밀림 속의 작은 마을 이름.

– 문정희, 「머리감는 여자」 일부, 『오라, 거짓 사랑아』

시인이 꿈꾸는 공간인 뽀뽈라는 중앙아메리카 멕시코 열대 밀림에 위치한 조그만 시골마을이다. 그곳은 문명 혹은 근대성과는 전혀 동떨어진 아득한 원시림이다. 그 무성한 초록의 원시림, 길들여지지 않은 자연 속에서 화자는 왕성한 산욕(産慾)을 노래한다. 한 '마야 여인이 되어' '생긴 대로 끝없이 아이를 낳아'보려는 것은 '검은 하수구를 타고' 버려진 '콘돔과 감별당한 태아들'에 대한 반감이며 문명세계의 폭력성을 의미화한 것이라 할 수 있다.

그가 동경하는 '뽀뽈라'는 단순히 문명에서 떨어진 원시림이라는 장소를 의미하는 것이 아니라, 자연의 무한한 잠재력, 곧 자연이 창조하는 생성과 소멸의 법칙을 함의하고 있다. 즉 모든 것들이 끊임없이 변화하면서도 다시 동일한 모습으로 돌아오고, 소멸한 듯 보이는 것도 다시 새롭게 생성되는 대자연의 모습을 동경하는 것이다. 이는 '밤마다 쑥쑥 아이를 배고/ 해마다 쑥쑥 아이를 낳'고 싶다는 데서도 확인된다. 이런 점에서 그가 말하는 '풍성한 다산의 여자들'은 다산과 풍요를 상징하는 대지의 여신이나 지모신과도 같은 것이다. 그것은 또한 모든 것을 품안에 안고 기르는 포근한 존재, 존재의 근원적 본향으로서 어머니의 이미지와도 중첩된다.

시인은 문명세계를 '거대한 노예선'으로 규정하여 문명사회의 쾌락적 병폐를 꼬집는다. 그리고 그곳을 떠나 뽀뽈라의 천년 푸르른 자연이 되기를 갈망한다. '뽀뽈라'로 표상되는 원시적 자연, 곧 인간 본연의 생명력이 실현되는 공간을 꿈꾸는 것이다. 이를 통해 존재의 근원으로서 자연 회귀와 원초적 생명력의 회복이라는 시인의 시적 지향점을 읽을 수 있다.

문정희는 에코페미니즘의 지향점을 가장 집약적으로 보여준 시인이라 할 수 있다. 그는 에코페미니즘이 지향하는 평화와 평등을 두 가지 방향에서 실현하고 있다. 하나는 여성과 자연을 동질적인 것으로 사유하고,

그들이 지닌 생물학적 본성을 신성한 것으로 인식한다는 점이며, 다른 하나는 남성과 적대적 관계를 드러내는 페미니즘 시의 일반적 경향과 달리 여성과 남성의 상호의존성이나 나눔 의식이 내포되어 있다는 것이다.[13] 이런 태도는 자연과 인간뿐만 아니라 인간과 인간 사이의 친화를 모두 이룩하고자 하는 의도로 판단된다. 여성의 억압과 상처뿐 아니라 남성까지도 포용, 치유하여 세상을 문명 이전의 만족 상태로 이끌어 가고자 한 문정희는 여성성의 회복을 통해 자본주의나 문명의 역사가 주는 질곡과 아픔을 치유하고 예전 일원론의 생명세계를 회복할 수 있다고 본 것이다.

## 2. 정끝별 : 사랑과 포용의 원리

자연과 여성을 동일화 하였을 때 가장 강력한 동질성은 무엇보다도 생명의 탄생과 재생, 지속일 것이다. 생명을 탄생시키거나 재생, 지속시키기 위해서는 무한한 사랑과 포용 없이는 가능하지 않다. 여성성이 가지는 포용과 사랑의 정신은 근대의 부정적인 삶의 태도들을 극복할 수 있는 자세를 보여준다는 점에서 복원의 의미를 담고 있다.

정끝별의 시에는 이러한 요소가 빈번하게 나타난다.

> 모든 길은 항아리를 추억한다/ 해묵은 항아리에 세상 한 짐 풀면/ 해가 뜨고 별 흐르고 비가 내리는 동안/ 흙이 되고 길이 되고/ 얼마간 뜨거운 꽃잎/ 또 하루처럼 열리고 잠겨/ 문득 매듭처럼 덫이 될 때/ 한 몸 딱 들어맞게 숨겨줄/ 그 항아리가 내 어미였다면,/ 길은 다시 구부러져 내 몸으로 들어오리라/ 둥근 깃/ 길의 입에 숨을 불어넣고/ 내가 길의 어미가 될 것이니,/ 내 안에 길이 있다/ 내가 가득한 항아리다
>
> ―「甕棺 1」 전문, 『자작나무 내 인생』

13) 엄경희, 앞의 책, p.350.

위 시에서 항아리는 "모든 길"이 되돌아가고 싶어 하는 공간이다. 시적 자아는 세상살이의 "한 짐"을 그 옹관에 풀어 놓고 싶어 한다. "한 몸 딱 들어맞게 숨겨줄" 항아리는 현실의 고뇌와 고통을 잊고 안식할 수 있는 어머니의 품, 곧 어머니의 자궁이라고 할 수 있다. 자신의 온몸을 따듯하게 감싸 안아 줄 집과 같은 공간은 아직 세상에 태어나지 않은 태아의 공간으로, 이미 태어난 사람은 들어갈 수 없는 공간, 곧 죽은 자만이 들어갈 수 있는 곳이라 할 수 있다.

이 불가항력적인 죽음 충동은 그러나 새로운 생명으로 거듭나겠다는 충동에 다름 아니다. 옹관에 들어가 안식을 취하고 몸을 추스르게 된 시적 자아가 이제 "길의 입에 숨을 불어넣고/내가 길의 어미가 될 것"임을 선언하는 것, 스스로 '어미 되기'의 길로 나아가는 것이다. 모든 길은 "내 안"에 있고, 그 모든 길을 자기 몸에 감싸 안는 충만한("가득한") 자궁이 되는 것. 이 놀라운 자기 발견은 정끝별의 시가 간직한 모성적 상상력의 핵심이 된다. 죽음을 통해서 완성되는 삶, 그 죽음을 통해서 새롭게 비롯되는 삶에 대한 비전은 자신의 몸에 숨어 있는 모든 가능성을 열어 젖히고 자신을 부정함으로써 끝내 또 다른 자신을 만들어 내고야마는 이 세상 모든 어머니의 그 놀라운 생에 대한 긍정을 보여 주는 것이다.

> 속 빈 떡갈나무에는 벌레들이 산다/ 그 속에 벗은 몸을 숨기고 깃들인다./ 속 빈 떡갈나무에는 버섯과 이끼들이 산다/ 그 속에 뿌리를 내리고 꽃을 피운다/ 속 빈 떡갈나무에는 딱따구리들이 산다/ 그 속에 부리를 갈고 곤충을 쪼아먹는다/ 속 빈 떡갈나무에는 박쥐들이 산다/ 그 속에 거꾸로 매달려 잠을 잔다/ 속 빈 떡갈나무에는 올빼미들이 산다/ 그 속에 둥지를 틀고 새끼를 깐다/ 속 빈 떡갈나무에는 오소리와 여우가 산다/ 그 속에 굴을 파고 집을 짓는다// 속 빈 떡갈나무 한 그루의 / 속 빈 밥을 먹고/ 속 빈 노래를 듣고 / 속 빈 집에 들어 사는 모두 때문에 / 속 빈 채 큰 바람에도 떡 버티고 / 속 빈 채 큰 가뭄에도 썩 견디고 /

조금 처진 가지로 큰 눈들도 싹 털어내며 // 한세월 잘 썩어내는 / 세상 모든 어미들

— 정끝별, 「속 좋은 떡갈나무」 전문, 『흰책』

이 시에서 '속 빈 떡갈나무'는 모든 생명을 그 안에서 품어내는 일종의 '우주목'으로 '세상 모든 어미들 속'을 의미화 하고 있다. 떡갈나무의 빈 속은 벌레와 식물과 동물이 생존할 수 있는 생태적 터전이다. 생명체들은 거기서 먹고 자며 집을 짓는다. 그것이 가능한 것은 '비어 있음' 때문이다. 생명을 보육하려는 이타적 힘은 채우는 것이 아니라 자기를 헐어내는 것임을 '속 빈'이라는 말을 통해서 시인은 강조하고 있는 것이다. 그것을 '썩다'로 구체화하고 있는데, 여기서의 '썩다'는 이중의 의미를 갖는다. 즉 '걱정으로 속이 썩다'는 의미와 '썩어 거름이 되다'라는 의미가 그것이다. '어미들 속'은 이 이중의 의미를 지닌 썩음의 존재이며, 그것으로 만물을 생성 · 화육시키는 존재인 것이다. 자기 아닌 것을 위해 자기를 썩히는 모성은 희생적이라고 할 수 있다. 그러나 시인은 모성의 고통을 이야기하면서 동시에 그것이 강인한 힘을 '떡 버티고', '썩 견디고', '싹 털어내며' 모성성의 굳건함을 표현한다.

다음 시는 이를 보다 극명하게 드러낸다고 할 수 있다.

누군가는 내게 품을 대주고 / 누군가는 내게 돈을 대주고 / 누군가는 내게 입술을 대주고 / 누군가는 내게 어깨를 대주고 // 대준다는 것, 그것은 / 무작정 내 전부를 들이밀며 / 무주공산 떨고 있는 너의 가지 끝을 어루만져 / 더 높은 곳으로 너를 올려준다는 것 / 혈혈단신 땅에 묻힌 너의 뿌리 끝을 일깨우며 / 배를 대고 내려앉아 너를 기다려준다는 것 // 논에 물을 대주듯 / 상처에 눈물을 대주듯 / 끝 모를 바닥에 밑을 대주듯 / 한 생을 뿌리고 거두어 / 벌린 입에 / 거룩한 밥이 되어준다는 것, 그것은 // 사랑한다는 말 대신

— 정끝별, 「세상의 등뼈」 전문, 『와락』

이 시에서 '세상의 모든 등뼈'는 세상의 모든 생명을 키워내는 대지, 즉 어머니의 사랑을 의미한다. '품'과 '돈'과 '입술'과 '어깨'를 '대주'며 '배를 대고 내려 앉아' 기다려주는 어머니의 모습이 돌봄과 사랑의 원천이 되어주는 '거룩한 밥'의 존재로 형상화되어 있다. '사랑한다는 말 대신', '대주'는 행위는 너무나 흔해진 사랑한다는 말의 무의미함을 질타하고 있기도 하다.

이 시에서 시인이 말하고 있는 사랑은 내가 나 아닌 누군가의 품과 돈과 입술과 어깨로 이루어진 것이라는 사실을 깨달아야 한다는 것, 그리고 나는 '나의 전부'로 '무작정' 떨고 있는 너의 '가지 끝'과 '혈혈단신 묻혀 있는 뿌리 끝', 그러니까 너의 전부를 일깨우며 가장 낮은 자리에서 기다려주는 것, 그것이 사랑하는 일임을 말한다. '끝 모를 바닥에 밑을 대주듯/ 한 생을 뿌리고 거두어', '벌린 입'으로 들어가는 '밥'이 되어주는 거룩한 사랑, 이러한 모성적 돌봄과 배려의 자세는 측은지심이나 자비심 같은 높은 도덕률과 상통한다. 이는 자연이나 여성 모두 어머니라는 인식이 시적 상상력으로 나타난 결과이다. 그러므로 그녀의 시에 나타난 모성은 생명을 지속시키거나 재생으로 이어지는 과정을 보여줌과 동시에 여성적 원리의 회복을 보여준다고 할 수 있다.

정끝별은 만물의 근원인 자연의 본질을 모성과 동일시하여 모성의 생명력에서 과거 상처를 치유 받고 미래에 대한 희망을 찾으려 한다. 그의 모성은 순환의 모성으로서 기존의 모성 파괴의 고발보다는 모성의 회복과 치유의 위대함에 관심을 쏟는다. 따라서 그의 모성은 늘 따뜻하며 희망이 있고 포용력이 있다. 물론 이런 시적 면모는 에코페미니스트들에게는 거리를 두어야 하는 요소로 지적 될 수도 있다. 에코페미니스트들은 가부장제가 여전히 존재하고 남성의 인식이 변하지 않은 상태에서, 모성 이미지가 곧 여성으로 비추어지는 것에는 반대한다. 이는 여전히 여성은 생명을 품고 부드럽고 인자한 그런 모습이어야 한다는 고정관념, 즉 여성의 지속적인 희생을 강요하는 것이기 때문이다. 그러나 여성이 원시적인 생명의 이미지를 가졌다는 것을 굳이 강하게 거부할 필요는 없을 것 같다. 에코페미니즘 시에서 나타나는 모성의 의미는, 죽어가는 지구에 대한 경종을 위한 상징으로 읽을 수 있기 때문이다.

## 3. 나희덕 : 균형과 조화의 원리

나희덕의 시 역시 여성을 자연과 동일선상에 놓고 여성이 지닌 생물적 본성을 인식하고 드러낸다. 그녀의 시에 드러나는 여성성 역시 생물적인 특성인 모성의 이미지가 많이 드러난다. 그러나 그녀가 보여주는 모성 이미지는 생명의 탄생이나 지속, 재생만을 보여주지는 않는다. 이는 현대 자본주의 사회에서 여성들이 겪어야 하는 상처와 고통에 대한 비판적 시각을 함축한다.

시인 자신도 모성성을 "풀 한 포기도 자랄 수 없는 척박한 현실의 불모성을 건너는 다리"[14]라고 말했듯이, 그녀의 시에서 모성성이 강하게 발현되는 순간은 그런 불모적 상황에 처했을 때였으며, 그것은 한 인간으로서 느끼는 위기의식의 표현이기도 하다는 것이다.

> 깊은 곳에서 네가 나의 뿌리였을 때/ 나는 막 갈구어진 연한 흙이어서/ 너를 잘 기억할 수 있다/ 네 숨결 처음 대이던 그 자리에 더운 김이 오르고/ 밝은 피 뽑아 네게 흘려보내며 즐거움에 떨던/ 아, 나의 사랑// 먼 우물 앞에서도 목마르던 나의 뿌리여/ 나를 뚫고 오르렴/ 눈부셔 잘 부스러지는 살이니/ 내 밝은 피에 즐겁게 발 적시며 뻗어가려무나// 척추를 휘어잡고 더 넓게 뻗으면/ 그때마다 나는 착한 그릇이 되어 너를

---

14) 나희덕, 『보랏빛은 어디서 오는가』, 창작과비평사, 2003, pp.62~69. 참조

> 감싸고/ 불꽃같은 바람이 가슴을 두드려 세워도/ 네 뻗어가는 끝을 하냥 축복하는 나는/ 어리석고도 은밀한 기쁨을 가졌어// -중략- // 깊은 곳에서 네가 뿌리였을 때/ 내 가슴에 끓어오르던 벌레들,/ 그러나 지금은 하나의 빈 그릇, / 너의 푸른 줄기 솟아 햇살에 반짝이면 / 나는 어느 산비탈 연한 흙으로 일구어지고 있을 테니
>
> – 나희덕, 「뿌리에게」 일부, 『뿌리에게』

위의 시에서 시적 화자인 '나'는 '흙'과 동일시되고 있다. 대지(흙)는 모성성을 드러내는 원형적 상징으로, 이 시에서 '나'와 '흙'의 동일시는 이러한 원리를 드러낸다고 볼 수 있다. 이를 통해 자식에 대한 어머니의 무한한 사랑을 노래하고 있다. 첫 연의 '네가 나의 뿌리였을 때/ 나는 막 갈구어진 연한 흙이어서/ 너를 잘 기억할 수 있다'란 구절은 어머니의 사랑을 잘 보여주는 부분이다.

어머니의 사랑은 희생적, 헌신적, 숙명적인 사랑으로서 어린 생명을 길러내는 어머니의 마음과 연결된다. 따라서 '너–뿌리'는 '나'의 '밝은 피'와 '살'에 마음껏 자리를 뻗어도 나는 '은밀한 기쁨'으로 뿌리를 감싸는 '착한 그릇'이 되며, 뿌리의 줄기찬 생명력을 축복해 준다. 또한 '너의 푸른 줄기'가 '햇살에 반짝이면', 나는 처음의 그 '연한 흙'으로 다시 태어난다. 즉 '나=흙'은 결코 죽거나 사라지지 않는 영원한 존재로서 모든 생명체를 길러내는 삶의 원천이며 무한한 사랑의 보고이다. 이를 통해 시인은 사랑이 고갈되고 황폐해진 이 시대에서 진정한 사랑의 한 모습을 보여주고자 한 것이다.

하지만 그녀는 늘 사랑만을 노래하는 자비로운 모성 이미지만을 보여주지는 않는다. 다음 시는 현대 직장여성들의 모습을 '물매기'로 치환하여 여성들이 처한 현실의 불모성을 극단적으로 보여주고 있다.

소금창고에서 나와 그을린 얼굴로/ 터벅터벅 집에 돌아온 여자,/ 지친 몸속에서 불었던 젖을 꺼내/ 아이에게 물린 채 그만 잠들어 버린/ 그녀, 다음 날 새벽/ 품속에서 숨이 막혀 죽은 아기를 안고/ 매 맞는 그녀, 몰매기 몰매기/ 아이들은 뒤따라오며 돌을 던졌네./ 내가 돌을 던진 건 아닌가 싶어/ 예이츠의 그 시가, 아니 그녀가 / 오래도록 기억을 떠나지 않았네.// 나 종일 밭을 갈다가/ 집에 돌아오면서 문득 몰매기인 나를 보네./ 무덤 아래 울고 있는 아기를 보네./ 말이 돌이 되기도 하고/ 손잡음이 돌이 되기도 하여/ 내 앞에 떨어지는데, 깨진 무르팍/ 물매기의 상처는 그 흐르는 피는/ 아직 그치지 않았다는 것을/ 하루에도 몇 번씩 보아야 하네./ 흐르는 피를 닦으며 그냥 그냥/ 밭으로 달려가야 한다는 것을/ 밭에는 그렇게 많은 돌들이 박혀 있다는 것을

– 나희덕, 「물매기를 기억함」 전문, 『그 말이 잎을 물들였다』

위 시에서 물매기는 하루 종일 소금창고에서 일하다가 지쳐서 돌아온다. 그리고 낮 동안 불었던 젖을 아기에게 물린 채 잠이 든다. 고된 노동으로 지친 물매기가 깊은 잠이 든 동안 아기는 어미의 젖에 짓눌려 죽음을 맞이하게 된다. 잠에서 깬 물매기는 자신의 젖에 숨이 막혀 죽어버린 아기를 안고 슬픔에 빠진다. 그러나 물매기의 고단한 삶을 알지 못하는 아이들은 죽은 아기를 안고 슬퍼하는 물매기에게 돌을 던진다.

사전적 의미에서 '아이'는 육체적 · 정신적으로 성장하지 못한 사람을 이른다. 이를 확장하여 해석한다면, 정신적 미성숙으로 타인의 삶을 돌아보지 못하는, 다시 말해 여성의 삶을 인정하지 않는 가부장적 질서를 상징한다고 할 수 있다. 그런 점에서 물매기에게 돌을 던지는 아이의 모습은 여성의 고통을 외면하거나 잊어버리는 남성에 대한 질타와 반성의 목소리를 촉구하는 것이라 할 수 있다. "물매기의 상처는 그 흐르는 피는/ 아직 그치지 않았다는 것을/ 하루에도 몇 번씩 보아야 하네." 라는 표현은 여성의 어려움은 지금도 계속되고 있다는 것을 상기시키는 부분이라 할 것이다.

어머니의 사랑과 희생은 어린 생명을 길러내고 성장시키기 위해 반드시 필요하다. 그러나 일과 가정 전반을 이어나가야하는 여성에게 육아문제는 남성과 사회의 제도적 지원 없이는 힘들며, 생명의 원천인 '젖'이 아기를 죽게 만드는 비극을 만들 수밖에 없다. 결국 이 시는 현대 자본주의하에서 여성의 삶이 얼마나 고달프고 힘든 삶인지를 보여줌으로써, 여성에 대한 남성의 근본적인 태도의 변화를 촉구한 것이다. 에코페미니스트들이 본질적으로 추구하는 것은 궁극적으로 남녀가 평등하고 인간과 자연이 공생하는 생태적 사회인 것이다.

중심적인 것을 벗어나 탈중심주의를 지향하는 나희덕의 이런 시작법은 어느 한 쪽으로 기울지 않는 균형적인 힘을 발휘하며 다양하게 나타난다.

> 해질 무렵 해미읍성에 가시거든 / 당신은 성문 밖에 말을 잠시 매어두고/ 고요히 걸어 들어가 두 그루 나무를 찾아보실 일입니다/ 가시 돋친 탱자울타리를 따라가면/ 먼저 저녁해를 받고 있는 회화나무가 보일 것입니다/ -중략-/ 형틀의 운명을 타고난 그 회화나무,/ 어찌 그가 눈 멀고 귀 멀지 않을 수 있었겠습니까/ 당신의 손끝은 그 상처를 아프게 만질 것입니다/ 그러나 당신 더 걸어가 또 다른 나무를 만나보실 일입니다/ 옛 동헌 앞에 심어진 아름드리 느티나무,/ 그 드물게 넓고 서늘한 그늘 아래서 사람들은 회화나무를 잊은 듯 웃고 있을 것이고 / 당신은 말없이 앉아 나뭇잎만 헤아리다 일어서겠지요/ 허나 당신, 성문 밖으로 혼자 걸어나오며/ 단 한번만 회화나무 쪽을 천천히 바라보십시오/ 그 부러진 나뭇가지를 한번도 떠난 일 없는 어둠을요/ 그늘과 형틀이 이리도 멀고 가까운데/ 당신께 제가 드릴 것은 그 어둠뿐이라는 것을요/ 언젠가 해미읍성에 가시거든/ 회화나무와 느티나무 사이를 걸어보실 일입니다
>
> – 나희덕, 「해미읍성에 가시거든」 일부, 『어두워진다는 것』

위 시의 공간적 배경인 '해미읍성'은 충남 서산에 있는 읍성으로 조선

시대 때 왜구의 침입을 막기 위해 세워진 것이며, 조선 말기에는 천주교인들을 박해한 장소로 알려져 있다. 시인은 외세의 침략과 종교의 박해로 얼룩졌던 역사적 공간을 통해 빛과 어둠의 명암을 보여준다. 이는 '형틀의 운명'을 가진 '회화나무'와 '넓고 서늘한 그늘'을 가진 느티나무의 이미지와 중첩된다.

위 시에서 시인의 인식은 어느 한쪽만을 옹호하거나 지향하지 않는다. '해질 무렵' 해미읍성에 가거든 '회화나무'와 '느티나무'의 '사이'를 걸어보라는 것은 이러한 시인의 균형감각을 단적으로 보여준다. 오직 '회화나무'만을 바라보는 것이 아니라, '느티나무'만을 생각하는 것이 아니라, 그 둘을 한꺼번에 바라보며 '나무가 몸을 베푸는 방식'을 생각해 보라는 것. '그늘과 형틀이 이리도 멀고 가까운데'라는 문장은 극단의 대립을 약화시키고 서로 융합되거나 동화되는 것을 지향하는 의식적인 작업인 것이다.

이처럼 나희덕은 양가적 가치에 대한 아슬아슬한 균형을 그의 시에 부여한다. 어느 한편에 일방적으로 구속되지 못하고 그 사이를 우두커니 하염없이 오래도록 거니는 균형에 대한 의지가 그의 시를 모나지 않게 하고 비교적 인생론적 답안에 가깝게 하고 몇몇 이들에게 단조로움을 주기도 하고 저항하기 어려운 흡입력과 호소력을 주기도 한다.15)

나희덕의 시는 세계를 향하여 스스로 마음을 열고 그 자체로 빛이자 어둠인 삶을 통째로 부둥켜안는다. 저마다의 본성에 충실한 자연의 질서 속에서 인간중심주의가 아닌 자연의 시각으로 다가간다. 균형과 조화를 기반으로 한 생태적 상상력을 보이는 그녀의 시는 억압과 희생, 지배와 폭력이 아닌 '등을 다독이는' 어미의 시선으로 공존의 삶을 지향한다. 즉 그는 어머니를 생존의 주역으로 구체화하여 세상 속에서 생명의 순환을 이

15) 유성호, 『타자로서의 여성, 그 다른 목소리』, 침묵의 파문, 2002, pp.110~111.

행하게 하는 존재로 규정한 것이다. 그가 창조해낸 모성은 희생적이거나 추상적인 모성이 아니라 실제 자급생존 삶 속에서 생명의 원리를 실천하며 사는 모성이다. 그러나 그 모성을 주장이나 고발 등의 저항적인 언어로 드러내지 않고 생명의 농밀함과 뜨거움을 늘 긍정적이고 따뜻한 언어로 나타낸다. 이는 만물을 대하는 그의 모든 감각이 그만큼 활짝 열린 채 그들과 사랑을 나누고 생명을 교감하고 있기 때문이다.

### 4. 김선우 : 회생과 치유의 원리

김선우는 여성과 자연의 동일화를 생리나 자궁과 같은 여성적 이미지와 자연이미지를 접목시키는 상상력을 드러낸다. 그녀는 자연의 본성을 여성성으로, 여성의 본성을 자연성으로 환치시킴으로써 근대 자본주의에 의해 소멸해가는 자연의 신성한 기운을 회복하고자 한다. 그리고 그것을 때로 신화적 상상력으로 표출하기도 한다.

아래 시는 이러한 특징적 요소가 잘 드러난다.

> 그랬지 저 눈동자, 허공을 발라내어 아직 따뜻한 살점 당신 숟가락에 얹어주고 싶었지만 바리, 내 어머니, 죽음은 한 쌍으로 날아들어라. 저승을 헤매어 구해온 영약은 기진한 그네의 희보얀 젖줄기가 아니었을까 바리, 피곤에 지쳐, 불어터진 젖을 아비에게 물리고 한잠 곤히 든 저 겨울나무의 쐐기풀 같은 육신이 아니었을까 생이라는 이름의 죽음이 더 지독하더라. 거듭거듭 제 죄로 죽을병에 걸려 앓아눕는 아버지, 이제 그만 죽어주세요. 달같이 벗은 자작나무 온몸에 열꽃이 돋아 꽃잎을, 하혈을, 마지막 꽃잎을, 강물처럼 쏟아내는 밤이 오고 있었는데
>
> – 김선우, 「어미木의 자살 2」 일부,
> 『내 혀가 입 속에 갇혀있기를 거부한다면』

위 시는 고난을 이겨내고 자신을 버린 아비에게 영약을 가져다 준 바리데기를 어머니와 동일시하여 나타낸다. 바리데기는 <당금애기>와 더불어 한국의 대표적인 무속 신화로 꼽힌다. 죽은 사람을 저승으로 인도하는 오구신으로서, 무당의 조상신으로 받들어지기는 바리데기를 어머니와 동일시하고 있는 것은, 시인이 어머니를 신비한 힘의 소유자인 영매(무당)[16]로 인식하고 있음을 나타낸다.

이 시에서 어머니의 '젖'은 거듭거듭 제 죄로 죽을병에 걸려 앓아눕는 아버지를 소생시키는 '영약'으로 의미화 된다. 영약을 아비에게 물려준 어머니는 '겨울나무의 쐐기풀'처럼 야위어 간다. 이런 시적 맥락은 '아버지'는 어머니를 착취하는 존재이며, 어머니는 보살핌과 헌신으로 자기를 죽음으로 몰고 가는 존재임을 말해준다. 시인은 바리데기인 어머니를 낙화(하혈)하는 '자작나무'와 다시 결합시킴으로써 모성과 자연이 하나임을 환기하고 있다. 즉 이 시에서 자연과 여성은 '아버지'로 상징되는 가부장적 세계를 치유하기 위해 자기희생을 치르고 있는 존재들인 것이다.

김선우는 이러한 희생이 이 시대 비극적인 여성의 운명 속에 있음을 시를 통해 드러내면서 이를 비판적으로 바라보고 있다. '이제 그만 죽어주

16) 원시종합예술에서 자연과 인간을 매개하는 것은 주술사, 즉 무당이었다. 여기서 무(巫)는 하늘(一)과 땅(一)을 이어주는 (|) 사람(人)이란 뜻으로 신과 인간 사이를 매개하는 역할을 담당한다. 이 매개자는 부탁을 이끄는 우두머리 역할을 수행하게 되는데, 만일 재앙이 깊어질 경우 이 우두머리는 처단되고 신기가 더 강한 무당이 그 자리를 대신하게 된다. 무당은 인간과 만물이 상응하는 적절한 주문을 걸어 인간들이 소원하는 대로 이루어진다고 믿도록 만든다. 이때의 무당은 "이미 죽어버린 듯한 무거운"인간의 육체를 떠날 수 있는 능력을 얻는다고 믿어진다. 무당의 혼은 곧 새의 형상으로 변해 동화에 나오는 천마를 타고 하늘을 날아 다른 세계로 들어간다. 그리고 자연신, 동물로 변신한 악마, 조상신들과 이야기를 주고받는다. 무당은 이러한 주술행위를 끝내고 자신의 육체로 돌아와 자기의 종족(堂)들에게 신탁을 전한다. 이때 무당의 전언(傳言)은 시의 언어로 상징적인 의미를 갖는다. 오늘날 무당과 시인은 개별적으로 구분되지만 시인 역시 영적인 세계와 조우하고 있음은 부정할 수 없다. (게르기우스 골로빈 외, 『세계 신화 이야기』, 까치글방, 2001, p.136. 참조)

세요'라는 발언은 이러한 세상에 대한 저항적 몸부림이다. 자연으로서의 훼손된 어머니의 몸이 상처나 오염이 아니라 '자살'이라는 보다 극단적인 형태로 나타난다는 사실은 현실이 그만큼 비관적임을 말해주는 것이라 할 수 있다.

> 밥 잡채 닭도리탕 고등어자반 미역국/ 이토록 많은 종족들이 모여 이룬/ 생일상을 들다가 문득, 28년 전부터/ 어머니를 먹고 있다는 생각이// 시금치 닭 고등어처럼 이 별에 씨 뿌려져/ 물과 공기와 흙으로 길러졌으니/ 배냇동기 아닌가,/ 내내 아버지와 동침했다는 생각이
>
> – 김선우, 「숭고한 밥상」 일부,
> 『내 혀가 입 속에 갇혀있기를 거부한다면』

위 시에서 시인은 먹이사슬의 그물망 속에서 서로 연결되어 순환되는 생명체들의 모습을 그리고 있다. 시적 화자는 스물여덟 해의 생일상에 차려진 '밥 잡채 닭도리탕 고등어자반 미역국' 등의 음식을 먹으면서 지금까지 어머니를 먹고 있었다는 생각에 이른다. 이것은 '내가 먹고 있는 한 마리의 닭'과 '내 어머니'를 이루는 원소가 같기 때문이다. 따라서 어머니, 나, 아버지는 할아버지를 또 더 오래 전의 조상을 먹고 있는 것이나 다름없다. 이처럼 생명의 탄생과 성장, 그리고 죽음은 각각 고립된 채 혹은 독립된 개체로 만들어지는 것이 아니다. 생명체들의 공조를 통해 이루어지고 또 다른 생명체들의 먹이가 됨으로써 재생한다. 죽음이 삶을 이루고 삶이 죽음을 통해서 완성되어지는 생태적 순환에서 깨달음을 얻은 시인은 생명의 본질을 노래한다.

그의 노래는 때로 섹슈얼하고 에로틱한 인간의 행위와 자연현상으로 결합되어 역동적으로 형상화되기도 한다.

세상에서 얻은 이름이라는 게 헛 묘 한 채인 줄/ 진즉에 알아챈 강원도 민둥산에 들어/ 윗도리를 벗어올렸다 참 바람 맑아서/ 민둥한 산정상에 수직은 없고/ 구릉으로 구릉으로만 번져있는 억새밭/ 육탈한 혼처럼 천지사방 나부껴오는 바람 속에/ 오래도록 알몸의 유목을 꿈꾸던 바람 속에/ 오래도록 알몸의 유목을 꿈꾸던 빗장뼈가 열렸다/ 환해진 젖꼭판 위로 구름 족의 아이들을 양팔로 안고/ 억새밭 공중정원을 걸었다 몇 번의 생이/ 무심히 바람을 몰고 지나갔고 가벼워라 마른 억새꽃/ 반짝이는 살 비늘의 첫눈처럼 몸속으로 떨어졌다/ 바람의 혀가 아찔한 허리 아래로 지나/ 깊은 계곡을 핥으며 억새풀 홀씨를 물어올린다 몸속에서 바람과 관계할 수 있다니!/ -후략-

– 김선우, 「민둥산」 일부, 『도화 아래 잠들다』

위 시에서 시적 화자는 민둥산에서 알몸이 되어 구름과 교감하고 바람과 관계하는 자유로운 상상력을 펼친다. 그곳에서는 벌레, 집, 햇살 등의 모든 생명체들이 알몸인 채로 바람과 햇빛을 상대로 관계한다. 시적 화자는 '세상에서 얻은 이름이라는 게 헛 묘 한 채인 줄 진즉에' 알아챘기에 강원도 민둥산으로 들어간다. 민둥산은 산 정상에 수직은 없고 '구릉으로만 구릉으로만' 펼쳐져 있었다. 이것은 남성중심사회의 수직적 권위가 민둥산에서는 없었고 그러했기에 마음을 열고 알몸이 되어 구름과 햇빛과 바람과 자유로운 관계를 맺을 수 있었던 것이다. 즉 민둥산으로 표현된 자연은 여성성의 상징이다.

이 시에서 여성성은 자연과 여성을 단일하게 바라볼 수 있는 중심개념이다. 생태적 원리로서 여성성은 우주와 세계가 다양하고 역동적이며 순환적 관계 속에 모든 부분이 연결되어 인식하는 능력을 말한다. 또한 '어머니'라는 대상 역시도 그녀가 세상을 인식하는 가장 큰 통로이다.

김선우는 여성과 자연이 가지고 있는 잠재적 에너지를 신비한 것으로 인식하고 이를 회복하기 위해 신화적 요소나 생태적 순환, 에로스적 감각 등을 끌어들이고 있다. 김선우 시의 핵심은 생명이다. 그 생명은 모성을 통해 발현된다. 또한 그것은 자주 여성의 몸을 통해 촉발된다. 그는 모성을 규정하면서 여성의 몸에 대한 기존 관념을 바꾸어 나간다. 이 새로운 정의 속에는 생명뿐만 아니라 쾌락까지도 내포되어 있다. 그는 생명과 쾌락의 구분이 없는 세계를 모색하기 때문이다. 그의 시에는 자연물과 자연물이, 사람과 사람이, 사물과 사물이, 사물과 사람이 교류하고 사랑을 나눈다. 이 뜨거운 사랑은 자연이 생명을 창조하고 만물이 근원으로 돌아가며 서로가 서로의 존재의 토대가 되게 하는 통로구실을 한다. 이런 생태원리를 통해 김선우는 그의 정서를 우주적이고 시원의 세계에까지 달리게 해 독자에게 폭넓은 생명의 자유와 소통을 맛보게 한다.

## Ⅳ. 에코페미니즘 여성시의 의의

근대 이후 자연은 통제와 지배의 대상일 뿐 객관성을 발휘하는 주체가 될 수 없었다. 근대적 주체는 자연을 도구화하고 자기 목적을 위해 파괴하고 그 신비스러움을 다 앗아갔다. 근대 이후의 문학에는 그런 주체의 정신, 즉 계몽의 정신이 담겨있다. 계몽의 정신은 자연의 지배에서 벗어나 자연과 맞서거나, 자연의 비밀을 파헤치려는 의도를 전제하고 있다. 그래서 아무리 자연을 노래하고 자연친화적인 태도를 보여도 근대 문학의 이면에 숨어있는 주체의 오만은 근절되지 않았다.

주체의 입장에서는 언제나 자연과 대등하게 대화하기보다 자연을 억압한다. 자연은 침묵의 언어로서 생명의 아름다움과 계절의 변화를 노래하고, 무수히 많은 생명체들은 봄날의 햇빛 속에서 하모니를 이루고 노래하는데 인간은 그 언어를 알아듣지 못할 뿐 아니라 그것을 묵살해 왔던 것이다. 여기에서 인간을 남성으로, 자연을 여성으로 치환해도 마찬가지다. 에코페미니즘의 배경에는 이러한 인식에 대한 거부가 근원적으로 자리 잡는다. 사물을 바라보는 시각을 주체/객체로 나눔으로써 관계성이 상실되고 여성과 자연이 소외되었기 때문이다. 그러나 지금은 누구도 그것을 긍정적으로 받아들이지 않는다. 그런 주체로는 자연 혹은 여성과 올바른 관계를 맺을 수 없다는 걸 알게 된 것이다.

에코페미니즘 여성시는 자연과 여성의 몸을 동일시함으로써 궁극적으로 생명의식을 고양하고, 소외된 타자로서 여성 특유의 문제점을 드러내어 그 극복방안을 제시한다.

문정희는 에코페미니즘을 자연성과 여성성의 회복이라는 두 가지 방향으로 실현하고 있다. 하나는 여성과 자연의 생물학적 본성을 신성한 것으로 인식한다는 점이며, 다른 하나는 여성과 남성의 대립관계가 아닌 나눔 의식이 내포되어 있다는 것이다. 이런 태도를 통해 그는 자연과 인간이 평화롭고 평등하게 살아갈 수 있는 인간 본성의 회복을 지향한다.

정끝별은 만물의 근원인 자연의 본질을 모성과 동일시하여 모성의 생명력에서 과거 상처를 치유 받고 미래에 대한 희망을 찾으려 한다. 그의 모성은 순환의 모성으로서 기존의 모성 파괴의 고발보다는 모성의 회복과 치유의 위대함에 관심을 쏟는다. 그는 모성을 통해 생명의 이치를 설명하면서 스스로 모성의 화신으로 변화해 갈 수 있음을 보여준다. 모든 상처를 포용하고 사랑으로 어루만지는 이러한 모습은 그의 좌절과 대립의 시대에도 끝까지 희망을 잃지 않고 진보를 향하게 하는 원동력이 된다고 할 것이다.

나희덕의 시 또한 모든 만물을 어미의 시선으로 다독이면서 공존의 삶을 지향한다. 그러나 그가 창조해낸 모성은 희생적이거나 추상적인 모성이 아니라 실제 자급생존 삶 속에서 생명의 원리를 실천하며 사는 모성이라는 점에서 정끝별과는 차이를 보인다. 그러나 그녀 역시 모성을 저항적인 언어로 드러내지 않고 늘 긍정적이고 따뜻한 언어로 균형과 조화를 추구한다. 이를 통해 자본주의나 남성중심적 사회가 주는 질곡과 아픔을 치유하고 생명세계를 회복할 수 있다고 본 것이다.

김선우는 모성을 규정하면서 여성의 몸에 대한 기존 관념까지 바꾸어 나간다. 이 새로운 정의 속에는 생명뿐만 아니라 쾌락까지도 내포되어 있다. 이를 통해 생명과 쾌락이 구분되지 않은 세계를 모색한다. 그의 시에는 모든 만물이 서로 교류하며 사랑을 나눈다. 생태계의 상처를 치유하고 회생시키려는 그의 노력은 새로운 세계의 진실을 추구하고자 하는 열망을 벗어나지 않은 채 가장 근원적인 고향 체험을 가장 보편적인 정서로 끌어올린다.

이들 여성시는 자연과 여성의 동일화를 통해 존재의 본질과 생명의 소중함을 노래한다. 이를 통해 생태 파괴라는 현실 너머에 제도와 의식의 부패라는 사회적 모순이 자리 잡고 있음을 보여준다. 그러나 여성성의 문제, 구체적으로 생물학적 특성(전통적 여성성, 모성성)은 그렇게 부정적으로 드러나지 않는다. 오히려 여성성이 가지는 포용과 사랑의 원리를 통해 극복할 수 있다는 자세를 보여준다. 평화적이고 이상적인 이 방법은 정치적 실천력을 갖기에는 다소 미약해보이나 바람직한 삶의 방향을 인도하는 근본적인 지침이 될 수 있으며, 황폐해진 현실을 변화시킬 수 있는 긴요한 대안이라 할 수 있을 것이다.

## V. 결론

본고는 현대 여성시에 나타난 에코페미니즘적 상상력을 훼손된 삶의 공간에서 문학, 특히 시는 어떤 변화를 모색하는가 하는 관점에서 찾아보았다. 이를 위해 에코페미니즘의 형성과 수용과정을 검토하고, 여성시인들은 현실의 위기를 어떻게 인식하고 형상화하는지 그 특징과 그 의미를 알아보았다.

에코페미니즘은 여성과 자연이 동일한 지배구조에 의해 생명력이 파괴된다는 인식에서 출발하였다. 그리고 그 핵심은 남성중심적 지배질서로부터 여성을 해방시키는 데 있다. 그러나 기존의 페미니즘처럼 남성 패권주의의 억압과 차별 속에서 신음하는 여성의 실상을 폭로하거나 도전하는 데 중점을 두지는 않는다.

문정희, 정끝별, 나희덕, 김선우 시에 나타난 에코페미니즘은 여성을 주변의 대상이 아니라 새로운 세기를 이끌 수 있는 대안자로서 옹호하고, 자연과 인간에 대한 '평등'한 '관계 설정'을 제안한다. 그리고 존재의 본질에 대한 인식, 남성과 여성의 상호관계성, 생태학적 윤리체계, 인간의 몸과 욕망의 자유로움 등을 노래하면서 여성에 대한 남성의 태도와 인식의 변화를 유도한다. 그간 '억압/착취'의 대상으로 여겨온 타자(여성)를 주체로 받아들이고, 그 관계를 상호주체적인 것으로 재설정해야만 진정한 교감의 장을 열 수 있다는 것이다. 이들의 에코페미니즘적 지향은 21세기 불화를 견디는 새로운 힘을 보여준다는 점에서 현대시의 따뜻한 미래를 예감하게 하는 것임에 틀림없다.

본고의 의미는 그간 소략하게 다루어진 에코페미니즘 여성시를 본격화할 계기를 마련할 수 있다는 데 있다. 다만 몇몇 여성시인들의 작품에만 입각하여 한정적으로 서술했다는 점은 아쉬움으로 남는다. 에코페미니즘 여성시가 지향하는 범위는 보다 넓고 다양하게 확장될 수 있기 때문이다. 이 점이 해결된다면 에코페미니즘 여성시는 상호 텍스트적 '관계의 그물망' 위에서 보다 구체적이고 본격적인 연구가 이루어질 것이다.

02

# '여성의 몸'과 전복의 전략

—김언희 · 나희덕의 시를 중심으로—

## Ⅰ. 서론

90년대는 여성시의 '몸'에 대한 탐색이 본격화된 시기라고 볼 수 있다. 물론 여성시의 몸 전략이 이 시기에 처음 등장하였다는 의미는 아니다. 이는 이미 80년대부터 시작되어왔다.[1] 하지만 세기 전환기에 작품 활동을 시작한 여성시인들의 시는 앞 세대 여성시인들의 시세계와 다르다. 앞 시기 여성시가 이분법적 사유에 의한 가부장적 억압과 당대의 역사적 폭력성을 자각하고, 자기 소멸의 공포와 절망을 '조각난 몸'으로 형상화해 왔다면,[2] 90년대 이후 여성시는 조각난 몸에 새겨진 역사적 언어들이 휘발되고, 대신 분화된 몸의 부분들로 말하기 시작한다. 그리고 그것은 억

---

1) 80년대 이전까지 여성시에서 몸은 그다지 부각되지 못했다. 그러나 70년대 말 서구 페미니스트들의 논의가 우리나라에 번역되어 소개되고, 각 대학에 여성학 강좌가 개설되면서 여성들은 자기 몸과 섹슈얼리티에 대한 인식을 분명히 하였고, 여성시인들 또한 억압적 현실을 여성의 눈으로 바라보고 재구성하려는 욕망을 '몸'으로 표출해왔다. (김현자 · 이은정, 「한국현대여성문학사－시」, 『한국시학연구』제5호, 한국시학회, 2001, p.79 참조)

2) 위의 책, pp.77～78 참조.

압에서 나아가 위협과 우월을 표상하는 것으로 나아간다. 이는 당대 상황과 불가분의 관계를 가진다.

90년대는 전지구적 차원에서 그리고 국내적 차원에서 수많은 사건과 변화가 동반되었던 시기이다. 동구권의 몰락과 더불어 한반도의 냉전체제를 둘러싸고 있던 거대담론의 붕괴, 문민정부 출범 등은 하나의 이념으로 집결되었던 총체성을 해체하고자 하는 열망으로 나타났으며, 이것은 '포스트모더니즘'과 관련한 서구 이론의 유입에 의해 더욱 확산된다. 포스트모더니즘이 표방하는 탈중심주의적 세계관은 지금껏 권력을 행사해왔던 모든 전통적 가치를 와해시켰고, 그 균열의 틈을 비집고 나온 '몸'은 페미니즘운동과 맞물려 90년대 이후 여성시의 미학을 생산하는 데 큰 영향을 끼쳤다.[3)]

이때부터 여성시는 여성으로 표상되는 모든 타자의 말을 여성 자신의 몸으로 형상화하며 한국문학의 발전을 주도하기에 이른다. 여성주의 비평은 작품 속에 드러난 여성의 말을 충실하게 듣고 의미를 부여함으로써 여성시 연구에도 적지 않은 성과를 가져왔다.[4)] 그럼에도 불구하고 지금까지 논의되어 온 여성시의 '몸'을 살펴보면 미흡한 점이 없지 않다. 기존의 논의에서 '몸'은 페미니즘이나 생태학, 에코페미니즘을 주제로 다루는 데서 간략하게 언급되거나, 80년대에 주로 활동한 여성시[5)]에 한정되어

---

3) 김영옥, 「90년대 한국 '여성문학' 담론에 대한 비판적 고찰– 여성작가 소설에 대한 담론을 중심으로」, 『상허학보』제9호, 상허학회, 2002, pp.98~99 참조.

4) 오세영 외, 『한국 현대 시사』, 민음사, 2007, pp.531~535 참조.

5) 송지헌, 「현대 여성시에 나타난 '몸'의 전략화 양상– 김혜순의 시세계를 중심으로」, 『한국문학이론과 비평』제15집, 한국문학이론과비평학회, 2002, pp.371~392 : 전수련, 「한국 여성시에 나타난 몸 이미지 분석– 김정란, 김혜순, 최승자의 시를 중심으로」, 동국대문화예술대학원 석사학위논문, 1999. : 이주영, 「김혜순 시의 몸 이미지에 대한 고찰」, 중앙대 문예창작학과 석사학위논문, 2000. : 신진숙, 「김혜순 시에 나타난 몸적 주체와 탈근대성 고찰」, 『페미니즘연구』제9권제2호, 한국여성연구소, 2009, pp.197~232

있으며, 대개의 경우 억압의 측면에서 여성의 현실을 파악하는 데 집중돼 있다. 90년대 이후 여성시에 주목한 논의[6]가 없지는 않으나, 구체적인 작품분석이 소략하거나 2000년대 여성시에 주목되어 있어 여성시의 또 다른 면모에 대한 새로운 탐구가 필요해 보인다.

이 점을 전제로 본고는 90년대 이후 여성시의 발전에 뚜렷한 자취를 남긴 김언희 · 나희덕의 시에 주목했다. 두 시인은 여성의 몸을 토대로 문학사를 갱신했던 90년대의 대표적인 여성시인들이다. 물론 '몸으로 글쓰기'를 시도한 시인은 여성시인들 내부에서도 다양한 편차와 이질적인 목소리로 존재한다. 그러나 이들 시에 재현되는 몸의 이미지는 당대 여성시인들의 재현방식[7]과도 다르고, 각자 드러내는 방식 또한 다르다. 김언희는 절단된 몸, 오물 등을 통해 위협적인 몸을 드러내며, 나희덕은 인간의 범주에 들지 않는 자연을 모체로 삼아 여성의 생산적 특질을 강조한다. 공통적인 것은 이 몸들이 모두 남성/문명의 입장에서 볼 때 비정상적인 것이라는 점이다. 이는 여성을 생산적, 혹은 성적 대상으로 바라보는 남성의 시선을 거부하고, 규정된 여성성을 재정의하기 위한 전략이라 할 수 있다.

이러한 전략은 크리스테바의 논의에서도 찾아볼 수 있다. 크리스테바

---

이송희, 「김혜순 시에 나타난 몸의 언어」, 『한국문학이론과 비평』 제43집, 한국문학이론과 비평학회, 2009. pp.285~311

6) 이경옥, 「1990년대 여성시의 몸담론 고찰」. 중앙대 예술대학원 석사학위 논문, 2001. : 김순아, 「2000년대 여성시에 나타난 '몸'의 전략화 양상-김이듬 · 문혜진의 시를 중심으로」, 『한국문학논총』 제62집, 한국문학학회, 2012, pp.127~161

7) 90년대 이후에 주로 활동했던 박라연, 신현림, 박서원, 허수경, 정끝별, 김선우 등도 여성/타자의 문제에 대한 첨예한 인식을 몸으로 형상화해 왔다. 이들의 시에서 몸의 키워드는 모성과 섹슈얼리티이며, 특히 신현림, 김선우는 섹슈얼리티를 토대로 대상으로서의 (여)성 역할을 재현하거나, 여(모)성의 자유와 성적 쾌락을 드러내기도 한다. (김순아, 「현대 여성시에 나타난 섹슈얼리티의 전략-신현림 · 김선우의 시를 중심으로」, 『여성문학연구』 제29호, 한국여성문학학회, 2013. pp.259~292) 그러나 김언희는 모성과 섹슈얼리티를 거부하면서 '모성의 서사'를 폐기하는 것으로 나아가며, 나희덕은 모성을 강화하는 모습을 보여주지만, 섹슈얼리티의 면모는 보여주지 않는다.

는 남근중심적 사유에서 주장해온 주체는 사회 · 역사적 과정에서 만들어진 허구에 불과한 것이라고 하면서 '생각하는 존재' 대신 '말하는 주체'를 상정하였다. 이 주체는 근본적으로 탈중심적이고, 분열적이며, 언제나 과정 중에 있는 주체이다. '과정 중의 주체'는 가부장적 사회구조 속에서 주체가 되기 위해 필연적으로 겪어야 될 비체(abjection)화의 과정을 의미한다. 비체는 모성적 육체와 관련된다. 모체는 분리/분할이 불가능한 원초적 수용체이자 자기 분열을 체험하는 존재로서, 이질적인 타자성을 구현하는 기능을 한다. 이는 남근중심의 '주체'와 '근원'을 부정하고, 여성의 몸을 재의미화하고 있다는 점에서 두 시인의 시를 읽는 데 큰 도움을 준다.

이에 본고는 김언희, 나희덕의 시에 나타난 몸을 읽기 위한 전제로서, 크리스테바의 논의를 더욱 구체적으로 살필 것이다. 그것에서 시적 적용 원리를 추론한 후 두 시인의 시에서 여성의 몸이 구체적으로 어떻게 형상화되는지, 그리고 이를 통해 전달하는 의미가 무엇인지 작품을 통해 알아보고자 한다. 이러한 접근방식은 서로 다른 여성시인의 세계 인식과 지향점을 더욱 폭넓게 바라볼 수 있다는 점에서 의미 있을 것이다.

## II. 주체 형성 공간으로서 여성의 몸

줄리아 크리스테바(Julia Kristeva)는 프로이트와 라캉의 정신분석학에서 해석하는 '상징계 언어'[8])를 재해석하고 남성중심적 질서를 공격한 프

8) 프로이트와 라캉에 따르면 여성은 남성의 주체성을 확립해주는 타자로 존재한다. 프로이트는 남근의 유무를 통해 남성의 우월함을 주장한다. 이를 언어학적으로 재해석한 라캉은 <상상계>, <상징계>, <실재계>로 단계를 나누어 성정체성을 구분한다. 그에 따르면 아이는 언어를 습득하면서 성차를 인식하게 되고 아버지의 법이 다스리는 상징계로 진입하게 된다. 상징계는 아버지로 대표되는 가부장적 세계이

랑스페미니스트이다. 그녀는 주체에 대한 기존의 관념이 허구적인 것이며, 사회 · 역사적 산물일 뿐이라고 주장하면서 데카르트의 '생각하는 존재' 대신 '말하는 주체'를 상정하였다. 이 주체는 단순히 말하는 존재가 아니라 속속들이 언어로 풀려질 수 있고, 언어로 구성되어 있는 존재이며, 분열된 주체이고 과정 중의 주체이다. 따라서 주체는 표상 · 각인 · 의의 등이 결형(結形)되는 장소 이상의 의미는 없다. '의미화 과정'은 주체형성의 과정에서 일어나는 '의미생성의 과정'이라 할 수 있다.[9]

크리스테바는 『시적언어의 혁명』에서 라캉의 상상계와 상징계를 기호계와 상징계로 환치하여 의미생성화의 과정을 설명한다. 그녀에 따르면 기호계는 라캉의 거울단계 이전, 전-오이디푸스 단계에 해당하는 육체적인 공간이며, 주체가 언어에 진입하기 이전에 이루어지는 언어의 출발점이다. 그녀는 이 지점을 플라톤의 『티마이오스』에 언급된 "코라"라는 용어를 차용해 설명한다. 코라는 육체 안의 본능들과 심리적 충동이 흘러다니는, 유동적이고 모순적이며, 통일성이 없고, 분리/분할이 불가능한, 의미를 형성하는 공간(자궁)이다. 유아는 이 공간에서 자신과 어머니를 구별하기 위해 분리를 시도한다.[10] 그녀는 이 분리의 과정을 압젝션(abjection)이라는 용어로 설명한다. 압젝트[11]는 아이가 주체성을 세우기 위해 언어체계와 더불어 상징계로 진입 할 때 반드시 추방해야 하는 것들

---

다. 남아는 상징계에서 언어의 기표인 남근과의 관계에 의해 주체성을 획득할 수 있지만 거세된 여아는 상징계의 객체밖에 될 수 없다. (박찬부, 『기호, 주체, 욕망 - 정신분석과 텍스트의 문제』, 창작과 비평사, 2007. 참조)

9) 박재열, 「줄리아 크리스테바의 시적 언어와 그 실제」, 『영미어문학』제46호, 한국영미어문학회, 1995, pp.82~83 참조.

10) 노엘 맥아피, 이부순 역, 『경계에 선 줄리아크리스테바』, 앨피, 2004, pp.48~49 참조.

11) 압젝트는 압젝션을 유발하는 심리적 부정물로, 주로 오물, 똥, 정액, 침, 땀, 피 등과 같은 육체적 오물들이고 부패, 감염, 시체, 추방되어야 하는 금기나 부정물, 범죄, 도덕적 위반행위 등과 같이 문화적 · 개인적으로 공포를 일으키고 메스꺼운 것들의 총체이다.(위의 책, pp.91~95 참조.)

이다. 그러나 그것은 아이가 상징계로 진입한 이후에도 결코 완전히 제거되지 않고 끝없이 위협한다. 때문에 아이는 상징질서를 거주할 수 없는 곳으로 여기며, 자신이 최초에 머물렀던 공간으로 되돌아가고자 한다.[12] 그러나 초기 상태로 돌아가는 것은 사실상 불가능하다. 이때 유아는 상징계와 기호계를 넘나들며 경계선을 흔든다. 경계선적 주체는 그 정체성이 본래 있어야 할 자리에 고정되어 있지 않기 때문에 '과정 중의 주체'이며, 이 존재의 정체성은 기호적 언어로 생산되는 언어의 이종성, 다음성과 다의성으로 인해 끊임없이 붕괴된다.[13]

그러나 '과정 중의 주체'가 자아 파괴로만 나아가는 것은 아니다. 크리스테바는 『사랑의 역사』에서 기호계에 대한 새로운 윤리를 제시한다. 그것은 '내안의 것에 대한 사랑뿐 아니라 나를 포함하여 새로운 무언가를 만들어내는' 사랑을 의미한다.[14] 그녀는 임신한 여성의 몸을 통해, '하나이면서 하나가 아닌 둘'을 체험하는 것, 새로운 세계를 품고 있는 하나의 세계, 자신의 분신과 함께 하는 것 등으로 이야기하면서 모성을 '분열되고 변화하는 정체성'으로 설명한다. 그리고 사랑의 관계 맺기는 자기 안의 타자를 체험함으로써 자신의 정체성에 대한 분열을 경험한 후, 분열된 주체로서 말하는 주체가 자신 안의 타자에게 말을 건네고 그 말과 어조와 리듬이 또 다시 아이에게 어머니와의 융합으로 전해지는 것이라고 말한다.[15] 만약 분열이 전제되지 않는다면, 주체는 기호계나 상징계 중 어느 한쪽의 힘에 전적으로 지배되어 자기 의미와 정체성을 완전히 잃어버리게 된다.

때문에 크리스테바는 기호계가 자신을 강렬하게 드러내는 곳에서도 상징계적 움직임은 항상 존재해야 한다고 반복해서 이야기한다.[16] 의미

12) 위의 책, pp.96~98 참조.

13) 위의 책, p.197

14) 줄리아크리스테바, 김인환 역, 『사랑의 역사』, 민음사, 2008, p.227 참조.

15) 임현주, 「타자성 · 반항 · 자유: 줄리아크리스테바」, 『여/성이론』통권제7호, 도서출판 여이연, 2002, pp.257~258 참조.

화실천은 복수적인 기원 또는 충돌의 결과이기 때문에 단일하고 고정된 의미를 생산하지 않는다.[17] 그래서 그녀는 단 하나의 진리, 혹은 담론이 생산되지 않도록 하는 연기(perform)의 언어를 강조한다.[18]

그녀가 주장하는 '압젝트(abject, 卑體)'로서의 몸과 '타자를 안고 있는' 몸은 과정 중의 주체, 분열된 주체로서의 말하는 주체가 상징질서에 저항하고, 개인의 다양한 존재방식 등을 주장하고 있다는 점에서 두 시인의 시를 읽는 데 좋은 참조점이 된다.

## Ⅲ. 시에 나타난 여성의 몸과 전복의 전략

크리스테바에 따르면 여성의 육체는 신성한 것이든 더럽혀진 것이든 일종의 은유로서 가부장적 규범의 긍정성을 확정해주는 구실을 한다. 근대의 이성으로 무장한 남성 주체들은 근대적 제도와 질서를 만들어가는 과정에서 자기 바깥의 존재들을 비인격적인 자연으로 규정했다. 이 과정에서 자신의 몸을 잃어야했던 여성들에게 몸은 자발적으로든 비자발적이든 가부장제와 공모하는 지점이 된다. 그러나 가부장적 상징질서는 어머니의 기호계와의 관계 속에서 이루어지는 것이기에 전복의 가능성은 항상 존재한다.[19] 김언희 · 나희덕은 이러한 전복의 가능성을 상징질서에서 거부하는 몸으로 드러낸다. 이를 통해 가부장적 폭력성을 전복하는 동시에 여성의 새로운 이미지를 제시한다. 그러나 그 지향점과 형상화방식은 확연히 다르다.

---

16) 팸 모리스, 강희원 역, 『문학과 페미니즘』, 문예출판사, 1999, p.240
17) 노엘 맥아피, 이부순 역, 『경계에 선 줄리아크리스테바』, 앨피, 2004, pp.60~61 참조.
18) 위의 책, p.198
19) 위의 책, pp.10~11 참조.

김언희는 가부장질서의 전복을 꿈꾸는 여성의 욕망을 압젝트(卑體, 추방)로서의 몸으로 재현한다. 그의 시에서 몸은 시체, 오물 등으로 형상화되며, 아버지의 상징질서를 조롱하고 위협하는 것으로 나아간다. 반면, 나희덕은 "언제나 타자이며, 흐르고 몰려드는, 통제하지 않으면 걷잡을 수 없이 더러운 자연"[20]을 수많은 생명체를 안고 있는 모체로 삼아 생명생성과 변화를 추동하는 창조적 여성성을 강조한다. 오물이나 자연은 모두 가부장적 세계에서 추방되어야 할 의미 없는 존재이나, 이들 시에서는 변화, 역동성, 유동성을 가진 '과정 중의 주체', '분열된 주체'로서, 단일성 · 안정성 · 고정성을 추구하는 상징질서를 전복하고 여성적 주체의 새로운 가능성을 보여준다.

## 1. 비천한 몸으로서의 반항과 위반: 김언희

김언희[21]는 90년대의 가장 전투적인 페미니스트로서 상징질서 안에서 자신에게 부여된 위치에 대한 파괴적인 전복성을 보이면서 출발한다. 그것은 분열적, 공격적, 자학적, 구문해체 등의 어법으로 나타나며, 이러한 특징으로 그의 시는 여성적 글쓰기에서 억압되었던 육체와 욕망에 대한 집요한 천착으로 여성시의 영역을 음지의 끝까지 확장시켰으며, 가부장적 현실에 대한 부정의 형식을 창출해왔다는 평가를 받고 있다.[22] 그런데 기존의 논

---

20) 김혜순, 『여성이 글을 쓴다는 것은』, 문학동네, 2002, pp.202~203

21) 1953년 경남 진주에서 태어나 경상대학교 외국어교육과에서 수학했다. 1989년 『현대시학』에 「고요한 나라」 외 9편의 시로 등단했고, 2004년 박인환문학상 특별상을 수상한 바 있는 그는 시집, 『트렁크』(세계사, 1995), 『말라죽은 앵두나무 아래 잠자는 저 여자』(민음사, 2000), 『뜻밖의 대답』(민음사, 2005) 등을 통해 극단의 해체적 사유와 함께 90년대 여성시의 첨단을 대표하는 시인으로 주목받고 있다.

22) 권경아, 「극한의 상상력 그 환멸의 시, 혹은」, 『시와세계』제10호, 시와세계, 2005, pp.281~291 : 김윤정, 「존재의 글쓰기와 구멍－김언희론」, 『시와세계』제6호, 시와세계, 2004, pp.214~228

의들은 '몸'의 특성을 배재한 채 일반적인 차원에서 전개하거나, '언어적 실험성'에 초점을 맞춤으로써 시인이 인식하는 몸의 의미를 충분히 검토했다고 보기 힘들다. 따라서 이 글에서는 그의 시에서 몸의 의미를 보다 구체적으로 살펴 여성시 특유의 인식과 표현의 특성을 조명하고자 한다.

김언희의 시에서 몸은 똥, 고기, 피부, 구멍 등으로 구체화된다. 이는 몸의 가장자리, 혹은 몸에서 흘러나오지만 자신이 통제할 수 없는 몸의 부분들로서, 상징질서에서 주변화된 타자의 몸을 드러내는 것이자 크리스테바가 지적하는 '압젝트(abject, 卑體)'[23], 곧 주체와 타자, 안과 밖의 경계선을 뒤흔드는 여성의 몸이라 할 수 있다. 더러움과 역겨움을 환기하는 이 비천한 몸들은 여성의 몸에 대한 기존의 인식, 즉 생산적 '몸(자궁)'에 대한 기존의 해석을 전복하는 것으로, 남근중심의 사회가 거부하는 것을 거부한다는 의미에서 '거부의 거부', 곧 '이중 거부'의 양식을 취하는 위반의 정신이라 할 수 있다. 성스러움을 얻기 위해 속스러움을, 자유를 얻기 위해 오히려 구속을 추구하는 역설적 행위가 바로 위반의 본질[24]인 것이다.

위반의 정신을 수행하는 몸들은 수동적이고 무력한 대상으로 형상화되지 않는다. 화자들의 몸은 그 자체로 강렬한 힘을 분출하면서 기존 질서에 길들여진 허약한 남성의 몸을 위협하는 것으로 나아간다. 이는 여성의 몸을 성적 대상으로서의 몸, 혹은 아이를 생산하는 성스러운 어머니의 몸으로 규정하는 기존 이데올로기에 대한 극단적인 반항으로, 여성이 오히려 가부장적 사회를 위협하는 공포스런 타자로 전환될 수 있음을 보여

---

이혜원, 「훼손된 육체, 상처의 시－김언희론」, 『관점21』제7호, 게릴라, 2000, pp.66~78 : 문혜원, 「전시하는 육체와 전시된 육체, 바라본 구멍과 내 몸의 구멍－ 김언희론」, 『오늘의문예비평』통권 58호, 오늘의문예비평, 2005, 8, pp.56~69

23) 크리스테바는 이 비천한 몸을 음식물과 관계있는 구강, 배설물과 연관되는 항문, 성차와 관계가 있으며 성욕을 의미하는 생식기 등 세 가지 형태로 제시하고 있다. (한국여성연구소, 『여성의 몸－시각 · 쟁점 · 역사』, 창작과비평사, 2005, p.79)

24) 전미정, 『한국 현대시로 본 에코토피아의 몸』, 맥락, 2005, p.142 참조.

준다. 이는 김언희 시의 전반적인 특징이며, 첫시집 이후 갈수록 심화되는 양상을 보인다.

> 태어나 보니/ 냉장고 속이었어요// 갈고리에 매달린 엉덩짝이 나를/ 낳았다는데 무엇의 / 엉덩짝인지/ 아무도 모르더군요// 지하식품부/ 활짝 핀 살코기 정원에서/ 고기가 낳은/ 고기// ...날 때부터 고기/ 였어요/ 육회와 수육/ 창창한/ 肉切機의 세월이 기다리고 있다고
>
> – 「태어나 보니」 부분[25)]

위 시에서 말하는 주체는 "고깃덩어리"라는 음식물로 환치되어 있다. 신체의 일부이자 하나의 물질에 불과한 "고기"는 "냉장고"로 은유된 폐쇄적인 가부장 세계에서 스스로를 온전한 신체로 인지할 수 없는 여성의 현실을 보여준다. 지배 질서에 의한 소멸의 공포와 절망을 하나의 음식물로 대치하여 보여주는 것이다. 이러한 자기 파괴는 억압적 현실을 폭로하고 자기 정체성을 되찾기 위한 하나의 전략이다.

말하는 주체는 자기 정체성을 되찾고자 자기를 낳아준 어머니의 몸을 부인한다. 어머니를 "갈고리에 매달린 엉덩짝", "무엇의/ 엉덩짝인지/ 아무도 모르"는 "고기"라고 부정함으로써 자신의 몸에서 엄마와 동일한 성(性)을 부인하는 것이다. 그러나 어머니의 몸으로부터 완전히 자유로워질 수는 없다. "고기가/ 낳은 고기"라는 언술은 자신이 결국 "고기"라는 것이며, 그 부정적인 어머니와 분리가 불가능함을 표상한다. 따라서 말하는 주체는 상상계의 공격성으로 육체를 절단하게 되며 자신의 정체성을 "고깃덩어리"와 동일시한다. 즉 상징질서 내의 위치를 상실하면서 상징질서가 규정지어 놓은 정상적인 몸이 아닌 몸의 일부로 변모하여 자기 정체성을 연기(演技)하는 것이다.

---

25) 김언희, 『트렁크』, 세계사, 1995, p.63

상징질서 안에서 이상화되었던 여성이미지에 정면으로 도전하여 비천한 몸으로 자기 정체성을 연기하는 화자는 스스로를 "날 때부터 고기/ 였어요"라고 하면서 마침내는 "육회와 수육"이 되고 말 생을 노래한다. 즉 하나의 역할을 연기하고 그것을 패러디함으로써 여성의 몸을 하나의 도구로 인식했던 남성문화를 전복하고자 하는 것이다. 여기에 부가된 '해요체'의 여성적 어법과 구문반복, 수사적 생략법 등은 은유적 유사성을 전복하고, 그간 침묵을 강요당해온 여성의 목소리를 드러내는 데 효과적인 장치로 사용된다. 이런 면모는 80년대 여성시에서 보이는 '조각난' 몸의 연장선상으로도 읽을 수 있을 것이다. 그러나 근대 이성의 균열과 지배중심이 해체된 지점에서 출발한 그의 시는 여기에 머물러 있지 않는다. 조각난 몸의 부분들은 남성성을 조롱하고 위협하는 존재로 나아간다.

> ① 모든 애비는/ 의붓애비 / 아버지,// 아버지,/ 개가죽을 쓰고 오세요……
>
> ―「아버지, 아버지」 부분[26]

> ② 하지만 아버지/ 이제, 내가. 아버지의 / 아가리에/ 똥을 쌀/ 차례죠…… 이제, 내가, 아버지,
>
> ―「가족극장, 문고리」 부분[27]

인용한 두 편의 시에서 말하는 주체는 '아버지'로 대표되는 상징질서를 위협하는 모습으로 나타난다. 시 ①의 화자는 "모든 애비"를 "의붓애비", 곧 "계부"의 자리에 놓는다. "계부"는 아버지의 역할을 대신하는 '가짜아버지'이며, 자식에게 아무런 의미가 없는 존재이다. 따라서 아버지가 상징하는 법과 제도는 아무 의미를 가지지 못한다. 화자는 이 '가짜아버지'

---

26) 위의 책, p.22.
27) 김언희, 『말라죽은 앵두나무 아래 잠자는 저 여자』, 민음사, 2000, p.95.

에게 다정한 어조로 "아버지, 개가죽을 쓰고 오세요……"라고 속삭인다. "가죽"은 피부의 껍질이자 몸의 가장자리에 속하는 부산물이며, "개"는 인간의 범주에 들지 못하는 짐승으로, "개가죽"은 곧 압젝트의 대상에 해당된다. 따라서 "개가죽"은 상식, 윤리, 법률 등 상징적 아버지의 질서를 전복하고, 아버지의 권위를 실추시키려는 여성의 전복성을 실체화하는 장치임을 알 수 있다. 아버지의 입장에서 볼 때 자신의 몸이 가장자리에 해당하는 "가죽"이라는 것은 인정하기 어려운 일이며, 그것을 깨닫게 될 때 가부장들은 맥없이 무너질 수밖에 없다. 이런 발상법은 아버지로 대표되는 세계의 허위를 폭로하는 기능과 동시에 여성/타자의 존재가 가부장적 사회에 위협을 가하는 존재로 전환될 수 있음을 단적으로 보여준다. 이렇게 아버지의 정체성을 위협하는 시인의 전략은 몸을 가로지르는 배설물을 아버지의 몸에 투척하는 극단적인 방향으로 나아간다.

시②에서는 "아버지의/ 아가리에/ 똥을 쌀/ 차례죠" 같은 표현을 통해 아버지의 질서를 전복하는 모습을 보여준다. 화자는 가장 권위적인 존재인 '아버지'의 '입'을 "아가리"로 표현하면서, 그 "아가리에/ 똥을" 싸겠다고 위협한다. '아가리'는 육체의 구멍에 해당되는 것으로, 손상받기 쉬운 신체의 부분을 상징한다. 그리고 "똥"은 몸에 흐르는 유동체이자 건강한 신체를 유지하기 위해 배출해야하는 몸의 배설물, 곧 압젝트의 대상에 해당된다. 몸의 내부에 있을 때는 존재의 조건이지만, 일단 외부로 배설되면 오물을 상징하는 것이 바로 "똥"이다. 따라서 "아버지"의 입에 "똥"을 싸겠다는 것은 여성/타자를 열등한 존재로 치부해온 가부장적 폭력에 정면으로 맞서겠다는 의도이다. 그런 점에서 "똥"은 가부장적 상징질서가 구성해내는 여자의 몸으로 거듭나지 못한 자신의 억압된 심리를 형상화한 것이라 할 수 있다. 이런 심리는 여성적 글쓰기의 특징인 리드미컬한 반복성, 구두점의 과용 등을 통해서도 나타난다. 이것은 모순된 현실 상황에 맞서는 김언희의 독특한 시도이며, 치열한 대응 방식으로 해석된다.

상징질서를 가로지르는 그녀의 전략은 성적 '섹슈얼리티'[28]의 이미지를 통해 더욱 부각된다. 성은 상징질서에서 금기해 온 대표적 상징이며, 이를 노골적으로 드러내는 것보다 원색적인 반항도 없다. 그만큼 성에 기댄 반항은 도발적이다.

> 못 느끼겠니……?/ 못의/ 엉덩이를 두드려가며 깊이/ 깊이 못과/ 교접하는/ 상처의/ 질// 의 / 탄력?
>
> —「못에게」 부분[29]

섹슈얼리티는 일반적으로 두 존재의 결합을 통한 생명 생성의 의미를 갖지만, 김언희 시에서는 생명보다는 파괴, 특히 부권질서를 전복하는 장치로 사용된다. 이 시에서 시인은 "교접"이라는 단어를 통해 섹슈얼리티의 행위를 적나라하게 드러낸다. 주목되는 것은 이 시의 말하는 주체가 "질(여성)"이라는 점이다. "질"은 여성의 성기를 직접 드러낸 것으로 여성의 고유성을 상징한다. 이것은 정신을 중시하는 남성적 상징질서에서 금기해온 대표적인 것이며, 추방되어야 할 요소이다. 이 시에서 "질"은 못에 의해 상처 입은 여성의 모습을 보여준다. 이 상처는 상징질서 내에서 주체성을 확보하지 못한 여성을 환기한다. 주체성을 갖지 못한 "질"은 경계선에 머물면서 상징질서를 흔들고 남성적 주체를 무기력한 상태로 환원시켜 버릴 "탄력"적인 존재로 변한다.

말하는 주체인 "질"은 "못의 엉덩이를 두드려가며" 교접을 시도한다. 그런데 이 "못"은 교접의 과정에서 느껴야 할 쾌락을 느끼지 못하고 있다. 그

---

28) 섹슈얼리티(sexuality)는 성교나 성행위와 같은 구체적인 성행동을 포함하지만 보다 포괄적 의미로 19세기 이후에 만들어진 개념이다. 즉 인간의 성생활과 연관되는 행위, 관계방식, 선호양식, 사회적 규범, 심리적 구조 등을 포괄하는 것이 바로 섹슈얼리티이다. (송명희, 『섹슈얼리티 · 젠더 · 페미니즘』, 푸른사상, 2001, pp.60~61 참조.)

29) 김언희, 『트렁크』, 세계사, 1995, p.23

런 "못"에게 화자는 "바보", "먹통"이라는 야유를 보낸다. 이것은 남성의 몸이 오히려 여성에게 종속되어 있다는 것을 보여준다. 즉 못으로 비유된 남성은 질의 탄력이 있어야 실존이 가능하며, 여성의 질에 기댈 때만이 남성이 존재할 수 있다는 것이다. 종속된 존재가 여성이 아니라 남성이라는 점은 가부장제 사회가 설정해놓은 제도와 규범을 파괴시키는 파격적 행태로, 오이디푸스적 남성의 위계적 지위와 도덕적 권위를 전복하기 위한 하나의 전략이다. 여기에 치받쳐 오르는 코라 에너지는 의문사 반복, 구어체 사용, 문장의 배열 바꾸기 등을 통해 상징질서를 공격하는 작업을 수행함으로써 자아의 내면에 있는 억압으로부터 해방을 생산한다.

나아가 시인은 여성의 몸에 있는 자궁을 '기계'에도 부여하여, "회전수축하는/ 기계 질(膣)"이 "쭈글쭈글한 껍데기 세상(기존질서)"을 "퉤 뱉어버"리는 (「탈수중」), 즉 남성의 몸을 완전히 사라지게 할 수도 있다는 위협적 여성을 보여주기도 한다. 그리고 더욱 극단적인 형태로서 시체를 보여주기도 한다. 크리스테바에 따르면 시체는 배설물과 관련한 압젝션의 극단적인 형태로서, 주체의 필연적인 미래를 가장 적나라하게 보여준다.

> 물에 취한 시체, 시체에 취한 물, 시체에/ 취한 시체, 시체 속에서/ 다른 시체가/ 노래/ 부른다// (더 이상 밤이 두렵지 않은 충전식 환희)
>
> ― 「저수지」 부분[30]

시체는 생명력이 없는 부패한 육체로서 오물들 중에서 가장 역겨운 최고의 압젝션이다.[31]

이 시에서 시체는 「저수지」의 물속에서 떠다닌다. '물'은 삶과 죽음의

---

30) 김언희, 『말라죽은 앵두나무 아래 잠자는 저 여자』, 민음사, 2000, p.33.
31) 한국여성연구소, 『여성의 몸 – 시각 · 쟁점 · 역사』, 창작과비평사, 2005, pp.83~84 참조.

의미를 동시에 가진 것으로 여기에서는 어머니의 기호계로 볼 수 있다. 저수지 속을 떠도는 시체는 기호계로부터 벗어나 상징계로 진입을 시도하지만 결코 상징계 안으로 편입될 수 없는 자아의 모습을 보여준다. 어머니를 떠나 아버지의 질서 속으로 들어가야만 온전한 인간이 될 수 있지만, 어머니의 몸과의 분리는 불가능한 것이다. 물이 흘러가지 않고 고여 있는 "저수지"는 그런 불가능성을 보여주기 위한 장치로 볼 수 있다. "물에 취한 시체, 시체에 취한 물, 시체에/ 취한 시체," 속에서 자아는 도망칠 수도 벗어날 방법도 없다.

그래서 말하는 주체는 자기 정체성을 영혼 없는 육체, 비(非)육체, 불안정하게 흔들리는 물질인, "시체"로 연기하며 죽음 이후의 환상을 노래한다. 이것은 죽지 않기 위해 죽음을 감수하며 이를 뛰어넘으려는 시인의 욕망을 보여주는 것이라 할 수 있다. 극단적인 고립과 한계상황에 직면한 자아가 부르는 절박한 노래, 즉 죽음과도 같은 세상에서 살아남기 위해 오히려 그 세계를 예찬하는 것이다. 낯설고 공격적인 비유, 동어 반복 등의 리듬은 어머니의 코라적 에너지를 분출하면서 상징질서의 경계를 가로지른다. 그 틈으로 새어나오는 자아의 노래는 카니발적 즐거움을 생산하면서 "더 이상 밤이 두렵지 않은 충전식 환희"로 변용된다. 이는 생명을 얻기 위해 역설적으로 "시체"를 도구로 삼는 파시즘적 역저항, 말하자면 자기 정체성을 분해시켜버림으로써 안정성, 통일성을 지향하는 기존의 질서를 전복하는 위반의 전략이라 할 수 있다. 이러한 "환희"는 초현실적 무시간의 분위기를 만들고 상징질서 이전의, 무정부주의적 환상을 보여주기도 한다.

> 그것들은 서로를 무엇이라고도 부르지 않는다 그것들은 서로의 머리 뚜껑을 발딱 열어젖히고 철철철 오물을 갈긴다 서로의 머리카락에 불을 지르고 불구경을 한다 그것들은 서로의 배를 갈라 돌덩이를 집

어넣는다 서로의 자궁 속에 똥을 눈다 그것들은 추잡한 애정으로 서로를 애무한다 엉겨붙고 찢어발기고 헐떡거리고 으르렁거린다 그것들은 서로의 이빨로 서로를 씹는다 서로의 목구멍으로 서로를 삼킨다 그것들은 번갈아가며 서로의 가랑이 사이에서 식칼을 파낸다 칼끝이 휘어진 부엌칼은 치명적인 회전문 그것들은 서로를 향해 광견처럼 짖어댄다 그것들은 서로를 평온한 마음으로 도살한다 서로를 통조림으로 만들어 한평생 서로에게 먹인다 먹는다

– 「회전문」 전문[32]

위 시에서 시인은 여성의 몸을 「회전문」으로 상정하여 규제 불가능한 코라의 에너지를 보여준다. "주체가 탄생하기 전, 무정형으로 무한한 코라의 공간은"[33]은 시 속에서 말하는 주체를 보여주지 않으며, "그것"으로 지칭되는 대상 또한 무엇을 의미하는지 모호하게 흐린다. 이는 가부장적 상징질서가 구성해내는 존재로 거듭나지 못한 여성/타자의 욕망을 더욱 강렬하게 드러내기 위한 장치라 할 수 있다. 즉 "그것"은 상징 언어로는 드러낼 수 없는 여성의 억압되고 좌절된 욕망의 덩어리인 것이다. 이를 드러내기 위해 시인은 여성의 몸을 "문"으로 사용한다. 문을 열자 "오물", "자궁", "똥", "가랑이" 등 상징계에서 추방된 온갖 불결한 요소들이 한꺼번에 분출되어 솟구친다. 이는 기호적 · 상징적 동일시를 동시에 무너뜨리기 위한 장치로서, 남성이 지배하는 사회에서 타자들이 느끼는 불안, 소외, 억압의 심리를 역설적으로 나타낸 것이라 할 수 있다. 그간 억압되어온, 혹은 보이지 않는 것으로 취급되어온 몸을 더욱 투명하게 드러냄으로써 가부장적 사회의 허위와 허상을 꼬집는 것이다. "서로를 무엇이라고도 부르지 않"고, 서로에게 "철철철 오물을 갈"기고, "머리카락에 불을 지

32) 김언희, 『뜻밖의 대답』, 민음사, 2005, p.109
33) 임현주, 「타자성 · 반항 · 자유: 줄리아크리스테바」, 『여/성이론』통권제7호, 도서출판 여이연, 2002, p.251

르고", "돌덩이를 집어넣"으며, 서로의 "자궁 속에 똥을"누고, "엉겨붙고 찢어발기고 헐떡거리고 으르렁거"리면서 "서로의 가랑이 사이에서 식칼을 파"내는 "그것"들은 억압되었던 자의 심리를 풀어주는 역할을 하면서, 초현실의 무시간적 · 무정부적 분위기를 만든다. 주체와 대상 간의 경계가 통째로 흔들리고, 안팎의 경계가 무너지면서 그 틈 사이로 과격하고, 서두르고, 급한 언술들이 경련적으로 쏟아진다. 이러한 코라의 에너지로 인해 아버지의 상징질서는 더 이상 지탱할 수 없을 정도로 분쇄된다. 이러한 기호계의 폭발은 남성/문명 등으로 표상되는 중심 질서를 파괴하고 새로운 세계를 건설하고자 하는 위반의 욕망을 보여주는 것이라 할 수 있다.

김언희의 시에서 몸은 남성 위주의 문화가 지닌 모순을 폭로하고, 이를 위반하는 전략으로 사용된다. 그는 자아-대상을 부정하고 가부장질서가 추방한 몸(abjection, 卑體)의 부분들을 불러와 거기에 자신의 정체성을 확립시킨다. 이는 기호계적(전통적) 어머니와 상징계적 아버지를 동시에 부정하기 위한 것이며, 때문에 더러운 몸, 부산물, 신체절단 등의 이미지들이 많이 드러나게 된다. 이것들은 진정한 의미의 여성(타자)성을 찾으려는 '과정 중의 주체'로서, 여성의 몸에 각인된 기존의 이데올로기를 걷어내고, 여성으로 표상되는 타자의 의미를 재정의하기 위한 위반의 전략으로 사용된 것이다. 물론 이러한 재현방식은 여성의 몸을 여전히 부정적으로 보여주고 있다는 점에서 한계로 지적될 수 있다. 그러나 여성(성)에 대한 고정관념을 폐기하고 여성의 위치가 주변이 아닌 얼마든지 변경 · 역전 가능한 것임을, 여성의 육체를 다르게 사고하는 일이 얼마든지 가능한 것임을 보여주고 있다는 점에서 소중한 의미를 가진다.

## 2. '타자를 안고 있는 몸'의 열림과 상생: 나희덕

나희덕[34]의 시는 자기해체와 부정으로 귀결되던 김언희의 시와 전혀 다른 측면에서 전개된다. 그는 자연을 모티브로 긍정적 여성주의를 만들어갈 가능성을 보여준다. 자연은 수많은 생명체를 안고 있는 거대한 몸으로, 자기 안에서 생명을 길러내고 생성과 소멸의 유장한 흐름에 따라 일회적 존재의 운명을 넘어서는 여성의 창조적 삶을 표상한다. 때문에 그의 시는 주로 생태학, 에코페미니즘의 측면에서 연구되어 왔다.[35] 그런데 기존의 논의는 그의 시에서 자연을 세계의 기원으로만 바라봄으로써 시에 내재된 몸의 의미를 충분히 파악했다고 보기 힘들다. 그의 시에서 자연은 '흙', '나무', '물' 등으로 구체화되며, 이것들은 분명 문명 이전의, 근원적 모체와 연결된다. 그러나 간과하지 말아야 할 것은 이 자연물들이 형태 변화나 자리바꿈을 통해 끊임없이 움직이고 변한다는 점이다. 움직임과 변화는 '새로움', '미래'를 전제로 하며, 그런 점에서 나희덕 시의 몸은 기

---

34) 1966년 충남 논산에서 태어나 연세대학교 국어국문학과를 졸업하고 동 대학원에서 박사학위를 받았다. 1989년 중앙일보 신춘문예에 시「뿌리에게」가 당선되어 등단하였으며, 저서로는『뿌리에게』(창작과비평사, 1991), 『그 말이 잎을 물들였다』(창작과비평사, 1994), 『그곳이 멀지 않다』(민음사, 1997), 『어두워진다는 것』(창작과비평사, 2001), 『사라진 손바닥』(문학과지성사, 2004) 『야생사과』(창비, 2009) 등 총 6권의 시집과 산문집『반통의 물』(창작과비평사, 1999), 시론집『저 불빛들을 기억해』(하늘바람별, 2012) 등을 상재하여 역량 있는 90년대 여성시인으로 주목받아왔다.

35) 지주현, 「나희덕 시에 나타난 생태주의적 특성」, 『한국문학이론과 비평』제52집, 한국문학이론과비평학회, 2011, 9. pp.111~136 : 정문순, 「어머니, 영원한 타자의 이름인가? – 나희덕과 김선우 시의 모성적 인식에 대해」, 『오늘의문예비평』제44호, 2002, 3. pp.172~190 : 박종덕, 「여성시의 어머니–몸 구현 양상 연구– 나희덕, 김선우의 시를 중심으로」, 『비평문학』통권38집, 한국비평문학회. 2010, 12, pp.222~237 : 류경미, 「나희덕 시 창작의식 연구」, 단국대학교 석사학위논문, 2002. : 나유덕, 「나희덕 시 연구」, 교원대학원 연구논문, 2004. : 고은정, 「나희덕 시 연구」, 고려대학교교육대학원 석사학위논문, 2005.

원이 아니라 그곳에서 다시 미지의 곳으로 나아가는, 즉 어머니의 흔적을 간직한 채 '분열되고 변화하는 정체성'으로 읽을 수 있다.

분열과 변화는 통합되지 않은 것, 유동적인 것으로서 절대적 진리나 일관성을 강조하는 상징질서를 거부하는 것이며, 나희덕 시에서 이 분열과 변화는 크리스테바가 지적하는 '타자를 안고 있는 몸'(자궁)과 연결해 읽을 수 있다. '자궁'은 여성 몸의 고유한 특징[36]으로서 '하나가 아닌 둘' 혹은 '하나 속의 둘'을 상징하는 동시에 모순과 합일, 복수성, 변화성 등을 의미한다. 이러한 특징으로 볼 때 그의 시는 크리스테바 식의 틀로만 해석하기에는 석연치 않은 점도 있다. 사실 크리스테바는 여성의 고유성을 부각하여 여성적 글쓰기만의 '차이'를 강조한 페미니스트는 아니기 때문이다.[37] 그러나 자기 안의 타자를 통해 규정된 모성을 벗어나면서도 모성을 긍정하는 새로운 모성을 제시하고 있다는 점에서 나희덕 시를 읽는 좋은 참조가 된다.

시인이 제시하는 모성은 언제나 타자 속에 숨어 있다. 어머니는 자신의 정체성을 파열시킴으로써 타자들에게 현존을 선사한다. 크리스테바에 따르면 자아가 자기정체성을 확보하려면 그 자신의 일부를 포기해야만 하는데,[38] 이것이 나희덕의 시에서는 모체의 죽음으로 나타난다는 것이다. 그러나 그 죽음은 자아와 타자의 정체성을 생성하기 전제조건일 뿐 완전한 종말을 의미하는 것은 아니다. 시 속의 어머니는 자신의 모든 것을 타자에게 내어주고 죽음에 이르지만, 타자 안에 흔적으로 존재하며, 그 타자가 또 다른 타자를 낳게끔 독려한다. 그 과정에서 베풂과 사랑을 실천

---

36) 자궁, 생리, 임신, 출산 등은 남성과 '차이'를 가진 여성의 고유한 특질로서, 남성의 시선에 의해 왜곡된 여성의 존재론적 의미와 사회적 불평등, 소외를 극복하고자하는 여성시인들의 전략적 장치라 할 수 있다.

37) 노엘 맥아피, 이부순 역, 『경계에 선 줄리아크리스테바』, 앨피, 2004, pp.143~144 참조

38) 위의 책, p.96 참조.

하는 어머니의 몸은 늘 분리 · 증식 · 베푸는 · 진행 중인 몸이며, 이때 모체는 하나의 '기원'으로 고착된 공간이 아니라 우리의 기원이자 미래의 조건이 되는 새로운 시공간이라 할 수 있다.

이 새로운 시공간의 창조는 어느 하나만을 강요하는 총체적 '동일성(같음)'의 세계가 아니라 서로 '차이'를 인정하고 상생하는 세계를 만들어가기 위한 시도이며, 궁극적으로는 주체로서의 여성(타자)성을 복원한다는 의미가 내포되어 있다. 그러기에 나희덕 시에서 자연은 언제나 여(모)성성을 부각하는 방식으로, 이질적인 타자를 감싸 안는 태도를 보여준다. 이는 그의 시에 나타나는 전반적인 특징이라 할 수 있다.

첫시집의 표제작 「뿌리에게」는 자식(뿌리)에게 자신을 내어주며 은밀한 기쁨을 맛보는 어머니의 무한한 사랑이 잘 드러나 있다. 그렇다고 시인이 어머니의 무한한 사랑만을 보여주는 것은 아니다. 때로는 제 자식에게 먹이지 못하고 '젖을 짜버'려야 하는 척박한 현실에 대한 불안의식을 드러내기도 한다.

> 어디서 나왔을까 깊은 산길/ 갓 태어난 듯한 다람쥐새끼/ 물끄러미 나를 바라보고 있다/ 그 맑은 눈빛 앞에서/ 나는 아무것도 고집할 수가 없다 / 세상의 모든 어린것들은/ 내 앞에서 눈부신 꼬리를 쳐들고/ 나를 어미라 부른다/ 괜히 가슴이 저릿저릿한 게/ 핑그르르 굳었던 젖이 돈다/ 젖이 차 올라 겨드랑이까지 찡해오면/ 지금쯤 내 어린 것은/ 얼마나 젖이 그리울까 / 울면서 젖을 짜버리던 생각이 문득 난다/ 도망갈 생각조차 하지 않는/ 난만한 눈동자,/ 너를 떠나서는 아무 데도 갈 수 없다고/ 갈 수도 없다고/ 나는 오르던 산길을 내려오고 만다/ 하, 물웅덩이에는 무사한 송사리떼
>
> – 「어린 것」 전문[39]

39) 나희덕, 『그 말이 잎을 물들였다』, 창작과비평사, 1994, p.22.

위 시에서 "나"는 자식을 두고 집을 떠나온 모성으로 형상화된다. 여기서 '모성'은 자식을 위해 자신의 모든 것을 희생하는 전통적인 어머니상과는 거리가 멀다. 시인 스스로도 이 시를 "전통적 어머니상과는 거리가 있는, 내적 번민에 골몰해 있는 모습"40)이라고 말했듯이, 이 시는 개체적 존재로서 여성적 욕망과 모성적 책임이라는, 여성을 오랫동안 괴롭혀왔고 지금도 괴롭히고 있는 자아의 갈등을 보여주는 것이라 할 수 있다. 그 갈등이 여성에게 억압적인 가부장적 제도에서 오는 것임은 말할 것도 없다.

가부장제에서 모성은 자식을 생산하고 양육하는 어머니로서만 자리하게 한다. 모성을 실현할 때 여성은 훌륭한 어머니로 대우 받는다. 때로 어머니들은 가정 밖에서 활동하기도 한다. 그러나 그런 행동은 일종의 필요악으로 분류된다. 어머니로서의 여성이 공적인 일과 사적인 가치 중에서, 공적인 일에 더 가치를 두게 된다면 어머니로서의 여성은 도덕성을 상실하는 셈이 된다. 그래서 공적인 일에 관여하는 여성이라 하더라도 언제나 가정이라는 테두리에서 벗어날 수 없었다.41) 이러한 모성은 우리 사회에 제도화되고, 의무화되어 여성을 억압하는 일종의 신화로 작용한다. 따라서 이 모성의 부정성을 탈피하기 위해서는 모성의 의미를 새롭게 재구성해야 한다. 나희덕은 모성을 긍정적인 의미로 새롭게 재구성한다.

시의 화자는 산길을 오르다가 어린 다람쥐를 발견하고 자연스럽게 집에 두고 온 아이를 떠올린다. 그리고 "젖이 차 올라 겨드랑이까지 찡해오"는 아픔을 느낀다. 여기서 주목해 보아야 할 것은 그 "젖"이 "굳었던 젖"이라는 점이다. "굳었던 젖"은 "울면서 젖을 짜버리던 생각"과 관련되어 아이를 떠나 집밖에서도 일을 해야 하는 여성의 이중적 고통을 보여준다. 즉 가부장제 사회 내에서 여성의 자아실현이 얼마나 힘든 것인가를 보여주는 것이다.

---

40) 나희덕, 『반통의 물』, 창작과비평사, 1999, p.206.
41) 심귀연, 「가부장적 구조 속에서 본 타자화된 여성」, 『철학논총』제1권 59집, 새한철학회, 2010, p.213~214 참조.

그런데 흥미로운 것은 "어린" 자식을 떠올린 화자가 "너를 떠나서는 아무 데도 갈 수 없다고", "오르던 산길"을 내려온다는 점이다. 여기서 "내려"옴을 가부장제에서 규정된 신화적 모성을 실현하기 위해서라고 읽어서는 안 될 것이다.42) 화자가 산을 내려오는 것은 "다람쥐새끼"를 통해 "내 어린 것"을 떠올렸기 때문에, "어린 것"들에 대한 연민 때문에 스스로 내려오는 것이지 누군가의 강요에 의해서가 아니라는 것이다. 이는 모성의 의미를 내면화하여 모성의 포용성을 더욱 확대해 보여주는 것으로 읽을 수 있다.

모성의 포용성은 여성만이 가진 특질이다. 여성은 배타적인 남성과 달리 모든 것을 수용하는 특질을 가지고 있다. 임신을 통해 생명체를 받아들이는 여성의 몸은 남아와 여아를 구별하지 않는다.43) 자신과 다른 이질적인 생명체마저 모두 '받아들임'으로서 여성은 어머니가 되고, 또 그것을 '내어 줌'으로써 자식은 또 다른 어머니로 성장할 수 있게 된다. 그러기에 여성의 몸은 언제나 타자를 향해 열려 있다. 열려 있는 몸은 그 자체로는 아무것도 할 수 없다. 오로지 타자를 통해서만 타자와 자신을 거듭나게 한다.44) "너를 떠나서는 아무 데도 갈 수 없다고", "오르던 산길"을 스스로 내려오는 "나"는 바로 이런 포용적인 '어머니로서의' 자기 각성을 보여준다고 할 수 있다. 이러한 자기 각성은 "내려"오는 행위를 통해 산을 오르는 동안 겪었던 내면적 갈등을 벗어나게 한다.

"하, 물웅덩이에는 무사한 송사리떼"에서 "물"은 모성의 충만함, 생명

---

42) 이재무는 이 시의 화자가 산길을 내려오는 것을 두고 '인간과 자연에 대한 근원적 사랑을 저버린 욕망의 실현이란 모두가 부질없는 신기루에 불과하다는 것을 깨달았기 때문'이라고 보고 있다. (김완하 · 이재무 · 강연호, 『69인의 좋은 시를 찾아서 – 긍정적인 밥』, 화남출판사, 2004, p.56 참조) 이러한 해석은 자칫 여성은 희생적 존재가 되어야 한다는 가부장적 이데올로기를 노출함으로써 이 시의 모성을 '신화적 모성'으로 잘못 해석할 위험을 안고 있다.

43) 엘렌 식수, 박혜영 옮김, 『메두사의 웃음/출구』, 동문선, 2004, p.96 참조.

44) 위의 책, pp.99~100 참조.

성, 다양성을 상징하며, "떼"로 존재하는 '생명체들을 안고 있는 모체'의 의미를 더욱 부각시키는 역할을 한다. "송사리떼"는 '모체' 속에서 성장하는 자식의 이미지를 환기하면서 여성의 몸이 가진 생명성, 다양성을 보여준다. 이는 가부장적 사유에서 결핍으로 인식되어온 여성의 몸을 충만함의 공간으로 재의미화하기 위한 장치로 읽을 수 있다. 여기에 동반된 "하"의 탄성은 목소리의 직접성을 드러내는 장치로서, 언어 이전의 언어로 생명성이 충일한 모체를 찬양하는 시인의 태도를 보여준다. 이러한 태도는 '다람쥐새끼=내 어린 것=송사리떼' 등 "세상의 모든 어린 것"들에 대한 연민과 사랑을 보여준다는 점에서 인간/자연, 자아/타자의 경계를 넘어 모든 생명체를 사랑하고 감싸 안는 '어머니로서의' 자기를 모색하는 것이라 할 수 있다.

어머니로서의 자기 찾기는 결국 가부장적 억압을 벗어나 진정한 '주체로서의' 자기 정체성을 회복하기 위한 길 찾기라고 할 수 있다. 그러나 그 길은 결코 쉽게 찾아지지 않는다. 다음 시는 그 길 찾기의 어려움을 모든 사물에 귀를 '대보'는 행위를 통해 보여준다.

> 그 위에 앉은 흰누에나방의 날개에도 대보고 / 햇빛 좋은 오후 걸레를 삶아 널면서/ 펄럭이며 말라가는 그 헝겊조각에도 대보고/ 마사목에 친친 감겨 신음하는 어린 나뭇가지에도 대보고 / 시장에서 사온 조개의 그 둥근 무늬에도 대보고/ 잠든 딸아이의 머리띠를 벗겨주다가 그 때에도 슬몃 대보고/ 밤늦게 돌아온 남편의 옷을 털면서 거기 묻어온/ 개미 한 마리의 하염없는 기어감에 대보기도 하다가// 나는 무엇으로부터 찢겨진 몸일까// 물에 닿으면 제일 먼저 젖어드는 곳이 있어/ 여기에 대보고 저기에도 대보지만/ 참 알 수가 없다/ 종소리가 들리면 조금씩 아파오는 곳이 있을 뿐
>
> ─ 「흔적」 일부[45]

45) 나희덕, 『어두워진다는 것』, 창작과비평사, 2001, pp.38~39.

위 시에서 화자는 불명료한 자신의 정체성을 되찾기 위해 자신이 최초에 살았던 몸을 찾아 헤매는 모습을 보여준다. 화자는 "조금씩 아파오는 곳", 즉 찢겨진 흔적을 감지하며 자신의 몸이 최초에 살았던 공간을 찾고자 한다. 그래서 자신의 몸을 열무의 몸에도 대보고, 흰누에나방의 몸에도 대보고, 헝겊조각에도 대보고, 나뭇가지의 몸에, 해초뿌리에, 잠든 딸아이의 머리에, 기어가는 매미의 몸에도 대보며 그곳으로 돌아갈 길을 찾아 헤맨다. "대보"는 행위는 최초의 몸집을 찾는 일이며, 자기의 존재성을 찾는 것이기도 하다. 시인에게 그 집은 자궁이다. 자궁은 몸의 원초적인 집으로, 곧 기원으로서의 모체를 의미한다. 그러나 그것은 쉽게 찾을 수 없다. 어머니의 몸은 이미 화자의 몸속에 존재하고 있기 때문이다.

어머니의 몸은 보이는 것으로 존재하지 않는다.[46] 어머니의 몸은 자신의 몸을 "찢"어 자식을 탄생시키고 그 몸을 떠난다. 자기를 주고 떠남으로써 자식의 몸속에 흔적으로 존재한다. 자식은 그 어머니의 몸을 감각으로 느낄 뿐이다. 그 느낌을 시인은 "물에 닿으면 제일 먼저 젖어드는 곳", 이라는 구절로 표현한다. "물"은 생명성과 풍요로움을 상징하는 근원적 모체(자궁)를 의미한다. 물에 닿았을 때 자신의 몸 또한 젖는다는 것은 자신 또한 그런 어머니의 몸을 가진 존재임을, 자신의 내부에 자신을 주고 떠난 어머니가 존재하고 있음을 느끼고 있다는 의미다. 즉 어머니는 화자에게 전 존재를 주고 화자의 몸속에 「흔적」으로 머물러 있으나, 화자는 그 어머니를 알아보지 못한 것이다. 내 속에 있으나 나를 소유하지 않는, 긴 세월동안 내 안에 숨어 살아온 어머니를 내가 찾고 있었던 것이다.

"종소리가 들리면 조금씩 아파오는 곳"은 "물에 닿으면 제일 먼저 젖어드는 곳"과 같은 의미를 가진 공간으로, 보이지 않는 어머니가 자신의 몸속에 존재한다는 것을 화자가 감지하고 있음을 보여준다. '소리'는 자기

46) 엘렌 식수, 박혜영 옮김, 『메두사의 웃음/출구』, 동문선, 2004, p.53.

안에 존재하는 어머니, '하나이면서 둘'로 존재하는 어머니의 (목)소리를 언어 이전의 언어로 드러내는 것이라 할 수 있다.[47] 그런 점에 이 시의 "대보"는 행위는 단순히 초월적 모태로 돌아가고자 하는 것이 아니라, 모태로서의 자기 정체성을 확인하는 행위라 할 수 있다. 여기에 "대보"는 촉각이미지는 청각적 이미지와 어우러져 자신의 몸과 동시에 자기 안에 존재하는 또 다른 몸을 가시화하는 효과를 담당한다.

이렇게 자기 정체성을 모성에서 확인하려는 시인은 '어머니로서의' 자신을 나무에서 찾기도 한다.

> 내 속에는/ 반만 피가 도는 목련 한 그루와/ 잎 끝이 뾰족뾰족한 오엽송,/ 잎을 잔뜩 오그린 모란 두어 그루,/ 꽃을 일찍 피워 버려/ 이제 하릴없이 무성해진 라일락,/ 이런 여자들 몇이 산다/ 한 뙈기 땅에 마음을 붙이고부터는/ 그녀들이 뿌리 내려/ 내 영혼의 발목도 잡아주기를,/ 어디로도 못 가고/ (중략)/ 어떤 날은 전지가위를 들고/ 무성해진 가지를 마구 쳐내기도 했다/ 쳐내면서 내 잎 끝에 내가 찔리고/그런 날 밤에는/ 내 속의 여자들, 그녀들, 몸살을 앓고는 했다/ (중략)/ 폭죽처럼 터지던 봄날/ 내 반쪽 옆구리에는 목련 한 송이 간신히 피어났다
>
> –「내 속의 여자들」 부분[48]

위 시의 말하는 주체는 자기 안에 "목련 한 그루"와 "오엽송", "모란 두어 그루", "라일락" 등을 키우는 나무로 환치되어 있다. "반만 피가"돌고, "잎끝이 뾰족뾰족"하고, "잎을 잔뜩 오그"리고, "꽃을 일찍 피워버려/ 이제 하릴없"는 여자들은 "내" 안의 압젝트, 즉 이질적인 타자를 형상화한 것이다. 이 타자들은 '내'가 주체로 서기 위해 분리되어야 하는 존재이다. 그러나 "한 뙈기 땅", 곧 어머니로서의 주체는 그 "여자들"과 분리되려하

---

47) 위의 책, pp.115~116 참조.
48) 나희덕,『그곳이 멀지않다』, 민음사, 1997, p.47.

지 않는다. 오히려 껴안으려고 한다. 그래서 그녀들이 "어디로도 못 가"게, 스스로 "전지가위를 들고/ 무성해진 가지를 마구 쳐"내고, "내 잎 끝에 내가 찔리"는 고통을 자처한다. 이 고통은 자기 주체성을 세우기 위한 전제 조건이다. 자신만이 유일하고, 전체라는 생각을 버리고 타자를 몸속에 받아들일 때, 어머니인 자기를 실현할 수 있기 때문이다. "반쪽 옆구리에서 피어난 목련 한 송이"는 어머니로서의 말하는 주체와 「내 속의 여자들」이 겹쳐진 새로운 존재이며, 타자성을 벗어나 드디어 세상 밖으로 나아가는 경계선적 주체이자, 여전히 타자이다. 이 커다란 역설 속에서 존재하는 "나"의 언술은, 쉼표의 반복, 운동성, 죽음 충동 등 어머니의 코라 에너지를 분출시킨다. 서로 버림과 겹침 가운데 상생하는 여성의 힘이 나무 밖, 곧 상징질서의 이분법적 경계를 뚫고 "폭죽"처럼 터져 나오는 것이다. 즉 한 송이의 "목련"에는 여러 겹의 꽃잎, 즉 내 속의 "여자들"이 겹쳐 있으며, 이것은 어느 하나만을 강조하는 상징질서를 벗어나 다양한 것들이 공존하는 아름다운 세계로 나아가고자 하는 시인의 의지를 보여주는 것이라 할 수 있다. 시인은 그 세계를 숲에서 발견하기도 한다.

> 가슴 붉은 새 한 마리가/ 휙, 내 앞을 지나 숲으로 들어간다/저녁 하늘에 선명하게 남은/ 붉은 빛, 그 빛을 따라/ 방금 그 새가 앉은 나무에게로 걸어간다/ 분명히 날아오른 기척이 없었는데/ 조심스레 다가가 올려다보니/ 새가 사라졌다// 아, 검은 입으로 새를 삼킨 나무// 새의 눈동자만 같은/ 붉고 마른 열매/부리로 제 옆구리를 콕콕 쪼는 소리/ 낮게 우는 나뭇가지들
>
> – 「새를 삼킨 나무」 부분[49]

위 시에서 "숲"은 생명체를 품고 있는 여성의 자궁이자 기호적 코라의

49) 나희덕, 『어두워진다는 것』, 창작과 비평사, 2001, p.78.

세계로서, 자아와 타자를 하나로 엮어주는 역할을 한다. 1연에서 화자는 "가슴 붉은 새 한 마리가" 숲으로 들어가는 것을 목격한다. 숲으로 날아드는 "새"는 자궁으로의 회귀와 동일한 의미를 지니며, '붉은 가슴'은 상처 입은 "새"의 내면을 보여준다고 할 수 있다. 화자는 자신도 모르게 그 새의 뒤를 따라 숲 속의 나무 곁으로 다가간다. 그런데 2연에 이르러 화자를 인도한 새가 어디론가 사라져버린다. 나무의 "검은 입"이 새를 삼켜버린 것이다. 여기서 "검은 입"은 숲이 가진 자궁 이미지를 구체적으로 보여주는 역할을 한다. "입"은 몸의 구멍으로서, 이 시에서는 나무의 안과 밖을 구분 짓는 경계이자, 타자를 마중하기 위해 열린 문(자궁)을 의미한다. 「새를 삼킨 나무」는 그 "입"으로 타자를 받아들인 어머니의 몸이며, "저녁 하늘에 선명하게 남은/ 붉은 빛"은 어머니로서의 나무가 새를 받아들이는 과정에서 겪은 고통의 흔적이라 할 수 있다. 3연의 "새의 눈동자만 같은/ 붉고 마른 열매"는 동시(同時) 동공(洞空)에 존재하는 하나의 주체로서, 나무와 새가 겹쳐져 새롭게 생성된 제3의 존재이다. 마지막 대목은 이 새로운 존재가 제 옆구리를 부리로 쪼아 자기 안의 소리를 밖으로 내보내는 장면을 보여준다. 이 "소리"는 "나뭇가지"에 파문을 일으키며 드넓은 숲 속을 둥글게 퍼져나간다. 그리고 "나"로 하여금 "닫혀진 문 앞에서", "오래도록 서성거"리게 한다.

주목해 볼 것은 "내"가 서 있는 공간이 바로 "숲(자궁)" 속이라는 점이다. 이것은 자궁 밖 임신을 환기하면서, 자궁 안에 안착되지 못한 또 다른 존재를 보여준다. 자궁 밖에 있으면서도 자궁 안에 존재하는 이 존재는, "새"와 몸을 섞느라 분주한 어머니의 기능을 수행하는 '과정 중의 주체'로서 결국 한편의 시라는 텍스트를 통해 숲(자궁=세계) 밖으로 나오게 된다. 즉 기호계의 에너지가 상징계 밖으로 분출되어 나온 것이 바로 한편의 '시'라는 것이다. 이렇게 완성된 시 안에는 배타적이고 부정적인 현실을 벗어나 새로운 세계로 나아가고자 하는 시인의 의지가 함축되어 있다. 그 세계는 "눈동자", "열매"에서 보이는 원형세계이며, 열매 속에 눈동자가 겹쳐지는, 곧 하나이지만 결코 하나이지 않는 것들이 서로 상생할 수 있는 세계를 의미한다고 볼 수 있다.

> 늙은 왕버들 한 그루가 반쯤 물에 잠겨 있다/더운 김이 오르는 욕탕,/ (중략)/울퉁불퉁한 나무껍질이 더 검게 보인다/그 많던 잎사귀들은 다 어디에 두고/빈 가지만 남은 것일까/왕버들 곁으로 조금 덜 늙은 왕버들이 다가와/그녀의 등과 어깨를 천천히 밀어준다/축 늘어진 배와 가슴도, 주름들도,/주름들 사이에 낀 어둠까지도 환해진다/(중략)/냉탕에서 놀던 어린 버들이 뛰어오고/왕버들 4대,/(중략)/나는 당신에게서 나왔다고 말하는 몸들,/ 물이 찰랑찰랑 넘친다
>
> ─「욕탕 속의 나무들」 부분 50)

위 시에서 "욕탕"은 육체적인 공간으로, 곧 여성의 몸─자궁 내 '양수(羊水)'─을 표상한다. 그 속에는 '증조할머니─할머니─어머니─손녀' 등 세대를 달리하는 여자들의 몸이 한꺼번에 들어차 있다. 물속에 반쯤 잠겨 있는 늙은 왕버들은 증조할머니를, "조금 덜 늙은 왕버들"은 할머니를, "나"는 젊은 어머니를, "어린 버들"은 "손녀"를 가리킨다고 할 수 있다. "울퉁불퉁한 나무껍질"을 가진 "늙은 왕버들"의 몸은 압젝트의 이미지와 겹쳐지면서 "그 많던 잎사귀들" 즉 싱싱했던 젊은 시절 다보내고 "빈 가지만 남은" 노년의 쓸쓸한 삶을 보여준다. 이 늙은 왕버들의 몸은 순종·의무·희생을 강요당해온 여성으로, 그 주름 속엔 폭압의 세월을 견뎌온 사연이 겹겹이 들어차 있다. "조금 덜 늙은 왕버들"이 늙은 왕버들에게 다가가 그녀의 "어깨"와 "축 늘어진 배와 가슴"과 "주름사이에 낀 어둠"까지 밀어준다. 이를 본 말하는 주체인 "나"는 두 왕버들이 상처의 체험으로

50) 나희덕, 『야생사과』, 창작과비평사, 2009, pp.102~103.

인해 나누게 되는 긴밀한 교감을 포착해 낸다. 그리고 여성으로서의 고난과 상처를 공감하게 된다. 이에 “나”는 “조금 덜 늙은 왕버들”의 행위에 자연스럽게 동참하게 되고, 이를 본 “어린 버들”도 뛰어와 그녀들의 몸을 만지며 친밀감을 형성한다. 한때 자신의 몸이 살았던 옛집인, 어머니의 늙은 몸을 만지고, 때를 밀어주면서, “늙은 왕버들”은 “울퉁불퉁한” 압젝트로서의 몸을 벗어나 “주름들 사이에 낀 어둠까지도 환해”진다. “나란히 푸른 물속에 들어가 앉”은 “왕버들 4대”, “나는 당신에게서 나왔다고 말하는 몸들”은 순환적 존재방식을 드러내면서 모계를 통한 여성계보학을 보여준다. 이는 남성혈연중심의 계보를 전복하는 장치이자, 타자로서의 여성성을 강조하기 위한 전략으로 읽을 수 있다. “찰랑찰랑 넘”치는 “물”은 자식들에게 생명을 주고 그 자리를 떠나 흘러가면서 또 다른 생명을 마중하는 어머니의 존재방식과 같은 것으로, 조화와 상생을 강조하는 시인의 창조적 생산력을 뚜렷이 보여준다.

나희덕의 시에서 자연/여성의 몸은 ‘타자를 안고 있는 자아’로서 여성의 창조성, 생산성을 강하게 보여준다. 수많은 생명체를 감싸고 있는 어머니의 몸은 죽음 또는 소멸을 통해 타자와 분열된다. 죽은 어머니는 타자의 몸속에 흔적으로 남아 있으며, 어머니의 몸을 통과한 타자는 새로운 어머니로 탄생한다. 이 새로운 어머니는 또 다른 타자를 자기 몸속으로 받아들이고 내보낸다. 그 과정에서 어머니의 몸들은 무한히 증식한다. 이를 통해 타자성을 극복하면서도 여전히 타자로 남아있는 역설을 보여준다. 이러한 생성적 여(모)성은 남성 이데올로기가 강요하는 생산적 여성에 포획될 우려를 남기고 있다는 점에서 일정한 한계로 지적될 수 있다. 그러나 그가 제시하는 여성의 몸은 어느 한쪽이 다른 한쪽을 소유하거나 점유하지 않고 타자와 자신을 동시에 살려내는 방법을 모색하고 있다는 점에서 상생의 세계로 나아갈 새로운 통로라고 할 수 있다.

## Ⅳ. 결론

김언희, 나희덕의 시는 근대문명사가 폭력의 역사이자 '여성적인 것'들에 대한 '남성적인 것'들의 지속적인 배제와 억압의 역사임을 인식한 데서 비롯되었다고 할 수 있다. 이들 시에 드러난 배설물, 자연물 등은 가부장적 상징질서의 바깥 혹은 경계에 위치한 여성의 주변성을 드러내는 문학적 은유이며, 이는 가부장적 이데올로기를 거부하고 주체로서의 여성이라는 새로운 이미지를 제시하기 위해 설정한 장치라 할 수 있다. 그러나 작품에 나타난 구체적인 방법은 각기 다르다.

김언희의 시는 몸의 부산물을 통해 남성중심적 제도의 모순을 날카롭게 집어낸다. 그가 보여주는 똥, 구멍, 시체 등은 상징질서의 변방에 위치한 여성의 주변성을 드러내는 요소로서 가부장적 사회 내에서 억압되거나 좌절된 여성의 욕망을 형상화한 것이다. 통제할 수 없이 흘러나오는 배설물들은 '과정 중의 주체'로서, 그 자체로 강렬한 힘을 발산하여 몸의 경계를 무너뜨리고, 분열과 분리를 조장해온 상징질서를 전복한다. 이로써 가부장제 문화에서 주변화된 여성/타자들은 지배질서를 위협하는 존재, 기존의 이데올로기로는 포획되기 힘든 이질적 존재로 부상하게 된다. 이는 가부장적 사회가 규정한 '여성/타자'성을 거부하고 자신의 정체성을 재정의하기 위한 위반의 전략이라 할 수 있다.

나희덕은 여성의 몸에만 있는 자궁을 자연에도 선사하여 여성의 몸을 새롭게 보여준다. 그의 시에서 자연은 '이질적 타자를 안고 있는' 어머니의 몸으로 형상화된다. 자기 안의 타자를 위해 자신의 몸을 파열하는 어머니는 자신의 소멸을 운명으로 받아들이면서도 자기 안에 깃든 타자에 의해 소멸을 넘어 자연의 순환이라는 거대한 지속에 동참한다. 이는 존재의 유한성을 넘어서는 여성의 창조적 삶을 강조하는 것이라 할 수 있다.

자신만이 유일한 존재라는 생각을 버리고, 모두가 조화롭게 살아갈 세계의 출구가 바로 여성의 몸에 있다는 것. 어머니의 몸이 우리의 기원인 동시에 미래의 조건임을 보여주는 것이다.

두 시인이 보여주는 몸은 여성의 몸을 오히려 공포의 대상으로 삼음으로써 남성의 몸을 소외시키는 결과를 낳을 수도(김언희), 생산적 여성성을 강조함으로써 가부장적 이데올로기에 포획될 여지를 남길 수도(나희덕) 있다는 점은 일정한 한계로 지적될 수 있다. 그러나 가부장적 제도의 엄격한 규범으로부터 벗어나 자유롭게 흘러넘치고, 스스로 희생을 감행하며 생성하는 몸의 언어는 분명, 여성시의 새로운 지평이라 할 수 있다. 더불어 살아가는 존재로서 타자의 중요성, 다양한 존재방식에 대한 인정이 아름다운 미래를 열어가는 토대가 된다는 것. 이것이 바로 두 시인이 제시하는 여성 몸의 진정한 의미인 것이다.

03

# '몸'의 상상력과 언술 특징

–이선영, 허수경의 시를 중심으로–

## Ⅰ. 서론

한국 여성주의 시는 1920~30년대의 잠재기와 1980년대의 발아기를 거쳐 1990년대에 본격화되었다고 볼 수 있다.[1] 여성시가 여성시인 혼자만의 독백에 그치는 것이 아니라, 당대의 사회적 문화적 담론들과 상호텍스트성을 지닌 채 생산되는 것이라 할 때, 1990년대 초반 들어 급속히 전개된 세계적 규모의 사회문화적 변동은 문학 환경의 변화와 함께 페미니스트적인 인식 또한 변화시켜 여성시인들의 텍스트 생산에도 많은 영향을 끼쳤다고 보이기 때문이다. 특히 이 시기에 유입된 포스트모던 페미니스트들의 '여성적 글쓰기'의 가능성과 '차이'에 대한 주장은 여성시인들

1) 한국 여성시는 세계사적 또는 국내적 여성운동 내지 페미니즘의 흐름과 맥을 같이 한다. 1970년대 말부터 우리나라에 본격적으로 수입되기 시작한 영미페미니즘은 가부장적 성차별에 대한 여성의 자각을 일깨웠고, 이에 영향을 받은 여성시인들 또한 오랜 가부장적 인식과 당대의 정치적 억압에 의해 분열된 자의식을 '조각난 몸'으로 적극 대응해 왔다. 그러나 이 시기 여성시의 몸은 세계의 기원으로 은유되는 모(여)성과 동일시됨으로써, 개별적 차이와 다양성을 드러내는 데까지는 이르지 못했다. (송명희, 『페미니즘 비평』, 한국문화사, 2012, p.62 참조)

의 시에도 많은 영향을 끼친 것으로 보인다. 포스트모던 페미니즘에서 핵심은 남성과 다른 '차이'를 가진 '여성의 몸'이다. 임신, 수유, 낙태, 월경 등 여성 몸의 체험이 남성과는 다른 방식으로 말하게 하고 또 쓰게 한다는 것이 페미니스트들의 주장인 것이다.[2]

이에 영향을 받은 여성시는 모든 타자의 말을 여성의 몸으로 여성의 목소리로 형상화함으로써 한국문학의 발전을 주도하기에 이른다. 이 시기에 대거 등장한 여성시인들은 각기 참신한 감각과 미적 영역을 구축함으로써 여성시의 몸 풍경을 더욱 다채롭게 하였으며, 이로써 여성시는 한 시대를 대표하는 '대안 미학'으로 발돋움하게 된다. 여성주의 비평은 작품 속에 드러난 여성의 말을 충실하게 듣고 기록하고 의미화함으로써 여성시의 발전에 핵심적인 역할을 차지했으며,[3] 그 성과물도 상당히 집적되어 있다. 그럼에도 불구하고 여성시 연구는 다소 부족한 감이 없지 않다. 지금까지 여성시 연구는 시의 내용과 관련하여 사회, 제도적으로 억압된 여성성을 파악하는 데 집중돼 있으며, 시의 '언어적' 층위와 함께 논의된 연구는 많아 보이지 않는다. 내용적 차원에서 여성의 '몸'을 다루더라도 여성 신체의 특성을 배재한 채 일반적인 논의에 머물러 있거나, 여성신체의 특성을 거론한 논의 또한 일부 여성시인들의 시에 집중돼 있다는 점에서 여성시를 좀 더 폭넓게 바라볼 또 다른 연구가 필요해 보인다.

이 점에 착안하여 본고는 1990년대에 활발히 활동해 온 이선영, 허수경의 시[4]에 주목하여 이들 시에 나타난 '몸'의 상상력과 언술의 특성을 살펴보고자 한다. 물론 여성의 '몸으로 시쓰기'를 시도한 여성시인은 이들 외에도 다수로 존재한다. 그러나 이들의 시는 당대 여성시인들의 시와 다르고, 각자 드러내는 방식 또한 다르다.[5] 이선영은 여성의 몸을 하나의

---

2) 이재복, 「몸담론 연구사 고찰」, 『국제어문』 제30집, 국제어문학회, 2004, p.405. 참조.
3) 오세영 외, 『한국 현대 시사』, 민음사, 2007, pp.531~535 참조.
4) 위의 책, pp.560~562 : 김윤식 외, 『한국현대문학사』, 현대문학, 2009. p.616.

'사물'로 객관화하여 그 사물에 내재한 양성적 의미를 드러내며, 허수경은 여성의 '자궁'을 '자연'에도 부여하여 자기 안에 생명체를 안고 있는 여성의 고유성을 강조한다. 이는 여성을 하나의 대상으로 규정하여 폭력을 행사해 온 기존질서를 전복하고, 여성의 정체성을 새롭게 재정의하기 위한 하나의 전략이라 할 수 있다.

이러한 면모는 포스트모던 페미니스트 엘렌 식수의 논의를 참조해 읽을 수 있다. 식수에 따르면 지금까지의 글쓰기는 모두 남근중심주의에 입각해 있다. 남성중심의 질서에서 여성의 글쓰기는 제도적으로 배제되어 왔을 뿐 아니라, 내용적으로도 여성을 억압해 왔다. 그러나 읽기를 전제하지 않고 쓰기가 가능하지 않듯이, 여성 없이 남성이 존재할 수 없다. 따라서 기존의 상징체계를 변화시켜 여성 주체의 자리를 마련해야 한다. 이를 위한 첫 번째 단계는 가부장적 가치를 옹호하는 텍스트의 숨은 전제들을 찾아냄으로써 그 의미를 파괴하는 것이고, 두 번째는 여성의 내면을 탐구함으로써 여성의 정체성을 새롭게 건설하는 것이다. 이는 이선영 · 허수경의 시를 분석하는 데 좋은 참조점이 되어준다.

이에 본고는 두 시인의 시를 읽기 위한 전제로서, 먼저 식수의 논의를 구체적으로 살필 것이다. 그것에서 시적 적용원리를 추출한 후 두 시인의 시에 나타난 '몸'으로 '글쓰기'의 의미를 구체적으로 살펴, 동시대 여성시인들의 서로 다른 경험과 세계인식, 그리고 표현의 특성을 조명해보고자 한다. 이들은 지금도 왕성하게 활동하고 있는 현역시인들로서, 시세계의 변화 가능성이 얼마든지 남아있으므로, 텍스트는 90년대를 전후하여 발

5) 1990년대 이후에 주로 활동했던 박라연, 김언희, 신현림, 정끝별, 김수영, 나희덕, 김선우 등도 여성/타자의 문제에 대한 첨예한 인식을 보여준다. 이들 가운데 김언희 등은 남녀 성역할을 해체하여 남성을 위협하는 공포의 몸으로 재현하고 있으며, 나희덕 등은 여성의 몸을 자연화하여 여성의 생산성을 강조하기도 한다. (김순아, 「현대 여성시에 나타난 '몸의 시학'연구－김언희, 나희덕, 김선우의 시를 중심으로」, 부경대학교대학원 박사학위논문, 2014. 참조)

표된 작품으로 한정한다. 이러한 접근 방식은 90년대의 한 특성으로서 여성시의 몸이 갖는 새로운 의미를 파악함과 동시에 여성시 연구를 더욱 활성화하는 방안이 될 것이다.

## II. 주체 회복을 위한 여성적 글쓰기

엘렌 식수(Helene Cixous)는 프로이트와 라캉의 정신분석학에서 해석하는 '상징계 언어'[6]를 재해석하고 남성중심적 질서를 공격한 대표적인 프랑스의 포스트모던 페미니스트이다. 그의 논의는 '여성의 글쓰기'와 불가분의 관계에 있다는 점에서 90년대 이후 한국 여성주의 시를 읽는 데에도 중요한 참조점이 된다. 그녀는 「글쓰기에 도달하기」에서 지금까지의 글쓰기는 남근중심주의의 역사라고 규정한다. 그녀에 따르면 글쓰기는 지금까지 남성의 리비도와 문화와 정치적 경제에 의해 지배되었다. 거기서 여성은 의식적으로, 그리고 무의식적으로 억압당해왔다. 여성은 문화의 장, 권력의 장에서 격리되어 왔으며, 여성의 글쓰기는 제도적으로 배제되어 왔을 뿐 아니라, 내용적으로도 여성을 억압해 왔다. 따라서 이러한 남근중심의 상징체계를 변화시키기 위해서는 여성이 이 체계의 핵심이 되는 언어의 공간에 참여하는 것이 필수적이다.[7]

---

6) 프로이트와 라캉에 따르면 여성은 남성의 주체성을 확립해주는 타자로 존재한다. 프로이트는 남근의 유무를 통해 남성의 우월함을 주장한다. 이를 언어학적으로 재해석한 라캉은 <상상계>, <상징계>, <실재계>로 단계를 나누어 성정체성을 구분한다. 그에 따르면 아이는 언어를 습득하면서 성차를 인식하게 되고 아버지의 법이 다스리는 상징계로 진입하게 된다. 상징계는 아버지로 대표되는 가부장적 세계이다. 남아는 상징계에서 언어의 기표인 남근과의 관계에 의해 주체성을 획득할 수 있지만 거세된 여아는 상징계의 객체밖에 될 수 없다. (박찬부, 『기호, 주체, 욕망–정신분석과 텍스트의 문제』, 창작과 비평사, 2007. 참조)

7) 이봉지, 「엘렌 식수와 여성주체성의 문제」, 『한국프랑스학논집』제47집, 2004,

이를 위해 식수는 서구문화의 도처에서 철학, 문학, 신화, 정신분석 등 남성-이성중심주의를 읽어낸다.[8] 그리고 『새로 태어난 여성』, 『메두사의 웃음, 출구』에서 여성은 여성 자신을 글로 써야 한다고 말한다. 그리고 그 방법으로, 새로운 기호들을 도입하기보다는 이미 존재하는 말들을 채택하여 그 의미를 전복시킬 것을 제안한다. 이에 대한 식수의 전략은 두 단계로 요약된다. 그 첫 번째는 절대화된 주체에 대한 비판이고, 두 번째는 여성의 내면을 탐구함으로써 여성 주체성을 드러내는 것이다. 이를 한마디로 요약하면 파괴와 건설이라고 할 수 있다. 제1단계, 파괴는 해체적 읽기이다. 즉 가부장적 가치를 옹호하는 텍스트의 숨은 전제들을 찾아냄으로써 이들 텍스트의 남근중심주의를 고발하고, 남성주체에 주어진 절대적 가치를 파괴하는 것이다. 여기서 숨은 전제란 남근중심주의가 부과한 여성의 자질, 즉 여성의 수동성을 의미한다. 식수는 이 수동성을 '타자에 대한 관용'으로 재해석한다. '타인에 대한 수용'은 '양성성'에 기반한 것이다. '양성성'은 한 사람 속에 두 가지 성이 공존하는 것이며, 자신 속에 자신의 육체의 모든 부분, 나아가 다른 육체의 욕망을 인정하고 그것을 배가시키도록 허락하는 것이다.[9]

식수는 이러한 여성성을 남아와 여아가 공통으로 경험하는 전오이디푸스적 공간(자궁)에서 찾는다. 이 공간은 아이와 어머니가 분리되지 않는 채 공존하는 장소로서, 시각적인 것보다 촉각적인 것 또는 소리, 리듬 등을 특징으로 한다. 이 단계에서 여성성은 부재나 결핍이 아니라 복수적이고, 모순적이며, 다양함과 충만함으로 의미화된다.[10] 그러나 그것만으

---

pp.242~243 참조.

8) 박혜영, 「메두사의 신화와 여성 : 누가 메두사를 두려워하는가?」, 『한국프랑스학논집』제61집, 한국프랑스학회, 2008, p.291.

9) 이봉지, 「엘렌 식수와 여성주체성의 문제」, 『한국프랑스학논집』제47집, 한국프랑스학회, 2004, p.245 참조.

10) 팸 모리스, 강희원 옮김, 『문학과 페미니즘』, 문예출판사, 1999, p.204 참조.

로는 객체로부터 주체로의 전환은 모색될 수 없다. 식수는 이러한 여성성을 드러내기 위해서는 전오이디푸스적 단계에서 솟아나 자기 밖에 있는 타자를 향해 나아가야 한다고 말한다.[11] 타자를 향해 나아가는 몸은 어느 한 자리에 고착되어 있지 않는다. 언제나 타자를 향해 움직이며, 타자가 있은 곳이면 그곳으로 흘러들어 간다. 그곳은 기원이 아니라, 좀 더 먼 미지의 세계로 나아가는 것이다.[12] 이를 위해 식수는 자크 데리다의 '차연(差延: dissemination)으로서의 글쓰기'를 차용하여 기표가 기의를 지칭하지 못하고 계속해 미끄러지는 환유, 말장난, 재담 등의 글쓰기를 제시한다.[13]

식수가 제시하는 '몸으로 글쓰기'는 주체의 복수성에 이어 의미의 복수성까지 담아내어 단 하나만을 강조하는 지배 질서를 전복하는 글쓰기로서,[14] 이선영 · 허수경의 시를 읽는 데도 좋은 참조점이 되어준다.

## Ⅲ. 여성시에 나타난 '몸'의 상상력과 언술 특징

여성의 글쓰기는 잃어버린 자신의 육체를 되찾기 위한 글쓰기이다. 남성중심의 질서는 문명의 발전을 추진하는 과정에서 자기 바깥의 존재들을 비인격적 자연으로 규정해왔으며, 그 과정에서 여성은 자신의 몸을 잃어버렸기 때문이다. 특히 '이성－남성－문자－우월'/ '몸－여성－소리－열등'이라는 정형화는 여성을 '보이지 않는 것', 혹은 '결핍'의 대상으로 규정한 강력한 이데올로기로 작용했다.[15] 한국사회에서 그 힘은 아직도 강고

---

11) 이봉지, 「엘렌 식수와 여성주체성의 문제」, 『한국프랑스학논집』제47집, 한국프랑스학회, 2004, p.247.
12) 엘렌 식수, 박혜영 옮김, 『메두사의 웃음, 출구』, 동문선, 2004, p.116 참조.
13) 팸 모리스, 강희원 옮김, 『문학과 페미니즘』, 문예출판사, 1999, p.207 참조.
14) 정을미, 「엘렌 식수의 '여성적 글쓰기'」, 『한국프랑스학논집』제29집, 한국프랑스학회, 2000, p.256 참조.

하다. 유교적 가부장성과 독재정치의 폭력성은 90년대에 이르러 이름만 바뀌었을 뿐 그대로 유지되고 있다. 즉 유교적 가부장성은 그대로 유지되면서, 정치성만 자본주의의 물질성으로 바뀐 것이다. 자본주의 생산 시스템에서 몸은 자기 정체성 구현의 터전이 아니라, 물질을 얻기 위한 상품, 소비품으로 인식되고 있다. 특히 여성의 몸과 성은 상품을 선전하기 위한 도구로 이용됨으로써 그 정체성이 더욱 억압받고 있는 실정이다.[16] 이를 자각한 여성시인들은 남성중심주의의 단일성과 자본주의 문명의 폭력으로부터 탈주를 시도한다.

이선영, 허수경은 그 탈주의 과정을 사물화된 몸, 자연 등으로 드러낸다. 사물과 자연은 가부장적 사유에서 볼 때, 인간의 범주에 들지 않는 비천한 물질에 불과한 것들이지만, 이들 시에서는 그 자체로 의미를 가진, 더 나아가 '하나 이상의 의미를 가진 여성성'으로 형상화된다. 그리고 그것은 자기 무의식, 곧 자신의 내면에 억눌려 있던 목소리를 통해 더욱 강조된다. 목소리는 실체가 보이지는 않으나 분명히 존재하는 여성성을 가시화하기 위한 장치이자, 가부장적 억압으로부터 벗어나려는 무의식적 욕망을 드러내기 위한 시적 전략이라 할 수 있다. 복수형 어미 반복, 고백체, 침묵과 망설임, 환유 등의 어법은 시에 나타난 구체적 사례라 하겠다. 여성의 몸과 목소리는 주체의 복수성에 이어 의미의 복수성까지 드러내는 '여성적 글쓰기'의 특징으로서 두 시인의 시에 나타나는 공통점이라 할 수 있다. 그러나 구체적인 형상화방식은 서로 다르다.

15) 정화열, 『몸의 정치』, 민음사, 2000, pp.241~242 참조.
16) 김남욱, 「몸의 사회학적 연구현황과 새로운 과제」, 『사회와 이론』통권21-1집, 한국이론사회학회, 2012. pp.306~307참조.

## 1. 사물화된 몸과 해체적 언어 : 이선영

이선영[17]은 가부장적 질서 속의 자아 이미지를 사물에서 확인하고, 그것을 몸으로 형상화한다. '사물'은 생명이 없는 비생명체로서, 가부장질서에서 불모화되어온 여성의 정체성을 형상화한 것이라 할 수 있다. 때문에 그의 시는 일상적 사물을 토대로 여성의 자의식을 드러낸다고 언급된다.[18] 그러나 기존의 논의는 여성 억압의 측면에 초점을 맞추어 그 '내용'을 파악하는 데 집중되어 있으며, 이 또한 여성시의 특수성을 배재한 채 일반적인 논의의 차원에 머물러 있다는 점에서, 시에 내재한 다양한 의미를 충분히 검토했다고 보기 힘들다. 그의 시에서 몸은 곧 '내용'이자 '형식'이며, 마치 여성의 육체처럼 쉬지 않고 움직이며 자기 틀을 바꾸어나가는 것으로 형상화되기 때문이다. 따라서 이 글에서는 여성 몸의 특성에 초점을 맞추어 '몸'에 내재된 내용과 형식의 변화를 좀 더 구체적으로 살피고자 한다.

이선영 시의 사물은 우리 일상 속에서 흔히 발견되는 '도장', '글자', '냉

---

17) 1964년 서울 출생, 이화여대 국문과 졸업. 1990년 ≪현대시학≫으로 등단. 현재 '21세기 전망' 동인. 시집 『오, 가엾은 비늣갑들』(세계사, 1992) 『글자 속에 나를 구겨넣는다』(문학과지성사, 1996) 『평범에 바치다』(문학과지성사, 1999) 등이 있다.

18) 오세영 외, 『한국 현대 시사』, 민음사, 2007. p.556. : 김윤식 외, 『한국현대문학사』, 현대문학, 2009. p.616. : 김현자 · 이은정, 「한국현대여성문학사－시」, 『한국시학연구』제5호, 한국시학회, 2001, p.82. : 황현산, 「여자의 말 여성의 목소리 － 김경미 시집 『이기적인 슬픔들을 위하여』(창작과비평사 1995), 박서원 시집 『난간 위의 고양이』(세계사 1995), 이선영 시집 『글자 속에 나를 구겨넣는다』(문학과지성사 1996)」, 『창작과비평』통권91호, 창작과비평사, 1996, pp.432~441. : 이희중, 「관찰과 해석, 또는 어떤 세대의 시쓰기－(김선우 시집 『내 혀가 입 속에 갇혀 있길 거부한다면』, 창작과비평사 2000, 송종찬 시집 『그리운 막차』, 실천문학사 1999, 이선영 시집 『평범에 바치다』, 문학과지성사 1999)」, 『창작과비평』통권107호, 창작과비평사, 2000, pp.364~372. : 김수이, 「기억과 망각의 미궁에 대한 기록－윤재철, 이선영의 시를 중심으로」, 『오늘의 문예비평』통권53호, 오늘의 문예비평, 2004, pp.64~76. : 전미정, 「몸이라는 질료, 글이라는 형상－이선영론」, 『한국 현대시로 본 에코토피아의 몸』, 도서출판 역락, 2005, pp.245~252

장고' 등으로 구체화된다. 이는 버려진 존재로서의 비천한 여성의 몸을 형상화한 것으로 볼 수 있다. 물론 이것들은 여성만의 몸이라고 하기는 어렵다. 자본주의 매체는 건강한 몸, 아름다움 몸을 선전하면서, 사람들로 하여금 자기 몸에 집착하게 하고 있으며, 그 속에서 인간의 모든 몸은 정체성 구현의 터전이 아니라 물질을 얻기 위한 수단이나 도구로 인식되고 있기 때문이다. 그러나 '사물'은 가부장적 자본주의 질서에서 추구하는 건강하고 아름다운 몸이 아니라, 비천한 물질이라는 점에서 여성적 자질에 더 가깝다.

여성적 자질은 여성의 성적 특질과 관련된다. 그것은 자기 안에 타자를 용납하는 전오이디푸스적 어머니의 공간(자궁)으로 설명될 수 있다. 자궁은 여성이라면 누구나 가지고 있는 여성 고유의의 특질로서, 육안으로 보이지는 않지만 분명히 존재한다. 여성이 이러한 여성의 몸을 '글'로 드러내기 위해서는 먼저 자기 안에 존재하는 또 다른 타자, 즉 자기 무의식 속에 남아 있는 어머니의 정체성을 확인해야한다. 그리고 그 어머니의 목소리를 나의 몸과 함께 드러내야 한다.[19] 전오이디푸스 단계인 어머니의 목소리를 나의 몸으로 드러내는 '여성적 글쓰기'는 그러므로 단일한 의미로 고착되지 않는다. 이선영 시에서 '글쓰기'는 의문사, 반복을 통한 리듬, 앞뒤 문장을 서로 바꾸어도 아무런 상관이 없는 글자들의 나열 등으로 드러난다. 이는 의미의 일관성을 파괴하여 기존의 질서를 전복하는 해체적 글쓰기로서, 이선영 시에 나타난 전반적인 특징이라 할 수 있다.

> 어떤 서툰 손이 나를 이곳에 찍어놓았는가?/ 질 나쁜 종이 위에 채 반밖에 드러나지 않은 보기 흉한 이 몸뚱어리/ 나를 움직이는 손의 정체가 나는 궁금하다/ 나는 선명한 흔적을 남기고 싶었다/ 잘못 찍힌 도장이 되고 싶지는 않았다. 나는/ 언제나 좋은 종이와 인주를 갖고 싶었

19) 엘렌 식수, 박혜영 옮김, 『메두사의 웃음, 출구』, 동문선, 2004, 100, p.115 참조.

다. 그리고/ 진정 나를 다룰 줄 아는 손을 / 그러나 만일 내가 애초에 잘 못 만들어진 도장이라면

— 「잘못 찍힌 도장」 에서[20]

위 시에서 시인은 자신의 "몸"을 "잘못 찍힌 도장"으로 규정한다. "도장"은 이름을 통해 자신의 정체성을 드러내는 기구이자, "몸뚱어리"이다. 그러나 이 시의 "도장"은 자신의 정체성을 명확히 드러낼 수가 없다. 자신의 이름이 "질 나쁜 종이 위에 채 반밖에 드러나지 않"기 때문이다. 이는 여성의 몸을 사물화하여 폭력을 행사해온 기존질서를 비판하기 위한 것이라 볼 수 있다. 가부장적 사회에서 여성은 언제나 남성의 대상일 뿐이었으며, 남성에 의해 말하고 움직여야 했기 때문에 스스로 주체성을 가질 수 없었다.[21] 이 시의 "도장" 또한 마찬가지다. "도장"인 "나"의 "몸뚱어리"를 움직이는 주체는 "나" 자신이 아니라, "어떤 서툰 손"이다. 시인은 그 "손의 정체"를 구체적으로 밝혀 보이지는 않지만, 자신의 "몸뚱어리"를 움직이는 "손"이 있음을 분명히 깨닫고 있다. 그것은 "애초에 잘못 만들어진 도장이라면"이라는 구절에서도 드러난다. 이는 시인이 여성을 타자화하는 현실을 분명히 자각하고 있다는 의미이다.[22] 그러나 자각만으로는 객체로부터 주체로의 전환은 어렵다.

여기서 주목해 볼 것은 시인의 말하기 방식이다. 이 시의 말하는 주체는 시의 대상과 일치되지 않는다. "도장"은 죽어있는 사물로서, 그 자체로 말을 할 수는 없다. 그런데 화자는 잘못 도장 찍힌 몸이 되고 싶지 않을 뿐 아니라, 더 나아가 "좋은 종이와 인주"를, 또한 "나를 다룰 줄 아는 손"을

20) 이선영, 『오 가엾은 비늣갑들』, 세계사, 1992, p.24.
21) 심귀연, 「가부장적 구조 속에서 본 타자화된 여성」, 『철학논총』 제59집, 새한철학회, 2010, p.216 참조.
22) 전미정, 「불임과 잉태 사이에서」, 『한국 현대시로 본 에코토피아의 몸』, 도서출판 역락, 2005, p.215 참조.

갖고 싶었다고 말하고 있다. 이때 말하는 주체와 "도장"은 서로 분리될 수 없는 '둘이면서 하나인 몸'으로 의미화된다. 서로 분리될 수 없고, 복수적이지만 자율적인 주체는 이분법적 분리 논리를 해체시키면서, 가부장적 억압에 의해 내내 입 다문 채 살아온 여성의 목소리를 드러낸다.

그것은 이 시에서 의문사, 고백체, 망설임 등 다양한 모습으로 나타난다. 첫구절 "찍어놓았는가?"의 의문사는 목소리의 직접성을 전달하는 것으로 "나"를 움직이는 주체자에 대한 근원적인 질문이라 할 수 있다. "만일" "이라면"에 드러나는 가정법과 문장을 완결시키지 않는 서술어는 억눌려 있던 목소리가 밖으로 나올 때의 머뭇거림, 망설임 등을 보여준다. 여기에 "싶었다", "않았다" 등의 고백체 어조, 반복을 통한 리듬형성은 그동안 침묵을 강요당해왔던 여성의 목소리를 드러내는 기능을 한다. 이러한 언어는 소리와 리듬에 의해 지배되는 전오이디푸스적 언어의 특징으로서 이미 존재하는 언어를 차용하여 자기 안에 억압되어 있는 무의식을 드러낸 것이라 할 수 있다. 그런 점에서 이 시는 표면적으로는 가부장적 억압에 의해 대상화된 여성을 그대로 보여주고 있는 것 같지만, 그 이면에는 그것을 거부하는 저항의식을 강하게 드러낸다고 할 수 있다.

다음 시는 '글자'에 육체성을 입혀 '글(정신)'에 대한 기존 인식을 새롭게 재구성하여 보여준다.

> ①
> 나는 종이 위에 나를 한자 한자 새겨넣는다/ 나는 이리저리 흐트러진 나의 육체를 끌어모아 글자 속에 집어넣고 뚜껑을 꽉 닫는다/ 한 글자 한 글자 씌어질 때마다 한 치 한 치 오그라드는 내 육체는 수 천 수만 가지 글자들로 다시 태어나고// 새로 만들어지는 글자들마다에 나의 육체는 자신의 새로운 집을 짓는다
>
> ―「글자 속에 나를 구겨 넣는다」에서[23]

②

글자 밖에서 당신에 대한, 내 식도를 꽉 메워버리는 사랑은/ 이내 글자 안 빈곳을 기웃거리고/ 글자 안에서 글자에 대한, 내 식도까지 꽉 차오르는 사랑은/ 다시 비어있는 글자 밖으로 새나가려고 한다

— 「글자 밖에서」 에서[24]

시 ①에서 시인은 "글자"를 "나의 육체"라고 말한다. 여기서 주목해 볼 것은 '글자'는 기본적으로 남성과 관련된다는 점이다. '글자(언어)'는 관념의 기호로서, 사회를 지배하는 규칙체계이며, 그 '언어(글자)'를 쥐고 있는 자는 남성이다. 그런데 위 시에서 '글자'는 "육체"과 동일시되어 있다는 점에서 그런 일반적인 인식과 다른 의미를 가진다. 육체는 여성의 영역이기 때문이다. 이런 점에서 위 시의 "글자"는 남아를 포함한 모든 생명체를 받아들이는 양성적 여(모)성성을 가진다고 할 수 있다. 물론 양성성은 여성의 본질적 자질은 아니다. 그러나 남성은 단성성을 추구하도록 훈련되어 왔기에, 양성성은 여성적 자질로 간주될 수 있다.[25] 그것은 "글자"가 "흐트러진 육체"로 상징되어 있다는 점에서도 확인할 수 있다. "흐트러진 육체"는 상징질서에서 추구하는 질서 정연한, 정상적인 몸과는 다르다. 그 육체를 구겨 넣은 "글자" 또한 "오그라들고", "다시 만들어"지는 운동성을 가지고 있다는 점에서 안정성, 고정성을 추구하는 남성적 사유와는 거리가 멀다.

남성적 사유에서 글자는 상징적 의미를 기호화한 것이지만, 이 시에서 글자는 의미를 고착시키지 못한다. 육체인 글자는 쉬지 않고 움직인다. 화자는 이 글자를 움직이게 하는 또 다른 타자로서, "흐트러진 육체를 끌어 모아 글자 속에 집어 넣"는다. 그리고 그것이 밖으로 나오지 못하도록

---

23) 이선영, 『글자 속에 나를 구겨 넣는다』, 문학과지성사, 1996, p.11.

24) 위의 책, p.44.

25) 엘렌 식수 · 카트린 클레망, 이봉지 옮김, 『새로 태어난 여성』, 나남, 2008, pp.153~159 참조.

뚜껑을 꽉 닫는다. 뚜껑은 몸 안팎의 경계를 가로지르는 지점으로써 육체가 새어나오지 못하도록 막는 역할을 한다. 그러나 "한 글자 한 글자 씌어질 때마다" 육체는 "오그라들고", 육체가 오그라드는 만큼 글자는 "새로 만들어"진다. 이때 글자는 어느 하나의 의미로 고착되지 않고 언제든지 변화할 가능성을 보여준다. 이는 여성의 글쓰기를 강제적으로 차단해온 남성적 질서를 거부하고, 여성도 남성과 대등한 존재로서 자신의 욕망을 글로 표현할 수 있음을 주장하는 것이라 할 수 있다.

그리고 그것은 생명의 핵심인 사랑에 닿아있다. 시②에서 시인은 글자를 중심축으로 안과 밖의 경계를 설정하고 있다. 글자의 경계를 넘나드는 것은 "사랑"이다. 사랑은 글자의 안팎을 "기웃거리고", "새나"가며 움직인다. 당신에 대한 "사랑"이 글자 안 빈곳을 기웃거릴 때, 사랑은 "다시 비어 있는 글자 밖으로 새나가려고 한다". 이러한 글자의 움직임은 글자만으로는 사랑을 모두 담아낼 수는 없지만, 글자 없이는 사랑을 표현할 수도 없다는 것을 보여준다고 읽을 수 있다. 이는 시인이 오히려 글자에 매달려 있음을 암시한다. 그것은 "글자 밖"이라는 시어에서도 드러난다. "글자 밖"이라는 것은 시인이 글자를 벗어나 있는 것처럼 보인다. 그러나 시인이 바라보는 글자 밖은 "글자 안"에서 바라보는 "글자 밖"이다. 즉 "글자 밖"에서 인식한 "글자 밖"이 아니라, "글자 안"에서 인식하는 "글자 밖"인 것이다.[26]

글자 "안"은 글자로는 다 담아내지 못하는 잉여의 말(감정)로서, 글자 "밖"보다 더 진실치를 담고 있는 목소리에 가깝다. 목소리는 남성의 시각중심으로는 파악할 수 없는, 즉 "글자"만으로는 다 표현하지 못하는 "사랑"을 강조하는 것이라 할 수 있다. "글자(문자)"는 기록을 통해 "사랑"의

---

26) 전미정, 「몸이라는 질료, 글이라는 형상－이선영론」, 『한국 현대시로 본 에코토피아의 몸』, 도서출판 역락, 2005, p.246 참조.

의미를 규정하고 고착시키지만, 규정된 사랑은 결코 자유로울 수 없다. "글자" 안팎을 넘나드는 "사랑"은 바로 그런 "글자"의 의미를 해체하기 위한 것으로 볼 수 있다. 그것은 여성적 글쓰기의 특징인 운동성, 반복을 통한 리듬으로도 나타난다. 1, 2행과 3, 4행은 그 위치를 바꾸어도 아무런 상관이 없다. 전후 관계없이 나열되는 문장배열은 아무런 의미상의 연속성도 지니지 않음으로써 결과적으로 아무런 의미도 만들어 낼 수 없게 된다. 이 같은 경향은 "안"과 "밖" 같은 공간적 용어들에서도 동일하게 반복된다. "안"과 "밖"의 경우에도 서로 상반되는 두 요소가 각각의 자리에 고정되지 못 한 채 계속해서 상대방에게로 미끄러지는 것이다. 이는 글자의 규칙, 의미의 일관성을 중시하는 기존의 질서를 해체하고, 의미의 복수성을 강조하기 위한 장치라 할 수 있다.

나아가 시인은 남성질서가 추동해온 자본주의 문명을 비판적으로 조명하기도 한다.

> 버려진 냉장고를 보았다/ 낡고 구식인 그 냉장고는 집 앞 공터에 우두커니 서있었다/ 언젠가는 내가 쓰는 냉장고도 저렇게 버려질 것이다/ 결말이 눈앞에 보인다는 것은 입맛을 쓰게 하는 일이다/ 내가 쓰는 전화기 장롱 TV 오디오 세탁기 우산 신발 옷 가방 콘택트 렌즈/ 나의 눈 코 귀 이 어깨 허리 다리 발 심장 신장 대장/ 내게 없어서는 안 될 이 모두가 한번은 버려져야 할 것들이다/ 낡아가는 것들, 종종 고장이 나고 마침내 수명이 다하는 것들과 함께 살아간다/ 그 어느 해 가을과 또 다른 해의 가을에 할머니 할아버지가 차례로 그랬듯/ 버려질 엄마 아버지 남편 그리고 나/ 버려지기 전까지 손발 닳도록 살아간다
>
> —「버려진 냉장고」 전문[27]

위 시에서 시인은 자기 정체성을 "버려진 냉장고"로 대치하여, 가부장

27) 이선영,『평범에게 바치다』, 문학과지성사, 1999, p.48.

적 문명세계에서 주변으로 밀려난 여성/타자의 몸을 보여준다.[28] 물론 이 몸을 곧장 여성적인 것이라고 하기는 어렵다. 이 시의 "냉장고"는 "종종 고장이 나고 마침내 수명이 다하"면 버려지는 사물이며, 이와 같은 의미를 가지는 "눈 코 귀 이 어깨 허리 다리 발 심장 신장 대장" 등은 남녀 모두가 공통으로 가지고 있는 몸의 일부이기 때문이다. 그런 점에서 이 시의 몸들 또한 양성적 여성성을 보여준다고 할 수 있다. 냉장고는 기계문명과 관련하여 남성성을 가지고 있으며, 그것이 "버려진" 것이라는 점에서 여성성을 띠고 있기 때문이다. 양성적 여성의 몸은 남성적 질서가 추구하는 건강하고 젊고 아름다운 몸과는 근본적으로 다르다. 남성적 질서에서 몸은 남근적 단성성을 추구하도록 훈련되어 왔기 때문에 일의성, 통합성을 지향한다. 하지만 여성은 어느 한 성의 차이를 배제하지 않는다. 오히려 그 차이를 살려내고 추구하고 덧붙인다.[29] "낡아가는 것들" "버려지는 것들" 등의 복수형 어미는 서로 다른 '차이'를 차별화하여 인간의 몸을 소유하려는 가부장적 자본주의를 해체하기 위한 전략이라 할 수 있다. 자본주의 사회에서 인간의 몸은 남녀 모두 하나의 물질, 기호로 존재할 뿐이다. 기호적 가치로서의 "냉장고"를 소유함으로써 자신의 존엄함과 우월함 등을 드러낼 수 있을 것이라고 생각하는 것이다. 이러한 인식 속에서 나를 포함한 "할머니 할아버지" "엄마 아버지 남편" 등 모든 존재는 "전화기 장롱 TV"와 같은 하나의 상품, 소비품으로 취급될 뿐이다. 화자는 이러한 모든 것들을 자신의 몸과 동일시하여 "내게 없어서는 안 될" 소중한 존재임을 표명하고 있다.

"~들"에 드러나는 복수형 어미 반복은 "함께 살아"가야할 존재로서의 복수적 주체를 강조하는 것으로 볼 수 있다. "전화기 장롱 TV", "눈 코 귀

---

28) 이희중, 「관찰과 해석, 또는 어떤 세대의 시쓰기」, 『창작과비평』통권107호, 창작과비평사, 2000, p.371 참조.
29) 엘렌 식수, 박혜영 옮김, 『메두사의 웃음/출구』, 동문선, 2004, pp.96~97 참조.

이 어깨" 등 순서를 바꾸어도 아무런 상관이 없는 단어 나열은 선후관계와 의미의 연속성 파괴함으로써 단 하나만을 추구하는 상징질서를 뒤엎는 역할을 한다. 여기에 "살아간다"의 반복과 현재형어미는 지금, 여기 현전성을 중시하는 여성의 목소리와 관련하여 삶의 어두운 실존을 가진 주체들이 여전히 존재하고 있음을 드러내는 것이라 할 수 있다. 이는 단 하나의 진리, 정체성, 지식만을 강조하는 지배질서를 해체하고, 모두가 함께 공존하는 주체의 복수성을 강하게 주장하는 것이라 할 수 있을 것이다.

이선영 시에서 사물화된 몸은 여성의 몸을 불모화해 온 기존의 인식을 해체하기 위한 장치로 사용된다. 물론 그것은 여성 몸의 본질적 자질이 아니라, 가부장제 사회에서 여성이 취급받는 방식을 의미한다. 시인은 이를 전복하기 위해 사물 그 자체가 가진 양성적 여성성을 드러낸다. 도장, 냉장고, 글자 등은 남성적 문명과 관련되나, 그것이 모두 육체성을 가지고 있다는 점에서 여성성도 가지고 있다. 양성적 몸은 단 하나만을 추구하는 기존질서를 해체하기 위한 하나의 전략이라고 할 수 있다. 문장의 미완성, 반복, 선후 관계없는 기표의 나열 등은 의미의 고착화를 방해하기 위한 요소로서, 보이지 않지만 여전히 존재하는 여성의 목소리를 드러낸 것이라 할 수 있다. 이러한 방식은 여성의 몸이 경험하는 다양성을 소거한 채 여성을 여전히 사물로만 재현하고 있다는 점에서 일정한 한계를 가진다. 하지만 여성 신체 특유의 유연성과 변화성을 토대로 규정된 여성성/타자성을 모두 파기하고, 주체로서의 여성 및 타자와의 관계방식을 새롭게 제시하고 있다는 점에서 여성시가 나아갈 새로운 방향을 보여준다고 할 수 있다.

## 2. 포용적인 몸과 유희적 언어 : 허수경

허수경[30]은 여성을 하나의 사물로 객관화한 이선영과 달리 자연을 시속에 끌어들여 긍정적 여성주의를 이끌어갈 가능성을 보여준다. 자연은 문명 이전의 근원적 몸으로서, 여성의 몸과 등가적 의미를 가지기 때문이다. 때문에 그의 시는 주로 근원으로서의 모성성과 관련하여 언급되고 있다.[31] 그러나 간과하지 말아야 할 것은 자연과 여성의 몸은 언제나 변화를 상정한다는 점이다. 변화는 새로움, 미래를 전제로 하기 때문에, 우주의 중심으로 은유되는 모성이 아니라, 그 모성의 흔적을 몸속에 간직한 채 미지의 세계로 나아가고자 하는 몸이라 할 수 있다. 나아가는 몸은 한자리에 고착되지 않고 끊임없이 움직이며 언어의 형식까지 깨부순다. 따라서 이 글에서는 그의 시에 나타난 '몸'의 의미와 언술 방식을 함께 살핌으로써 그의 시적 지향점을 알아볼 것이다.

허수경 시에서 자연의 몸(자궁)은 황폐하고 죽어가는 여성성을 보유하고 있다. 그러나 그 죽음은 완전한 종말이 아니라, 변형과 생성을 위한 과정일 뿐이다. 시인은 그 가능성을 여성 몸의 특성으로 드러낸다. 임신과

---

30) 1964년 경상 진주 출생. 1987년 ≪실천문학≫에 <땡볕>외 4편의 시를 발표하면서 등단했다. 시집으로 『슬픔만한 거름이 어디 있으랴』(실천문학, 1988), 『혼자 가는 먼 집』(문학과지성사, 1992), 『내 영혼은 오래되었으나』(창작과비평사, 2001) 등이 있다.

31) 오세영 외, 『한국 현대 시사』, 민음사, 2007. p.560. : 김윤식 외, 『한국현대문학사』, 현대문학, 2009. p.622. : 정효구, 『몽상의 시학 : 90년대 시인들』, 민음사, 1998, p.438. : 김현자 · 이은정, 「한국현대여성문학사－시」, 『한국시학연구』제5호, 한국시학회, 2001, p.77 참조. : 김영희, 「사랑의 역사는 치욕으로 오고－도종환, 허수경, 최승자의 시와 '아픈 몸'의 윤리」, 『창작과비평』통권155호, 2012, pp.326~346. : 이창민, 「영혼과 무의식－허수경, 『태 영혼은 오래되었으나』, 이수명 『붉은 담장의 커브』」, 『서정시학』제11권2호, 서정시학, 2001, pp.200~206. : 엄경희, 「상처받은 '가이아'의 복귀 －여성시에 나타난 에코페미니즘」, 『한국근대문학연구』제4권제1호, 한국근대문학회, 2003, pp.342~344. : 김신정, 「소멸의 운명을 살아가는 여성의 노래 －허수경과 김수영의 시」, 『실천문학』통권64호, 실천문학사, 2001, pp.246~269.

출산을 감행하는 여성의 몸은 새로운 생명을 생성하고 그 몸을 떠나지만, 완전히 사라져 없어지는 것이 아니라 자식의 몸에 흔적으로 남아있다. 이 때 여성의 몸은 둘이면서 여전히 하나인 몸으로 공존할 수 있으며, 늘 분리 · 증식 · 베푸는 몸 · 진행 중인 몸으로서 유동적이고 창조적인 공간으로 의미화된다. 그러나 그것은 타자 없이는 불가능하다. 타자와 함께 있는 하나라는 총체, 수천의 변화를 이루는 복수화의 도정을 거쳐야 한다.[32]

시인은 그 복수화 과정을 성적 섹슈얼리티의 이미지를 통해 보여준다. 성적 행위 혹은 그것을 연상시키는 '섹슈얼리티(sexuality)'[33]는 남녀 간의 결합을 통해 궁극적으로는 생명성을 추구하는 행위이다.[34] 그러나 그의 시에서 섹슈얼리티는 단순히 생명성만을 추구하는 것은 아니라, 그 생명을 얻기 위한 과정을 중시한다. 생명을 얻기 위해서는 타자와의 만남, 곧 합일이 전제되어야 한다. 그것은 서로의 관계가 대등할 때 온전히 이루어질 수 있다. 즉 여성 또한 하나의 주체로서 자기 정체성을 회복해야만 남성과의 온전한 관계를 맺을 수 있으며, 그러한 관계 속에서 왕성한 생명력을 부여받게 된다는 것이다. 시인은 이러한 관계성, 생명성을 강조하기 위해 자신의 몸과 성을 풀어내고 다시 감싸 안는 모성성을 드러낸다. 그의 시에서 모성의 언어는 반복을 통한 리듬, 무의식의 자유연상, 현재시제의 사용, 의성어 과용, 접촉 등 유희적 글쓰기로 드러난다. 이는 허수경 시의 전반적인 특성이라 할 수 있다.

내일은 탈상/ 오늘은 고추모를 옮긴다// 홀아비 꽃대 우거진 산기슭에

---

32) 엘렌 식수, 박혜영 옮김, 『메두사의 웃음/출구』, 동문선, 2004, p.100 참조.

33) 섹슈얼리티(sexuality)는 성교나 성행위와 같은 구체적인 성행동을 포함하지만 보다 넓고 다양한 성적 욕망과 실천, 그리고 정체성을 지칭하는 포괄적 의미로 19세기 이후에 만들어진 개념이다. 즉 인간의 성생활과 연관되는 행위, 관계방식, 선호양식, 사회적 규범, 심리적 구조 등을 포괄하는 것이 바로 섹슈얼리티이다. (송명희, 『섹슈얼리티 · 젠더 · 페미니즘』, 푸른사상, 2001, pp.60~61 참조.)

34) 정영자, 『문학 속에 나타난 성 표현의 역사』, 문학사상, 1993, p.357.

서/ 바람이 내려와/ 어린모를 흔들 때// 막 옮기기 끝낸 고추밭에/ 편편이 몸을 누인 슬픔이/ 아랫도리를 서로 묶으며/고추모 사이로 쓰러진다// 슬픔만한 거름이 어디 있으랴// 남녘땅 고추밭/ 햇빛에 몸을 말릴 적

— 「탈상」 전문[35]

위 시의 화자는 내일 「탈상」을 앞둔 매우 슬픈 상태이다. 그런데 "오늘", "고추밭"에 "고추모"를 옮긴다고 한다. 이는 일반적인 상식을 뒤엎는 행위라고 할 수 있다. 일반적으로 상(喪)을 당한 사람은 탈상 전까지 일을 하지 않는 것이 보통이다. 그럼에도 화자가 고추모를 옮기는 것은 그 행위를 통해 슬픔을 극복할 수 있으리라고 여겼기 때문으로 읽을 수 있다.[36] 주목되는 것은 그 극복의 방식이다. 이 시에서 여성의 몸은 "고추밭"과 "산기슭"으로 드러난다. "밭"은 흙의 환유로서 생명을 낳고 키우는 모(여)성을 상징하며, "산기슭" 또한 산의 아랫부분으로서 산꼭대기가 지향하는 '높은 곳'과는 반대되는 개념을 가지고 있다는 점에서 여성성을 띤다고 볼 수 있다. 그리고 "홀아비", "고추" 등의 시어는 남성의 은유로서, 이것들을 포용하는 "산기슭"과 "밭"의 여성성을 강조하기 위해 설정한 것으로 볼 수 있다. "홀아비 꽃대 우거진 산기슭"은 "홀아비(남성)"를 안고 있는 "산기슭(여성)", 즉 여성성을 드러내면서 성적 이미지를 강하게 환기한다. 그리고 거기서 내려온 "바람"은 "고추밭에/ 편편이 몸을 누인 슬픔이/ 아랫도리를 서로 묶으며/고추모 사이로 쓰러"지게 한다. 여기서 "쓰러진" 슬픔은 다시 일어설 수 없는 절망이 아니라, "어린 모"를 키워내는 힘으로 작용한다. "바람"은 눈에 보이지는 않지만, 분명히 존재하는 여(모)성을 가시화하기 위한 장치로서, "쓰러진" 것들이 거름이 되게 하는 역할을 한다.

"아랫도리를 서로 묶"는다는 구절에서 환기되는 섹슈얼리티의 이미지

---

35) 허수경, 『슬픔만한 거름이 어디 있으랴』, 실천문학사, 1988, p.15.

36) 정효구, 『몽상의 시학 : 90년대 시인들』, 민음사, 1998, p.438 참조.

는 여성을 성적 쾌락의 대상으로만 여겨온 남성적 사유를 전복하기 위해서라고 볼 수 있다. 남성적 사유에서 섹슈얼리티는 남성의 의지에 따라서만 가능한 것으로 여겨져 왔다.[37] 그러나 이 시에서 섹슈얼리티는 남성의 대상으로만 드러나지 않는다. "아랫도리를 서로 묶"는다는 구절은 "슬픔"이 스스로 이 행위에 동참하고 있음을 보여준다. 이는 "서로" 자발적으로 몸을 "묶"는다는 점에서 자기 몸의 주체로서 남성과 대등한 여성성 혹은 그런 관계성을 드러낸다고 볼 수 있다. 이러한 여성성은 나/너의 동일성을 추구하며 타자를 자신의 것으로 정복하려 하고, 소유하려하는 남성적 윤리[38]와는 다른, 여성적 윤리를 보여준다. 여성적 윤리는 어느 한 성의 차이를 배제하지 않으며, 자기와 다른 차이를 가진 존재를 받아들이는 윤리이다.[39] 차이를 가진 존재들이 서로의 몸을 받아들임으로써 둘은 상호 결합할 수 있게 되며, 이로써 "슬픔"은 극복할 수 있게 된다. 그리고 그것이 "어린 모"를 붉은 고추로 성장시키는 동력이 될 수 있다는 것이다.

그것은 독특한 언어전략으로도 나타난다. "~ㄴ다"의 친숙한 구어적 표현을 통한 리듬적인 호흡, 그 뒤에 "있으랴"의 설의를 통한 강조, "몸을 말릴 적"에 나타나는 불완전한 문장, 그리고 접촉의 언어들은 합일을 지향하는 여성의 목소리가 글자체에 융해된 결과라 할 수 있다. 또한 "옮긴다", "쓰러진다"에서 보이는 현재시제는 "바람이" "어린모를 흔"드는 순간, "슬픔이/ 아랫도리를 서로 묶"는 순간, "남녘땅 고추밭/ 햇빛에 몸을 말"리는 순간과 같은 과거, 현재, 미래를 포함함으로써 직선의 시간을 인정하는 동시에 부정하는 곡선의 흐름을 드러낸다. 여기에 동반된 "흔"들고, "묶"고 "쓰러"지는 등의 운동성은 생명의 순환성과 함께 "슬픔"이 "거

37) 심귀연, 「가부장적 구조 속에서 본 타자화된 여성」, 『철학논총』제59집, 새한철학회, 2010, p.216.
38) 엘렌 식수, 박혜영 옮김, 『메두사의 웃음/출구』, 동문선, 2004, p.201 참조.
39) 위의 책, p.96 참조.

름"이 되어 "고추" 무성한 "밭"으로 변화할 것을 암시한다. 이렇게 주체의 복수성과 함께 다양한 의미를 드러내는 그의 시는 언어를 자유롭게 풀어놓는 유희적 글쓰기로서 단 하나의 진리를 주장하는 가부장적 언어를 거부하고, 여성으로서의 자기 정체성을 회복하기 위한 것이라 할 수 있다.

그러나 갈수록 황폐해져 가는 세상에서 여성이 자신의 정체성을 찾기란 그리 쉬운 일이 아니다. 다음 시는 자기 정체성을 찾아 헤매는 화자의 불안 심리를 드러내고 있다.

> 당신……, 당신이라는 말 참 좋지요, 그래서 불러봅니다 킥킥거리며 한때 적요로움의 울음이 있었던 때, 한 슬픔이 문을 닫으면 또 한 슬픔이 문을 여는 것을 이만큼 살아옴의 상처에 기대, 나 킥킥……, 당신을 부릅니다 단풍의 손바닥, 은행의 두 갈래 그리고 합침 저 개망초의 시름, 밟힌 풀의 흙으로 돌아감 당신……, (중략), 상처의 몸이 나에게 기대와 저를 부빌 때 당신……, 그대라는 자연의 달과 별……, 킥킥거리며 당신이라고……, 금방 울 것 같은 사내의 아름다움 그 아름다움에 기대 마음의 무덤에 나 벌초하러 진설 음식도 없이 맨 술 한 병 차고 병자처럼, (중략) 내가 아니라서 끝내 버릴 수 없는, 무를 수도 없는 참혹……, 그러나 킥킥 당신
>
> — 허수경, 「혼자 가는 먼 집」40)에서

위 시에서도 시인은 몸의 "기댐", "합침" 등의 시어를 통해 성적 '섹슈얼리티'의 이미지를 환기한다. 그러나 이 시에서는 합일이나 생명생성보다는 존재의 불화를 강하게 드러낸다. 그것은 화자가 '부르는 대상'과 '기대는 대상'이 서로 다르다는 점에서 찾아볼 수 있다. 이 시에서 "내게 기대와 저를 부비는" 대상은 "상처의 몸", "금방 울 것 같은 사내"이다. "상처의 몸이 나에게 기대와 저를 부"빈다는 구절은 '나/너'의 합일의 이미지를

40) 허수경, 『혼자 가는 먼 집』, 문학과지성사, 1992, p.27.

띤다. 그러나 그 합일은 기쁜 합일이라고 할 수 없다. 화자가 지속적으로 부르는 대상은 "사내"가 아니라, "당신"이기 때문이다. 여기서 "사내"는 여성의 욕망을 이해하지 못하고 당신이라는 "말"로 일방적인 관계만을 지속하려는 가엾은 남성들을 의미한다고 볼 수 있다. 여성의 내면을 이해하지 못하는 "몸"의 합일은 진정한 합일이라고 할 수 없다. 때문에 여성은 "한 슬픔이 문을 닫으면 또 한 슬픔이 문을 여는 것"처럼 평생을 슬픔 속에서 살아갈 수밖에 없는 것이다.

화자는 그러한 슬픔 속에서 지속적으로 "당신"을 부른다. 시인은 그 "당신"이 누구인지 명확하게 드러내지는 않는다. 그러나 "단풍", "은행", "개망초", "풀", "흙", "그대라는 자연의 달과 별"이라는 시어를 통해 화자가 부르는 대상이 여성임을 알 수 있다. "단풍", "은행", "개망초", "풀"은 모두 식물성을 띤 연약한 여성성과 관련되며, "흙"은 생명을 낳고 키우는 모성, "달"은 차면 기울고, 기울면 다시 차오르는 여성의 재생력, 생명력과 관련되기 때문이다. 그것은 시의 제목, 「혼자 가는 먼 집」에서도 드러난다. "집"은 모든 인간이 추구하는 편안한 안식처, 근원적 '자궁'과도 같다. 그러므로 화자가 부르는 "당신"은 근원적 모성이라고 볼 수 있다. 그러나 화자가 인식하는 집은 "먼"곳에 있으며, 그렇기에 "당신"과의 만남은 쉽게 이루어질 수 없다.

시인은 그 참혹한 심정을 "킥킥"이라는 소리로 표현한다. "킥킥"은 "당신"을 꾸며주는 부사어이자, 웃음과 울음이 뒤섞인 목소리이다. 목소리는 몸 안에서 밖으로 흘러나오는 것으로, 눈에 보이지 않지만 존재하는 모성의 정체성을 드러내는 것이라 할 수 있다. 어머니는 보이는 것으로 존재하지 않는다.[41] 어머니는 죽어 "흙"으로 돌아가지만, 영원히 사라진 것이 아니라, "당신"을 찾고 있는 화자 속에 숨어 있다. 화자는 자기 안에 있는 그

---

41) 엘렌 식수, 박혜영 옮김, 『메두사의 웃음/출구』, 동문선, 2004, p.53 참조.

어머니를 알아보지 못한 것이다. 내 안에 있으나 나를 소유하지 않는, 긴 세월 동안 내 안에 숨어 살아온 어머니를 내가 찾고 있는 것이다. 이런 측면에서 이 시는 근원적 모태로 되돌아가고자 하는 것이 아니라, 모태로서의 자기 정체성을 찾아 헤매는 화자의 불안을 드러낸 작품으로 읽을 수 있다.[42]

여기에 동반된 단속적인 쉼표, 말줄임표, 목소리의 직접성을 드러내는 해요체 등은 그 불안이 밖으로 터져 나올 때의 떨림, 머뭇거림 등을 보여준다. 하나의 문장이 시의 표면 위로 떠올랐다가, "……"를 통해 곧 꼬리를 감추고, 또 다른 불완전한 문장들을 이끌고 오는 언술방식은 의미를 고착시키지 않고 계속해 미끄러지는 환유의 어법으로서, 보이지 않으나, 여전히 존재하는 모태의 현전성, 즉 억압된 내면의 무의식을 드러낸 것이라 할 수 있다. 이처럼 섹슈얼한 이미지와 함께 나타나는 다양한 언술 방식은 단의적 남성성을 전복하는 유희적 글쓰기로서, 여성의 내면을 이해하지 못하고 일방적인 관계만을 추구하는 기존 질서에 대한 불화와 거부의 심리를 드러낸 것이라 할 수 있다. 그러나 시인은 결코 그것을 공격적으로 드러내지는 않는다. 그는 언제나 모성적 방식으로 자신의 몸과 언어를 풀어놓고 다시 감싸 안는다.

> 나이어린 어미들이 해변가를 달린다/ 물새들이 달리는 어린 어미들을 들어올린다/ 부풀어오르는 영혼의 어머니
>
> — 「부풀어 오르는 어머니」 전문[43]

42) 유성호는 이 시의 화자가 집을 찾아가는 모습을 "근원적 모태로 되돌아가고자하는 욕망을 드러낸다"고 읽고 있다. (유성호, 「탈냉전의 시기(1991년~2000년)」, (오세영 외) 『한국 현대 시사』, 민음사, 2007. p.562 참조.) 그러나 이 시를 지배하는 '킥킥'이라는 소리에 초점을 맞출 때, 근원적 모성이 아니라 그러한 모성으로서의 자기 정체성을 확인하는 것으로 읽을 수도 있을 것이다.

43) 허수경, 『내 영혼은 오래되었으나』, 창작과비평사, p.59.

위 시는 "어머니"를 "영혼"으로 환치하여 눈으로 보이지는 않지만, 여전히 존재하는 모성의 존재방식을 보여준다. 시인은 어머니의 형상을 구체적으로 보여주지 않지만, "물새"들이 "들어올"리는 "어린 어미"라는 구절로 보아 그것이 바닷물임을 짐작하게 한다. 즉 "해변가를 달"리는 "어린 어미"는 바닷물이며, 바닷물은 자신을 "들어올리"는 물새 속에 존재한다는 것이다. 바닷물은 생명성과 관련되는 모성의 보편적인 상징이기도 하다. 바닷물은 거대한 어머니의 몸처럼 무수한 생명을 자기 안에 안고 있다. 그러나 그 생명들을 자기 것이라 고집하지 않는다. 물은 스스로 사라짐으로써 뭇생명에게 생명을 준다. 누가 시키지 않아도 자발적으로 솟아오르며, 저절로 움직이는 물은 모든 생물 속에 편재한다. 이 시의 "어머니" 또한 마찬가지다. "물새들이" 들어올린 "어미들"은 눈으로 보이지 않지만, "물새"안에 존재한다. "물새"의 몸속에 깃들어 물새에게 생명을 공급하면서, 그 "물새"가 또 다른 "어린 어미"로 성장할 수 있게 도와줄 것이다. "물새"와 "어린 어미"의 몸은 이러한 과정의 반복을 통해 끊임없이 분열되고 확산될 것이다. 그러므로 "어머니"의 삶은 완전히 끝나 사라지는 것이 아니라, 끊임없이 지속될 것을 암시한다.

"부풀어 오르는 영혼의 어머니"는 보이지 않는 어머니를 보이는 것으로 형상화하기 위한 역설의 언어로서, 모성의 포용성, 충만함, 생성의 가능성을 보여주기 위한 것으로 볼 수 있다. "~들"로 드러나는 복수형 어미는 '보이는 몸'과 '보이지 않는 몸'이 공존하는 여성성을 드러내기 위한 장치로 볼 수 있다. "달린다", "들어올린다" "부풀어 오르는" 등의 서술어는 몸의 운동성, 역동성과 함께 고착화된 자리로부터 벗어나려는 시인의 욕망을 보여주는 것이라 할 수 있다. 이러한 흐름과 함께 발화되는 시인의 언어는 그야말로 유동적이고 환유적이다. 환유는 기표가 기의를 지칭하지 못하고 끊임없이 미끄러지는 일종의 유희적 글쓰기로서,[44] 나/너의 동일성을 추구하며 어느 한편을 소유하려는 기존의 관념을 전복하기 위한 장치라 할 수 있다. 시인은 이러한 전복성을 환상적 시공간을 끌어들여 보여주기도 한다.

> 나는 다시 노래를 할 수 있어요/(중략)/ 자궁만이 튼튼한 신부는 신랑의 심장자리에/ 자신을 밀어넣었습니다// 신랑의 심장자리에 신부의 자궁은 먹새우처럼 궁글리고 있었습니다// 아직 지상에 있을 때 신랑이/ 소공동 어느 상가에서 산 반지처럼 먹새우처럼// 그렇게 궁글려 있던 신부를 나는 보았지요// 검정 개울에 햇물풀이 자라나고// 술 실은 자전거를 타고 밤이 달을 굴리며 결혼식장으로 오고 있었어요// 나는 다시 노래를 할 수 있어요/ 어느 날 죽은 이의 결혼식장에서 나는/ 낮잠에 이끌리듯 누런 술을 마셨노,라고
>
> –「나는 어느 날 죽은 이의 결혼식을 보러 갔습니다」에서[45)]

이 시에서 여성의 몸은 비천하고 남루하다기보다는 그로테스크함 쪽에 가깝다. "심장을 도려"낸 신랑과 "자궁만이 튼튼한 신부"가 하나로 합쳐져 있는 몸은 현실의 논리로는 인식하기 어려운 혼란과 그로테스크한 풍경을 보여준다. 이는 현실의 모순과 부조리를 반영하는 것으로, 인간을 정상/비정상으로 구분하여 비정상적인 것을 배제하는 상징질서를 전복하기 위한 하나의 장치라 할 수 있다. 흥미로운 것은 신부의 "자궁"이 "신랑"의 도려낸 "심장자리"에 "먹새우처럼 궁글리고 있"다는 점이다. 이는 상징질서에서 배제되고 소외당하는 여성의 몸이 오히려 남성의 몸을 압도하는 극렬한 전복성을 드러낸다. 시인은 이러한 전복성을 약화시키기 위해 액자형식의 구조를 취함과 동시에 "갔지요", "있어요" 등의 여성적 어조를 사용하고 있다. 1연과 7연은 비현실적인 내용을 자연스럽게 받아들

---

44) 김욱동,『은유와 환유』, 민음사, 2007, p.256 참조.
45) 허수경,『내 영혼은 오래되었으나』, 창작과비평사, 2001, p.8.

이게끔 하는 액자장치의 기능하는 것으로, 이 시의 "노래"와 같은 맥락을 형성한다. 이 시의 "노래"하는 주체는 노래 '안'과 노래 '밖'의 경계선에 위치한 주체로서, '노래 안'의 세계를 '노래 밖'의 세계로 이끌어내는 역할을 한다. 그러므로 부각되는 것은 당연히 "노래" 안의 세계일 것이다.

화자가 들려주는 "노래" 안의 세계는 오이디푸스적 상징질서 이전, 전 오이디푸스적 기호계의 풍경을 환기시킨다. 기호계는 자아와 타자가 분리되지 않은 채 공존하는 어머니의 공간이자, 삶과 죽음, 생성과 소멸이 동시에 공존하는 세계로서,46) 이 시에서는 "신랑"과 "신부", 그리고 여러 사물들이 동시에 존재하고 있다. 노래하는 "나"는 죽은 "신랑"과 "신부"의 몸을 "보"고, 그 존재방식을 전달하는 역할을 한다. 화자가 본 "몸"은 "도려낸" "신랑의 심장자리에" "신부"의 "자궁"을 "밀어넣"은 몸으로서 이질적인 두 몸이 하나로 겹쳐 있다. 이 몸은 단 하나만을 추구하는 상징질서에서 볼 때 거부되어야 할 대상이지만, 여성적 질서로 볼 때는 서로 이질적인 두 성(性)이 분화되지 않은 채 공존하는 양성적 상태일 뿐이다. 양성성은 하나이지만 결코 하나로 존재하지 않는 여성성을 의미하는 것으로, 상징질서의 이분법적 논리를 전복하기 위한 하나의 전략이라 할 수 있다.

둘이 한 몸으로 겹쳐있는 신랑과 신부는 이미 "죽은 이"들이지만, 영원히 죽지는 않는다. "나"의 "노래"를 통해 상징계 밖으로 흘러나올 수 있기 때문이다. 생성의 가능성은 "검정 개울에 햇물풀이 자라"난다는 구절에서도 엿볼 수 있다. "검정 개울"은 여성의 "자궁"을 연상시키는 것으로, 여기에 "햇물풀이 자"란다는 것은 생명이 자라고 있음을 드러낸다. 그리고 그것은 시 속에 내재되어 있는 몇 개의 원환(圓環)적 이미지를 통해 영원히 지속될 것을 암시한다.47) 심장을 도려낸 신랑의 "심장 자리", 거기에

---

46) 팸 모리스, 강희원 옮김, 『문학과 페미니즘』, 문예출판사, 1999, p.204 참조.
47) 김신정, 「소멸의 운명을 살아가는 여성의 노래 –허수경과 김수영의 시」, 『실천문학』통권64호, 실천문학사, 2001, p.255 참조.

"궁글리"고 있는 신부의 "자궁", 이승에서 신랑이 소공동 어느 상가에서 샀던 "반지", 그리고 "먹새우", "달", "술 실은 자전거 바퀴", 마지막으로 이 모든 것을 아우르는 시인의 "노래"는 제각각 원을 그리며 움직이고 서로 겹친다. 이렇게 여러 개의 원을 제가끔 굴러가게 하는 힘의 원천은 "신부"의 궁글린 자궁이다.

화자는 이러한 "자궁"의 힘을 "노래"에 실어 들려준다. 이 "노래"는 우리를 스치고 갔기에 아직도 우리를 감동시킬 수 있는 최초의 음악으로서, 기원으로 되돌아가는 것이 아니라 그곳을 통과하여 미지의 세계로 나아가는[48] 화자의 목소리이자, 지금-여기에 고정되어 있는 어떤 실체나 관습을 벗어나 좀 더 구체적인 실천을 모색하기 위한 시인 자신의 목소리라고 할 수 있다. 그것은 삶과 죽음, 의식과 무의식, 현실과 비현실, 과거와 현재 등 모든 것들을 뒤섞어버리는 경계의 무화, '해요체'의 여성적 어조를 통해 더욱 뚜렷하게 나타난다. 이러한 유희적 글쓰기는 결국 개별적 존재들이 전체적으로 하나를 이루는, 모든 것들이 둥글게 복원되는 세계를 지향하는 것이라 볼 수 있다.

허수경 시에서 "자궁"은 생산적 여성, 성적 대상으로 규정된 여성성을 전복하기 위한 장치로 볼 수 있다. 시인은 그것을 섹슈얼리티의 이미지로 드러낸다. 섹슈얼리티는 생명성을 회복하기 위한 행위이지만, 그의 시에서는 생명 그 자체가 아니라 그것을 얻기 위한 관계성을 강조한다. 즉 서로 다름, 차이를 인정하는 관계가 전제되어야 충만한 생명성을 얻을 수 있다는 것이다. 촉각을 통한 언어의 육체성, 운동적인 리듬이나 소리패턴, 구문해체, 언어유희 등 유희적 글쓰기는 생명성, 관계성을 지향하는 모성의 포용성을 강조하는 역할을 한다. 물론 그가 끌어들인 환상적 시공간이나 유희적 언어들이 가부장제 사회에서 여성이 겪는 갈등을 일거에

48) 엘렌 식수, 박혜영 옮김, 『메두사의 웃음/출구』, 동문선, 2004, pp.115~116 참조.

해결해줄 수 있는 것은 아니다. 그러나 여성의 생산성, 타자와의 관계성을 다양한 각도에서 탐색하고 새로운 생성의 가능성을 드러내고 있다는 점에서 자유로운 자아와 공동체의 윤리를 재구성할 또 다른 출구를 보여준다고 할 수 있다.

## IV. 결론

이상과 같이 본고는 여성시에 나타난 몸의 상상력과 언술 방식을 90년대에 주로 활동한 이선영, 허수경의 시를 통해 살펴보았다. 이들 시에서 중심 소재가 되는 사물과 자연은 모두 남성중심의 상징질서에서 볼 때 의미 없는 비천한 물질에 불과한 것들이다. 그러나 이들 시에서 몸들은 남성과는 다른 '차이'를 가진 여성 몸의 특성을 드러내기 위한 장치로 사용되고 있다. 즉 임신과 출산을 경험하는 여성의 몸은 '하나이면서 둘'로 존재하는 여성성을 드러낼 수 있으며, 그 몸에서 흘러나오는 목소리는 눈으로 보이지 않지만, 분명히 존재하는 여성성을 드러내기 위한 전략으로 사용된다는 것이다. 이는 두 시인의 시에 드러나는 공통적인 요소이나, 구체적인 전개 방식은 각기 다르다.

이선영의 시는 물질문명이 만들어낸 사물에 육체성을 부여하여 모든 생명체들을 타자화시키는 남성중심적 제도의 모순을 날카롭게 집어낸다. 그의 시에서 도장, 글자, 냉장고 등은 문명과 관련되는 남성성과 육체라는 여성성을 동시에 가진 양성적 여성성을 드러낸다. 양성성은 개인의 몸 속에 남성성과 여성성이 동시에 들어있는 것을 의미하는 것으로, 서로 분리될 수 없는 복수적 주체성을 촉구하는 것이라 할 수 있다. 자기 안에 이질적인 두 성이 공존하는 몸은 안과 밖, 남성과 여성을 분리하여 파악하는 가부장적 이원론을 해체시킴으로써 단 하나만을 추구하는 기존 인식을 뒤엎는다. 화자와 대상의 불일치, 한 자리에 고착화되지 않는 몸의 운동성, 환유, 고백체 어조 등은 언어가 스스로를 뒤집고 단 하나의 의미로 고정되기를 거부하는 지점을 드러낸다.

이와 달리 허수경은 생성과 소멸을 거듭하는 자연을 여성의 몸과 동일시하여 여성 몸의 생산성, 순환성, 자율성을 강조한다. 그의 시에서 자연은 생명을 잉태하고 내보내는 공간(자궁)으로서, 타자를 받아들이는 여성 몸의 포용성을 드러낸다. 그 과정에서 몸은 성적 섹슈얼리티의 이미지를 강하게 환기한다. 섹슈얼리티를 감행하는 몸은 나/너의 합일을 통해 궁극적으로 생명성을 추구하지만, 그의 시에서는 단순히 생명 그 자체만을 추구하는 것은 아니다. 또 다른 생명을 잉태하기 위해서는 타자와의 대등한 관계가 전제되어야 한다. 그의 시에서 섹슈얼리티는 이러한 관계성을 토대로 새로운 생명을 만들어내는 힘을 보여준다. 그리고 그것은 운동성, 구문해체, 언어유희, 촉각을 통한 육체성 등 유희적 글쓰기의 특징을 보여준다.

이들 시에서 여성의 몸과 목소리는 언제나 움직이고 이동 중에 있는 것들로서, 단 하나만을 인정하여 안정성, 고정성을 추구하는 기존질서를 전복하기 위한 전략이라 할 수 있다. 물론 여성 몸의 사물화는 여성들이 다양하게 경험하는 몸의 양상은 소거된 채 여성을 여전히 부정적으로 재현하고 있다는 한계도 있고, 여성의 자연화 또한 근원 세계나 환상적 시공간을 끌어들임으로써 여성의 삶이 초월적 세계로 후퇴하고 있다는 해석의 위험도 안고 있다. 그러나 남성적 시선에 의해 식민화 · 허구화된 몸의 이데올로기에 대한 부정과 비판의 자의식, 몸의 감각을 포착하는 언어화의 방식은 어느 하나만을 추구하는 기존 질서를 벗어나 자아의 주체성 회복과 공동체의 윤리를 재구성할 길을 보여준다는 점에서 90년대 여성시에 열린 새로운 지평이라 할 수 있을 것이다.

04

# 섹슈얼리티의 전략

## -신현림 · 김선우의 시를 중심으로-

## Ⅰ. 서론

여성의 섹슈얼리티는 남근중심의 사유에서 '보이지 않는' 혹은 '보이지 않기 때문에 존재하지 않는' 결핍과 부재로 인식되어 왔다. 특히 '이성-남성-우월'/'몸(性)-여성-열등'이라는 이분법적 사유는 여성의 주체성을 억압하고 식민화하는 강력한 이데올로기로 작용했다. 때문에 여성들은 자기 주체성에 대한 관심을 기울이면서, 제도 밖에 위치한 여성의 몸과 성에 대한 관심을 기울여왔다. 우리나라에서 여성의 몸에 대한 관심은 80년대부터 본격화되었다고 볼 수 있다.[1] 70년대 말 서구 페미니스트들의 논의가 우리나라에 번역되어 소개되고, 각 대학에 여성학 강좌가 개설되면서 여성들은 자기 몸과 섹슈얼리티에 대한 인식을 분명히 하였고, 여

1) 80년대 이전까지 여성시에서 여성의 몸은 그다지 부각되지 못했다. 여성의 몸은 남성중심적 사고와 가부장제 이데올로기에 의해 허구화된 몸, 사회적으로 구성되고 학습된 타자화된 몸으로만 인식되어 오면서 여성들은 자신의 육체를 자기 소유로 자각해오지 못했던 것이다(김현자 · 이은정, 「한국현대여성문학사-시」, 『한국시학연구』 제5호, 한국시학회, 2001, p.79 참조).

성시인들 또한 우리 사회에 걸쳐 있는 억압과 차별의 그물망을 여성의 눈으로 바라보고 재구성하려는 욕망을 '몸'으로 표출해왔다.

90년대 이후 여성시는 이러한 욕망을 더욱 다양한 어법과 문체로 나타낸다. 이는 당대의 상황과 불가분의 관계를 지닌다. 90년대는 전지구적 차원에서 그리고 국내적 차원에서 수많은 사건과 변화가 동반되었던 시기이다. 89년 동구권의 몰락, 한반도의 냉전체제를 둘러싸고 있던 거대담론의 붕괴, 92년 문민정부 출범 등은 하나의 이념으로 집결되었던 총체성으로서의 시대를 해체하고자 하는 열망으로 나타났으며, 이것은 '포스트모더니즘'과 관련한 서구 이론의 유입에 의해 더욱 확산된다. 포스트모더니즘이 표방하는 탈중심주의적 세계관이 우리문화와 문학현상을 가장 잘 설명해줄 수 있는 근거로 받아들여짐으로써 포스트모더니즘은 매우 급속도로 퍼져나갔으며, 이는 페미니즘운동과 맞물려 여성시의 미학을 생산하는 데 큰 영향을 끼쳤다.[2)]

이때부터 여성시는 한 마디로 요약하기 어려울 정도로 다양해졌지만, 크게 단순화하면 두 갈래로 나뉜다. 하나는 기존의 이데올로기에 스며있는 남근주의적 요소를 부정 · 해체하여 제도화된 가부장이데올로기를 비판적으로 추출하는 것이고, 다른 하나는 여성적 특질을 중심으로 새로운 정전이나 사회질서를 모색하는 것이다.[3)] 그러나 남성중심의 절대적 진리에 저항하면서 여성적 사유를 제시하고 있다는 점에서는 모두 동일하다. 특히 '섹슈얼리티'[4)]를 주제로 한 시는 그 자체로 문제적 저항이라고 볼 수

---

2) 김윤식, 김우종 외, 『한국현대문학사』, 현대문학, 2009, p.659 참조.

3) 김주연, 「한국 현대여성비평문학의 성장과 그 성격」, 『아시아여성연구』 제44집 2호, 숙명여자대학교 아시아여성연구, 2005, p.18.

4) 섹슈얼리티는 단일하고 단순한 개념으로 정의할 수 없다. 섹슈얼리티의 의미에서 성은 성(性) 그 자체만을 의미하지는 않는다. 성이 남성과 여성이라는 변별적 기능을 가진 두 육체의 결합만을 만한다면, 섹슈얼리티(sexuality)는 성교나 성행위와 같은 구체적인 성행동을 포함하지만 더욱 넓고 다양한 성적 욕망과 실천, 그리고 정체성을 지칭하는 포괄적인 개념이다. 즉 인간의 성생활과 연관되는 행위, 관계방식,

있다. 여성시에서의 성은 남성으로부터 빼앗긴 성적 결정권, 성적 소유권, 성적 주체성을 회복하기 위한 저항과 밀착되어 있기 때문이다.

신현림 · 김선우는 90년대에 등단한 시인들로, 여성의 몸과 섹슈얼리티를 더욱 가시화함으로써 성적 주체로서의 여성을 강조하고 있다는 점에서 주목된다. 물론 섹슈얼리티를 주제로 시를 쓴 여성시인들은 이들 외에도 많다. 그러나 이들의 시에 재현되는 여성의 이미지와 시적 전략은 여타의 시인들과 다른 측면에서 전개된다. 이들 시에서 여성의 섹슈얼리티는 80년대 여성시의 섹슈얼리티의 영역에서 보이는 자아각성의 매개체로서의 몸[5]과는 다르며, 90년대 이후 여성시의 섹슈얼리티에 나타나는 생산적이고 창조적인 (모)성[6]이나 성 역할을 해체하여 남성을 위협하는 공포스러운 (여)성[7]과도 다르다. 신현림은 여성의 몸을 불모화시켜온 가부장적 사회를 그대로 재현하는 반면, 김선우는 여성의 몸이 가진 관능성과 성적 쾌락을 다양한 감각을 통해 부각시킨다. 이를 통해 가부장적 사회 내에 여성 주체의 자리를 마련할 것을 촉구한다. 이러한 점은 프랑스 페미니스트 이리가레이의 논의에서도 찾아볼 수 있다.

이리가레이에 따르면 여성은 언제나 남성을 되비추는 거울이었으며,

---

선호양식, 사회적 규범, 심리적 구조 등을 포괄하는 개념이 바로 섹슈얼리티다.(송명희, 『섹슈얼리티 · 젠더 · 페미니즘』, 푸른사상, 2001, pp.60~61 참조)

5) 정체성 탐색이라는 주제는 김혜순의 『너』와 『먹이의 역사』등을 비롯해, 최승자의 『밤부엉이』와 『사랑 혹은 살의랄까 자폭』, 박서원의 『악몽』과 『생리불순』, 김승희의 『사산의 시대』, 김정란의 『나의 병』등에서 볼 수 있다.(김현자 · 이은정, 「한국현대여성문학사—시」, 『한국시학연구』 제5호, 한국시학회, 2001, pp.79~81 참조)

6) 나희덕의 『뿌리에게』와 『어린 것』을 비롯해 허수경의 『혼자 가는 먼 집』등은 모성을 재조명함으로써 창조적이고 적극적인 모성을 되찾아가는 모습을 보여준다, 김선우의 시에서도 이런 창조적 모성성이 드러나고 있으나, 이들과 달리 자유롭고 관능적인 여성성이 더 강조된다는 점에서 차이를 가진다(위의 책, p.78 참조).

7) 김언희의 『트렁크』와 『말라죽은 앵두나무 아래 잠자는 저 여자』, 박서원의 『난간 위의 고양이』, 『완벽한 이 세계』, 이연주의 『매음녀가 있는 밤의 시장』등은 여성이 성의 권력을 오히려 선점하는 모습을 보여준다.(위의 책, p.84 참조)

남성의 욕망을 가리키는 기호로 작동해 왔다. 그러나 여성은 남성의 기호일 수 없는 자유로운 존재이다. 따라서 여성의 주체성을 회복하기 위해서는 상징적 구조 내에 여성의 자리를 확보할 수 있도록 구조적 질서 자체의 변형을 생산해 내는 실천적인 작업이 필요하다. 그 하나는 상징계 안에 각인되어 있는 남성 이데올로기를 드러내는 것이고, 다른 하나는 여성에게 긍정적인 성정체성을 제공할 수 있는 여성적 의미질서를 구성하는 것이다. 이는 신현림 · 김선우의 시를 분석하는 데 중요한 참조점이 될 수 있다.

이에 본고는 두 시인의 시에 나타난 섹슈얼리티의 양상을 읽기 위한 전제로서, 먼저 이리가레이의 논의를 구체적으로 살필 것이다. 그것에서 시적 적용원리를 추론한 후 두 시인의 시에서 여성의 섹슈얼리티가 구체적으로 어떻게 재현되는지, 이를 통해 궁극적으로 말하고자 하는 바가 무엇인지 알아볼 것이다. 이러한 접근 방식은 여성시 특유의 인식과 저항미학을 더욱 다양하게 바라볼 수 있다는 점에서 의미 있을 것이다.

## II. 하나이지 않은 (여)성

섹슈얼리티에 대한 논의는 마르쿠제, 푸코, 바타이유, 이리가레이 등 많은 이론가들에 의해 여러 측면에서 진행되어 왔다. 이들의 공통점은 가부장적 문명의 파괴적인 속성을 성의 억압과 결부시키고, 이로 인해 파생되는 모든 억압과 착취로부터 해방을 모색하고 있다는 점이다. 특히 이리가레이의 논의는 여성의 몸을 통해 (여)성의 문제를 풀어가려 한다는 점에서 주목된다. 그녀는 여성의 성욕이 복수적임을 들어 여성이 남성과 동등하거나 그 이상임을 주장하고 있는데, 이는 성을 억압구조로만 보아 여성의 열등감이나 계급적 종속을 논한 성해방론자들의 견해와 배치된다는

점에서도 많은 시사점을 제공한다.[8]

이리가레이는 프로이트와 라캉의 정신분석학에서 해석하는 '상징계 언어'[9]를 재해석하면서 남성중심적 질서를 공격하였다. 그녀는 두 가지 방식으로 정신분석학에 도전하는데, 하나는 의미체계(상징계) 내부에 각인되어 있는 남성적 이데올로기를 드러내는 것이고, 다른 하나는 여성에게 긍정적인 성정체성을 제공할 수 있는 여성적 의미질서를 구성하는 것이다. 그녀는 『검경』에서 그 첫 번째 목적을 달성하기 위해 이분법 그 자체가 사실은 팔루스의 '자기동일성'[10]에 근거한 일원론이라고 주장하면서 '이제까지 주체에 관한 모든 담론은 남성적인 것에 대한 담론이었다'고 강력하게 비판하고 나섰다. 그녀는 서구 재현의 역사에서 여성은 남성의 욕망을 가리키는 기호로 작동해 왔으므로 여성의 재현은 불가능하며 따라서 성차가 없다고 말한다.

그리고 『타자인 여성을 비추는 반사경』에서 남성과 여성의 성차를 A(남근을 가진)와 A-(남근을 가지지 못한)보다는 A와 B의 형태로 이해해야 한다고 주장하면서, 여성들이 스스로를 재현할 수 있도록 하기 위해 정신분석 담론에서 이제까지 단지 부재로만 간주되어 왔던 여성적 상상계와

---

8) 한승옥, 「성의 담론과 문학 논의」, 『현대소설연구』 제39호, 한국현대소설학회, 2008, p.11.

9) 프로이트와 라캉에 따르면 여성은 남성의 주체성을 확립해주는 타자로 존재한다. 프로이트는 남근의 유무를 통해 남성의 우월함을 주장한다. 이를 언어학적으로 재해석한 라캉은 <상상계>, <상징계>, <실재계>로 단계를 나누어 성정체성을 구분한다. 그에 따르면 아이는 언어를 습득하면서 성차를 인식하게 되고 아버지의 법이 다스리는 상징계로 진입하게 된다. 상징계는 아버지로 대표되는 가부장적 세계이다. 남아는 상징계에서 언어의 기표인 남근과의 관계에 의해 주체성을 획득할 수 있지만 거세된 여아는 상징계의 객체밖에 될 수 없다.(박찬부, 『기호, 주체, 욕망–정신분석과 텍스트의 문제』, 창작과 비평사, 2007 참조)

10) 동일성의 논리는 여성과 남성을 A와 B로 상정하기보다 A와 A가 아닌 것(A-)을 강조하는 논리이다. 이는 여성이 그들 자신을 재현할 수 없도록 한다.(팸모리스, 김희원 옮김, 『문학과 페미니즘』, 문예출판사, 1999, p.193 참조)

여성적 상징계를 들어 설명한다.[11] 그에 따르면 상징질서는 이미 남성적이며 그것을 단순히 벗어난다는 것은 무의미할 뿐 아니라 불가능하다. 따라서 그 안에서 어떻게 여성의 공간을 확보하느냐가 문제이며, 이에 대한 이리가레이의 전략은 흉내 내기다. '흉내 내기'란 동일자의 타자로서 여성의 역할을 거울에 비춰 보이는 것과 같이, 남성이 여성에게 부여하는 형상을 그대로 재현함으로써 남성의 형식을 재생산하는 동시에 그것의 한계를 벗어나는 이중의 전략이다. 즉 흉내 내어지는 대상을 드러내는 동시에 억압되어 보이지 않는 것을 드러나게 함으로써, 남성중심의 구조가 여성에게 어떤 역할을 할당하는지, 또 그것이 어떤 결과를 가져오는지를 보여주는 것이다. 따라서 여성적 상상계란 상징체계 안에서의 자리인 것이다. 상징질서 안에서 두 성의 관계는 어느 하나의 성이 지배하거나 배제하는 것이 아닌, 끝없는 교환과 흐름 속에 있으며, 유사성이 아니라 근접성, 은유가 아니라 환유에 기초하는 이상적관계이어야 한다.[12]

또한 그녀는 『하나이지 않은 성』에서 남근중심적 상징질서를 여성의 '입술중심적' 상징체계로 대체하여 여성의 섹슈얼리티를 재정의한다. 그에 따르면 여성의 정체성이나 성욕은 단 하나의 기관만을 강조하는 남성의 경우와 달리 열려있고 부드럽게 흐르며 풍부하고 다양한 성질을 갖는다. 또한 그 어느 누구와도 동일화되지 않으며 결코 하나로 있지 않다. 두 입술은 자신 안에 타자를 이미 포함하고 있다. 그러나 이는 타자를 자아에 포섭하거나 점유한다는 뜻이 아니라 오히려 타자가 자아의 경계를 무화시킨다는 것이다. 그래서 언제나 자신 안에서 스치는 입술은—마치 임신한 여성이 둘이지만 각각 개별적인 하나로 나뉘지 않고, 그렇다고 해서 원래 하나이지도 않은 것처럼—타자를 안고 있는 자아, 더 이상 자아와 타

---

11) 위의 책, pp.193~194 참조.
12) 박오복, 「뤼스 이리가라이의 성차이의 윤리」, 『영어영문학』 제44권 1호, 1998, p.115 참조.

자의 배타적인 분리가 불가능한 상태를 의미한다.[13)]

이리가레이는 이러한 여성의 정체성을 은유적으로 재현하기 위해 아이가 어머니와 친밀성을 갖는 전-오이디푸스 단계로 돌아간다. 이 단계에서 지식과 경험은 촉각에 의해 형성된다. 촉각이 고려될 경우 여성욕은 결핍으로 규정될 수 없다. 여성의 육체(성기)는 '끊임없이 서로를 스치며 애무하는 두 입술'이며, 그것은 '신체의 여러 곳에 분포되어 있'[14)]기 때문이다. 하지만 이리가레이의 입술은 전-오이디푸스단계의 공생상태를 의미하지는 않는다. 전-오이디푸스 단계에 대한 그녀의 관심도 특정 성(性)에 한정된 것이었다. 그녀는 여성성에 주목하여 모녀관계를 다시 규정하려했을 뿐 양성성에 대해서는 관심을 보이지 않았다. 그녀가 모녀관계에 주목한 이유는 상징질서 내부에서 모녀관계가 왜곡되어 있어 여성의 정체성이 긍정적으로 재현되지 못하기 때문이다. 그래서 이리가레이는 딸은 정체성을 획득하기 위해 어머니의 양육으로부터 분리되어야 하며, 어머니를 여성으로 재현할 수 있는 새로운 언어를 찾아야 한다고 말한다. 이 언어는 충만한 성욕을 지니는 어머니의 정체성도 구성할 수 있어야 한다.[15)]

이리가레이가 주장하는 '흉내 내기'와 '두 입술'의 기제는 그간 '보이지 않는 것'으로 치부되어 온 여성 섹슈얼리티의 진실을 찾아내고 그것을 가시화하고 있다는 점에서 두 시인의 시를 읽는 데 좋은 참조점이 된다.

---

13) 팸모리스, 김희원 옮김, 『문학과 페미니즘』, 문예출판사, 1999, pp.48~61 참조.

14) 사실 여성의 성감대는 클리토리스와 질 중 어느 하나가 아니라 클리토리스와 질 모두이다. 또 클리토리스와 질뿐 아니라, 외음부, 자궁 입구, 자궁 그 자체, 유방도 모두 성감대이다.(위의 책, p.216)

15) 위의 책, pp.215~218 참조.

## Ⅲ. 시에 나타난 섹슈얼리티의 재현 양상

남성중심적 이분법에 따르면 여성은 다음의 두 가지 역할 중 하나만을 할 수 있을 뿐이다. 하나는 '어머니'에 해당하는 정숙한 여성, 가정주부, 애를 낳은 여성, 살림꾼으로서의 역할이다. 다른 하나는 '창녀' 즉 쾌락의 대상으로서의 역할이다. 어머니는 순종적인 여성으로서 굴종과 무기력을 상징하며, 창녀는 매력적이고 자유로우며 유혹하는 여성이다. 어머니는 예수의 어머니인 동정녀 마리아로, 창녀의 경우 모든 죄악의 근원인 이브로 대표된다.[16] 그러나 여성은 어느 한 가지 역할만을 수행할 수 없다. 이리가레이의 지적처럼 여성의 '두 입술'이 본래 하나이듯 여성들은 두 가지 특성을 모두 가지고 있다. 이를 자각한 여성시인들은 지난 시대의 비민주적인 여성을 거부하고 온전한 자신을 찾기 위해 남성중심주의의 단일성과 이성의 폭력으로부터 탈주를 시도한다.

신현림 · 김선우는 이러한 탈주의 과정을 여성의 섹슈얼리티를 통해 보여준다. 이들은 성이 여성을 억압하는 하나의 제도임을 폭로하면서, 여성의 성을 금기시하고 은폐해왔던 관습적 가치와 규범을 전복한다. 그리고 여성이 성적 쾌락의 주체임을 주장하며, 여성의 성을 여성의 경험으로, 여성의 몸으로 보여주고 있다. 이는 남성적 권위와 억압에서 벗어나 여성의 자리를 확보하려는 두 시인의 공통적 면모라 할 수 있다. 하지만 구체적 대응방식은 각기 다르다. 신현림은 동일한 타자의 입장에서 남성중심적 제도에 대한 반항과 위반의 목소리를 높인 반면 김선우는 여성의 특질인 부드러운 감각을 통해 여성적 의미질서를 재구성하고 여성의 포용성과 상생을 강조하고 있다는 점에서 신현림과는 뚜렷이 변별된다.

---

16) 이재선, 「여성의 양면성과 요부형 인간」, 『한국 문학 주제론』, 서강대출판부, 1989, pp.374~375 참조.

## 1. 동일한 타자로서의 반항과 위반 : 신현림

신현림[17]은 90년대 초반에 등단하여 지금껏 활동해온 시인으로, 노골적인 성 표현을 통해 사회적 금기를 위반하는 시적 경향을 보인다. 이런 특징으로 그의 시는 주로 90년대의 성담론과 관련지어 논의 되고 있다.[18] 그런데 기존의 논의는 90년대라는 어느 한 시기에만 집중하여, 여성 억압의 측면에만 초점을 맞춤으로써 시에 내재하는 다양한 의미를 충분히 보여준다고 하기는 어렵다. 2000년대에 들어 그의 시는 억압을 벗어난, 여성 주체로서의 모습도 보여주기 때문이다. 따라서 여기서는 그간 축적된 논의를 포괄하여 조금 더 확장적인 차원에서 바라보고자한다.

신현림의 시에서 성은 여성성이 자연적으로 타고난 것이며 고정불변의 것이라는 당대의 지배적 사고관에 맞서기 위한 시적 장치라 할 수 있다. 그는 전시대를 주도했던 거대 이념이 와해되고 가부장적 사회질서의 무의미함이 역사적으로 입증된,[19] 그럼에도 가부장적 질서가 그 보수적인 힘을 여전히 유지하고 있는 상황에서 과감한 성적 도발을 통해 반항을 시도한다. 이는 첫시집『세기말 블루스』에서부터 격렬하게 드러난다. 여기서 그는 자신의 몸을 찍은 누드 사진을 덧붙이는 무모성을 발휘하는가

17) 1961년 경기출생. 1990년『현대시학』으로 등단. 시집『세기말 블루스』(창작과비평사, 1997),『지루한 세상에 불타는 구두를 던져라』(세계사, 2001),『해질녘에 아픈 사람』(민음사, 2004),『침대를 타고 달렸어』(민음사, 2009) 등을 통해 성적 표현을 적나라하게 드러내어 주목받고 있다.

18) 백은주,「1990년대 한국 여성시인들의 시에 나타난 금기와 위반으로서의 성－조선시대 후기 사설시조와 관련하여」,『여성문학연구』제18호, 한국여성문학연구, 2007, pp.271～311. : 윤향기,「2000년대 여성시의 에로티시즘」,『문예운동』통권104호, 문예운동사, 2009, pp.443～509. : 심선옥,「새로움, 일상성, 해체의 시학－신현림『세기말 블루스』, 이용한『정신은 아프다』, 이원『그들이 지구를 지배했을 때』」,『실천문학』통권43호, 실천문학사, 1996, pp.277～291. : 김종훈,「아리송한 질문과 뚜렷한 외로움－김언『소설을 쓰자』, 신현림,『침대를 타고 달렸어』」,『계간 시작』제8권 제4호, 천년의 시작, 2009, pp.215～224.

19) 김윤식 · 김우종 외,『한국현대문학사』, 현대문학, 2009, pp.613～664 참조.

하면, 세상을 향해 '왜 옷을 벗어야 하는가'라는 화두를 던지며[20] 당대 사회에 엄청난 충격을 주기도 했다.

이런 반항은 신현림 시의 독특한 전략으로 이어진다. 시의 화자들은 남성중심의 문화가 규정해온 여성의 역할을 그대로 재현한다. 이는 가부장적 폭력성을 노출시키는 동시에 여성이 주체임을 강조하려는 위반의 전략이라 할 수 있다. 위반은 반항심리가 극단화되어 나타나는 것으로, 입체적이고 역설적인 저항방식이다. 성스러움을 얻기 위해 속스러움을, 자유를 얻기 위해 오히려 구속을 추구하는 역설적 행위가 위반의 본질인 것이다.[21] 이런 전략은 이리가레이의 '흉내 내기'와 같은 맥락에서 읽을 수 있다. 즉 가부장적 제도가 강요하는 여성의 역할을 그대로 흉내 냄으로써 역설적으로 가부장적 질서의 왜곡된 인식을 비판적으로 조명하는 것이다. 이는 신현림 시의 전반적인 특징이다. 그러나 일부 작품에서는 '두 입술'의 전략을 사용하여 기존 질서를 위반하는 측면도 보이고 있다.

> 너는 섹스한다 고로 존재한다 놀리지 말게/ 기타를 안듯 스무 명의 여자를 안았지만/ 그저 무엇을 찾아다닌 듯하네/ 여자는 세숫비누와 같네/ 향기 짙고 부드럽고 나를 씻어주고/ 다 써버리면 향기는 멀어지고/ 나라는 남자는/ 한 여자만 깊이 사랑할 수 없나보네// 애인이라는 마을에 잠시 묵고 떠나는 여행객처럼 흘러다녔네/ 유화물감이 튜브에

---

20) "여기 성적 노이로제가 심한 이 땅의 속 좁은 자들은 편견과 선입견을 버려야 한다. 성과 누드를 죄악시하는 비뚤어진 세계관에서 탈출해야 한다. 옷을 벗든 말든, 잘났거나 못났거나 그것이 무슨 상관인가. 무엇을 어떻게 표현했느냐가 중요하다. 있는 그대로의 모습, 나신을 통해서 인간 존재의 본질에 다가갈 수 있다. 사회 통념이나 자신을 포장하는 모든 것을 벗고 정신의 해방과 함께 인간의 거짓 없는 모습을 표현하고 싶다. 그러나 일상적인 것과 멀리 떨어진 방법으로 나는 내 사진에 힘과 생명을 주려고 한다. 이런 나의 생각도 무시하고 작품을 보이는 그대로 느껴보시라."(한국일보, 1997, 2월 10일자, p.16; 송명희, 「우리 시대의 성담론」, 송명희 외, 『페미니즘과 우리시대의 성담론』, 새미, 1998, pp.12～13 재인용)

21) 전미정, 『한국 현대시로 본 에코토피아의 몸』, 맥락, 2005, p.142 참조.

서 굳어지듯 몸의 긴요한 것이/ 딱딱해질까 두려워 헤맨듯해/ 여자라는 따뜻한 진흙에 따분함을 파묻고/ 무언가 꽉 붙들고 싶었는지 모르네/ 연기처럼 흩어지며 늙는 나 자신을 말이야

－「시민 K씨」 전문[22)]

위 시의 화자는 남자로 설정되어 있다. 이는 "여자"를 바라보는 "남자"의 태도나 정서를 효과적으로 드러내기 위한 장치다. 화자인 "남자"는 "여자"를 자신의 성적 쾌락의 대상으로만 바라본다. "여자"를 "세숫비누", 또는 따분함을 묻는 "따뜻한 진흙"으로 폄하하면서, 그 여자와 섹스하는 이유를 "연기처럼 흩어지며 늙는 나 자신"을 위해서라고 말한다. 여기서 여성은 남성과 쾌락을 공유하지 못하는 무의미한 존재로 나타날 수밖에 없다. 남성의 시선을 재현하는 것은 여성의 몸에 대한 남성의 왜곡된 시선을 전복하기 위한 전략이라 할 수 있다. 남성적 구도에서 여성 주체의 위치는 '보이지 않기 때문에 재현될 수 없는 것'으로 간주되어왔다. 이러한 상황에서 여성이 말 할 수 있는 유일한 가능성은 남성을 흉내 내는 것이다. 즉 남성의 행동이나 말을 거울로 비춰보이듯 흉내 냄으로써 남성적 질서를 분열시키고, 그 분열된 틈으로 거울 밖에 있는 여성의 욕망을 분출하는 것이다. 다시 말해 이 세상은 "나라는 남자"뿐 아니라 "여자"도 분명 실존하고 있음을 강조하는 것이다.

"사랑할 수 없나보네", "여행객처럼 흘러다녔네", "두려워 헤맨듯해", "꽉 붙들고 싶었는지 모르네" 등과 같은 언술은 남성 화자의 불안한 심리를 보여주면서, 남성적 상징계의 요체인 안정성을 흔든다. 이로써 남성의 상징질서는 위협을 받게 되고, 이분법적 경계는 허물어진다. 특히 "너는 섹스한다 고로 존재한다"는 표현은 '나는 생각한다 고로 존재한다는 데카르트의 남성(이성)중심적 코기토에 대한 단호한 비판이라 할 수 있다. 데

22) 신현림, 『세기말 블루스』, 창작과비평사, 1996, p.97.

카르트의 코기토는 탈신체적이고, 독백적이자 반사회적이며, 시각중심적이라는 데 그 특징이 있다.[23] 그러나 섹스는 시각만으로 행해질 수 없으며, 접촉과 친밀감 없이 이루어질 수 없다. 그런 점에서 이 시는 남성들의 왜곡된 욕망이 불평등한 젠더구조를 만들어내며, 젠더가 허구의 구축물임을 역설적으로 보여주는 작품이라 할 수 있다.

이러한 시인의 전략은 시의 화자들을 자주 푸코가 언급한 '전방위 감시체계'[24]에 가두어 놓는다. 감시자의 시야에서 결코 벗어날 수 없는 끝없는 주시와 경계 속에 나의 모든 움직임이 포착되고, '보이지는 않고 보기만 하는' 전지전능하고 무소불위한 '눈'에 대한 나의 불안은 극대화될 수밖에 없다. 전방위 감시체계 속에서 시각화되고 대상화된 여성은 관찰과 감시 아래 주체성을 박탈당한 무기력한 모습으로 전락하고 마는 것이다. 다음 시는 이러한 특징이 두드러지게 나타난다.

> 어디로 가라는 거야/ 탈출하려는 거야/ 독신자의 거리 뉴욕으로 낸 골딘 사진 속으로// 왜 그녀의 사진은 가슴에 와 닿고 놀라운가/ 잘된 영화의 한 장면 같은데/ 왜 처절한 아우트로 사진에서 감동하는가/ 자신의 삶을 거짓 없이 찍었으니까/ 게이, 레즈비언, 마약상습범, 걸인들/ 불안한 그들을 나는 이해할 것 같다/(중략)/ 가면 벗은 자들/ 조용히 광적으로 사는 자들/ 더 이상 무너질 것 없는 자들
>
> ―「성적 종속물에 관한 발라드」 일부[25]

위 시에서 "나"는 자신이 속한 세계를 감옥과 같은 곳으로 인식하고 있다. 모든 존재들이 "가면"을 쓰고, "거짓"과 "가식"이 난무하는 그곳은 인간을 억압하고 구속하는 남성중심적 세계이다. 그 세계는 "진정한 인간"

---

23) 정화열, 『몸의 정치와 예술, 그리고 생태학』, 아카넷, 2005, p.299.

24) 전방위 감시체계는 벤담의 원형감옥 구상에서 유래한 것으로, 영원한 고립 속에서 세뇌된 수인의 삶과 전면적 통제의 메카니즘을 결합한 것이다(위의 책, p.193 참조).

25) 신현림, 『세기말 부루스』, 창작과비평사, 1996, p.88.

을 만날 수 없는 곳이며, 따라서 나 또한 진정한 주체가 될 수 없다. 화자는 그런 자신을 성적 종속물이라고 표현한다. 그리고 이런 사회에서 벗어나 "독신자의 거리 뉴욕으로", 주변인들의 삶이 있는 "낸 골딘"의 사진 속으로 탈출을 꿈꾼다. 이는 남성중심적 질서의 감금으로부터 벗어나고자 하는 시인의 욕망을 형상화한 것으로 볼 수 있다. 화자는 "게이, 레즈비언, 마약상습범, 걸인들"을 자신과 동일한 존재로 생각한다. 이들은 '정상/비정상'으로 편 가르기가 일상화되어 있는 사회에서 외면되고 멸시받으며 인권이 무시되는 존재이며, 결과적으로 타자성 전반의 문제를 드러내는 몸들이다. 화자가 이러한 존재들의 "불안"을 "이해할 것 같다"고 말하는 것은 자신 또한 타자임을 암시한다. "조용히 광적으로 사는", "더 이상 무너질 것 없는 자들"은 지배문화에 의해 종속된 존재로 살아가는 타자이며 화자 자신이기도 하다. 이러한 존재들과의 동일시는 남성중심적 사회가 거부하는 것을 거부한다는 의미에서 '거부의 거부', 곧 '이중 거부'의 양식을 취하면서 제도적 규범을 위반하는 것이라 할 수 있다. 말하자면 '차이'를 가진 인간의 진실이 단일성을 강조하는 남성적 사고에 의해 왜곡되어 있다는 것, 그리고 그러한 사유가 계급, 인종, 성 등 사회문화적 폭력을 행사하여 세계를 더욱 황폐하게 만들고 있음을 역설하는 것이다. 이는 결국 상징질서 내에 타자의 자리를 확보하기 위하여 상징적 질서를 흔드는 위반의 전략으로 읽을 수 있다.

> 아, 시바알 샐러리맨만 쉬고 싶은 게 아니라구// 내 고통의 무쏘도 쉬어야겠다구/ 여자로서 당당히 홀로 서기엔 참 더러운 땅이라구/(중략)/같이 살 놈 아니면 연애는 소모전이라구/ 남자는 유곽에 가서 몸이라도 풀 수 있지/ 우리는 그림자처럼 달라붙는 정욕을 터뜨릴 방법이 없지/ 이를 악물고 참아야 하는 피로감이나 음악을 그물침대로 삼고 누워/ 젖가슴이나 쓸어내리는 설움이나 과식이나 수다로 풀며/(중략)// 남

성동무도 밖에선 눈치보고 갈대처럼 굽신거리다가/ 집에선 클랙슨 빵빵 누르듯 호통이나 치니 다 불쌍한 동물이지// 아, 불쌍한 씨발

— 신현림, 「너희가 시발을 아느냐」 일부[26)]

이 시의 첫 행은 만성 피로에 쳐져 있는 샐러리맨이 피로회복제를 마시고 있는 제약회사의 광고문을 패러디한 것이다. "씨발"이란 외설스런 욕을 '시바알'로 음절을 늘려 음가를 약화 시킨 분명한 욕이다. 여기에는 남성의 언어를 패러디하여 남성중심의 메커니즘을 조롱하려는 의도가 담겨 있다. 화자는 여성의 섹슈얼리티를, 정욕을, 승진을, 홀로서기를 인정하지 않는 가부장제 사회를 겨냥하여 "무쏘"의 "클랙슨"을 빵빵 누르듯 거침없이 "씨발"을 날린다. "여자로서 당당히 홀로 서기엔 참 더러운 땅", 여성을 억압하는 남성중심문화의 문화적 성적 억압에 대해 맹렬한 도전과 야유를 보내고 있는 것이다. 남성의 언어를 빌려 여성의 욕망을 표출하는 것은 견고한 남성적 사회 구조를 허물고 그 속에 여성을 재배치하려는 위반의 전략이라 할 수 있다. 시인에게 중요한 것은 남성적 질서를 분열시키고 수정하여 왜곡된 여성성을 회복하는 것이다. 그것은 전통적인 여성 이미지를 복원하는 것이 아니라 기존의 여성의 이미지를 파기하는 것, 즉 여성의 다양성을 재현할 수 있는 새로운 이미지와 모델을 창조하려는 것이다. 여성이 허기진 성욕을 "과식이나 수다로 풀"거나, "이를 악물고 참"거나, "음악"의 "그물침대"에 눕거나, 혼자 누워 "젖가슴이나 쓸어내리"는 방법을 취할 수밖에 없음을 폭로하는 것은 결국 단일한 남성정체성의 개념을 거부하고 여성의 정체성을 회복하기 위한 전략이라 할 수 있다.

이처럼 남성의 시선과 언어를 패러디하여 자신의 욕망을 분출하는 시인의 전략은 가부장제에 균열을 가하기 위해 자신의 몸을 언제나 가부장제 구조 안에 위치시키며, 위장을 통해 자신의 욕망을 은닉한다.

---

26) 앞의 책, p.98.

사내는 부드럽게 애무하며/ 자신을 위한 젖가슴이라 말한다/ 사내와 그녀의 아이가 태어나 젖을 빨 때/ 그녀의 젖가슴은 가장 아름다웠다/ 사내와 그녀의 아이를 위해/ 다 내어준 젖가슴/ 암에 걸려 하나를 잘라냈다/ 쭈글쭈글한 가지처럼 슬픈 젖가슴

―「젖가슴」 일부[27]

이 시의 여성 또한 남성의 대상으로만 나타난다. 이 시에서 대상화된 여성은 일부일처제도라는 공고한 결혼제도를 뒤집어 보이는 역할을 한다. "그녀"의 "젖가슴"은 남성의 쾌락과 아이를 낳고 기르는 생식적인 기능만 할 수 있을 뿐, 진정한 의미에서 몸을 갖고 있다고 말할 수 없다. "그녀"는 "사내"의 소유물이며, "사내"를 위해서만 존재하는 비주체적 여성이다. "사내"가 "그녀"의 몸을 "자신을 위한" 것이라고 말하는 것은 "그녀"가 쾌락의 대상이거나 자신의 분신을 낳아줄 도구로만 바라보고 있다는 것이다. 모성도 마찬가지다. 모성은 여성에게 희생이 아름답다는 것을 은연중에 심어주며 강요한다. 모성은 여성에게 어머니로서만 자리하게 하며, 기존의 여성들은 그것을 숭고한 일이라고 받아들였다. 그것은 하나의 제도로 굳어졌고, 이에 따라 여성은 자기 몸의 주인이 되지 못하고 섹슈얼리티의 주체가 되지 못했다. 이리가레이는 이러한 구도에서는 각각의 두 주체가 가지고 있는 서로 차이 나는 세계의 열림, 두 세계들 사이의 연결을 창조할 수 있는 성차화된 차이가 살아서 공유되는 것이 불가능하다는 것을 지적한다.[28] 차이가 없는 세상에서 성은 여성과 남성이 아니라 단 하나의 성, 즉 남성만 있을 뿐이며, 이런 세계에서는 여성의 '다른 자아 정체성'의 실존적 실천은 불가능하다. 여성의 성은 도구적 성, 생산을 위한 성일뿐 그 이상의 의미는 없는 것이다. 시인이 "암에 걸"린 "젖가슴",

---

27) 신현림, 『해질녘에 아픈 사람』, 민음사, 2004, p.82.
28) 송유진, 「뤼스 이리가레이의 여성 주체성과 성차의 윤리학에 대하여」, 『여/성 이론』, 도서출판 여이연, 2011, p.161 참조.

"쭈글쭈글한 가지처럼" 훼손되어가는 여성의 몸을 보여주는 것은 남성중심적 제도를 따르면서 살아온 결과가 어떤 것인지를 보여주기 위한 장치라 할 수 있다. 남성에게는 쾌락을 위한 성의 기능이 강조되면서도 여성에게는 상대적으로 생산을 위한 성의 기능이 강조됨으로써 차별적인 성 기능이 강요되어 온 것에 대한 문제를 보여주는 것이다. 이를 통해 단의적 남성성을 비판하고 모성에 대한 편견을 버릴 것을 촉구한다.

그렇다고 신현림의 시에서 여성이 모두 대상화되어 나타나는 것은 아니다. 때로는 남성의 시선과 남성의 언어를 빌리지 않고 타자들이 주체적으로 자기 존재를 찾아가는 모습을 보여주기도 한다.

①

동성애자인 그가 애인의 사진을 보여준다/ 사진을 보자 왜 침실부터 떠오르는지 모르겠다/ (중략)/ 서로의 알몸을 만지는 모습이/ 사람의 상상은 때때로 육욕의 상상이다/ 이승에서 가장 아름다운 건축물인/ 사랑하는 몸이 꼭 이성이어야 되는 법은 없지// (중략)// 록카페의 흐린 불빛 속에서/ 그가 작아져 간다 커져간다/ 그의 가슴, 그의 목, 그의 허리가 안개처럼 꿈틀댄다

— 「록카페의 흐린 불빛 속에서」 일부[29]

②

우리의 담장이 무너져도 괜찮겠죠/ 뭘 해도 망가질 듯한 두려움 잊고/ 달고나같이 엉겨 붙어 하나가 되어도 좋겠죠// 바닷바람 거친 숨결 사방에 메아리치니/ 숲과 집이 되살아나고/ 거대한 나팔꽃 해가 피어나고/ 샘솟는 빛이 보입니다/ 육신의 무명천을 천천히 찢어가는 쾌감 속에/ 바다와 흙을 반죽하여/ 새롭게 몸을 지어 삶을 바꿔 주시는군요.

— 「애무 한 벌」 일부[30]

---

29) 신현림, 『해질녘에 아픈 사람』, 민음사, 2004, p.103.
30) 신현림, 『침대를 타고 달렸어』, 민음사, 2009, p.46.

인용된 두 편의 시에서 '여성/타자'는 더 이상 '남성/주체'의 대상으로만 머물러 있지 않는다. 시①은 동성애의 이미지를 통해 자신의 섹슈얼리티를 적극 실현하는 존재의 모습을 보여준다. "록카페"는 술과 음식, 섹슈얼리티를 부추기는 유흥공간으로서, 사회적 윤리나 도덕과 같은 규율 체계에서 자유로울 수 있다. 이런 공간의 자율성은 인간의 성적 욕망이 어떠한 것에도 차단되지 않은 채 발산할 수 있게 하는 힘을 지니게 한다. 록카페에서 "동성애자"를 만난 화자는 즉흥적으로 "침실"을 떠올린다. 그리고 "서로의 알몸을 만지는" 상상을 한다. 화자는 "사랑하는 몸이 꼭 이성이어야 되는 법은 없"다고 말하면서, 이성애가 더 이상 유일한 사랑의 방식이 아니라는 것을 천명한다. 그리고 제도와 관습과 법이라는 규율에 시달리지 않고 자기 몸을 자유롭게 즐기는 모습을 보여준다. 이는 "그의 가슴, 그의 목, 그의 허리가 안개처럼 꿈틀"대는 모습을 통해 확인할 수 있다.

"꿈틀"대며 움직이는 몸은 유동적 · 역동적인 이미지와 함께 성적인 접촉을 환기시킨다. 여기서 '접촉'은 단순한 성관계를 의미하는 것이 아니라 타자 및 세계와의 관계맺음을 의미한다. 이는 이리가레이의 '두 입술'의 전략으로 읽을 수 있다. '하나이면서 둘'로 존재하는 두 입술은 한 쪽을 다른 한 쪽으로 병합하거나 흡수하는 소유의 관계를 넘어 둘 사이에 지속적으로 차이의 '관계'가 생성될 수 있다.[31] 따라서 이 시의 접촉은 차이의 '관계성'을 강조하기 위해 시인이 설정한 하나의 전략으로 볼 수 있다. 특히 즉흥적인 만남은 어느 한쪽이 다른 한쪽을 종속시키거나 고정시키지 않고, 어느 한편이 일방적으로 권력을 행사하거나 소유할 수도 없는 만남, 그런 관계를 보여준다는 점에서 이성적 체계화에서 벗어날 가능성을 보여준다.

---

31) 송유진, 「뤼스 이리가레이의 여성 주체성과 성차의 윤리학에 대하여」, 『여/성 이론』, 도서출판 여이연, 2011, p.163 참조.

시② 또한 마찬가지다. 섹슈얼리티를 매개로 관계 맺고 있는 "우리"는 "달고나같이 엉겨 붙어", "담장이 무너"질 것 같은 걱정도 "뭘 해도 망가질 듯한 두려움"도 다 잊을 수 있는 세계로 나아간다. 그 과정에서 "숲과 집이 되살아나고/ 거대한 나팔꽃 해가 피어나고/ 샘솟는 빛이 보"이는 환상적인 세계로 진입한다. 이 세계는 원초적 세계와 다르지 않다. 원초적 세계는 주체와 대상이라는 이분법 자체가 없는 곳이며, 지배와 피지배라는 상하관계도 없는 탈중심적 세계이다. 그곳에서는 남성중심적 위계화와 종속화에서 벗어날 수 있는 길이 펼쳐진다. "육신의 무명천을 천천히 찢어가는 쾌감" 속에서 모든 것은 "되살아나고", "피어나고", "보"이게 된다. 이런 감홍은 몸의 접촉과 친밀감을 갖지 않고서는 일어날 수 없다. 그런 점에서 볼 때, 이 시의 섹슈얼리티 또한 접촉을 통해 "우리"라는 '관계적 세계', 조화로운 세계로 나아가기 위한 위반의 전략이라 할 수 있다. 즉 시인은 '남성/이성/분리' 대신 '여성/섹슈얼리티/접촉'을 통해 진정한 사랑의 관계, 친밀한 관계로 이어질 가능성을 찾고 있는 것이다.

신현림의 시에서 섹슈얼리티는 가부장제 문화에 대한 반항이자 위반의 전략으로 사용된다. 그의 시에서 여성은 주로 남성의 성적 쾌락과 생산을 위한 도구로 재현된다. 이는 가부장제 사회가 부과한 여성의 역할을 흉내 내어 보임으로써 역설적으로 가부장적 제도의 왜곡된 인식을 비판하려는 장치이다. 이런 전략은 여성에게 부과된 가부장적 가치들을 전복하는 효과를 갖지만, 자신의 욕망을 자유롭게 분출하는 여성을 드러내는 데는 일정한 한계를 보인다. 이것은 가부장제 사회 내에서 여성의 글쓰기가 얼마나 힘든 과제인지를 잘 보여주는 것이라 할 수 있다. 그렇다고 그의 시 모두가 이런 전략만을 취하는 것은 아니다. 때로는 쾌락의 주체로서 섹슈얼리티를 감행하는 적극적이고 긍정적인 몸(성)의 개념을 열어 보이기도 한다. 이런 점에서 신현림 시는 가부장제의 부정과 해체를 넘어서는 여성적 주체, 즉 진정한 주체로서 여성의 섹슈얼리티를 찾아 나아가는 과정 그 자체라 할 수 있다.

## 2. 여성적 의미질서의 상생과 합일 : 김선우

김선우[32]의 시는 부정적인 여성의 이미지가 지배적이었던 신현림의 시와는 다른 차원에서 전개된다. 90년대 중반에 등단하여 2000년대에 주로 활동한 그는 기존 질서에 결박당하지 않고, 진정한 주체로서 자기 몸을 사랑하는 긍정적 여성상을 보여준다. 그의 시에서 여성은 대부분 자연으로 변형되어 나타나는데, 이는 생명의 근원으로서 자아와 타자가 분열을 넘어 '사랑의 관계'를 맺는 원동력임을 보여준다. 이를 통해 타자성을 벗어나면서도 타자의 위치를 회복할 수 있는 길을 모색한다. 때문에 그의 시는 자연과 여성을 중요한 의미축으로 삼는 '에코페미니즘'[33]적 관점에

---

32) 1970년 강원도 강릉에서 태어나 강원대학교에서 국어교육학을 공부했다. 1996년 ≪창작과비평≫겨울호에 시 「대관령 옛길」등 열편의 시를 발표하면서 문단에 데뷔하여 2004년 제49회 <현대문학상>, 2007년 제9회 <천상병시상>을 수상했다. 『내 혀가 입 속에 갇혀 있길 거부한다면』(창작과비평사, 2000), 『물 밑에 달이 열릴 때』(창비, 2002), 『도화 아래 잠들다』(창비, 2003), 『내 몸속에 잠든 이 누구신가』(문학과지성사, 2007) 등 4권의 시집을 상재하였으며, 『물 밑에 달이 열릴 때』(창비, 2003), 『김선우의 사물들』(눌와, 2005), 『내 입에 들어온 설탕 같은 키스들』(미루나무, 2007), 『우리말고 또 누가 이 밥그릇에 누웠을까』(새움, 2007) 등 4권의 산문집, 그리고 동화 『바리공주』(열림원, 2003)를 펴내는 등 왕성한 문학 활동을 하고 있는 그녀는 소외된 존재의 삶에 관심을 기울이면서도 절제와 균형을 취하려는 태도를 보여줌으로써 역량 있는 90년대 여성시인으로 주목받아왔다.

33) 에코페미니즘은 프랑수아 드 본의 『여성 해방인가 아니면 죽음인가』(1994)에서 처음으로 등장한 용어다. 이 이론은 '여성=자연=몸' '남성=문명=정신'의 의미로 성차를 파악하는 남성중심의 문명이 이룩한 물질문명이나 자본주의의 문제를 해결하는 데 자연에 가까운 여성이 대안으로 제시될 수 있다고 본다.(문순홍, 「에코페미니즘이란 무엇인가」, 『여성과 사회』 제6호, 창작과비평사, 1995, p.17 참조)

서 바라본 논의[34]가 많다. 에코페미니즘은 자연(여성)이 문학에서 재현되는 방식들과 여성(자연)이 성별, 종족, 계급, 섹슈얼리티의 재현과 연계되는 방식들을 논구하는 중요한 해석의 잣대가 되어주기 때문이다.[35] 여기서는 '두 입술'의 기제로서 '자연/여성' 섹슈얼리티의 실현방식에 주목하고자 한다.

김선우의 시에서 섹슈얼리티를 실현하는 '자연(여성)'의 몸은 대개 '자궁'의 이미지를 통해 형상화되고 있다. 그의 시에서 자궁은 이리가레이가 말하는 '하나가 아닌 둘', '하나 속의 둘', '하나이면서 둘'인 입술을 드러내는 상징물이자, 여성성의 고유한 특징을 재현할 수 있는 시적 장소이다. '두 입술'로서의 자궁을 강조하게 되면 여성의 성적 자율성과 자가 성애를 주장할 수 있기 때문에 남성의 억압성에 맞설 수 있다. 그의 시에서 자연과 여성은 모두 타자성을 지닌 몸이며, 타자와의 관계 속에서 이루어지는 섹슈얼리티는 둘 사이에 지속적으로 차이의 관계가 생성될 수 있게 한다.[36] 이때 여성의 섹슈얼리티는 더 이상 수동적이거나 부정적이지 않고, 타자의 몸과 만나 서로의 생명을 부추기는 '적어도 둘인 주체 위치'를 마련할 수 있다. 여기에 동반된 다양한 감각적 이미지들은 사랑의 관계를 만들어가는 시적 활력을 얻고 있다. 이는 그의 시 전반을 통해 지배적으로 나타난다.

---

34) 허윤진, 「다중 우주의 꿈 : 발산하는 문학을 위하여」, 『문학과사회』 통권65호, 문학과사회, 2004, pp.396~414. : 양선주, 「김선우 시에 나타난 모성성 연구」, 고려대 석사학위논문, 2005. : 이계림, 「김선우 시 연구」, 한국교원대 석사학위논문, 2007. : 양혜경, 「유연함 그리고 환원」, 『문예운동』통권96호, 문예운동사, 2007. pp.309~323. : 이유정, 「김선우 시 연구: 에코페미니즘적 특질을 중심으로」, 한국교원대 석사학위논문, 2012. : 정원숙, 「현대시에 나타난 에코페미니즘 연구-나희덕, 김선우를 중심으로」, 강원대 석사학위논문, 2013.

35) 이소영 외, 『자연, 여성, 환경』, 한신문화사, 2000, pp.172.

36) 송유진, 「뤼스 이리가레이의 여성 주체성과 성차의 윤리학에 대하여」, 『여/성 이론』, 도서출판 여이연, 2011, p.163 참조.

몸을 움직일 때마다 그녀에게선 온갖 냄새가 뿜어 나왔다. 포마이카 옷장의 서랍냄새, 죽은 방울새에게서 맡았던 찔레꽃 향기, 불에 덴 것처럼 이마가 뜨거웠다. (중략) // 들어왔지만 들어온 게 아닌, 마주보고 있지만 비껴가는 슬픈 체위를 버려…… 탄성을 가장하지 않아도 되는 잘 마른 밀짚냄새, 허물어진 흙담 냄새, 할머니 수의에서 나던 싸리꽃 향기, 오월의 가두에 흩어지던 침수향을 풍기며 그녀가 뼛속까지 스며들어왔다.

— 「산청여인숙」 일부[37]

위 시는 여성 동성애적 면모를 보여준다. 여성 간의 성적 유희는 이성 간에 존재하는 성적인 안정성을 와해시키면서 전통적인 남녀관계를 전복하는 역할을 한다. "여인숙"이라는 방은 여성의 자궁을 상징하는 곳이며 리비도적 충동이 넘치는 리듬의 공간이다. 그곳은 인간의 성이 이성애로 단일화되기 이전의, 이성의 규제가 불가능한 원초적 세계의 자유로움을 보여주면서 상징계의 근간인 안정성과 단일성을 흔드는 역할을 한다. 여기에 사용된 감각적 이미지는 성 충동을 더욱 강렬하게 발산하는 효과를 주고 있다. 나와 관계를 하고 있는 그녀는 몸을 움직일 때마다 "탄성을 가장하지 않아도 되는 잘 마른 밀짚냄새, 허물어진 흙담 냄새, 할머니 수의에서 나던 싸리꽃 향기, 오월의 가두에 흩어지던 침수향을 풍기며" 나의 "뼛속까지 스며들어왔다"는 표현은 가장 원초적이라고 할 수 있는 후각을 섹슈얼리티의 감각으로 동원하여 대상과의 경계를 무화시키는 역동적인 모습을 보여준다. 이는 시각 중심의 근대적 감각으로는 감지하기 어려운 몸의 감각을 드러내면서 접촉과 친밀감을 특징으로 하는 여성의 긍정적인 면모를 보여준다. 남성성은 여성성을 다치게 하거나 탄성을 가장하게 하는 폭력과 억압의 세계이지만, 여성성은 안락하고 평온한 교감의 세계로 제시할 수 있는 것이다.

---

37) 김선우, 『내 혀가 입 속에 갇혀 있길 거부한다면』, 창작과비평사, 2002, pp.42~43.

여성 간의 성애를 통해 타자들의 교감과 조화를 지향하는 시인의 의식은 "유리잔 이전", "한줌 모래"였던 "그때"를 떠올려 "날개 상한 벌을 백일홍 붉은 꽃잎 속에 넣어주던", "바람"인 그녀와의 성애 장면(「술잔, 바람의 말」) 등을 통해서도 드러난다. 자아와 타자의 분열이 없었던 "그때", 개별적 존재가 전체 우주 속에서 조화를 이루는 원초적 세계에서 모든 만물은 유기적으로 연결되어 있으며, 상호 교감을 통해 즐겁게 "춤" 출 수 있다. 본능과 밀착된 섹슈얼리티는 여성 특유의 친밀한 접촉을 강조하면서 남성의 시각중심주의를 전복하는 기능을 한다. 이는 생명의 탄생과 관련하여 생명의 힘은 여성에게서 나온다는 것을 환기시키기도 한다.

> 무슨 조화를 부렸는지 방이 무덤처럼 둥글게 부풀어/ 오르더니만 사방이 69 천지인 거라 방구들과 천장의 69/ 전등과 전등갓의 69, 문틀과 문의 69, 한시와 두시의 69/ 이불과 요의 69, 자음과 모음의 69, 모서리와 벽의 69,/ (중략)/ 얼룩/이 얼룩 속에 제 몸을 비벼넣으면서, 쥐오줌과 곰팡이 꽃의 69, 숟가락과 국그릇의 69,/ 주춧돌과 두꺼비집의 69,/ 옛날 옛적 산이었던 이 터와 지붕위에 얹힌 것들의 69, 죽은 것과 산 것들의 69, 어머니 태 속의 나와 어머니와의 69
>
> —「69—삼신할미가 노는 방」 일부[38)]

위 시에서 시인은 여성의 성기를 "방"으로 치환하여 보여준다. 이 방에서 모든 사물은 섹슈얼한 이미지를 띠면서 뒤섞인다. 특히 숫자 69는 성행위의 한 체위로서 섹슈얼리티의 이미지를 더욱 강렬하게 드러낸다. 물론 이것이 성행위를 부각하기 위한 것은 아니다. 이는 자궁 속에서 생명이 만들어지는 과정을 사물의 뒤섞임과 기호화된 숫자로 응집시켜 드러낸 것이라 할 수 있다. 69는 마치 남녀가 끌어안고 있는 모습 같기도 하고, 익명의 연대기적 날짜를 제시해 단순한 숫자의 나열에서 오는 호기심 가

38) 김선우, 『도화아래 잠들다』, 창작과비평사, 2003, p.76.

득한 문자의 방 같기도 하고, 뱃속의 태아를 본뜬 듯한 형상을 자아내기도 한다. 그런데 주목할 것은 이 시의 제목이 「삼신할미가 노는 방」이라는 점이다. 삼신할미는 태아의 점지, 태생, 생명의 탄생을 의미하는 신화 속의 인물이며, 따라서 "69"라는 숫자는 어머니의 뱃속에 웅크리고 있는 태아의 형상에 가장 근접하다고 볼 수 있다. 즉 "방"으로 치환된 여성의 성기는 생명을 잉태시키는 힘, 모든 것을 하나로 이어주는 에너지가 여성에게서 나온다는 것을 의미한다. 이는 스스로의 힘으로는 아무것도 할 수 없는 존재로 인식되어왔던 전통적인 여성성을 벗어난 능동적이고 주체적인 여성상을 보여주는 것이라 할 수 있다. 주변의 여러 도구와 신화적 인물을 등장시키면서 그 뒤에 숫자를 붙임으로써 생명의 근원지인 여성의 몸을 보여주는 이 시는 섹슈얼한 감각을 통해 여성의 욕망을 분출한 새로운 시도라 할 수 있다.

> 세상에서 얻은 이름이라는 게 헛 묘 한 채인 줄/ 진즉에 알아챈 강원도 민둥산에 들어/ 윗도리를 벗어올렸다 참 바람 맑아서/ 민둥한 산정상에 수직은 없고/ 구릉으로 구릉으로만 번져있는 억새밭/(중략)/ 오래도록 알몸의 유목을 꿈꾸던 빗장뼈가 열렸다/(중략)/ 바람의 혀가 아찔한 허리 아래로 지나/ 깊은 계곡을 핥으며 억새풀 홀씨를 물어 올린다 몸속에서 바람과 관계할 수 있다니!
>
> — 김선우, 「민둥산」 일부[39]

위 시에서 화자는 민둥산에서 알몸이 되어 구름과 교감하고 바람과 관계하는 자유로운 여성성을 펼쳐 보인다. 그곳에서는 벌레, 집, 햇살 등의 모든 생명체들이 알몸인 채로 바람과 햇빛을 상대로 관계한다. 화자는 "세상에서 얻은 이름이라는 게 헛 묘 한 채인 줄 진즉에" 알아챘기에 강원

39) 앞의 책, p.8.

도 민둥산으로 들어간다. 민둥산은 산 정상에 수직은 없고 "구릉으로만 구릉으로만" 펼쳐져 있었다. 이것은 남성중심사회의 수직적 권위가 민둥산에서는 없었고 그러했기에 마음을 열고 알몸이 되어 구름과 햇빛과 바람과 자유로운 관계를 맺을 수 있었던 것이다. 즉 민둥산으로 표현된 자연은 여성성의 상징인 것이다. 여기서 화자는 자신의 "알몸"으로 알몸의 민둥산과 알몸의 "바람", 그리고 이 바람과 관계하는 겨울 풀들과 통째로 관계하고 있다. 이런 사랑의 관계를 가능하게 하는 섹슈얼리티는 한쪽이 다른 한쪽을 병합하거나 흡수하는 소유의 관계를 넘어 둘 사이의 온전한 합일을 가능하게 한다. 그러한 섹슈얼리티의 결과 화자는 흡사 엑스터시 상태에 놓인 무녀처럼 "그대를 맞는 내 몸이 오늘 신전이다"라고 탄성을 내지르고 있다.

그런가 하면 「어느 날 석양이」 같은 작품에서는 해지는 저녁 풍경이 놀랍게도 "천연스레 뒤를 보이고 앉아 볼일 보는 크낙한 엉덩이"와 "금빛 항문"으로, 그리고 "금빛 거웃 바람결에 흔들려 드문드문 하늘 자리 젓는 저 풍경"과 같은 선명한 육체적 이미지를 구현하며 다른 몸과의 사랑을 기대하고 있다.

> 자연석 남근을 아홉 개나 들여놓은 지리산 온천이었네 노천탕에 몸을 뉘고 아기자기 참 잘생긴 남근석들 바라보네 아홉 남근이 온천탕에 와 있으니 천왕봉 마고할미 심심해서 어쩌나 산수유 졌으니 산벚꽃 간질러 철쭉을 내라고 꼬시는 중일 텐데 꽃을 내는 일만큼 큰 하늘이 어디 있나 수고 중인 우리 마고 어머님께 저 남근 두어 개 꽃수레 태워 보냈으면 싶어지는 내 마음을 키득키득 웃으시는지 아홉 남근 열 수레에 실어 내보내도 아홉 남근이 다시 남으니 걱정말라 하시는 듯-(중략)-햇살 속 뜨듯한 물속에서 온몸의 털들이 찰방찰방 저 좋은 데로 쏠리는 느낌 이윽이윽히 즐기는 한낮
>
> —「성선설을 웃다」 일부[40]

위 시는 여성의 몸을 쾌락에 젖은 육체로 나타냄으로써 인간의 본질을 '성/악'으로 구분하고 (여)성을 악한 것으로 폄하한 근대적 사유를 비웃는 작품이라 할 수 있다. 시의 화자는 "노천탕에 몸을 뉘고 아기자기 참 잘생긴 남근석"을 바라보고 있다. 남근석은 남근처럼 생긴 돌로 성행위나 생식원리를 숭배하는 원시신앙을 떠올리게 한다. 화자는 온천탕에 비친 남근석을 "아홉 남근이 온천탕에 와 있"다고 표현하면서 "천왕봉 마고할미 심심해서 어쩌나"라는 해학적 어조로 독자로 하여금 웃음을 자아내게 한다. 이는 설화적 전통성, 즉 남성중심적 세계관을 전복시키는 효과를 가지고 있다. 화자는 "산벚꽃 간질러 철쭉을 내라고 꼬시는 중일"마고할미에게 "남근 두어 개 꽃수레 태워 보"내면 "꽃을" 내는 중요한 일을 할 수 있을 것인데, 남근석이 화자가 몸담은 온천탕에 와있으니 어쩌나하는 염려를 하면서도, "아홉 남근이 다시 남으니 걱정 말라" 하시는 마고할미의 말이 들리는 것 같아 "뜨뜻한 물속"에서 "이윽이윽히 즐기"고 있다. 남근석과 산수유, 벚꽃, 철쭉 등의 성적 결합을 보여주는 이 시는 자신의 몸이 다른 몸을 만남으로써만 타자성이 극복될 수 있다는 것을 매우 감각적으로 드러낸다. 이러한 시적 형상화는 자연과 여성을 바라보는 합일하는 페미니스트적인 눈이 없이는 쉽게 얻어질 수 없는 것이다.

자연물의 관능적 요소와 성적 섹슈얼리티를 통해 여성과 남성, 성과 속의 이분법적 경계를 허물고 있는 시인의 발상법은 다양한 면모를 띠며 우주로까지 뻗어간다.

> 깊은 썰물이 몸속을 돌아나가/ 달의 소음순에 밀물져 닿는 아침/ 대지를 향해 열린 닫힌 문을 통과해/ 달에 사는 물고기떼 미끄러져 오는 동안/ 인간의 지느러미가 스쳐간 문 속의 문들/ 해저처럼 푸르네 아무도 이 문을/ 통과하지 않고선 숨 얻을 수 없으니
>
> –「사릿날」 일부[41]

40) 김선우, 『내 몸 속에 잠든 이 누구신가』, 문학과지성사, 2007, p.93.

위 시에서 "물"은 생명의 근원으로써 여성의 몸(양수)과 관련이 깊다. 여성의 몸과 물을 생명의 근원으로 동일시 할 때, 물은 생명으로서의 표상만이 아니라 그 안에 내재해 있는 다면적인 속성을 담고 있다. 이 시에서 물은 여성의 몸을 생명의 생성과 순환원리를 가진 우주의 몸으로 확장하여 보여준다. 물과 여성, 달과 바다, 현재와 현재가 아닌 시간들을 서로 겹쳐 섹슈얼한 풍경을 연출한 것은 모든 타자들의 다양성과 관계성을 강조하기 위한 것으로 보인다. 이 시의 "썰물"은 양수를, "소음순"을 가진 "달"은 우주의 한 생명체이자 여성임을 암시한다. 또한 "통과하지 않고선 숨 얻을 수 없"는 "문"은 여성의 자궁(질)을 비유한 것으로 읽을 수 있다. 시의 제목 "사리"는 바닷물이 빠져나가는 물때를 이르는 것으로, 이 "사릿날" "썰물이 몸속을 돌아나가/ 달의 소음순에 밀물져 닿는"다는 표현은 성행위를 연상시키면서 생명체의 교감을 보여준다. 달이 물과 만나는 과정과 '푸른'이라는 색채어는 신비감과 더불어 관능적 이미지를 더 확연히 드러낸다. 성욕이 매개된 "달"은 둥근 원형을 가진 주종이나 우열이 없는 아우름의 세계를 상징하며, 그 달이 물과 여성과 함께 의미적으로 융해되면서 생명과 조화를 환기하는 은유의 세계로 자리잡게 된다. 즉 달과 물이 가진 여성적 기운이 뒤섞임으로써 우주의 모든 몸은 한 몸을 이루고 비로소 "숨"쉴 수 있게 되는 것이다.

"달에 사는 물고기떼", "인간의 지느러미" 등은 이분법적 사유가 생겨나기 이전에 존재했던 것들로서 우주라는 큰 몸속에서 자유로웠던 존재들이다. 시인은 이 존재들처럼 자유롭게 호흡하고 숨 쉴 수 있으려면 "문(여성의 질)"을 통과해야만 한다고 표현함으로써 여성성의 근원적 가치를 부각시킨다. 이런 의미에서 이 시의 "물"과 "문"은 이리가레이가 말한 두 입술을 가진 여성의 몸이라고 말할 수 있을 것이다. '하나가 아닌 둘', '하

41) 앞의 책, p.16.

나 속의 둘', '하나이면서 둘'인 입술은 자기 안에 타자를 안고 있는 자아, 자아와 타자의 배타적 분리가 불가능한 몸으로써 모든 생명체를 감싸는 물이자 거대한 우주의 몸이다. 그 속에서 허여적이고 포용적인 사랑의 흐름이 이루어진다. 이 시에서 시인이 끌어들인 물(양수)과 문(질), 그리고 성적 상상력은 단순한 성적 본능의 자극이나 노출에 머물지 않고, 궁극적으로 생명체 전체, 우주 전체로 통합되어 생명력의 극점을 보여준다는 점에서 새로운 세계로 나아가는 여성시의 시적 통로라 할 수 있다.

김선우는 여성과 자연이 가지고 있는 잠재적 에너지를 신화적 요소나 생태적 순환, 섹슈얼리티의 감각을 통해 보여주고 있다. 그의 시에서 섹슈얼리티는 더 이상 남성의 욕망의 대상으로만 존재하는 허구적 (여)성으로 나타나지 않는다. 시의 화자들은 서로 교감하고 교류하면서 뜨거운 사랑을 나눈다. 물론 이 사랑이 가부장적 사회에서 여성이 겪는 갈등과 분열을 일거에 해결해 줄 수 있는 것은 아니다. 가부장적 질서가 여전히 지배적인 세상에서 상호 의존하면서 자유롭게 사랑을 나눌 공간은 그 어디에도 없기 때문이다. 하지만 그가 보여주는 여성성의 긍정이 새로운 지평을 연 것은 분명하다. 가부장적 사회에서 요구하는 전통적인 여성성을 벗어나 자신의 몸을 긍정하고 잃어버린 여(성)의 자유와 쾌감을 보여주기 때문이다. 이는 가부장적 질서에 수렴되지 않으면서도 전통적 여성상을 벗어날 수 있는 통로이자, 분열과 분리를 넘어 상생의 길로 나아갈 수 있는 하나의 출구라고 할 수 있다.

## Ⅳ. 결론

신현림 · 김선우는 근대의 전통적 가치가 와해되기 시작했던 90년대에 등단한 시인들로 당대의 삶에서 불거져 나온 억압과 차별을 여성의 성(몸)으로 저항하면서 주체로서의 여성을 강조해왔다. 근대적 구조틀에서 여성은 언제나 남성의 쾌락의 대상으로, 생식의 도구로 인식되어 왔다. 이런 인식은 사회가 변하고 경제적 토대가 변한 지금도 여전히 받아들여지고 있다. 여성의 사회적 지위가 높아지고 법적으로 남성과 동등해졌다고 하더라도 여성은 남성의 부차적인 존재로 인식되고 있다. 그러나 여성은 규정할 수 없는 자유로운 존재이다.

이러한 여성의 존재성은 성적 존재로서의 주체성을 회복함으로써 가장 분명히 설명될 수 있다. 신현림 · 김선우의 시 또한 여성의 자유와 주체성을 회복하고자 하는 갈망을 나타낸다. 이들은 가부장제 사회적 질서 내에서 배제되거나 지워진 '여성'을 드러냄으로써 기존의 질서를 전복한다. 이를 통해 이들이 궁극적으로 도달하려는 지점은 '적어도 둘인 주체'로서 '차이의 소통'이 가능한 세계이다. 이는 두 시인의 공통된 지향점이라 할 수 있다. 그러나 그곳으로 가는 길의 방향은 뚜렷이 변별된다.

신현림의 시는 권위적 남성성에 맞서 정면으로 도전하는 모습을 보여준다. 그의 시에서 여성의 몸(성)은 대개 남성의 성적 쾌락과 생식을 위한 도구로 나타난다. 이는 가부장제 이데올로기가 여성의 삶을 어떻게 왜곡하는지 대한 문화적 드러내기라고 할 수 있다. 즉 우열관계로 구성된 가부장적 사회 질서를 비판하고, 여성으로 표상되는 모든 타자들의 위치를 회복하고자 하는 시인의 전략인 것이다. 이에 반해 김선우 시에서 여성은 남성의 쾌락적 대상으로 나타나지 않는다. 그의 시는 남성에 의해 억압된 전통적 여성상과는 거리가 멀다. 시의 화자들은 남성의 시선에 의해 타자화된 몸이 아니라 자기 몸의 주인으로서 상호 교감하고 자유로운 사랑을 나눈다. 이는 배타적 남성중심주의에 대한 반성과 함께 공동체적 관계를 마련할 수 있는 새로운 윤리적 태도를 이끌어낸다.

이들의 시는 대상으로서의 (여)성을 그대로 재현하거나, 자신의 성과 몸을 즐기는 여성 이미지를 통해 독자적이면서도 다양한 여성의 섹슈얼리티를 보여준다. 이는 두 시인의 의지적 선택의 결과이고, 당대 사회를 주도했던 의식의 한 단면이기도 하며, 자기를 더욱 적극적으로 표현할 수 있는 여성 주체의 변화이기도 하다. 이러한 변화는 남성중심의 근대적 관념에서 벗어나 다양하고 자유로운 성적 주체의 영역을 보여준다는 점에서 소중한 의미를 갖는다. 물론 가부장적 체제를 그대로 '재현'함으로써 기존 질서를 더욱 공고히 하게 할 위험성도, 가부장적 시간을 월경(越境)하는 신화적 · 초월적 요소로 인해 여성의 몸을 오히려 관념적 기호에 머무르게 할 위험도 있다. 하지만 스스로 자기 몸을 돌아보면서 주체로서의 (여)성을 통해 탈주를 시도하고 있다는 점은 무엇보다 중요하다. 여성으로 표상되는 타자의 성이 더 이상 남성에 의해 좌지우지되는 성이 아니라 다양한 성애화 방법으로 자신을 사랑하는 주체가 될 수 있을 때, 행복의 조건은 다원화될 수 있다는 것, 바로 이것이 여성의 섹슈얼리티가 추구하는 진정한 의미이기 때문이다.

# 05 '몸'의 상상력과 노장사상적 특성

## -김수영, 김선우의 시를 중심으로-

## Ⅰ. 서론

현대 여성시에서 '몸'의 탐색은 이성 · 남성 지배에 대한 저항과 전복의 수사로서, 1990년대부터 본격화되었다고 볼 수 있다. 이는 80년대 후반 들어 급속히 전개된 사회문화적 변동과 함께, 당대에 유행했던 포스트모더니즘 담론과도 무관하지 않다. 특히 포스트모던 페미니스트들이 주장하는 '성차'와 '여성적 글쓰기'에 대한 가능성은 여성시인들의 시 텍스트 생산에도 큰 영향을 끼친 것으로 보인다. 포스트모던 페미니스트들이 주장하는 남성과 '차이'를 가진 여성의 몸이 여성의 정체성을 설명하는 근거로 받아들여짐으로써 여성시 담론의 장은 활발해졌다.[1] 이런 영향으로 지금까지 여성시의 몸에 대한 연구는 대개 서구 페미니즘이론을 토대로 논의되고 있다.[2]

---

1) 송명희, 『페미니즘비평』, 한국문화사, 2014, p.64 참조.

2) 이송희, 「김혜순 시에 나타난 몸의 언어」, 『한국문학이론과 비평』제43집, 한국문학이론과 비평학회, 2009. pp.285~311. : 송지현, 「현대 여성시에 나타난 '몸'의 전략화 양상-김혜순의 시세계를 중심으로」, 『한국문학이론과 비평』제15집, 한국문학이론과비평학회, 2002, pp.371~392. : 김순아, 『현대 여성시에 나타난 '몸'의 시학

그러나 서구 페미니즘이론으로만 '몸'을 해석하는 것은 서구사상만을 강조하는 것만큼이나 위험한 결과를 낳을 수 있다. 페미니즘 이론만을 지나치게 내세우게 되면 마치 그것만이 모범답안인 것처럼 비춰지기 때문이다. 무엇보다도 여성시의 몸은 동양사상의 양대 산맥 중 하나인 노장사상에서도 찾아볼 수 있다. 노장의 도(道)와 관련된 빈중심(無 · 虛)의 사상은 주체와 객체를 구분하는 이분법적 사유에서 벗어나 주객일치를 강조한다는 점에서 여성시가 추구하는 '몸'의 의미와도 일맥상통한다.

이런 점을 염두에 두고 본고는 90년대를 전후로 문단에 데뷔하여 지금까지 활발히 활동해 온 김수영, 김선우[3]의 시를 중심으로 여성시의 몸의 상상력과 노장사상적 특성을 살펴보고자 한다. 두 시인의 시에서 여성의 몸은 '자연'으로 형상화된다. 이는 도(道)의 길을 '무위자연(無爲自然)' 혹은 '자연을 포함한 어디서나' 찾을 수 있다는 노장적 사유와도 같은 의미를 형성한다. 물론 자연을 소재로 하고 있다고 해서 모두 노장사상의 반영이라고 볼 수는 없다. 시에서 노장사상의 수용은 자연뿐 아니라 대상을 통해 구축한 정신의 세계가 노장적 세계관을 수용하고 그러한 면을 드러내었을 때만이 가능하며, 이는 보다 많은 여성시인의 작품 속에서도 찾아볼 수 있으리라 본다. 그러나 유한한 지면에서 여성시 모두를 다루기는 어려우므로, 본고는 특히 노장적 세계관이 두드러지는 김수영, 김선우의 시에 주목하여 읽기로 한다.

두 시인의 시에 내재된 노장사상은 막연한 사상 차용이나 자연 소재라는 단순한 논리를 벗어나 시적 변용과 사상이 융화된 시정신을 깊이 있게 반영하고 있다. 이들 시에서 자연은 수많은 생명체를 안고 있는 거대한 '몸'으로서, 남아를 포함한 모든 생명체를 받아들이고 또 내보내는 여성의

---

연구－김언희, 나희덕, 김선우의 시를 중심으로』, 부경대학교 대학원 박사학위논문, 2014.

3) 오세영 외, 『한국현대시사』, 민음사, 2007, p.556 참조.

몸(자궁)과 같다. 자궁은 생명체가 드나드는 통로로서, 하나의 빈 그릇이자, 수많은 타자들이 거주하는 열린 공간이다. 이는 노장사상의 핵심이라 할 수 있는 무위자연(無爲自然), 즉 중심과 주변을 대립시키거나 차별하지 않고 동등하게 담아주는 '구멍 뚫린 그릇(無形支形)'의 의미와도 같다.

이에 본고는 김수영, 김선우의 시에서 '텅 빈 몸'이 구체적으로 어떻게 드러나며, 그것이 동양 사상과 어떻게 관련되는지를 살펴 현대 여성시에 나타난 '몸'의 상상력과 노장사상적 특성을 알아보고자 한다. 이를 위해 먼저 여성의 몸과 노장사상의 관련성을 살펴볼 것이다. 그런 다음 노장사상이 어떻게 여성시의 정신을 형상화하고 있는지 알아볼 것이다. 이러한 접근방식은 그간 어느 한 국면에 치중하여 해석되어온 여성시 연구를 활성화하는 방안이 될 것이다.

## II. 여성의 몸과 노장적 사유

여성의 몸은 타자의 개념을 중시하는 포스트모더니즘 이론가들의 논의의 핵심이다. 특히 포스트모던 페미니즘은 남성과 '차이'를 가진 여성의 몸을 통해 남녀 간의 차이뿐 아니라, 여성 간의 차이 등 모든 존재 혹은 집단 간의 차이와 다양성을 인식하도록 촉구했다.[4] 이는 단순히 몸 자체가 아니라 '몸'에 대한 사유방식, 즉 자기 몸의 주체로서 세계 및 타자와의 관계성 지향하는 것으로, 동양의 노장사상에서도 찾아볼 수 있다.

노장사상은 노자(老子)와 장자(莊子)의 사상을 일컫는데, 그 핵심은 도(道)에 있다고 해도 과언이 아니다. 도(道)는 도가철학의 창시자 노자로부

4) 김용희, 「근대 대중사회에서 여성시학의 현재적 진단과 전망」, 『대중서사연구』 제10집, 대중서사학회, 2003. p.227 참조.

터 시작된다. 노자는 『도덕경』에서 이 세계가 두 대립 면의 '관계'로 이루어져 있다고 본다. '유무상생(有無相生)'[5]이 바로 그것이다. 유무상생은 이 세계에 존재하는 성은 남성뿐이며, 여성은 존재하지 않는 성이라고 인식해 온 남근중심의 사유와는 전혀 상반되는 인식을 보여주는 것으로, 유물혼성(有物混成)[6]이라는 구절에서도 드러난다. 노자는 유무(有無)의 두 대립 면은 서로 꼬여 끊임없이 이어지는 것이며,[7] 그것은 텅 비어(無 · 虛)있기에 정의할 수 없다고 말한다. 그리고 만일 그것을 억지로 이름 붙인다면, 큰 것(大)이라 할 수밖에 없다[8]고 한다. 이것이 노자가 말하는 도(道)이다.

노자는 『도덕경』 첫머리에서 '도가 말해질 수 있으면 진정한 도가 아니고, 이름이 개념화될 수 있으면 진정한 이름이 아니다'[9]라고 주장한다. 그런데 흥미로운 것은 노자가 이를 말로, 글로 전하고 있다는 점이다. 이는 도의 진리를 밝히기 위해 부득이하게 언어를 빌릴 수밖에 없었음을 역설하는 것이라 할 수 있다. 즉 존재에 비해 그 존재를 의미하는 언어는 열등하며, 존재는 언어로서 완전히 표현될 수 없다는 것이다.[10] 이는 언어(문자)를 토대로 문명을 발전시켜온 근대적 사유와도 상반된다. 노자의 이러한 언어철학은 그 뒤에도 거듭 강조된다. 노자는 32장에서 '도상무명(道常無明)', 즉 영원한 도는 이름이 없다고 하였고, 41장에서는 '도은무명(道隱無明)', 즉 '도는 숨어서 이름을 붙일 수가 없다'고 하였다.

노자는 이러한 도(道)를 '자연'에서 찾고 있다. 도법자연(道法自然),[11]

---

5) 『道德經』, 2章. (『도덕경』의 구절은 어디에서 끊어 읽느냐에 따라 다양하게 해석된다. 이는 그만큼 노자의 텍스트가 다층적인 의미를 지닌다는 것을 뜻한다. 따라서 이하 『道德經』은 <최진석, 『노자의 목소리로 듣는 도덕경』, 소나무, 2014.>의 해석을 토대로 하되, 이외에도 다양한 관점을 적절하게 응용할 것이다.)

6) 『道德經』, 25章.

7) '繩繩不可名, 復歸於無物' (『道德經』, 14章.)

8) '吾不知其名. 字之曰道 强爲之名曰大' (『道德經』, 25章)

9) '道可道, 非常道, 名可名, 非常名', (『道德經』, 1章)

10) 최진석, 앞의 책, p.37.

즉 도(道)는 자연을 본받는다는 것이다. '자연(自然)'은 '스스로 그러한', 그냥 있으면서도 움직이는, 모든 존재 일반을 가리키는 총칭명사로서, 우리가 흔히 생각하는 신비적인 어떤 존재를 가리키는 것이 아니라, 인위적인 것과 대립되는, 누구나 직접 보고, 듣고 만질 수 있는 구체적인 현상을 모두 가리키는 것이다.[12] 그것은 어떠어떠한 것, 즉 어떤 서술이 붙은 것 이전의, 유와 무가 서로 뒤엉켜있는 상태인 도(道)와 같다.

이와 같이 볼 때, 도는 언어로 표현되기 이전의, 즉 상징질서의 언어(법, 제도)를 받아들이기 이전의 전오이디푸스적 어머니의 몸(자궁)과 같은 것으로 볼 수 있다. 전오이디푸스적 어머니의 자궁은 처음부터 텅 비어(無·虛)있는 공간으로서 자식을 마중(잉태)하고 내보내(출산)기 위해 언제나 열려 있다. 타자를 받아들인 몸은 아이와 어머니가 서로 분리되지 않고 공존하는 장소로서 복수적인 정체성을 가진다. 어머니의 자궁을 통과해 밖으로 나온 자식은 또 다른 자식을 잉태함으로써 무한으로 이어진다. 노자는 이러한 여성과 같은 자연을 이 세계의 근원으로 보고 있다. '무는 이 세계의 시작을 가리키고, 유는 모든 만물을 통칭하여 가리킨다(無, 名天地之始, 有, 名萬物之母)'[13]에서 '始'는 '여자의 처음 상태'를 가리키며, '母'는 자식을 품고 있는 이미지로서의 어머니를 의미한다.[14]

노자가 제시하는 무위자연은 근원으로서의 어머니, 곧 도(道)를 실현하기 위한 조건이라고 할 수 있다. 무위자연(無爲自然)에서 무위란 결코 가만히 앉아서 빈둥거리는 "무위도식(無爲徒食)"을 의미하는 것이 아니다. 무위란 보통 인간들에게서 발견되는 '일체의 의식적 행위가 없음', 즉 행동이 너무나 자연스럽고, 자발적이어서 자기가 하는 행동이 행동인 것으

11) 『道德經』, 25章.
12) 박이문, 『노장사상』, 문학과지성사, 2004, pp.49~50 참조.
13) 『道德經』, 1章.
14) 최진석, 앞의 책, pp.27~28 참조.

로 느껴지지도, 의식되지도 않은 행동이 바로 무위의 위(爲)이다. 도의 실현방식은 이러한 무위의 방식이고, 도를 따르는 사람들도 도와 마찬가지로 이런 무위의 방식을 터득해야 한다는 것이다.[15] 노자는 이런 무위의 실천자로서 가장 훌륭한 것이 바로 '물'이라고 한다. '상선약수(上善若水)',[16] 즉 '가장 훌륭한 것은 물과 같이 되는 것' 이것이 바로 도(道)를 실현하는 삶의 자세이며, 치자로서의 행동규범이다.[17]

노자의 사상을 이어받은 장자는 규범조차 뛰어 넘어 자유롭게 사는 소요(逍遙)로서의 무하유(無何有)의 세계를 강조했다. 무하유의 세계는 현실적 시비에 얽매이지 않는 정신적 경지를 의미하는 것으로, 노자와 다른 차이라고 할 수 있다. 노자는 도를 천지 만물을 생산하는 근원으로 파악하였지만, 장자의 도(道)는 세계의 근본이라는 의미에 이어 최고의 인식이라는 또 다른 의미가 있다. 장자에 따르면 세계 인식은 사람에 따라 다르기 때문에 '어떤 구체적인 사물도 없었다'는 인식이 전제되어야 한다.[18] 이것은 본질상 무차별성과 신비성의 두 가지 특징을 가진다. 무차별성은 도의 추상성에서 오는데, 여기서 말하는 추상은 내용이 없는 자연무차별(自然無差別)이다. 즉 도는 구체적인 인식을 벗어나는 추상이고 시비와 애증을 용납하지 않으며 차별이나 한계가 없는 절대 조화의 경지이다. 신비성은 주로 헤아릴 수 없고 짐작할 수 없음을 가리킨다. 장자는 제물론에서 '진정으로 위대한 도는 일컬어지지 않고 위대한 변론은 말로하지 않는다', '도가 말해지면 도가 아니고 말이 논변을 이루면 언급하지 못하는 것이 있다'[19]고 역설하였다. 지식을 포함, 현실의 모든 것을 잊어버

15) 오강남, 「노장사상의 자연관－여성과 생태계를 중심으로」, 『한국여성신학』제14호, 한국여성신학자협의회, 1993, pp.22~28 참조.

16) 『道德經』, 8章.

17) 최진석, 앞의 책, p.90 참조.

18) 리우샤오간, 최진석 옮김, 『장자철학』, 소나무, 2013, p.85.

19) '夫大道不稱, 大辯不言…… 道昭而不道 言辯而不及' (「齊物論」, 『莊子』)

리고 시비를 따지지 않는다면 무차별의 경지에 감화하여 들어갈 수 있고, 정신적인 즐거움을 누릴 수 있다는 것이다.[20]

장자는 이를 실현하기 위한 방법으로 좌망(坐忘)과 심재(心齋)를 제시한다. 좌망은 신체와 정신을 모두 잊고 도(유무상생으로서의 道)와 합일하는 것을 말하며, 심재는 정신적으로 편안하고 허정한 상태를 의미한다.[21] 이는 아직 타자에 대한 의식이 없는, 비인칭적인 마음(=虛心) 상태를 의미[22]하는 것으로, 텅 비어 있는 여성의 몸(자궁)과도 같은 의미를 형성한다. 텅 빈(無) 여성의 몸은 타자를 마중하고 내보내는 하나의 통로로서, 몸 그 자체를 의미하는 것이 아니라 타자와의 만남을 위한 전제 조건[23], 즉 마음을 의미한다. 우리가 누군가와 온전히 소통하기 위해서는 나와 그에 대한 관념(혹은 편견)을 버려야 가능하듯이, 본래의 -무차별적- 무(無)의 상태를 회복해야만 자신 및 세계, 그리고 타자와의 관계도 회복할 수 있다는 것이다. 한마디로 장자의 도(道)는 타자와 조우했을 때, '아직 사물이 있지 않다고 생각하는(以爲未始有物)', 지적인 이해 이전의, '정신경지'를 강조하는 것으로 볼 수 있다.[24] 장자는 이러한 상태로서의 도(道)가 자연을 포함한 이 세계 어디에나 있다고 본다. 그리고 만물의 원리를 '저것은 이것에서 나오고 이것은 저것에서 말미암으니 저것과 이것은 같이 생긴다는 말이다'[25]라고 말한다. 이쪽저쪽을 모두 볼 때에야 피차의 상대성을 볼 수 있게 되고 비로소 전체적인 인식을 할 수 있다는 것이다.[26]

노자와 장가가 지향하는 도(道)는 유무상생, 무차별성 · 신비성을 토대

---

20) 리우샤오간, 최진석 옮김, 앞의 책, p.88.
21) 위의 책, p.165, 167 참조.
22) 강신주, 「장자철학에서의 소통(通)의 논리-『장자』<내편>을 중심으로」, 연세대학교대학원 박사학위논문, 2002, p.183 참조.
23) 위의 논문, p.3 참조.
24) 위의 논문, p.61 참조.
25) '彼出於是, 是亦因彼. 彼是方生之說也' (「齊物論」, 『莊子』)
26) 리우샤오간, 최진석 옮김, 앞의 책, p.225 참조.

로 하며, 자연(無爲自然)에서부터 이 세계 어디에서나 찾을 수 있는 것으로 확대되어왔다고 볼 수 있다. 그리고 그 실현방식은 치자의 행동규범을 강조하는 데서 시작하여, 그 규범조차 초월한 개인의 정신적 자유(逍遙遊)를 추구하는 것으로 이어져 왔다고 볼 수 있다. 이러한 노장철학은 개별 주체들의 다양성, 그리고 상호관계성을 추구하고 있다는 점에서 '여성 · 자연 · 기원'의 몸을 토대로 주체로서의 자신 및 타자와 세계와의 관계를 탐색하는 김수영, 김선우의 시를 읽는 데에도 중요한 참조점이 되어 준다.

## III. 시에 나타난 '몸'의 상상력과 노장사상적 특성

여성시인들이 자기 존재성을 자연에서 찾는 것은 근대화과정에서 잃어버린 여성정체성 찾기와 무관하지 않다. 근대 이성으로 무장한 남성 주체들은 근대적 기획을 추진하는 과정에서 자기 바깥의 존재들을 비인격적 자연으로 규정해 왔다. 이는 '이성－문명－남성－우월'/ '몸－자연－여성－열등'이라는 정형화와 함께 여성의 주체성을 억압하고 식민화해온 강력한 이데올로기로 작용했다. 이는 1990년대 이후 사회가 변하고 경제적 토대가 변한 지금도 여전히 강고하다. 남성중심적 사유가 추동해온 자본주의는 삶의 모든 의미를 기능적 기호로 대치해 버렸고, 기호 가치는 인간의 몸마저 도구화 · 상품화하고 있다. 특히 여성의 '몸'은 가장 빈번하게 상품화되는 기호이다. 몸이 정체성 구현의 터전으로 인식되기보다 성적 자극을 이끌어내는 상품, 대상으로 재현되고 있는 것이다.

2천 5백여 년 전의 『노자』와 『장자』가 현대에 의미를 가지는 것은 바로 이러한 근대의 형이상학적 체계, 즉 주체와 객체의 이분법적 사유방식에서 벗어나 주객일치의 일원론적 사유방식으로 논리를 전개해 나가는 데 있을 것이다. 우리가 살아가는 자본주의 문명, 이 세계를 경험하고 사유하는 중심이 인간이라 믿게 한 이성, 그리고 남성. 이 모든 것을 노장은 '도(道)'로써 송두리째 회의하게 만들고 비판하게 한다. 도는 '텅 비어 있으나 그 작용이 끝이 없는'[27] 자연(自然)이자, 최고 인식의 장소로서, 궁극적으로 도달하는 지점은 빈중심(無 · 虛)이다. 빈중심의 인식에서 '몸'은 모든 것을 차별하지 않고 동등하게 담아주는 '구멍 뚫린 그릇(無形支形)'과 같다.[28] 그것은 세계의 기원으로서의 몸뿐 아니라 타자와 관계를 맺기 위한 전제조건이다. 빈중심적 시각에서 볼 때 중심과 주변이라는 틀은 고정되어 있을 수 없으며, 그동안 주변화되어 온 자연/여성도 새롭게 재해석할 수 있다.

김수영, 김선우의 시에서 몸은 이러한 노장사상적 특성이 잘 녹아들어 있다. 이들 시에서 '몸'은 모든 생명체들을 받아들이고 내보내는 통로로서, '스스로 그냥 있는', 혹은 그 자체로 비어있는(無 · 虛) 자연으로 형상화된다. 자연은 문명 이전의, 근원적 어머니의 몸이자 여성시인들의 세계인식을 드러내는 장소로서, 자신의 존재성 및 타자와의 관계성을 탐색하기 위한 장치이다. 그러나 그 탐색의 과정은 서로 차이를 가진다.

### 1. '구멍'의 상상력과 무위(無爲) : 김수영

김수영[29]이 집중적으로 그리고 있는 여성의 이미지는 '구멍(자궁)'이

---

27) 道沖而用之或不盈. 淵兮! (『道德經』, 4章.)

28) 강동우, 「한국 현대시에 나타난 노장사상적 특성」, 『도교문화연구』제18집, 도교문화학회, 2003, p.155 참조.

29) 김수영(金秀映)은 1992년 「남행시초」를 통해 『조선일보』 신춘문에 당선했다. 경상대학교 대학원 국어국문학과 졸업한 그는 현재<시힘> 동인으로 활동하고 있다. 시집으로, 『로빈슨 크루소를 생각하며, 술을』(창작과비평사, 1996), 『오랜 밤 이야기』(창작과비평사, 2000) 등이 있다.

다. '구멍'은 남근중심의 사유에서 '없는 것', 혹은 '결핍'의 대상으로 규정해 온 여성성을 형상화한 것으로 그의 시에 나타난 전반적인 특징이라 할 수 있다. 때문에 그의 시는 '여성적 글쓰기'와 관련지어 그동안 이성, 남성중심적인 근대적 사유체계를 여성, 다양성, 생명중심적으로 탈바꿈시키려는 인식을 드러내 보인다고 언급된다.[30] 그러나 그 존재성을 여성 몸의 특성과 관련지어 언급한 논의는 거의 보이지 않는다. 따라서 이 글에서는 그의 시에 나타난 '구멍'의 의미를 여성 몸의 특성, 특히 노장사상의 무(無)의식과 관련지어 조명하고자 한다.

김수영 시에서 몸의 형상들은 '우물', '늪' '바다', '허공' 등 대개 둥근 형태의 이미지로 나타난다. 이 둥근 형상들은 하나의 텅 빈 '구멍(無)'으로서, 그 안에 이미 수많은 생명체들이 깃들어 있다. 그 생명체들은 서로 이질적인 것들이 얽히고 겹치며 생장(生葬)하는 과정을 보여준다. 즉 '구멍'은 없는 듯 있고, 있는 듯 없는 무(無)의 영역으로서 모든 생명체들의 삶과 죽음, 생성과 소멸이 뒤섞여 있는 특별한 시공간인 것이다. 이는 생명의 자궁을 지닌 여성의 몸과 상징적으로 일치하며, '원래부터 섞여 하나(故混而爲一)'[31]라는 노장적 일원론과도 통한다.

노장사상에서 무(無)는 글자 그대로 아무것도 없는 '無'를 의미하지 않는다. 무(無)는 곧 도(道)를 표현한 것으로, 천지로 구별되기 이전의 자연, 모든 것이 뒤범벅되어 있는 유물혼성(有物混成)의 상태를 의미한다. 여기에는 '있다 없다'의 대립이나, 이것과 저것에 대한 차별도 없이 모든 것이 일체화되어 있다.[32] 그러니까 일체화는 하나(一)의 근원으로써 비어있음

---

30) 이명찬, 「구멍의 물이 밀어 올리는 힘－김수영 『오랜 밤 이야기』」, 『실천문학』통권61호, 실천문학사, 2001, pp.444~447. : 박수연, 「이중적 글쓰기의 힘－ 김수영의 시집 『오랜 밤 이야기』」, 『창작과비평』통권122호, 창작과비평사, 2001, pp.440~442. : 김신정, 「소멸의 운명을 살아가는 여성의 노래 － 허수경과 김수영의 시」, 『실천문학』통권64호, 실천문학사, 2001, pp.256~267.

31) 『道德經』, 14章.

과 가득함, 적음과 많음 등이 새끼줄처럼 꼬여 무한히 이어지는, 거대한 무(無)와 같은 것이라 할 수 있다. 이러한 무(無)의식이 김수영 시에 투영된 것이 바로 '구멍'이라 할 수 있다. 하나의 구멍이지만 결코 텅 빈 그 자체로 남아있지 않고, 그 속에 수많은 생명체가 뒤섞여 있는(有物混成) 몸은 그간 '결핍'으로 인식되어온 여성의 몸을 '충만한' 몸으로 재의미화하기 위한 장치이자, 타자 및 세계와의 관계성을 새롭게 모색하기 위한 시도로 볼 수 있다. 다음 시는 그것을 '우물'과 '집'의 이미지로 보여준다.

> 외딴 곳에 집이 한 채 있으면 하고 생각하지/ 나무 한 그루 풀 한 포기 자라지 못하는/ 돌투성이 언덕, 뙤약볕에 익은 돌들이/ 서늘해지는 밤이면 불꽃을 내며 터지고/ 뜨거운 돌 아래 뱀과 붉은 지네가 우글거리는 곳에/ 바닥이 안 보이게 우물 하나 파고/ 밤마다 들여다보며 있고 싶지/ (중략)/ 우우거리는 것들이 더 깊은 울림을 지니도록/(중략)// 끊임없이 솟아도 결코 차오르는 법 없는/ 밑바닥 없는 구멍/ 우물 바닥은 내 눈보다 더 축축한 검은 빛이지
>
> ─ 「검은 우물」 일부[33]

"집"은 편안하고 안락한 공간이자, 인간의 몸이 살던 최초의 "(몸)집"으로서 일반적으로 근원적 모태를 상징한다. 그러나 이 시의 집은 우리가 일반적으로 생각하는 모태와는 다르다. 화자가 "생각"하는 "집"은 결코 편안하고 안락한 공간으로 드러나지 않는다. 그것은 "집"이 "나무 한 그루 풀 한 포기 자라지 못하는/ 돌투성이 언덕," 밤이면 작열하는 뙤약볕에 달구어졌던 돌들이 터져나가고, 뱀과 지네가 우글거리는 삭막하고 황폐한 공간으로 그려지는 데서 확인할 수 있다. 여기에는 기존 질서에 대한 부정적인 인식이 내포되어 있다. 가부장적 전통에서 여성은 언제나 집 안

32) 강동우, 앞의 글, pp.158~159 참조.
33) 김수영, 『로빈슨 크루소를 생각하며, 술을』, 창작과비평사, 1996, p.8.

에 머물러야 했으며, 가정의 안정을 위해 자신의 욕망은 없는 것처럼 억눌러야 했다. 그러므로 여성에게 "집"은 벗어나고픈 공간이기도 하다. "외딴 곳"은 이러한 벗어나고픈 심리를 드러낸 것이라 할 수 있다. 그런데도 화자는 "집 한 채 있으면 하고 생각"한다. 이는 과거의 몸(전통적 모성)으로부터 벗어나, 자기만의 "집", 자기 고유의 정체성을 되찾고자 하는 욕망을 보여주는 것이라 할 수 있다.

시인은 그것을 "우물"에서 찾고 있다. "(우)물"은 '몸(집)'안의 또 다른 '몸(우물)'로서, 물의 생명성과 관련하여 '모성'을 상징한다고 볼 수 있다. 하지만 이 시에서는 단순히 모성만을 의미하지 않는다. "(우)물"은 자기 성찰,[34] 다른 물질과의 화합, 생명성 지향, 그 자리를 벗어남 등 다양하고 풍부한 상징성을 갖는다. "우물" 속을 "들여다보"는 것은 자신의 내면, 즉 자신의 정체성을 확인하는 행위와 다르지 않다. 또한 그것은 "구멍"속에 있는 "물"이라는 점에서 둘 이상을 상징한다. 나아가 그것은 생명을 낳고 기르는 여성성과도 맞닿아있다. 화자가 "들여다 보"고 싶은 우물은, "아무리 퍼마셔도", "끊임없이 솟아"나는 "구멍"으로서, 생명의 자궁을 지닌 여성의 몸과 상징적으로 일치한다. 따라서 우물을 "들여다보"는 것은 "우물"과 같은 자궁을 지닌 자신의 존재성을 확인하는 행위라 할 수 있다.[35]

"밑바닥 없는 구멍"은 형체가 없이 깊고 어두운 무(無)의 세계이지만, 결코 아무것도 아닌 무(無)를 의미하지 않는다. "우물 바닥 깊은 곳에서 올라"오는 "우우거리는 것들", "내 눈보다 더 축축한 검은 빛"의 "우물바닥" 등 그 안에 이미 수많은 것들이 존재하고 있다. "올라"오고, "펼쳐지"

---

34) 성찰과 관련되는 물의 이미지 중에서 대표적인 것은 나르시스의 이야기다. 나르시스는 물속에 비친 자기 자신의 모습에 사로잡힌 강한 자기애를 상징한다. 나르시시즘의 본질은 주관주의이며, 그것은 객관적 대상세계의 본질을 인식주체의 본질에서 찾는 태도이다. (김상봉, 『나르시스의 꿈』, 한길사, 2002, pp.186~190 참조.)

35) 윤재웅, 「그늘과 어둠, 그리고 불모를 견디는 정신」, (김수영 시집)『로빈슨 크루소를 생각하며, 술을』, 창작과비평사, 1996, p.100 참조.

고 "솟아"오르는 "우우거리는 것들"은 운동성, 역동성과 함께 실체가 보이지는 않으나, 그 안에 무엇이 분명히 살아서 존재함을 드러낸다. 이는 "구멍"이 결코 텅 빈 '무(無)'가 아니라, 생명체들을 키워내는 무(無)임을 보여주는 것이라 할 수 있다. "~들"의 복수형 어미는 이를 강조하는 것으로, 기존의 질서에서 '없는 것'으로 규정되어온 여성성을 충만함으로 재정의하기 위한 것이라 할 수 있다.

그리고 그것은 타자와의 관계성을 동시에 드러낸다. "우물"에 깃든 것"들"은 보려 해도 보이지 않고, 들으려 해도 들리지 않고, 만지려 해도 만질 수 없는 형상 없는 형상으로서, "우물" 안에 있는 것이며, 우물 또한 "집"안에 있는 것이기 때문에 '집=우물=우우거리는 것들'은 서로 다른 것들이 하나로 얽혀 있음을 드러낸다. 이는 단 하나만을 강조하는 남성 · 이성의 세계를 무화시키기 위한 장치로서 다양한 관계성을 강조하는 것이라 할 수 있다. 다리가 여럿달린 "지네", 물속과 땅위를 오가며 서식처를 옮겨 다니는 "뱀", "터지는 돌" 등은 유동성, 다양성, 변화성을 가진 존재로서, 과거의 낡은 관념을 벗어나 여성(타자)성 혹은 타자와의 관계성을 새롭게 재정의하려는 시인의 욕망을 보여주는 것이라 할 수 있다.

이러한 방식으로 자신의 정체성 및 관계성을 모색하는 시인은 기원으로서의 세계를 다채롭게 펼쳐 보이며 또 다른 자아 및 타자를 찾아 나아간다.

> 달은 물에 젖지도 않고/ 이지러지지도 않고/ 연못 속으로 들어간다// 이런 밤이면/ 연못 속에서 찌륵찌륵 울던/ 늙은 잉어, 아버지가 놓아준/ 그 잉어/ 아버지의 잠을 빌려/ 만월 속을 헤엄치는 꿈/ 그 환한 꿈을 꾸느라 은비늘들/ 고요히 떨릴 것이다// 달이 높이 떠오를수록/ 점점 넓고 깊어지는 연못
>
> –「물 속의 달」 일부36)

36) 김수영, 『오랜 밤 이야기』, 창작과비평사, 2000, pp.28~29.

위 시에서 여성의 몸은 "물 속의 달"로 형상화된다. 연못의 물은 생명의 자궁을 가진 여성의 몸과 상징적으로 일치하며, "달"은 시간의 흐름에 따라 변하는 여성신체의 가변성과 관련하여 재생력을 상징한다. 여기에는 '여성=자연'을 비생산적 대상이라고 폄하해 온 남근중심적 사유를 거부하고, 여성의 생산성을 긍정하려는 시인의 인식이 내포되어 있다. 그것이 좀 더 구체적으로 드러난 것이 "달"이 "연못 속으로 들어간다"는 표현이다. 여기서 "연못"은 "달"을 받아들이는 열린 어머니의 몸으로, "달"은 그 어머니의 몸속으로 깃드는 또 다른 몸으로 볼 수 있다.

주목해 볼 것은 연못이 "달"을 받아들이는 방식이다. "연못(물)"은 일반적으로 생명력을 상징하지만, 이 시에서 "물"은 단순히 생명만을 표상하지 않는다. 이 시의 배경은 "밤"이며 어둠을 밝히는 "달"이 연못 속으로 "들어"간다는 것은 자신의 정체성(빛)을 잃어버리는 상태, 곧 '죽음'을 의미한다고 볼 수 있다. 그러나 물에 떨어진 "달은 물에 젖지도 않고/ 이지러지지도 않"으며, 다시 되살아나고 있다. 이는 연못의 몸이 이미 열려 있기 때문으로 해석할 수 있다. 열려 있는 연못은 타자를 마중하고 내보내는 어머니의 몸이자, 텅 빈(無 · 虛) 구멍으로서, "달"의 고유한 정체성을 보존하면서 그 자신 또한 여전히 존재한다.

이러한 인식은 유무상생(有無相生)을 추구하는 노자의 도(道)에 대한 인식과 다르지 않다. 노자가 말하는 도(道)는 텅 비어(無 · 虛)있기에 정의할 수 없는 큰(大) 것으로서 서로 이질적인 두 요소가 상호(相互)관계에 있음을 전제한다. 그것은 새끼줄처럼 꼬여 무한히 이어지며, 삶과 죽음, 과거와 현재, 이것과 저것이 언제든 하나(一)로 통할 수 있다. 이렇게 볼 때 「물 속의 달」은 여기와 저기를 자유자재로 오가는 공간적 초월과 함께 시간적 초월도 포함하고 있다고 할 수 있다. 따라서 달이 빠져 든 "연못"은 일상적 시공간을 초월한, 그 "깊"이와 "넓"이를 알 수 없는 존재의 시원

(始原)을 나타낸다고 볼 수 있다.

시원으로서 연못은 자연뿐 아니라 인간도 수용하는 여성성으로 확장된다. 3연에서 연못은 "늙은 아버지"와 아버지가 놓아준 "늙은 잉어"를 모두 두르고 있다. 연못 속에서 "찌륵찌륵 울던/ 늙은 잉어"는 "아버지가 놓아준" 잉어이자 아버지 자신으로서, 아버지의 잠을 빌려 "만월" 속을 헤엄치고 있다.37) "늙은 잉어=늙은 아버지"는 가득 차 오른 여성 몸(滿月) 속에서 "헤엄치는" 움직임과 역동성을 보여주며 새로운 존재로 거듭날 것을 암시한다. 이는 모든 만물의 시초가 여성의 몸에 있다는 것을 보여주는 것으로 여성의 몸을 세계의 근원38)으로 바라본 노장적 사유와도 상통한다. 노장적 사유에서 볼 때 "연못"은 '없는 것(無)'이 아니라 "달", "잉어", "아버지" 등 인간을 포함한 모든 생물체를 안고 있는 큰(大)몸이다. 하나의 큰 몸으로서 모든 생명체들을 감싸고 있는 "연못", 그리고 그 속에 깃든 생명체들은 세계의 기원과 동시에 그 기원을 통과해 또 다른 세계로 나아가고자 하는 시인의 자의식을 형상화한 것으로, 단 하나만을 강조하는 기존 질서를 벗어나 전체 우주적 차원에서 조화와 상생의 삶을 추구하는 시인의 시적 지향점을 강하게 드러낸다.

그러기에 그의 시는 단 하나의 의미로 닫히지 않고 언제나 열린 채 다양하게 변주되고 확산된다.39)

> 그녀의 등뼈는 휘었고, 관절은 닳아 없어졌다. 오랫동안 모래 속에 누워 있던 그녀의 입속엔 아무것도 들어가지 못했다. 해부하기 위해 흉부를 열자 그곳은 텅 비어 있었다// 사막의 다른 퇴적층과 구분이 가지 않는, 모래알 같은 쓸쓸함// 물이 있는 곳, 푸른 풀과 나무가 있는 곳

37) 양애경, 「돌아갈 수 없는 아름다운 세상 들여다보기」, (김수영 시집)『오랜 밤 이야기』, 창작과비평사, 2000, p.103 참조.
38) 無, 名天地之始, 有, 名萬物之母 (『道德經』, 1章.)
39) 김신정, 앞의 글, p.261 참조.

으로 인도하는 별자리, 그 신비스런 별자리를 품고 있는 밤하늘의 빈
터로, 그녀는 그 캄캄한 가슴 속을 드러내고 있다

– 「모래 속에 누워있던 여자」 전문[40]

위 시에서 여성은 "그녀"라는 3인칭으로 지칭되고 있다. 시의 화자는 시의 밖에서 그녀의 몸을 묘사하고 있다. 그러나 단순히 묘사하는 데 그치는 것이 아니라, 가까이서 그녀의 몸을 만지는 듯한 태도를 취하고 있다. 그것은 "흉부를 열자 그것은 텅 비어 있었다"는 구절이나 "쓸쓸함"등의 감정 표현을 통해 드러난다. 이는 가부장적 질서에서 비천한 존재로 인식되어 온 여성의 존재성을 긍정적으로 재의미화하려는 시적 전략이라 할 수 있다. "등뼈는 휘었고, 관절은 닳아 없어졌"고, "입속엔 아무것도 들어가지 못"하는 그녀의 몸은 생명성이 소거된 비생명체, 곧 자기 정체성을 잃어버린 몸과 같다. 정체성이 없는 몸은 진정한 의미에서 몸을 갖고 있다고 말할 수 없다. 따라서 여성이 자기 정체성을 회복하려면 이러한 육체성을 벗어나야 한다. 3연에서 "그녀"의 몸이 "별자리를 품고 있는 밤하늘의 빈터"로 전환되는 것은 이러한 이유에서 설정된 것으로 볼 수 있다.

"별자리를 품고 있는" "그녀"의 몸은 처음부터 비어 있는(虛) 공간(無)으로서 삶과 죽음, 천상의 것들과 지상의 것들이 겹쳐 있는 거대한 우주로 확장된다. 이는 노장적 역설의 논리와 같다. 노장의 역설은 주체와 객체의 이분법적 사유를 부정하는 방식으로 주객일체의 무(無), 혹은 일(一)을 강조한다.[41] 하나의 거대한 우주로서, "그녀"의 몸은 모든 만물이 생멸하는 존재의 시원(始原)이자 '무(無)'의 세계이다. 그러나 무(無)는 결코 '아무것도 없음'을 의미하지 않는다. "텅 비어 있는" 흉부, 밤하늘 "빈터"는 "물"과 "푸른 풀과 나무가 있는 곳으로 인도하는 별자리"를 품고 있는 몸

40) 김수영, 『오랜 밤 이야기』, 창작과비평사, 2000, p.14.
41) 원정근, 앞의 글, pp.7~8 참조.

이다. 여기서 "물"은 생명력과 관련되는 모성을 상징하며, 풀과 나무가 가진 식물성 또한 연약한 여성의 몸을 상징한다. "밤", "별" 또한 '남성(陽)'을 상징하는 '태양', '낮'과 대별되는 음(陰)의 영역이라는 점에서 여성성을 의미한다. 그러므로 "그녀"의 몸은 텅 빈 무(無)가 아니라, 유(有)가 전제된 (無)라고 할 수 있다.

이는 "사막의 다른 퇴적층과 구분이 가지 않는, 모래알"이라는 구절에서도 발견된다. "모래"는 "다른 퇴적층"과는 분명 다르지만, "구분이 가지 않는"다. 겹겹이 겹쳐 지층을 이루는 퇴적층 속에 "모래" 또한 깃들어 있는 것이다. 이러한 이중성은 모든 사물을 수용, 긍정하는 노장적 사유방식과 같은 것으로, 결국 나/너의 경계를 획정 짓고 구분하는 기존의 질서를 벗어나 모두가 조화를 이루며 상생하는 세계로 나아가고자하는 시인의 욕망을 보여준다고 할 수 있다. 그것은 가장 높은 천상의 세계와 가장 낮은 지상의 세계가 연결된 우주적 충만함으로 드러나기도 한다.

> 생명이 견딜 수 없는 압력 속에서 에인젤은 뼈도 없이, 아가미도 허파도 없이 날개를 단 듯 하늘하늘 유영한다. 어둠이 지나가는 투명한 몸으로, 텅 빈 천지간을 채우는 눈송이처럼
>
> –「천사라 불리는 것」 일부[42]

위 시에서 "몸"은 "텅 빈 천지간"과 "에인젤"이라는 두 양태로 드러난다. "텅 빈 천지간"은 허공, 즉 비어 있는(虛) 공간(無)으로서, "에인젤"을 유영하게 하는 더 큰 몸이며, "에인젤" 그 공간을 가득 "채우는" 또 다른 "투명한 몸"으로 읽을 수 있다. 이는 남성의 시각중심주의에서 '보이지 않는 것', 혹은 '결핍'의 대상으로 인식되어온 여성성을 '충만'한 존재로 드러내기 위한 이중적 장치라 할 수 있다. 즉 "텅 빈 천지"와 그 사이로 유영하

---

42) 김수영, 『오랜 밤 이야기』, 창작과비평사, 2000, p.94.

는 "에인젤"은 서로 분리가 불가능한 복수적 정체성으로, 보이는 것, 혹은 단 하나만을 강조하는 기존질서를 전복하는 시적 장치인 것이다.

복수적 정체성은 "에인젤"이라는 "투명한 몸"에도 부여되어 있다. "에인젤"은 심해의 제일 밑바닥에서 긁어낸 생물에 과학자들이 붙여준 별명으로서, 지상의 존재 영역에 속한다.[43] 그러나 시인은 이 "에인젤"을 "천사라 불리는 것"이라고 칭함으로써 천상의 영역과 연결시키고 있다. 즉 "에인젤"이라는 존재 속에 "천"상과 "지"상이라는 서로 대립된 속성을 동시에 부여하고 있는 것이다. 그것은 언어적 특성으로도 나타난다. "생명이 견딜 수 없는 압력 속에서", "날개를 단 듯 하늘하늘 유영"한다는 모순어법이 바로 그것이다. "생명이 견딜 수 없는 압력 속"에 있다는 것은 에인젤이 극한의 상황에 처해 있다는 점에서 부정성을 띠고 있으며, 그 속에서 "유영한다"는 것은 자유로움이라는 긍정성을 가지고 있다.

이러한 존재의 이중성, 언어의 모순성은 여성을 '보이지 않는 것'으로 규정해온 기존 질서를 거부하고, 자유롭고 충만한 여성성을 긍정하는 이중의 전략이라 할 수 있다. "뼈도 없이, 아가미도 허파도 없이" "투명한 몸"은 '보이지 않는' 것으로 인식되어온 여성의 몸이며, "견딜 수 없는 압력"이란 여성의 몸을 규정해온 남성의 폭력성을 드러내는 구절이라 할 수 있다. 그런 의미에서, 텅 빈 천지간"을 유영하며 채우는 "에인젤"은 그런 폭력적인 세계에 대응하는 여성의 존재방식을 보여주는 것이라고도 할 수 있다.

"텅 빈 천지간"과 같은 심해는 무(無)의 세계이지만, 결코 아무것도 없는 무(無)가 아니라, 그 사이로 유영하고 가득 "채우는" "에인젤"존재하고 있다. "하늘하늘 유영"하는 "에인젤"의 날갯짓은 하늘(천)과 땅(땅), 있음과 없음, 밝음과 어둠의 이분법적 경계를 지우며 가장 깊은 어둠의 밑바

43) 김신정, 앞의 글, p.262 참조.

닥과 가장 높은 천상의 세계를 하나로 연결시킨다. 물론 이 통합은 단순히 하나를 의미하는 것이 아니라 유(有)와 무(無) 서로 뒤섞인 하나를 의미한다. "텅 빈 천지간을 채우는" "눈송이"는 천상과 지상의 경계를 무화시키면서 생명의 세계를 하나로 이어주는 에너지를 발산한다. 이러한 충만함을 통해 분리의 의미보다 통합의 의미를 강조하는 것이 바로 노장사상이며, 시인이 추구하는 무위(無爲)로서의 시원(始原), 그러한 여성성의 회복이라고 할 수 있다.

김수영 시에서 구멍은 텅 빈 허공(無)으로서, 현실적 시공간을 초월한 존재의 시원(始原)으로서, 그 자체로 아무것도 없는 무(無)가 아니라, '물', '별', '나무' 등 유(有)를 생장시키는 무위(無爲)로서의 무(無)이다. 이는 무(無)가 없이는 유가 있을 수 없으며, 유(有) 역시도 무 없이는 나타날 수 없다는 역설로서, 유무상생을 강조하는 노장사상과도 통한다. 이러한 형상화 방식은 실재하지 않는 현실을 설정하고 있다는 점에서 여성의 삶이 역사적 현실로부터 후퇴한 것으로 여기게 할 위험도 안고 있다. 그러나 여성 신체의 다양성을 토대로 서로 대립적인 것들이 전체적으로 하나를 이루는 통합을 제시하는 방식은 단 하나만을 추구하는 기존의 질서를 벗어나 모두가 공존할 수 있는 길(道)을 제시하고 있다는 점에서 무엇보다 소중하다.

## 2. '물'의 상상력과 소요유(逍遙遊) : 김선우

김선우[44]의 시에서 여성성은 특히 '물'의 이미지로 많이 드러난다. 물

---

44) 1970년 강원도 강릉에서 태어나 강원대학교에서 국어교육학을 공부했다. 1996년 ≪창작과비평≫겨울호에 시「대관령 옛길」등 열편의 시를 발표하면서 문단에 데뷔하여 2004년 제49회<현대문학상>, 2007년 제9회<천상병시상>을 수상했다. 『내 혀가 입 속에 갇혀 있길 거부한다면』(창작과비평사, 2000), 『물 밑에 달이 열

의 가장 강력한 표상 중 하나는 생명력과 관련된다. 거의 모든 문명에서 생명은 물에서 시작되었다고 보며, 탄생의 속성과 연결되어 모성을 지니는 것으로 인식된다. 때문에 그의 시는 에코페미니즘을 주제로 한 논의[45]나, 포스트모던 페미니즘을 토대로 한 여성의 몸과 관련하여 언급[46]되고 있다. 물론 물이 갖는 자율성, 생명성, 순환성은 페미니즘적 측면에서도 읽을 수 있다. 그러나 물은 동양의 노장사상에서도 얼마든지 발견되는 요소이며, 김선우의 시에도 이러한 사상이 깃들어 있기 때문에, 그의 시를 새롭게 바라볼 또 다른 논의가 필요해 보인다.

김선우 시에서 '물'은 김수영의 시에서도 동일하게 발견되는 요소이다. 그러나 김수영의 시에서 물이 '구멍의 물'로서 '구멍'의 이미지에 좀 더 집중되어 있다면, 김선우의 시는 구멍보다는, 그 구멍의 바깥으로 흐르는 '물'에 좀 더 초점이 주어진다는 점에서 차이를 가진다. 김선우 시에서 물은 '양수', '월경', '젖(母乳)' 등을 환기하며, 끊임없이 흐른다. 흐르는 물은 어느 한 자리에 고착되어 있지 않는다. 자발적으로 솟구치고, 저절로 흐르는 물은 일정한 모양이 없고, 자유롭게 이동하는 '형상 없는 형상(無形之形)'[47]으로서, 여기에서 저기로 스며들고, 사라지고, 다시 태어난다. 그 흐

---

릴 때』(창비, 2002), 『도화 아래 잠들다』(창비, 2003), 『내 몸속에 잠든 이 누구신가』(문학과지성사, 2007) 등 4권의 시집을 상재하였으며, 『물 밑에 달이 열릴 때』(창비, 2003), 『김선우의 사물들』(눌와, 2005), 『내 입에 들어온 설탕 같은 키스들』(미루나무, 2007), 『우리말고 또 누가 이 밥그릇에 누웠을까』(새움, 2007)등 4권의 산문집, 동화 『바리공주』(열림원, 2003)를 펴냈다.

45) 허윤진, 「다중 우주의 꿈 : 발산하는 문학을 위하여」, 『문학과사회』통권65호, 문학과사회, 2004, pp.396~414. : 양선주, 「김선우 시에 나타난 모성성 연구」, 고려대학교 석사학위논문, 2005. : 이계림, 「김선우 시 연구」, 한국교원대학교 석사학위논문, 2007. : 양혜경, 「유연함 그리고 환원」, 『문예운동』통권96호, 문예운동사, 2007. pp.309~323. : 이유정, 「김선우 시 연구 ; 에코페미니즘적 특질을 중심으로」, 한국교원대학교 석사학위논문, 2012. : 정원숙, 「현대시에 나타난 에코페미니즘 연구－나희덕, 김선우를 중심으로」, 강원대학교 석사학위논문, 2013.

46) 김순아, 앞의 논문.

47) 是謂無狀之狀, 無物之象 (『道德經』, 14章.)

름과 변화는 인간의 의지에 따라 막을 수 없다. 이는 자연의 본성을 빌려 여(모)성의 생명성과 자유로움을 드러내기 위한 시적 장치로,[48] 소요(逍遙)로서 정신적 자유를 강조하는 장자의 무하유지향과 같다고 할 수 있다.

무하유(無何有)지향에서 소요(逍遙)는 육체의 소요가 아니라, 정신적 상상 속에서의 소요를 의미한다. 소요의 의미와 유사한 유(遊) 또한 단순히 멀리 놀러 다니는 것이 아니라, 마음의 자유를 의미한다.[49] 김선우 시에서 '물'은 이러한 자유로움을 표현하기 위한 소재로서, 꿈이나 신화적 요소를 통해 더욱 부각된다. 꿈과 신화는 자기 무의식(비현실)의 산물로서 억압된 자로서의 여성이 현실세계에 구애받지 않는 자유를 맛보게 한다. 여기에 여성 몸의 관능성을 부가하여 성적 쾌락과 자유로움을 맛보는 여성성을 활짝 펼쳐 보인다. 이는 어느 무엇으로도 규정할 수 없는 여성의 자유로움 및 타자와의 관계성을 보여주기 위한 시적 전략으로, 그의 시에 나타나는 전반적인 특징이라 할 수 있다.

늦봄 저수지 둑 위에 앉아/ 물속을 오래 들여다보면/ 거기 무슨 잔치 벌였는지/ 북소리 징소리 어깨춤 법석입니다// 바리공주 방울 흔들어 수문 열리자/ 시루떡 찌고 있는 명성황후가 보입니다/ 구름이 내려와 멍석을 펼치고/ 축문을 쓰고 있는 황진이 쪽찐 머리/ 가르마 따라 흰 새 날고 바람 불어옵니다/ 난설헌이 어린 남매를 위해 소지를 사르다가/ 문득 눈을 들어 감나무를 봅니다/ 우듬지에 걸려 펄럭이는 나비연/ 황진이가 다가와 장옷을 걸쳐줍니다/ 두 여자 마주보고 하하 웃습니다/ 명성황후 다가와 붉은 석류를 내밉니다/ 석류알 새금새금 발라먹으며/ 세 여자 찡그려 하하하 웃습니다// 물보라치는 눈물,/ 이승을 혼자 노닐다 온 여자들이/ 휘모리 장단을 칩니다 지전 흩어지고/ 까치밥마냥 미쳐서/ 술잔 속에 한 하늘이 천년을 헤매었습니다// 물 속에

48) 양혜경, 앞의 글, p.309 참조.
49) 리우샤오간, 최진석 옮김, 앞의 책, p.161 참조.

웬 잔치 벌였는고?/ 어머니 입 속에 상추쌈 넣어드리니/ 저수지의 봄날이 흐득 깊어갑니다

— 「물 속의 여자들」 전문[50)]

위 시에서 여성의 몸은 "저수지"로 환치되어 있다. "저수지"의 둥근 형상과 "물"은 생명의 자궁을 지닌 여성의 몸(자궁)과 상징적으로 일치한다. 그런데 이 시에서 '물'은 여성의 몸과 물이 가진 풍부한 생명력 그 자체보다는 그 안에 내재해 있는 또 다른 속성, 즉 자기 성찰과 더 관련이 깊다. "물속을 오래 들여다"본다는 언술이 바로 그것이다. 여기서 "들여다"보는 "물"은 서양에서 인식하는 나르시시즘적인 자아도취로서의 기호가 아니라, 청정한 인간의 심성, 즉 자기 안의 무의식을 탐색하는 행위와 같다고 할 수 있다.[51)] "바리공주"는 화자의 탐색 행위를 도와주는 존재이자, 신비한 힘을 가진 '영매(무당)'[52)]로서 화자를 "물속" 즉, 자기 내면의 세계로 안내하는 안내자의 역할을 한다.

"물속"은 현실적 시공간을 벗어난 존재의 시원(始原)이자 시인의 내면으로서, 그 속에는"명성황후", "황진이", "난설헌" 등이 깃들어 있다. 이 "여자들"은 비범한 능력을 타고 났음에도 남성중심의 세상에서 고난과 불운을 겪으며 죽어간 여자들로서 시인 자신과 동일한 존재라고 할 수 있다. 여기서 주목해 볼 것은 이 "여자들"이 "이승을 혼자 노닐다 온" 여자

---

50) 김선우, 『내 혀가 입 속에 갇혀 있길 거부한다면』, 창작과비평사, 2000, p.46.

51) 송영순, 『현대시와 노장사상』, 푸른사상, 2005, p.31 참조.

52) 원시종합예술에서 자연과 인간을 매개하는 것은 주술사, 즉 무당이었다. 여기서 무(巫)는 하늘(一)과 땅(一)을 이어주는 (丨) 사람(人)이란 뜻으로 신과 인간 사이를 매개하는 역할을 담당한다. 무당의 혼은 곧 새의 형상으로 변해 동화에 나오는 천마를 타고 하늘을 날아 다른 세계로 들어간다. 그리고 자연신, 동물로 변신한 악마, 조상신들과 이야기를 주고받는다. 무당은 이러한 주술행위를 끝내고 자신의 육체로 돌아와 자기의 종족(堂)들에게 신탁을 전한다. 이때 무당의 전언(傳言)은 시의 언어로 상징적인 의미를 갖는다. (게르기우스 골로빈 외, 『세계 신화 이야기』, 까치글방, 2001, p.136 참조)

들이자 각기 다른 시공간을 살다간 존재들이라는 것이다. 그런데도 살아 있을 뿐만 아니라, "하하하" 웃으며, 서로 접촉을 통해 친밀감을 형성하고 있다. 이것은 시인이 시간을 직선상의 계기적 시간이 아니라 서로 융합할 수 있는 원의 순환적 시간으로 인식하고 있음을 드러낸다. 순환적 시간에서 삶은 곧 죽음과 연결되고, 죽음은 곧 삶과 연결된다. 이는 현실적 논리로는 충분히 설명될 수 없는 모순과 역설로, 이분법적 사유를 부정하는 방식으로 주객일체의 주체성의 논리를 펼치는 노장적 역설[53]과도 통한다.

노장에서는 주체와 객체, 삶과 죽음이 서로 대립되거나 단절되어 있는 것으로 인식하지 않는다. 모든 존재는 그 자체로서 개체성을 가지면서도 상통할 수 있는 하나(一)가 될 수 있다고 본다. 여성인 시인에게 이러한 인식은 그리 낯선 것이 아니다. (임신과 출산을 경험하는)여성 자신의 몸이 나와 타자, 삶과 죽음이 서로 얽혀 순환하는 현장이기 때문이다. '죽은' 여자들이 '살아서' 서로 "옷을 걸쳐"주고, 음식을 나누어 "먹으며" 서로 베풀고 연대하는 모습이나, "하하하 웃"으며 이야기를 나누는 가운데 "눈물"이 "물보라치"는 모순성도 제각기 개별적 독자성과 전체적 통일성을 하나로 안고 있는 존재의 참모습을 인식하고 발현하려는 논리라고 할 수 있다.

더 주목해 볼 것은 시인이 "여자들"을 나"와 동일시할 뿐 아니라 바리공주와도 동일시하고 있다는 점이다. 여자들이 벌이는 "잔치"에 등장하는 "북", "징", "축문", "소지", "지전" 등은 흡사 무당이 굿을 할 때의 장면과도 같다. 이는 신화 속 "바리공주"의 행위를 바탕으로, "여자들"이 겪은 보편적 상처를 치유하기 위해서라고 할 수 있다. 바리가 약수를 구하기 위해 찾아간 곳은 인간으로선 누구도 경험해보지 못한 곳이다. 거기서 바리는 온갖 간난과 고통을 겪으면서 마침내 약수를 찾아낸다. 그리고 돌아와 죽어가는 아비를 살려낸다. 이러한 바리공주의 행동은 부모에 대한 원

53) 원정근, 앞의 글, pp.7~8 참조.

망이나 현실적 시비를 따지지 않는 무차별적, 포용적 태도로서, 남성보다 우월한 여성의 특질이라 할 수 있다. 이러한 포용성이 강조될 때 여성은 남성의 역사(歷史)를 거슬러 오르는 역사(逆史)적 희열과 함께 그동안의 상처를 치유할 수 있게 된다.

이런 측면에서 볼 때, 시인이 강조하는 것은 이러한 포용적 존재가 여성의 참 모습이며, 참된 자아의 모습으로 돌아가 세계를 새롭게 바라보라는 것이라 할 수 있다. 참 나(我)의 세계에서 세상을 바라볼 때, 현실적 시비(是非)나 차별은 있을 수 없다. 이 세계는 아직 타자에 대한 의식이 없는, 비인칭적인 마음(=虛心)의 상태[54]이기 때문에, 자아와 타자의 분절이나 단절로 야기되는 갈등이 생겨나지 않으며, 그만큼 자유로울 수 있다. 마지막 행에서, "저수지의 봄날이 흐득 깊어"가는 것을 바라보는 화자는 "물속(무의식/비현실)"에서 다시 '물 밖(의식/현실)'으로 나온, 다시 말해 참 나(我)의 세계에서 소요(逍遙)하던 상태를 벗어나, 자신의 존재성을 확인한 시인 자신으로서 또 다른 자아를 추구하는 시선을 보여준다.

> 생리통의 밤이면/ 지글지글 방바닥에 살 붙이고 싶더라/(중략)// 푸른 연어처럼/ 나는 어린 생것이 되어/ 무릎 모으고 어깨 곱송그려/ 앞가슴으론 말랑말랑한 거북알 하나쯤/ 더 안을 만하게 둥글어져/ 파도의 젖을 빨다가 내 젖을 물리다가// 포구에 떠오르는 해를 보았으면/(중략)/ 비릿해진 살이 먼저 포구로 간다/ 붓다도 레닌도 맨발의 내 어머니도/ 아픈 날은 이렇게 온종일 방바닥과 놀다 가려니/ 처녀 하나 뜨거워져 파도와 여물게 살 좀 섞어도// 흉 되지 않으려니 싶어지더라
>
> －「포구의 방」 일부[55]

위 시에서 시인은 "포구의 방"을 여성성과 관련지어 여성의 자유로움과 소통의 방식을 보여준다. "방"은 일반적으로 개인의 사상이나 개별성

---

54) 강신주, 앞의 논문, p.183 참조.
55) 김선우, 『내 혀가 입 속에 갇혀 있길 거부한다면』, 창작과비평사, 2000, p.44.

을 상징하지만, 이 시에서는 개별성만을 의미하지 않는다. 화자가 떠올리는 "방"은 내가 "어린 생것"이 되고 "파도"와 "살 좀 섞어도// 흉되지 않"는 "방"으로서, 이성의 규제가 불가능한 원초적 공간을 연상시킨다. 원초적 공간은 곧 세계의 기원으로서, 이성적 관념에 의한 시비(是非)나 충돌이 일어나지 않으며 모든 존재들이 행복하게 상호 공존한다.

주목되는 것은 "방" 안에서 "살"을 "섞"는 두 존재가 모두 여성성을 띠고 있다는 점이다. "파도"는 풍부한 생명력을 가진 모성을 상징하며, "나" 또한 "젖"을 가진 여성이다. 이는 여성 동성애적 면모와 함께 매우 급진적인 도발성을 드러낸다. 여성간의 성적 유희는 남성과의 관계를 여성의 성적 쾌락을 위한 필요조건으로 삼는 전통적 남녀관계를 전복하는 요소로서, 일차적으로는 성적 주체로서 여성성을 강조하기 위한 것으로 읽을 수 있다. "파도의 젖을 빨다가 내 젖을 물리다가"라는 구절에서 스스로의 몸을 즐기는 주체로서의 여성성을 확인할 수 있다.

그리고 그것은 단순히 주체로서의 여성뿐 아니라 타자와의 관계 방식을 동시에 함의한다. 내가 "파도의 젖을 빨"때 "파도"는 나를 먹여 살리는 어머니이며, "내 젖을" 파도에게 물린다는 것은 나 또한 "파도"를 먹여 살리는 어머니라는 것이다. 이렇게 서로 "젖"을 물고, 물리는 행위는 '저것은 이것에서 나오고 이것은 저것에서 나온다'[56]는 장자의 논리와도 상통하는 것으로 서로가 서로의 생명을 부추기는 대등한 관계성을 보여준다. 즉 두 존재의 관계가 서로 대등할 때 충일한 생명력을 얻을 수 있다는 것이다. 생명성은 어느 한 편이 다른 어느 한편을 지배하거나 소유하려는 동일성의 차원에서는 생겨나지 않는다. 소유의 논리를 토대 한 동일성은 어느 한편의 희생이나 소멸이 전제되어 있기에 생명력이 생겨날 수 없다. 따라서 파도와 나, 즉 서로 이질적인 존재의 몸 섞음은 성행위 자체가 아

56) '彼出於是, 是亦因彼. 彼是方生之說也' (「齊物論」, 『莊子』)

니라, 대등한 관계로서의 성행위가 가져올 생명으로 충일한 모태나 원초적 시공간에 대한 은유라고 할 수 있다.

그런데 이 시는 "젖을 빨다가 내 젖을 물리"는 관능성이 "해"에서 다시 한번 더 극대화되면서 독특한 시세계를 구축하게 된다. 다름 아니라, 남성을 상징하는 "해"가 "포구"에서 "떠오르"고 있다는 것이 그것이다. "포구"는 물과 뭍을 가르는 경계지점으로서 여성성을 상징하는 "파도(물)"의 입구, 즉 여성의 질을 상징한다고 볼 수 있다. 이는 남성을 낳는 이가 곧 여성이라는 것을 드러내 보이는 것으로도 읽을 수 있다. 즉 생명을 낳는 힘은 여성에게서 나온다는 것이다. "월경"은 여성이 생명을 잉태하는 모체로 성장하였음을 암시하는 것으로, 후각이미지와 함께 여성의 신체현상을 매우 감각적으로 드러낸다. "미열"이나 "비릿해진 살"은 월경을 체험하는 여성의 신체적 현상을 드러내며, 살의 "비릿함"은 바다의 "비릿함"과 중첩되어 출산하는 자로서의 여성성을 강하게 드러낸다.57)

여기에는 여성/자연의 존재성 및 타자와의 관계성을 가로막는 기존의 질서에 대한 부정적인 인식이 내포되어 있다. 그러나 시인은 그것을 과격한 언술이나 전복적인 언어로 드러내지 않는다. 그는 다만 "포구"에 "해"가 떠오르는 자연의 질서를 통해 여성적 세계를 드러낼 뿐이다. 여성적 자연은 문명 이전의, 근원적 세계로서 자기 안에 이미 수많은 생명체를 안고 있으며, 그 생명체들은 생성과 소멸의 원리에 따라 언제나 변화한다. 그 변화는 인간의 힘으로는 거스를 수 없다. 이렇게 자연의 질서를 여성 몸의 현상과 동일시하는 것은, 그것이 가진 다양성(混成), 변화성이 삶의 본질이자 인간의 본질이기 때문이다. 이러한 근본적이고 본질적인 세계에 대한 접근이 바로 노장사상이며, 세계를 바라보는 시인의 인식이라

57) 이혜원, 「한국 현대 여성시에 나타난 자연 표상의 양상과 의미–'물'의 표상을 중심으로」, 『어문학』제107집, 한국어문학회, 2010, p.359 참조.

고 이해할 수 있다.

> 제주 우도에 들어간 밤 흰소를 낳는 꿈을 꾸었다 풀밭 위에 치마를 펴고 벌린 내 가랑이 사이로 어린 소가 몽클, 쏟아졌다 안간힘으로 일어서려는 어린것이 자꾸 쓰러졌다 달빛이 밀반죽처럼 어린 소의 등을 타고 내렸고 몸속에 붉은 빛을 감춘 어린 흰소가 댓잎처럼 울었다 서서 견뎌야 할 시간이 너무나 기니 누워라 흰 빛 속의 붉은 어둠아 달빛이 눈도 못 뜨고 여린 몸으로 뒤채였다 어미소는 물 위를 걸으며 쑥돌 같은 파도를 뜯어삼키고 있었다 (중략) 오래 전 나를 낳은 흰 소의 되새김질 속에서 따뜻하고 비린 물이 왈칵 쏟아졌다 어미 소의 흰 배를 베고 눕는다 내 아랫배를 쓰다듬으며 덜 비린 바닷물이 더 비린 바닷물에게로 흘러간다
>
> -「흰 소가 길게 누워」 일부[58]

이 시는 꿈과 신화적 요소를 끌어들여 여성의 출산과정을 매우 환상적으로 보여주고 있다. 화자는 사월 어느 밤 제주 우도에서 꿈을 꾸게 된다. 꿈속에서 자신의 "가랑이"사이로 "흰 소"를 낳는다. 그런데 이 소는 "오래 전 나를 낳은 흰 소"이기도 하다. 이는 장자가 나비가 되었던 상상력과 매우 비슷하다. 장자가 꿈속에서 나비가 되어 날아다니다가 깨어나 꿈속의 나비와 현실속의 자신을 모두 긍정하는 것과 같이 이 시에서 화자는 "흰 소"를 낳은 자아이자, 자아를 낳은 "흰 소"이기도 한 것이다. 이러한 꿈의 요소는 "흰소"가 지닌 신화성과 맞물려 현실과 비현실, 이성과 비이성, 삶과 죽음의 경계를 무화시키는 역할을 한다. 이는 이성적 관념으로부터 자유로워지려는 시인의 욕망을 드러낸 것으로, "물"의 이미지를 통해 더욱 부각된다.

"물"은 생명의 근원이지만, 이 시에서는 단순히 생명뿐 아니라 죽음을 동시에 포괄하는 여성의 몸을 드러낸다. 시인은 자식을 낳는 어미로서,

58) 김선우, 『도화 아래 잠들다』, 창작과비평사, 2003, p.42.

어린소를 낳는다고 하지 않고 "몽클 쏟아"진다고 표현하고 있다. 이는 쏟아지는 대상이 "어린소"뿐 아니라, "물(양수)"도 포함되어 있음을 암시한다. 몸에서 빠져나온 "물(양수)"는 "붉은 빛", "혼령" 등의 시어를 통해 출산의 과정에서 있게 되는 어미소의 죽음을 암시한다. 그러나 그 죽음은 완전한 종말로 끝나지는 않는다. "어린 흰소가", "몸속에 붉은 빛을 감"추고 있다는 것은 어린소의 몸속에 그 어머니의 몸이 흔적으로 남아있다는 의미다. 뿐만 아니라 어머니는 "달"로 전화(轉化)되어 어린소의 몸 밖에도 존재한다. 이는 유(有)로서 무(無), 즉 '보이지 않는 어머니'를 드러내는 방식으로, "자꾸 쓰러"지는 "어린 소의 등을 타고 내"리는 "달빛"에서 확인할 수 있다. "달"은 시간의 변화와 관련하여 여성 몸의 재생과, 자립을 상징한다. 이는 직선적 시간성을 무화시키는 원형적 시간성과 함께 어머니의 삶이 영원히 지속될 것을 암시한다.

이러한 경계의 무화는 언어의 특성으로도 드러난다. 시의 배경인 "우도"는 "어미소"와 중첩되며, "흰빛 속의 붉은" "비린 바닷물"은 출산을 할 때 빠져나온 '물(羊水)'과 '젖(母乳)'의 의미와 중첩된다. 또한 "-ㅆ 다", "-ㄴ다"로 드러나는 어미와 "서서 견뎌야 할 시간이 너무나 기니 누워라"는 구절은 말하는 주체가 누구인지 모호하게 흐리고 있다. 이러한 다양한 중첩은 기표가 기의를 지칭하지 못하고 계속하여 미끄러지는 환유적 어법으로서, 단 하나만을 추구하는 기존의 관념을 해체하기 위한 장치라 할 수 있다. 이러한 방식으로 기존의 관념을 깨부수는 시인은 그러기에 어느 무엇도 한 자리에 고정시키지 않는다.

한 자리에 고정되어 있지 않고 계속하여 흐르는 "물"은 흰소와 화자 속, 바다와 어미소 속, 비린바닷물과 더 비린 바닷물 속, 어디에나 있으며 어디에도 없다. 이러한 물은 텅 비어 있지만 모든 만물을 살아 숨 쉬게 하는 형상 없는 형상(無形之形)으로서, 타자를 받아들이기 위해 열려 있는 어머니의 몸과 같다. 이는 타자와의 소통을 위해 자신의 마음 비우기를 강조하는 장자의 소요유(逍遙遊)와도 상통하는 것으로, 어머니로서의 존재방식뿐 아니라 타자와의 관계방식을 새롭게 사유하게 한다.

> 비 그친 후 세상은 쓰러진 것들의 냄새 가득해요/ 간밤 바람 소리 솎으며 내 날개를 벗기던 이 누구? 큰 파도 닥/칠까 봐 뜬눈으로 내 옆을 지킨 언덕 있었죠 날이 밝자 언덕은 우/렁 각시처럼 사라졌죠. 아니죠, 쓰러졌죠// 쓰러진 것들의 냄새가 가득해요 비 그친 후 세상은/하루의 반성은 덧없고 속죄의 포즈 세련되지만/찰기가 사라졌어요 그러니 안녕, 나는 반성하지 않고 갈 거에/요 뾰족한 것들 위에서 악착같이 손 내밀래요 접붙이듯 날개를/ 납작 내려놓을래요
>
> –「잠자리, 천수관음에게 손을 주다 우는」 일부59)

이 시에서 화자가 바라보는 세계는 "비 그친 후 세상"이다. "비"는 이 세상을 비옥하게 하는 인자라는 상징적 의미를 가진 것으로, 생명과 물을 의미한다. 그러므로 비가 그쳤다는 것은 화자가 인식하는 세계가 생명성이 사라져 가는 세상임을 드러낸다. 시인은 이를 강조하기 위해 "냄새"라는 후각이미지를 끌어들인다. 후각은 인간의 가장 원초적인 감각으로, 사라져 가는 생명체들을 감지하게 하는 역할을 한다. 그것이 바로 "쓰러진 것들"이다. 시인은 "쓰러진 것들"의 정체가 무엇인지 명확하게 보여주지 않으나, 문맥으로 보아 중심에서 버려져 소멸해가는 것들, 즉 타자성/여성성임을 짐작하게 한다.

시인은 이러한 타자성을 관음보살과 같은 사랑의 힘으로 되살려내고자 한다. 시의 제목에 나오는 "천수관음"은 천 개의 손과 눈이 있어 모든 사람의 괴로움을 그 눈으로 보고 그 손으로 구제하고자 하는 관음보살로서, 모든 영혼을 감싸 안는 신(神)적인 존재로서의 모성을 상징한다. 화자

---

59) 김선우, 『내 몸 속에 잠든 이 누구신가』, 문학과 지성사, 2007, p.48.

인 "잠자리"가 "천수관음에게 손을 주"는 행위는 그런 모성적 존재와 하나 되고자 하는 여성성을 드러내는 것이라 할 수 있다. "잠자리"는 "바람"을 받아들이는 데 무척 민감한 몸을 가진 동물로서, 남성적 힘의 관계에서 볼 때 약자인 여성/타자의 몸과 같기 때문이다. "손"은 접촉과 교접의 수단으로서 '사귐성'을 의미하며, 종래에는 보살핌의 윤리에 도달한다.[60] 보살핌은 천수관음이 표상하는 여성적 윤리이기도 하다.

천수관음에서 관(觀)은 '관자재(觀自在)'의 관(觀), 그러니까 안에서 밖을, 밖에서 안을 그윽하게 바라보는 것, 온몸을 다하여 대상을 바라보고 온몸으로 바라보는 것을 통해 도리어 온몸을 벗어버리는 것, 관찰하는 자신과 관찰 당하는 몸도 없어지는 경지를 의미하는 것으로,[61] 장자의 무정(無情)이나 무욕(無慾)과 일면 통한다. 장자가 말하는 무욕은 단순히 비움을 의미하는 것이 아니라 비움으로써 역설적으로 충만해질 수 있다는 것과 같다.[62] 그러므로 잠자리가 "손을 주"는 행위는 자신의 욕망을 버리고, 천수관음을 껴안음으로써 충만한 모성성을 실현하기 위해서라고 할 수 있다. "바람 소리 솎으며 내 날개를 벗기던 이"나 "뜬눈으로 내 옆을 지"키다 "우렁 각시"처럼 사라진 "언덕" 또한 "천수관음"으로 표상되는 모성의 무욕(無慾)적 삶을 드러내기 위한 장치라 할 수 있다.

그리고 "쓰러진 것들이 쓰러진 것들을 위해 울어요"에서 우는 행위는 이미 "쓰러진 것들을 위해" 스스로 "쓰러"지려는, 곧 너를 일으켜 세우기 위해 나를 버리려는 마음을 형상화한 것으로 읽을 수 있다. 화자가 "뾰족한 것들 위에서 악착같이 손 내"밀고 "접붙이듯 날개를 납작 내려놓"으려는 것은 모성적 존재로 살아가고자 하는 의지이며, 그것은 자신의 소멸, 즉 무아(無我)의 경지를 추구하는 시인의 지향점을 보여준다. "안녕, 나는

---

60) 정화열, 『몸의 정치와 예술, 그리고 생태학』, 아카넷, 2005, p.196 참조.
61) 김혜순, 『여성이 글을 쓴다는 것은』, 문학동네, 2002, pp.189~190 참조.
62) 최진석, 앞의 책, p.60 참조.

반성하지 않고 갈 거예요"라는 것은 이를 강조하는 것으로서, 타자를 받아들이기 위해 자신을 버리는 빈 마음, 즉 소요(逍遙)의 정신을 추구하는 것으로 읽을 수 있다.

김선우의 시에서 '물'은 실체가 있으나 모양이 없는 '형상 없는 형상(無形之形)'으로서 한 자리에 고정되어 있지 않고 이동하며 순환한다. 그 과정에서 나/너, 삶/죽음, 현실/비현실 등의 경계는 무화된다. 이는 꿈과 신화적 요소를 통해 더욱 부각된다. 꿈은 시인의 내면, 즉 무의식을 상징하는 것으로 그동안 억압되어 온 몸의 '감각'과 신체의 관능성도 자유롭게 풀어낼 수 있게 한다. 이러한 자유는 현실의 시비를 초월하여 정신적 즐거움을 강조한 장자의 소요유(逍遙遊)와도 맥이 닿아있다. 물론 그 형상화 방식은 여성 몸을 오히려 불안정한 관념적 기호에 머무르게 할 위험도 안고 있다. 그러나 인간의 삶, 또는 세계 자체가 논리적일 수 없다는 사유방식을 토대로 대상에 대한 (고정)관념을 깨고, 자신 및 세계, 그리고 타자와의 관계방식을 새롭게 제시하고 있다는 점에서 자유로운 자아와 공동체의 윤리를 재구성할 새로운 방향을 보여준다고 할 수 있다.

## Ⅳ. 결론

이상과 같이 본고는 여성시에 나타난 몸의 상상력과 노장사상적 특성을 김수영, 김선우의 시를 통해 살펴보았다. 노장사상의 핵심인 도(道)는 '텅 비어 있지만(虛)' 그 안에 이미 수많은 것들이 겹쳐 있는 무(無)로서, 실체가 보이지는 않지만 여전히 존재하는 여성의 몸(자궁) 혹은 자연과 같은 의미를 형성한다. 텅 빈(無) 자연/여성의 몸은 그 비어있음으로 타자를 받아들이고 내보내는 여성의 창조적 삶을 표상하는 것으로, 역사보다 훨씬 근원적인 지속의 시간, 자연의 순환과 우주적 생명과정에 연결되어 있다. 그리고 그것은 텅 빈 몸으로 무한한 생명력과 창조력을 발휘하는 모순과 역설을 갖는다. 이러한 특성은 두 시인의 시에 드러나는 공통점이라 할 수 있다. 그러나 그 형상화 방식은 차이를 가진다.

김수영 시에서 여성의 몸은 텅 빈 '구멍(無)'으로서, 시공간을 초월한 존재의 시원(始原)을 나타낸다. 시원으로서의 '구멍'은 가부장적 질서에서 '보이지 않는 것'으로 인식되어 온 여성의 몸(자궁)을 가시화하기 위한 장치라 할 수 있다. 그의 시에서 '텅 빈 구멍'은 단순히 아무것도 없는 무(無)가 아니라, '물', '숲', '별', '나무' 등 유(有)가 전제된 무(無)이다. 즉 무(無)는 모든 생명체들을 살아 숨 쉬게 하지만(爲), 그 형태를 감지할 수 없을 뿐이다. 이는 무(無)가 없이는 유가 있을 수 없으며, 유(有) 역시도 무 없이는 나타날 수 없다는 역설로서, 남성 · 이성적 사유에서 '없는 것'으로 인식되어 온 여성성을 충만한 것으로 드러내기 위한 시적 전략이라 할 수 있다.

김선우의 시에서 여성의 몸은 '구멍'보다는 거기서 흘러넘치는 '물'의 이미지에 좀 더 초점이 주어진다. 그의 시에 드러나는 '저수지', '바다', '비' 등은 일정한 모양이 없고, 투명하고, 자유로이 이동하는 형상 없는 형상 없는 형상(無形之形)으로서, 삶과 죽음, 과거와 현재, 현실/비현실 등 모든 이원론적인 경계를 무화시킨다. 특히 두드러지는 후각이미지는 여성의 신체적 감각과 밀접한 연관을 가지며 남성의 시각중심으로는 감지할 수 없는 몸의 영역을 보여준다. 여기에 동반된 물의 관능성은 어떤 억압으로부터도 벗어난 자유로움을 드러낸다. 그것은 단순히 몸의 자유가 아니라 정신적 자유와 관련된다는 점에서 장자의 소요유(逍遙遊)와 맥이 닿아있음을 알 수 있다.

이들이 보여주는 텅 빈(空) 몸(虛)은 그 개방성과 가변성으로 인해 여성/

타자의 몸을 모호하게 하거나 불안정한 관념적 기호에 머무르게 할 위험도 있고, 꿈이나 신화를 끌어들임으로써 역사현실 속에서 후퇴한 초월성으로 해석될 여지도 안고 있다. 그러나 삶과 죽음, 긍정과 부정, 자연과 인간이 모두 뒤섞여 있는 無로서, 모든 존재가 대립과 차별이 없이 상통할 수 있는 세계를 제시하고 있다는 점에서 매우 중요한 의미를 가진다. 인간/자연의 본성으로서의 무(無)는 이성 · 문명이 만들어낸 숱한 문제를 극복하고, 자신의 존재성 및 타자와의 관계성을 새롭게 재구성할 길(道)이 될 수 있기 때문이다.

# 06 '빈 몸'의 윤리와 감각화 방식

-이수명, 조용미의 시를 중심으로-

## Ⅰ. 서론

이 논문은 현대 여성시에 나타난 '빈 몸'의 윤리와 감각화 방식을 밝히는 것을 목적으로 한다. 본고가 여성시의 '빈 몸'과 '감각화' 방식에 주목하는 이유는 기존의 여성시 연구가 주로 서구 페미니즘이론에 치중하여 논의되어왔기 때문이다. 지금까지 여성시 연구는 서구 페미니즘을 토대로 집중 고찰[1]되고 있으며, 이와 관련된 논의 또한 여성시의 부정성[2]이나, 긍정성[3] 중 어느 한 측면에 한정하여 진행되고 있다는 점에서 일정한

1) 김향라, 「한국 현대 페미니즘시 연구-고정희 · 최승자 · 김혜순의 시를 중심으로」, 경상대학교 국어국문학과 박사학위논문, 2010, pp.1~161.

2) 최문자, 「90년대 여성시에 나타난 어둠의식 탐구」, 『돈암어문학』 제14집, 돈암어문학회, 2001, pp.89~107. : 김승희, 「상징질서에 도전하는 여성시의 목소리, 그 전복의 전략들」, (한국여성문학학회)『한국여성문학 연구의 현황과 전망』, 소명출판, 2008, pp.269~301.

3) 이희경, 「여성시의 생태적 상상력」, 『한국언어문학』 50호, 한국언어문학회, 2003. pp.395~419. : 엄경희, 「상처받은 '가이아'의 복귀- 여성시에 나타난 에코페미니즘」, 『한국근대문학연구』 4권1호, 한국근대문학회, 2003, pp.336~361.

한계를 안고 있다. 물론 여성시를 좀 더 포괄적으로 다룬 논의[4]가 없지는 않으나, 여성시인들의 문학적 환경이라 할 수 있는 동양사상과 관련한 연구는 아직 미미한 상태이다. 이런 측면에서 여성시를 동양사상과 관련지어 바라볼 또 다른 탐구가 필요해 보인다.

특히 90년대 이후 새롭게 조명되고 있는 노장사상은 그 핵심이 '빈 중심(無 · 虛)'에 있다는 점에서 여성시의 몸을 읽는 데도 중요한 참조점이 되어 준다. 노장사상에서 강조하는 '빈 중심'은 '중심이 없음'이 아니라 '없음(無)이 중심'이다. 여기서 '없음(無)'은 유(有)와 무(無)가 뒤섞여 끊임없이 이어지는 기원으로서의 자연(혹은 道), 더 나아가 세계인식을 의미하는데, 이는 어느 하나만을 강조해 온 근대적 사유와는 상반되는 개념으로, 여성시에서 추구하는 '몸'의 의미와도 상통한다. 이에 논자는 졸고를 통해 논의[5]한 바 있으나, 아직은 충분한 논의가 이루어졌다고 보기 힘들다. 무엇보다도 '몸'의 '감각'과 관련한 여성시 연구는 기존 연구[6]에서도 지극히 제한적으로 다루어져 왔기 때문에, 그 형상화방식을 구체적으로 살펴볼 필요가 있다.

이 점에 주목하여 본고는 90년대 이후 여성시의 발전에 중요한 역할을 담당하였다고 언급되는 이수명 · 조용미의 시[7]를 중심으로, 여성시에 나타난 '빈 몸'의 윤리와 '감각화 방식'을 알아보고자 한다. 물론 여성시의

---

4) 이은정, 「길들여지지 않는 나무들– 여성시에 나타난 '나무'의 시적 상상력」, 『여성문학연구』 5호, 한국여성문학회, 2001, pp.221~252. : 김순아, 「현대 여성시에 나타난 '몸의 시학' 연구– 김언희 · 나희덕 · 김선우의 시를 중심으로」, 부경대학교대학원 박사학위논문, 2014, pp.1~199. : ______, 「현대 여성시에 나타난 '몸'의 상상력과 언술 특징 – 김수영, 허수경의 시를 중심으로」, 『한어문교육』 제31집, 한국언어문학교육학회, 2014, pp.205~236.

5) 김순아, 「현대 여성시에 나타난 '몸'의 상상력과 노장사상적 특성– 김수영, 김선우의 시를 중심으로」, 『여성문학연구』 제33집, 여성문학학회, 2014, pp.443~479.

6) 이혜원, 「한국 현대 여성시에 나타난 자연 표상의 양상과 의미 – '물'의 표상을 중심으로」, 『어문학』 제107집, 한국어문학회, 2010, pp.351~382.

7) 김윤식 외, 『한국현대문학사』, 현대문학, 2009. p.616 참조.

'빈 몸'과 그 제시방법으로서 '감각'은 다른 여성시인들의 시에서도 얼마든지 발견할 수 있을 것이다. 그러나 두 시인의 방식은 다른 여성시인들과 다르고, 두 시인 또한 다르다. 우선 이들은 기존 상징질서에서 비천한 것으로 여겨온 '몸'을 자연으로 구체화시키고 있다는 점에서 90년대 이후 다수의 여성시인들과 유사한 주제를 다룬다. 그러나 이수명은 몸을 빌린 '눈', 즉 시각으로 전면화하고 있으며, 조용미는 여기에 더하여 촉각, 청각 등을 활용하고 있다는 점에서 차이를 가진다.

이에 본고는 이수명 · 조용미 시의 이러한 특성을 읽기 위한 전제로서, 먼저 90년대 이후 여성시 담론의 중심에 있었던 '주체로서의 몸' 개념이 노장사상의 '빈 중심'과는 어떻게 연결되는지, 특히 몸의 감각과 관련된 포스트모더니즘의 주요 논의와 관련하여 알아볼 것이다. 그런 다음 두 여성시인의 시에서 '빈 몸'은 어떤 방식으로 제시되고 있는지 구체적인 작품분석을 통해 밝히고자 한다. 이러한 접근방식은 여성시 특유의 세계인식과 표현의 특성을 살피는 동시에, 그간 어느 한 측면에 국한돼 언급되어 온 여성시 연구를 더욱 활성화하는 방안이 될 것이다.

## II. 몸주체로서의 여성과 '빈 중심'

90년대 이후 여성시 담론에서 가장 중요한 주제는 '여성의 몸'이라고 할 수 있다. 그것은 포스트모더니즘 담론의 핵심적 주제이기도 하다. 특히 '이성-정신-남성-우월'/ '감성-몸-여성-열등'이라는 정형화는 여성의 몸을 '비천한 물질'로 규정한 강력한 이데올로기로 작용했기 때문에,[8] 포스트모더니즘 이론가들은 이데올로기가 담긴 언어를 거두어냄으

---

8) 정화열, 『몸의 정치』, 민음사, 2000, pp.241~242 참조.

로써 '여성'과 '몸'에 대한 새로운 인식을 강조해 왔던 것이다. 메를로-퐁티는 그 선두자로서 '인간주체'를 형이상학의 상징체계적, 관념적 이데아의 존재가 아니라, 지각하고 경험하는 신체, 실존하는 '몸주체'임을 강조하고, 인간의 모든 감각(시각, 청각, 촉각), '몸', '살'의 삶, 혹은 '심리/영혼'의 삶도 언제나 상호표현이라는 관계 속에 연루되어 있다[9]고 주장하였다. 이러한 메를로-퐁티의 논의는 이후 포스트모더니즘의 장에서 '몸'을 심층적으로 논의할 수 있는 근거를 제공해주었다.[10]

크리스테바, 식수, 이리가레이 등 포스트모던 페미니스트들은 '성차'와 '체현'을 통해 양성 간의 차이를 강조하며, 그 근거로 '여성의 몸'을 제시하였다. 페미니스트들에 따르면 여성이 임신과 출산이 가능한 것은 '상징적 언어'[11]이전의, 전-오이디푸스적 자궁이 있기 때문이다. 자궁은 눈으로 볼 수는 없지만 분명히 존재하며, 하나로만 존재하는 것이 아니라, (임신을 통해)'하나이면서 둘'로 존재한다. 따라서 여성이 자신의 정체성을 드러내려면 이 단계의 복수적 정체성, 촉각적인 것, 또는 소리, 리듬 등을 글로 표현해야 한다.[12] 그러나 페미니스트들이 주장하는 '차이'로서의

9) 메를로-퐁티에 따르면 몸은 살아있는 경험이 침전된 것이며, 산 경험이 침전된 '몸'은 물질적인 대상이라기보다 의미이자 표현이며 존재양식이다. (김진아, 「몸주체와 세계 – 메를로-퐁티의 현상학적 신체론과 페미니즘」, (한국여성연구소 편)『여성의 몸-시각 · 쟁점 · 역사』, 창작과비평사, 2005, p.33, 39 참조.)

10) 김남옥, 「몸의 사회학적 연구현황과 새로운 과제」, 『사회와 이론』 통권21-1집, 한국이론사회학회, 2012, p.294 참조.

11) 상징적 언어는 프로이트와 라캉의 논의를 전유한 것이다. 프로이트는 남근의 유무를 통해 남성의 우월함을 주장한다. 이를 언어학적으로 재해석한 라캉은 <상상계>, <상징계>, <실재계>로 단계를 나누어 성정체성을 구분한다. 그에 따르면 아이는 언어를 습득하면서 성차를 인식하게 되고 아버지의 법이 다스리는 상징계로 진입하게 된다. 상징계는 아버지로 대표되는 가부장적 세계이다. 남아는 상징계에서 언어의 기표인 남근과의 관계에 의해 주체성을 획득할 수 있지만 거세된 여아는 상징계의 객체밖에 될 수 없다. (박찬부, 『기호, 주체, 욕망-정신분석과 텍스트의 문제』, 창작과 비평사, 2007 참조)

12) 크리스테바, 식수, 이리가레이가 주장하는 '여성적 주체'는 모두 변화와 움직임이

'몸'의 의미는 단지 페미니스트들의 논의에만 국한되어 있지 않다.[13)]

동양의 노장사상은 노자(老子)와 장자(莊子)의 사상을 일컫는데, 그 핵심은 도(道)에 있다고 해도 과언이 아니다. 도(道)는 그 안에 이미 (남성적 사유와 다른)차이를 안고 있으나, 그것을 말(言語)로 설명하려하지 않는다. 이는 노자의 『도덕경』에서부터 드러난다. 노자는 도(道)를 '유무상생(有無相生)'[14)], 혹은 유물혼성(有物混成)[15)]으로 설명하고 있는데, 이는 단 하나만을 추구하는 남근중심의 사유와는 전혀 상반되는 것이라 할 수 있다. 노자에 따르면 도는 유무(有無)의 두 대립 면이 새끼줄처럼 꼬여 끊임없이 이어지는 것이며,[16)] 텅 비어(無 · 虛)있기에 정의할 수가 없다. 만일 그것을 억지로 이름 붙인다면, 큰 것(大)이라 할 수밖에 없다.[17)] 노자는 이러한 도(道)의 모습을 '자연'에서 찾는다. '자연(自然)'은 그 스스로의 움직

---

전제된 '과정 중의 주체'로서 이질성 · 다양성을 강조한다는 점에서 공통점을 가지고 있다. (박주영, 「영원히 지워지지 않는 흔적 : 줄리아 크리스테바의 모성적 육체」, (한국여성연구소 편), 『여성의 몸 : 시각 · 쟁점 · 역사』, 창작과비평사, 2007, pp.70~94. : 이봉지, 「엘렌 식수와 여성 주체성의 문제」, 『한국프랑스학논집』 제47집, 한국프랑스학회, 2004, pp.235~252. : 송유진, 「뤼스 이리가레의 여성주체성과 성차의 윤리학에 대하여」, 『여/성 이론』, 도서출판 여이연, 2011, p.158, pp.149~167 참조)

13) 메를로-퐁티의 논의는 구체적으로 어떤 종류의 인간신체를 논의하고 있는지에 대한 문제나 성차의 문제를 제기하지 않고 있다는 점에서, 양성 간의 '차이'를 주장하는 페미니스트들로부터 공격을 받아왔다. 그러나 산 체험이 침전되어 있는 '몸주체'는 세계를 지각하고, 세계가 각인된 몸을 의미하는 것이기에, 하나의 자기동일성으로 규정될 수 없다. (김진아, 앞의 글, p.37 참조.) 규정될 수 없는 '몸'은 하나 이상을 지향하는 몸이며, 여기에는 단 하나만을 강조하는 남성적 몸과는 근본적으로 다른 '차이성'이 전제되어 있다고 볼 수 있다.

14) 『道德經』, 2章. (『도덕경』의 구절은 어디에서 끊어 읽느냐에 따라 다양하게 해석된다. 이는 그만큼 노자의 텍스트가 다층적인 의미를 지닌다는 것을 뜻한다. 이 글에서 『道德經』은 <최진석, 『노자의 목소리로 듣는 도덕경』, 소나무, 2014,>의 해석을 토대로 읽었다.)

15) 『道德經』, 25章.

16) '繩繩不可名, 復歸於無物' (『道德經』, 14章.)

17) '吾不知其名. 字之曰道 强爲之名曰大' (『道德經』, 25章)

임, 변화하는 이치를 설명하지 않고 그대로 있는, 천지 전체의 본질을 포괄적으로 지칭하는 것으로,[18] 여성성은 그 뿌리라고 할 수 있다.[19] 무위자연에서 무위(無爲)는 여성/자연의 존재방식이자, 도의 실현방식이다. 무위의 무(無)는 '없음' 그 자체가 아니라 유(有)를 전제한 무(無)이며, 위(爲)는 자신의 행동이 느껴지지도, 의식되지도 않은 행동을 가리킨다. 노자는 이러한 무위의 실천자로서 가장 훌륭한 것이 바로 '물(上善若水)'[20]이라고 한다. 즉 물의 존재방식을 따르는 것이 바로 도(道)를 실현하는 삶의 자세이며, 치자로서의 행동규범이라는 것이다.[21]

장자는 그러한 규범조차 뛰어 넘어 소요(逍遙)로서의 무하유(無何有)의 세계를 강조한다. 무하유의 세계는 무아(無我)의 세계이자, 도(道)의 세계로서, 장자에 따르면 세계의 근본이자 최고의 인식이다. 장자에 따르면 세계 인식은 사람에 따라 다르기 때문에 '어떤 구체적인 사물도 없었다'는 인식이 전제되어야 한다.[22] 이것은 본질상 무차별성과 신비성의 두 가지 특징을 가진다. 무차별과 신비성은 도의 추상성과 관련되는 것으로, 구체적인 '인식(관념)'을 벗어나 차별이나 한계가 없는 절대조화의 경지를 가리킨다. 장자는 이러한 도를 '진정으로 위대한 도는 일컬어지지 않고 위대한 변론은 말로하지 않는다', '도가 말해지면 도가 아니고 말이 논변을 이루면 언급하지 못하는 것이 있다'[23]고 역설하였다. 즉 지식을 포함, 현실의 모든 것을 잊어버리면 무차별의 경지에 감화하여 들어갈 수 있고, 정신적 자유를 얻을 수 있다는 것이다.[24] 이는 '아직 사물이 있지 않다고

---

18) 박이문, 『노장사상』, 문학과지성사, 2004, pp.49~50 참조.

19) '無, 名天地之始, 有, 名萬物之母' 에서 '始'는 '여자의 처음 상태'를 가리키며, '母'는 자식을 품고 있는 이미지로서의 어머니를 의미한다. (『道德經』, 1章. : 최진석, 앞의 책, pp.27~28 참조.)

20) 『道德經』, 8章.

21) 최진석, 앞의 책, p.90 참조.

22) 리우샤오간, 최진석 옮김, 『장자철학』, 소나무, 2013, p.85.

23) '夫大道不稱, 大辯不言…… 道昭而不道 言辯而不及' (「齊物論」, 『莊子』)

생각하는(以爲未始有物)',[25] 비인칭적인 '마음(=虛心)'상태,[26]를 의미하는 것으로, 궁극적인 지향점은 '빈 중심'에 있다. 빈 중심에서 무(無)는 유(有)가 전제된 무(無)로서, 단순히 하나가 아니라 둘 이상, 즉 유무의 일체화를 통한 조화, 혹은 소통을 지향한다.[27] 본래의 -무차별적- 무(無)의 상태를 회복해야만 자신 및 세계, 그리고 타자와의 관계도 회복할 수 있다는 것이다. 그래서 장자는 이쪽저쪽을 모두 살펴야 피차의 상대성을 볼 수 있게 되고 비로소 전체적인 인식을 할 수 있다[28]고 말한다.

이러한 노장사상은 정신과의 구별을 위해 '차이'를 강조하는 서양의 '몸' 개념과는 분명 다르지만, 유물혼성, 무차별성, 신비성을 토대로 한 도(道)의 인식을 강조하고 있다는 점에서 세계를 인식하는 방식은 서로 같다. 즉 도(혹은 자연)는 이미 그 안에 차이를 포함하고 있기 때문에, 굳이 차이를 강조하지 않을 뿐, (남성적 사유와는 근본적으로 다른 방식으로)세계를 여성적 사유로 바라보려는 인식은 몸의 의미와 서로 같다는 것이다. 여성의 몸은 모든 생명체를 받아들이고 내보내는 하나의 통로로서, 중심과 주변을 대립시키거나 차별하지 않고 동등하게 담아주는 '구멍 뚫린 그릇(無形之形)', 혹은 도(道)와 같은 의미를 갖기 때문이다. 이런 점에서 '빈 몸'은 자신의 몸으로 세계를 감지하고, 그 세계의 이면을 몸의 감각으로 풀어내는 이수명, 조용미의 시를 분석하는 데도 유용한 틀을 제공해준다.

---

24) 리우샤오간, 최진석 옮김, 앞의 책, p.88.

25) 강신주, 「장자철학에서의 소통(通)의 논리-『장자』<내편>을 중심으로」, 연세대학교대학원 박사학위논문, 2002, p.61 참조.

26) 위의 글, p.183 참조.

27) 위의 글, p.3 참조.

28) 리우샤오간, 최진석 옮김, 앞의 책, p.225 참조.

## III. 시에 나타난 '빈 몸'의 윤리와 감각화 방식

90년대 이후 우리 사회를 지배하는 이데올로기는 자본주의 이데올로기이다. 자본주의 생산구조는 다양한 미디어를 통해 젊고 건강하고 아름다운 몸 이미지를 선전하면서, 사람들로 하여금 몸에 집착하게 하였고, 이에 따라 몸은 개성의 발현체로, 미적/선정적 교환가치로, 아름다움과 건강의 기호로, 하나의 자산으로, 사회적 지위의 기호로 부상하게 되었다. 이때 진정한 주체는 개인이 아니라 물질의 기호가 된다. 특히 여성의 몸은 가장 빈번하게 상품화되는 기호이다. 하나의 기호로 인식되는 몸은 자기 정체성 구현의 터전이라 할 수 없다. 서구의 포스트모더니즘 담론이나 동양의 노장사상이 의미 있는 것은 그 핵심이 바로 탈중심, 빈중심의 윤리에 토대를 두고 있다는 것이고, 이것이 삶의 본질 혹은 자기 고유의 정체성을 회복할 가능성을 제시하기 때문이다.

'빈중심'의 윤리는 인간의 관념을 벗어나는 윤리이며, 서로 이질적인 것들을 차별하지 않고 수용하는 윤리이다. 이는 (자기 몸속에)모든 생명체를 받아들이는 여성적 윤리와 같다. 이러한 윤리로 세계를 바라볼 때 정신/몸, 주체/객체라는 이원론적 틀은 규정될 수 없으며, 상징체계적 관념에 의해 기호화된 몸 또한 무한한 생기와 가능성으로 새롭게 거듭날 수 있다. 이수명, 조용미의 시는 이러한 '빈 중심'의 윤리를 잘 보여주고 있다. 이들 시에서 '몸'은 어떤 상념이나 관념도 개입되지 않은 감각에 초점을 맞춘다. 감각은 세계를 이해하기 이전, 원천적 물질로서의 '몸'과 불가분의 관계를 가지는 것으로, 단순히 몸 자체가 아니라 의식과 연결되어 있다. 이는 상징체계에서 기호화된 가치, 혹은 관념으로부터 벗어나 자기존재성 및 타자와의 관계성을 회복하기 위한 시적 전략이라 할 수 있다. 그러나 동일한 세계, 동일한 지향을 가지고 있다 할지라도 서로 다른 몸의 감각에 포착될 때, 그 세계에 대한 인식은 각기 다른 모습으로 형상화된다.

## 1. 무위(無爲)의 윤리와 시각의 전면화－이수명

이수명[29]의 시에서 몸은 철저히 시각이미지로 드러난다. 시각은 대상을 전적으로 '보여'줌으로써 자신의 감정을 숨기는 일종의 거리두기 기법이라고 할 수 있다. 자신의 감정이나 정서를 담아두지 않은 까닭에 그의 시는 의미를 형성하지도 않고 맥락을 조성하지도 않는다. 이러한 특징으로 그의 시는 기존질서를 전복하는 '전위적 글쓰기'와 관련하여 논의되어 왔다.[30] 그러나 그 이미지 안에 시인의 의식이 내재되어 있다는 점을 주목할 때, 그의 시는 언어 형식의 차원에서 글쓰기뿐 아니라 존재론적 차원에서도 접근해 볼 필요가 있다.

그의 시에서 몸은 동식물로 제시된다. 이것들은 모두 문명 이전의, 자연으로서 자기 몸에서 생명을 길러내 자연의 순환과정에 참여하는 여성의 몸과 같은 의미를 가진다. 여기에는 가부장적 문명에 대한 비판의식이 내재되어 있다. 자본주의 문명에서 여성의 몸은 주체적이며 자족적인 것이라고 볼 수 없다. 몸의 가치는 물질적 기호로 대치되고, 욕망은 소비의 행위로 충족될 수밖에 없기 때문이다. 시인은 이러한 '세계 속에 존재'하

29) 1965년 서울에서 태어나 서울대 국문과와 중앙대대학원 국문과 박사과정을 졸업했다. 1994년 계간 ≪작가세계≫를 통해 작품 활동을 시작했다. 시집으로 『새로운 오독이 거리를 메웠다』(세계사, 1995), 『왜가리는 왜가리 놀이를 한다』(세계사, 1998), 『붉은 담장의 커브』(민음사, 2001), 『고양이 비디오를 보는 고양이』(문학과지성사, 2004)등을 상재하였다.

30) 이창민, 「영혼과 무의식－ 허수경, 『내 영혼은 오래되었으나』, 이수명, 『붉은 담장의 커브』」, 『서정시학』 통권11호, 서정시학, 2001, pp.200~206. : 정효구, 「왜가리 놀이와 호랑이 잡기 － 이수명 시집 『왜가리는 왜가리놀이를 한다』, 최정례 시집 『햇빛 속에 호랑이』」, 『작가세계』 통권10호, 작가세계, 1998, pp.355~375. : 이혜원, 「미지의 세계를 향한 진지한 놀이－이수명론」, 『시작』 통권13호, 천년의 시작, 2014, pp.23~38. : 송종원, 「이수명의 시에 작동하는 시적 요소들－이수명론」, 『시와세계』 통권48호, 시와세계, 2014, pp.98~109. : 이나영, 「아름답다고 어떻게 말할 수 있을까」, 『문학과사회』 통권24호, 문학과지성사, 2011, pp.278~298.

는 자로서, 자신의 몸으로 감지한 세계의 부조리를 자연의 이미지로 드러낸다. 여기서 자연은 실재하는 자연이 아니라, 언어 이전, 즉 의식의 작용 이전의 세계를 의미하는 것으로, 노장의 '빈 중심'과도 서로 통한다.

노장에서 도는 세계의 근원이자 세계인식의 토대로서, '나의 밖' 즉 외부의 사물을 보는 것만으로는 이를 수 없다. 현상을 통해 '나의 안' 즉 참된 자아(自我)를 깨달을 수 있을 때 비로소 이를 수 있는 것이 도(道)이다. 도가 지향하는 세계는 참된 자아(내면)의 세계이자, '유(有)와 무(無)'가 서로 뒤엉켜 끊임없이 이어지는 시원의 세계이다. 여기서는 모든 존재들이 스스로의 형상과 행위 자체로 의미화되기 때문에, 인간의 관념이나 상징체계가 만들어낸 언어기호나 법, 제도 등이 필요하지 않다. 이수명 시에서 '보이는 감각'은 바로 이런 세계를 이미지화하기 위한 방법으로서, 시적 자아의 관념을 최소화하여 보여준다고 할 수 있다. 이것을 무위(無爲)의 윤리라고 할 수 있을 것이다. 무위의 위(爲)는 '일체의 의식적 행위가 없음', 즉 너무나 자연스러워서 의식되지도 않은 행동을 의미하는데,[31) 이를 시인은 시적 자아를 개입시키지 않는 방식으로 드러낸다는 것이다.

그러므로 이수명의 시를 이해하는 일은 이 '보이는 감각'을 새롭게 바라보는 것으로부터 시작되어야 할 것이다. 그의 시에서 '감각'은 근대적 주체를 표상하는 시각, 즉 서경(敍景) 그 자체로 제시되는 이미지로서의 관념과는 거리가 멀다. 그의 시의 이미지는 오히려 그 관념을 파산시키기 위한 방법으로서의 시각이라 할 수 있다. 이는 그의 시에 나타난 전반적인 특징이다. 물론 그의 시가 애초부터 관념을 완전히 배제한 것은 아니다.

---

31) 오강남, 「노장사상의 자연관 – 여성과 생태계를 중심으로」, 『한국여성신학』 제14호, 한국여성신학자협의회, 1993, pp.22~28 참조.

누군가 내 눈을 가져갔다. 나는 그 눈에서 뛰쳐나온 눈물이었다. 어디로 갈지 몰라 나는 내가 마셔댄 깊은 우물이었다. 나는 마시는 강이었다

－「누군가」 일부[32]

위 시에서 시인은 '눈물'과 같이 자기감정을 연상시키는 단어를 직접 보여준다. "눈물"의 의미는 다양하지만, 이 시에서는 슬픔이나 분노의 감정에서 연유한 것으로 보인다. 그것은 "누군가 내 눈을 가져갔다"는 언술에서 드러난다. "눈"은 자기정체성을 드러내는 얼굴(혹은 몸)의 일부이자, 세계를 파악하는 창이다. 그런데 그 "눈"을 누군가 가져갔다는 것은 눈이 없다는 것이며, 이는 곧 얼굴의 고유한 형체가 일그러져 있다는 의미이다. 형체가 일그러진 얼굴은 자신의 고유한 정체성을 갖고 있지 못함을 의미한다. 아울러 그것은 사회성 또한 잃어버렸음을 의미한다. 메를로－퐁티의 지적처럼 '인간은 만지는 것은 물론이고 대상을 볼 수 있을 때, 즉 모든 감각들이 공동작용을 할 때 사회성을 확보할 수 있'[33]기 때문이다. 시인은 그 "누군가"의 정체를 분명히 밝히고 있지는 않지만, 자신의 "눈"을 가져간 이가 분명히 있음을 자각하고 있다.[34]

그러나 그 "누군가"에 대한 감정은 쉽게 누설하지 않는다. 시인은 시적 자아가 스스로의 관념을 아무것도 말하지 않게 '침묵'시킴으로써, 그 이면에 숨겨진 의미를 이미지로 제시한다. 그것이 바로 "눈물", "우물", "강"이라 할 수 있다. 말하자면, "눈물", "우물", "강"은 단순히 '눈으로 보이는 것'으로서의 자연이 아니라, 시인의 자기 인식이 담겨 있는, 유물혼성으로서의 '텅 빈(無 · 虛)' 몸과 같은 것이다. 그것은 "눈물", "우물", "강"이 가진 '물'의 상징성과도 관련된다. 물은 일반적으로 풍부한 생명력을 가진

---

32) 이수명, 『왜가리는 왜가리놀이를 한다』, 세계사, 1998, p.46.

33) 정화열, 『몸의 정치와 예술, 그리고 생태학』, 아카넷, 2006, pp.48~49 참조.

34) 송종원, 앞의 글, p.99 참조.

모성을 상징하지만, 이 시에서 물은 단순히 모성만을 상징하지 않는다. 그 무엇도 아니지만 그 무엇으로도 될 수 있는 존재성도 포함한다. 물은 실체는 있지만, 어떤 형태를 갖고 있지 않다. 또한 어떠한 목적도 갖지 않고 그저 흐른다. 흐르면서 솟구치기도 하고, 스며들기도 한다. 그런 측면에서 물은 "눈물"도 될 수 있고, "강"도 될 수 있고, "우물"도 될 수 있는 동시에, 그 무엇도 아닌 것이 될 수도 있다. 이때 '물'은 기존의 질서에서 추구하는 일의성, 고정성을 벗어난다.

그것은 시의 형식에서도 드러난다. 이 시의 형식은 언어의 병치와 연쇄로 이루어져 있다. "나는"의 뒤에 배열된 "눈물", "우물", "강"은 병치형식을 취하며, 인과에 의해서가 아니라 연쇄로 이루어져 있다. 즉 "눈"이라는 단어가 "눈물"이라는 단어를 불러오고, "(눈)물"이 다시 "(우)물"과 "강(물)"을 불러온다는 것이다. 이는 'A=B라는 식의 의미 정하기' 즉 은유적 동일성의 사유로부터 벗어난 것이라 할 수 있다. 나/너의 같음, 즉 동일성의 원리는 어느 한편이 다른 어느 한 편을 흡수 통합하려는 소유의 개념이 전제되어 있기 때문에 서로 다름, 혹은 차이는 인정되지 않는다. 그러나 "눈물", "우물", "강"은 그 공간이나 지시하는 의미가 각기 차이를 가지면서도 전체적으로는 '물'이라는 하나의 의미로 수렴된다. 이는 (남성성과 다른)차이를 강조하지 않으면서도 차이를 드러내는 방법으로서, 주체와 객체의 이분법적 사유를 부정하는 방식으로 주객일체의 논리를 펼치는 노장적 사유와도 통한다.[35)]

노장에서 하나(一)는 유와 무가 뒤섞여 끊임없이 이어지는 도와 같다. 도는 너무나 큰 것이기에 말로는 표현할 수 없으며, 뒤섞인 사물은 전화(轉化)하여 하나(一)가 될 수 있기에 의미는 하나로 고정되지 않는다. 화자의 감정이 최소화되는 것 또한 그래서라고 볼 수 있다. 슬픔은 언젠가 기

35) 원정근, 『도가철학의 사유방식』, 법인문화사, 1997, pp.7~8 참조.

뿜으로 전화될 수 있기 때문이다. 이것을 바로 무위(無爲)의 윤리라고 할 수 있을 것이다. 무위의 윤리는 일체의 의식적 행위가 없는, 자연스러운 행위를 통해 변화를 추구하는 윤리이기에 하나의 감정에 연연하지 않는다. "눈물", "우물", "강"을 꾸며주는 관형어, "어디로 갈지 몰라" 등의 부사어가 동사와 관련되는 것도 이런 맥락에서 설정된 것으로 볼 수 있다. 뛰쳐나오다, 마시다 등은 분명 동사적으로 운동한다. 그것은 '어디로 갈지 몰라'의 부사적 용법과 함께하는 운동성이다. 이러한 운동성은 의미의 고착화를 깨부수기 위한 시적 전략이라 할 수 있다. 그러므로 이수명 시의 대상들은 자아의 관념에 의해 설명되지 않는다. 관념은 대상을 자기중심적으로 한정하여 파악함으로써 대상의 전적인 모습을 볼 수 없게 하기 때문에, 시인은 어떤 한 사태를 관찰할 때, 그 사태와 관련한 시선의 주도권이나 행위의 주도권을 특정인물이나 사물에게 부여하는 방식을 지양한다.[36]

> 비오는 날, 나는 비를 흠뻑 맞고 걸어가는 한 사람에게 우산을 씌워주었다. 그는 우산 속에서 쉴새없이 말했다. 알아들을 수 없는 말이었다. 그 말들은 느릿느릿 내게 왔기 때문에 피가 멎어 있었다. 바다 밑바닥을 붉은 게 한 마리가 걸어갔다. 아주 잠깐, 바다가 이동하는 동안, 게가 바다를 나르는 것이 보였다. 헤어지기 직전에 그는 살려달라고 했다.
>
> ─「비오는 날」 일부[37]

위 시의 화자는 비를 흠뻑 맞고 걸어가는 한 사람에게 다가간다. 그런데 "그"는 우리가 일반적으로 생각하는 '정상적인 인간'과는 거리가 멀다. "비"에 젖은 채 "알아들을 수 없는 말"을 쏟아내고 있기 때문이다. 화자는 그런 "그"를 수용하고 받아들인다. 이러한 행위는 남성적 윤리와는 다른

36) 송종원, 앞의 글, p.101 참조.
37) 이수명, 『붉은 담장의 커브』, 민음사, 2001, p.62.

여성적 윤리를 보여준다. 여성적 윤리는 자기 외의 것을 인정하지 않는 남성적 윤리와 달리 (임신과 출산을 통해)대상을 받아들이고 보존하는 윤리이다. 이 시에서 화자 또한 "그"를 소유의 목적으로 받아들이지 않는다. 그저 비를 맞고 있는 그에게 "우산"을 씌워주고, "알아들을 수 없는 말"에 귀 기울일 뿐이다. 주목해 볼 것은 화자의 태도이다. 화자는 "알아들을 수 없는" "그"의 "말"을 '의미'로 받아들이기보다 연상을 통해 받아들인다. "쉴새 없이" 쏟아지는 "말"은 쉴새 없이 내리는 "비"를 연상하게 하며, "비"는 "피"를 연상하게 한다. 또한 "피"의 붉은 색은 "붉은 게 한 마리"와 연결되어, "피" 혹은 "붉은"색이 상징하는 희생, 고통의 의미를 연상하게 한다. "느릿느릿 내게" 온 "말"이 "피가 멎어있었다"는 표현은 "그"가 그만큼 고통을 감내해 온 존재임을 짐작하게 한다. 시인은 그러한 "그"의 고통을 자신의 감정으로 표현하지 않는다. "그"를 받아들이는 행위가 어떤 의미를 가지는지 설명하는 자아의 목소리도 최소화되어 있다. 이러한 방식은 인간중심주의적 관념을 개입시키지 않고, "나"와 "그"가 각자 독립성을 유지하면서도 서로 함께하게 하는 '빈 중심'으로써 기능한다.

빈 중심은 '없음이 중심' 즉, "나"와 "그"에 대한 (고정)관념이 없음을 의미하는 것으로 "나"와 "그"가 서로에게 종속되는 것을 막고 서로 '함께함'의 상태에 있게 한다. 이러한 '함께함'은 각각이 하나이면서 동시에 전체와 관련된다는 점에서 대등한 관계성을 제시하는 것이라 할 수 있다. 즉 나와 다른 "그"를 (고정)관념 없이 대등한 입장에서 받아들일 때, 둘은 상호 결합할 수 있게 되며, 이로써 "그"의 고통은 극복될 수 있다는 것이다. 이 빈 중심의 작용이 무위(無爲)이다. 더 주목해 볼 것은 헤어지기 직전에 터져 나온 "그"의 "살려달라"는 말이다. 이 말은 인과적 관계질서에서 벗어난 돌발적이고 갑작스러운 "말"이라는 점에서 충격을 준다. 더 나아가 그 말이 "알아들을 수 없는 말", "피가 멎어 있었"던 고통의 "말"이었다는 점을 상기할 때, 이 말은 의미의 고정성을 넘어선다. 즉 '피가 멎어 있었던 말'은 상징질서에서는 이해될 수 없는 '알아들을 수 없는 말'인데, 화자는 그 말을 "살려달라는 말"로 "알아"듣고 있다는 모순과 역설을 드러내고 있는 것이다.

이러한 역설의 논리는 의미를 하나로 고정시키는 상징체계적 관념을 깨부수기 위한 일종의 전략으로서, 한 개인의 지극한 고통, 간절한 구호의 요청을 듣지 못하는 현대적 삶을 비판하기 위한 것이라 할 수 있다. 그리고 그것이 궁극적으로 지향하는 것은 나/너의 온전한 관계성, 진정한 소통의 의미를 모색하는 것이라 읽을 수 있다. 진정한 소통은 자아 혹은 타자에 대한 (고정)관념이 개입될 때 이루어질 수 없다. 그 관념을 깨부술 때에야 비로소 진정한 소통도 가능해진다. 이러한 빈 마음이 바로 '빈 중심'이며, 시인이 추구하는 무위의 윤리라 할 수 있을 것이다. 무위(無爲)의 윤리에서 감각은 언제나 최소한으로 드러난다. 그것이 '그저 바라봄'의 감각이다. 이는 다음 시에서도 유사하게 드러난다.

> 자신을 찍으려는 도끼가 왔을 때/ 나무는 도끼를 삼켰다./ 도끼로부터 도망가다가 도끼를 삼켰다// 폭풍우가 몰아치던 밤/ 나무는 번개를 삼켰다/ 깊은 잠에서 깨어났을 때 더 깊이 찔리는 번개를 삼켰다
>
> －「나무는 도끼를 삼켰다」 전문[38)]

위 시의 "나무"와 "도끼"는 일상에서 흔히 '볼' 수 있는 것들이다. 그러나 "자신을 찍으려는 도끼"를 "삼키"는 "나무"는 일상적 풍경과는 다소 거리가 있다. 멈춰있어야 할 "나무"가 적극적으로 움직이면서 "도끼"를 오히려 삼키는 환상적인 모습을 연출하고 있는 것이다. 이는 시인의 내면에 웅크리고 있는 욕망을 '심상'으로 보여줌으로써 기존의 관념으로는 감

38) 이수명, 『붉은 담장의 커브』, 민음사, 2001, p.41.

지할 수 없는 현실의 실체와 문제점을 드러내기 위한 것이라 할 수 있다. 우선 이 시의 "나무"는 식물성 자연물이라는 점에서 이와 같은 연약하고 수동적인 여성의 몸과 관련된다. "도끼"는 나무를 "찍으려는" 대상으로서, 여성/자연의 가치를 폄하해 온 남성/문명과 관련된다. 이는 자신의 삶을 유지하기 위해 여성/자연을 이용해 온 인간/남성중심적 사유를 전복하기 위해 설정된 것으로 볼 수 있다.

"도끼"가 "나무"를 찍으려 할 때, 우리는 일반적으로 "도끼"의 능동적 폭력과 "나무"의 수동적 피해를 연상한다. 그러나 이 시의 나무는 더 이상 수동적인 존재가 아니며, 자신을 찍으려는 "도끼"를 오히려 삼킨다. 이를 통해 수동적 대상으로 여겨왔던 '자연/여성'의 몸이 '문명/남성'의 몸을 오히려 위협하는 존재로 전환될 수 있음을 암시한다. 이는 자연/여성에 대한 기존의 인식을 완전히 뒤집는 것으로, 극렬한 전복성을 가진다. 그러나 시인은 그것을 직접적인 언술로 드러내지 않는다. 시적 화자를 시의 밖에 두면서 자아의 개입을 단호히 막는다. 화자는 시의 밖에서 대상을 관찰하고 있을 뿐, 자신의 감정을 개입시키지 않는다. 즉 '보이는 감각'이라는 사태에 전적으로 충실하다. 이러한 '바라 봄'의 형식은 한 세계를 바라보는 시인의 인식을 최소화하여 드러낸 것이라 할 수 있을 텐데, 이를 시의 형식을 빌린 '눈'으로 세계의 폭력과 허위를 드러내는 것이라 할 수 있을 것이다.

단지 '보는 자'로서, 화자의 시선은 형이상학적으로 이원화된 세계를 비껴가면서 대상을 자신의 것으로 통합하는 은유적 동일성도 차단한다. 도끼를 삼키고, 번개를 삼키는 나무의 행위는 필연적인 것이기보다는 임의적이고 우연적이다. "~을 때", "삼킨다"로 반복되는 문장은 '무엇 때문에' 삼켰다는 식의 일체의 인위나 필연성이 없다. 그리고 각 연은 서로 대등적으로 놓여 있다. "도끼가 왔을 때", "도끼를 삼"키고, "잠에서 깨어났을 때" "번개를 삼"킨다로 이어지는 문장은 각각 독립적이다. 그리고 그것은 전체적으로 "삼켰다"라는 하나의 행위로 수렴된다. 이처럼 각 연의 자리바꿈이나 앞 뒤 문장들의 위치를 서로 바꾸어도 무방한 것은 결국 은유적 고정성을 벗어나기 위한 것이라 할 수 있다. 그것은 존재론적 자리바꿈과도 관련되는 것으로 인간의 논리, 즉 어떠한 상념이나 관념으로부터 벗어나기 위한 전략이라 할 수 있다. 그래서 그의 시는 종종 '미지의 세계를 향한 진지한 놀이'[39]라는 표현을 빌려 말해지는데, 이수명 식의 놀이는 어린아이들의 역할 놀이와 같다. 아이들에게 역할은 그저 상대적 차이를 가진 놀이일 뿐이므로 주객전도의 현상도 자연스럽게 이루어진다.

> 줄에 매여/ 개가 접시를 핥고 있다/ 접시가 얼마나 반짝이는지/ 반짝이다 깨어나는지/ 그의 혀가 얼마나 긴지/ 그 혀는 천천히 자신의 얼굴을 핥고/ 줄을 잡고 있는 내 얼굴을 핥고 지나갔다
>
> —「먹이」 전문[40]

개는 일반적으로 충성을 상징하며, 사자와 비슷하게 남성적인 특성과 용기를 상징한다.[41] 그러나 이 시에서 "개"는 일체의 정신적 속성을 상실한 삶의 적나라한 본능을 암시한다. 이때의 본능이란 살기 위해 먹어야 하는 동물의 본능이자 몸의 본능이다. 그것은 가장 순연하고 생의 원초적인 욕구이기에 죄의식을 가져야 할 것도 비난받아야 할 것도 아닌 생존본능이다. 그러나 기존의 질서에서 '동물=몸'의 본능은 '정신'에 비해 가치 없는 것, 비천한 것이라고 폄하해 왔다. 이는 기존질서에서 여성을 취급하는 방식이기도 하다. 기존 질서에서 여성은 비이성적 동물과 같은 존재로 인식되어 왔으며, (남성적)사회제도와 규범에 순응해야 하는 대상으

39) 이혜원, 앞의 글, p.24 참조.
40) 이수명, 『고양이 비디오를 보는 고양이』, 문학과지성사, 2005, p.26.
41) 이승훈, 『문학상징사전』, 고려원, 1995, p.12.

로 규정되어 왔다. 시인은 이러한 존재로서의 여성성을 "접시를 핥고 있"는 "개"에게서 발견하고, 그것을 이미지로 제시한다.

물론 여기서 이미지는 실제로 존재하는 이미지가 아니다. 상징적 관념을 제어한 내면의 이미지이다. 관념이 제어된 이미지는 이성(지성)으로 전이되지 않고 단지 감각의 차원에 머문다. 감각은 노장적 '빈 중심'과도 일면 통한다. 빈 중심에서 중심은 '빔(無 · 虛)'이며, 빔은 곧 '일체의 인위적인 것이 없음'을 의미하는 것이기 때문에, 인간중심의 관(觀)은 개입되지 않는다. 이 '빈 중심'의 작용이 무위(無爲)이다. 무위는 아무것도 하지 않음을 의미하는 것이 아니라, 적극적으로 실천함을 의미한다. 그것은 대상을 고정시키거나 한정시키는 인간의 관(觀)을 제거하는 것이다.[42] 일인칭 "나"가 시의 대상인 "개"와 일치되지 않는 것도 이런 이유에서라고 볼 수 있다. 화자인 "나"는 개를 관찰하고 있지만, 관찰하는 "나"와 관찰 당하는 "개"의 위치는 완고하지도 않고 결정적이지도 않다. "접시"는 이러한 불일치를 좀 더 구체화시키는 장치라 할 수 있다. 이 시에서 "접시"는 먹이를 핥아대는 "개"와 그 개를 관찰하는 "나"를 동시에 비추는 거울과 같은 역할을 한다.

거울은 사물이나 대상을 있는 그대로 비추는 도구라는 점에서 나르시시즘적인 자아도취의 기호로 사용되지만, 이 시에서 "접시"는 자기 내면의 심상을 볼 수 있는 거울로 사용된다. 내면의 심상으로서 자아의 이미지는 단순히 하나로 드러나지 않는다. 개가 "먹이"를 핥아대어 투명해진 "접시"는「먹이」에 집중하는 "개"와 그 개를 바라보고 있는 "내 얼굴"을 비춘다. 여기서 "내 얼굴"은 실재하는 내 얼굴이 아니라, "접시"에 비친 내 얼굴이다. 그러므로 개가 "핥고 있"는 나와 "줄을 잡고 있는" 나는 서로 다르다. 즉 개의 "긴 혀"가 핥고 지나가는 얼굴은 실제로 "줄을 잡고 있

---

42) 박이문, 앞의 책, p.146.

는 내 얼굴"이 아니라, '접시에 비친' 내 얼굴인 것이다. 이때 시선의 주체로서의 "나"와 대상인 "개" 사이의 관계는 서로 역전될 여지를 남긴다. 즉 "줄을 잡고 있는 내 얼굴을" 개가 오히려 "핥고 있"는 주객전도의 현상이 일어난 것이다. 이러한 현상은 주체와 객체의 위치가 고정된 본질이 아니라 얼마든지 변경, 역전 가능한 것임을 보여줌으로써, 인간이 만들어낸 상징 체계적 관념적 인식을 전복하기 위한 전략이라 할 수 있다. 즉 우리가 정의해 온 '인간=주체'가 그저 상(像)이나 관념체계일 뿐, 결국 '동물=객체'와 다를 바 없다는 것을 '말하지 않음'을 통해 '말하고' 있는 것이다. 이것을 최소 존재가 수행하는 무위(無爲)의 윤리라 할 수 있을 것이다.

이수명의 시는 대상의 이미지를 전적으로 '보여'준다. 이때 중심은 시적 자아의 목소리가 제어된 상태의 '빈 중심' 즉 '빈 몸'이다. '빈 몸'으로서의 화자들은 그 자체로 의미화되며, 움직임과 변화를 통해 계속해서 다른 것으로 변화할 가능성을 보여준다. 이러한 제시방법은 '보이는 감각'이라는 것에만 한정하여 다양한 감각을 활용하지 않고 있다는 점에서 일정한 한계를 안고 있으나, 자아의 관념을 최소화함으로써 몸에 대한 기존의 (고정)관념을 전복하는 무위의 윤리를 실현하고 있다는 점에서 의미 있을 것이다.

## 2. 소요(逍遙)의 윤리와 감각의 다양화 – 조용미

조용미[43]는 '보이는 감각'에 집중하는 이수명과 달리 시각, 촉각, 청각 등 다양한 몸 감각을 통해 대상을 접촉하고 받아들이는 모습을 보인다. 이러한 특징으로 그의 시는 '여성적 글쓰기'와 관련하여 존재론적 상처와

43) 1990년 『한길문학』에.「청어는 가시가 많아」 등의 시를 발표하며 작품 활동을 시작했다. 시집으로, 『불안은 영혼을 잠식한다』(실천문학사, 1996), 『일만 마리 물고기가 山을 날아오르다』(창작과비평사, 2000), 『삼베옷을 입은 자화상』(문학과지성사, 2004) 등이 있다.

영혼의 깊이를 들여다보는 시선을 드러낸다고 언급[44]된다. 그러나 그의 시에 대한 논의는 시집이 나온 때의 서평이나 단평[45] 정도에 머물러 있기 때문에, 그 의미를 충분히 파악했다고 보기 힘들다. 따라서 이 글에서는 그의 시를 좀 더 구체적으로 살피면서 시인이 지향하는 존재론적 제시방법을 특히 노장적 사유와 관련하여 살피고자 한다. 노장에서 제시하는 유무상생(有無相生)으로서의 '빈 몸'은, 몸 감각과도 불가분의 관계를 가지는 것이기 때문에 그의 시를 규명하기에도 적합하다.

조용미의 시에서 몸은 "나무", "꽃" 등 주로 식물성을 띠고 나타난다. 식물은 문명 이전의 자연으로서 기존의 질서에서 수동적이고 무력한, 그래서 이용하거나 가꾸어야 할 대상으로 인식되어 왔다. 이는 남성적 시선에서 여성을 바라보는 것과도 동일하다. 그러나 그것은 인간/남성의 입장에서 바라보는 주관(主觀)일 뿐, 자연/여성의 본질이라고 할 수는 없다. 자연과 여성의 몸은 자기 몸속에서 생명을 길러내고 순환하는 창조성 자율성을 가지고 있다. 이 몸은 언제나 타자를 향해 열려 있는 몸이며, 타자를 통해 타자와 자신을 거듭나게 하기 때문에, 타자와 따로 떨어져 있는 것이 아니라 서로 유기적으로 연결되어 있다. 시인은 이러한 여성/자연의 몸을 손의 촉각이나 청각적 소리를 통해 받아들인다. 이성적이고 관념적인 사유를 통해 대상을 받아들이는 것이 아니라, '몸'을 통해 세계와 부딪치는 감각과정을 언어로 드러내는 것이다.

---

44) 김용희, 「한국에서 여성/시인으로 살아간다는 것」, 『시작』 통권3호, 천년의시작, 2004, p.75 참조.

45) 최현식, 「세계와 내통한다는 것의 의미 – 조용미 시집 『삼베옷을 입은 자화상』」, 『실천문학』 통권74호, 실천문학사, 2004, pp.457~465. : 방금희, 「삶의 변주곡, 있음과 없음의 대위법 – 조용미, 『일만 마리의 물고기가 산을 날아오르다』」, 『실천문학』 통권59호, 실천문학사, 2000, pp.331~334. : 조영복, 「꽃말의 모성과 불모성 – 조용미 시집, 『일만 마리의 물고기가 산을 날아오르다』」, 『문학과사회』 통권13호, 문학과지성사, 2000, pp.1259~1260.

감각은 몸과 마음, 즉 심리작용의 유기성을 통해 대상을 감각하고 인지한다는 메를로-퐁티의 몸주체나 장자의 소요유(逍遙遊)의 의미와도 일맥상통한다. 소요유는 단순히 육체의 소요가 아니라, 정신적 소요, 곧 마음의 자유를 의미한다.[46] 정신적 자유는 현실적 시비(是非)나 호오(好惡)의 감정을 벗어날 때 얻어지는 '빈 마음'을 의미하는 것으로, 궁극적으로는 타자와의 소통을 통한 자기완성을 지향한다. 그것은 세계와 대상의 고정된 질서나 논리를 깨는 자기 수양의 과정을 거쳐야 가능해진다. 조용미의 시 또한 기존의 상징체계와 의미, 관념체계를 벗어난 곳에서 서술을 시작하고 있으며, 몸으로 세계를 감각하고 받아들이며 새로운 세계의 의미를 생성해내는 글쓰기를 취하고 있다. 이는 그의 시에 나타나는 전반적인 특징이다.

> 보이지 않는 곳에서 누가/ 포도송이처럼 영글어가고 있는 나의 꿈을/ 뚝뚝 떼어내며 웅크린 내 잠에/ 확 불빛을 쏘아대었다// 어디선가 물 떨어지는 소리가 들리기 시작하고/ 어둡고 따스한 잠 속에 끊임없이 울려오는/ 무거운 물방울 소리들//신성한 외로움에 빠진 나의/ 둥근 영혼을 누가 불안하게 하는가// 물이 주르륵 흘러내리고/ 아직 단단해지지 않은 머리가 먼저/ 으깨어진다 세상에 대한 불길한 나의 사랑이/ 누군가를 붉게 물들인다
>
> -「불안은 영혼을 잠식한다」 전문[47]

이 시의 화자는 "포도송이처럼 영글어"가는 "꿈"을 꾸며 잠들어 있다. "꿈"은 의식화되기 이전의, 원초적 욕망과 충동이 잠재되어 있는 무의식, 곧 내면세계를 의미한다. 꿈속에서 영글어가고 있는 "포도송이"는 시적 자아의 원초적 욕망들, 혹은 그와 연관된 감정들이 맞물려 있는 결절점이라고 할 수 있다. 그러나 그 욕망의 실현은 "잠"들어 있는 상태에서는 불

---

46) 리우샤오간, 최진석 옮김, 앞의 책, p.161 참조.
47) 조용미, 『불안은 영혼을 잠식한다』, 실천문학사, 1996, p.41.

가능하다. "누가" "나의 꿈을/ 뚝뚝 떼어"내며 "확 불빛을 쏘아대었다"는 구절은 이러한 이유에서 설정된 것으로 볼 수 있다. 그러나 시인은 그 "누가"의 실체는 분명히 제시하지 않는다. 다만 문맥을 통해 그 존재가 "물(방울 소리)"임을 짐작하게 할 뿐이다.

여기서 주목해 볼 것은 이 "물"이 가진 의미다. 물은 일반적으로 풍부한 생명력을 지닌 모성을 상징한다. 하지만 이 시에서 "물"은 단순히 풍요로운 생명만을 표상하지 않는다. "보이지 않는 곳에서" 꿈을 "떼어내고", 불빛을 "쏘아대"고, "물 떨어지는 소리"를 끝없이 들려주는 물은 화자의 불안을 증폭시킨다. 이를 통해 깊이 잠든 화자를 깨우고 "영글어가고 있는" "꿈"을 실현하게끔 돕는 역할을 한다. 이러한 물은 '숨어서 이름을 붙일 수 없는(道隱無名)'[48] 노장적 도(道)의 의미와도 상통한다. 도는 시원으로서의 자연/여성의 몸과 관련하며, 천지로 구별되기 이전의 뒤범벅되어 있는 상태를 의미하기 때문에 단순히 하나로 존재하지 않는다. 물과 불, '보이는 것(有)'과 '보이지 않는 것(無)', 삶과 죽음은 일체화되어 있다.[49] 화자는 이러한 세계를 생각이나 사유에 의해서가 아니라, 몸의 감각으로 받아들인다. 즉 인위적인 관념이 불러일으킨 감정이 아니라, 몸의 본능적 반응에 따라 받아들이고 있는 것이다. 이는 남성적 상징체계와 의미, 관념체계와는 상반되는 것으로, 꿈(욕망)의 실현과 관련된다고 볼 수 있다.

그것은 "머리가 먼저/ 으깨어진다"는 구절에서 좀 더 구체적으로 파악할 수 있다. 머리가 으깨어진다는 것은 곧 죽음을 의미한다. 죽음은 생명체가 무생명체로 되돌아가는 것이기 때문에 말을 할 수가 없다. 그런데도 화자는 "으깨어"지는 그 상태를 말함으로써 이질적이고 모순된 현상을 보여준다. 이는 상징적 의미의 일관성이나 이성적 관념을 깨부수려는 시인의 욕망을 보여주는 것이라 할 수 있다. 그것은 "불안"의 의미와도 맞물

48) 『道德經』, 41章.
49) 강동우, 앞의 글, pp.158~159 참조.

린다. 머리가 으깨어질 때, 즉 죽음을 의식할 때 불안은 고조되며, 그만큼 삶에 대한 충동 또한 불러일으킨다. 삶과 죽음이 교차하는 데서 느끼는 불안은 단순히 하나의 의미만을 담고 있지 않다. 이렇게 이중적이기 에 "세상에 대한" 나의 사랑도 "불길"하다. "누군가를 붉게 물들"이는 사랑에서 환기되는 "붉"은 '피'는 "주르륵 흘러내리"는 "물"과 같은 의미를 형성하면서, 삶과 죽음, 꿈과 현실의 경계를 해체하고 새로운 세계로 흘러갈 것을 암시한다. 그것은 관념을 버림으로써 얻어지는 더 큰(大) 것으로서의 본질적 자아, 혹은 소요의 세계를 추구하는 것이라 읽을 수 있다. 이러한 방식으로 기존의 질서를 벗어나려는 시인은 시적 주체의 자리를 해체시키는 과정을 통해 무한히 열린 공간으로 나아간다.

> 첫날 장미를 택했다/ 장미의 살점을 똑똑, 뜯어냈다/ 하나, 둘, 셋, 넷....../ 떨어져나온 살점이 끔찍하게 예뻤다/ 잘못 두 장을 겹쳐서 뜯어낼 땐/ 가늘게 비명소리가 들려왔다// 마흔 하나./ 장미는 다른 꽃이 되었다/ 나만이 이 비밀을 알고 있다/ 넓은 정원
>
> ─「정원사」 전문[50)]

위 시에서 "나"는 "넓은 정원"에서 꽃을 가꾸는 "정원사"이다. 꽃을 가꾸기 위해서는 꽃과 접촉해야 하므로 꽃은 내 몸의 감각으로 감지되며, 그렇기에 "나"는 손의 촉각과 "소리"의 청각으로 대상을 감각하는 특성을 보여준다. 촉각은 대상과의 접촉을 전제로 하기 때문에, 타자와의 관계성, 친밀성을 지향하는 감각이라 할 수 있다. 그러나 이 시에서 둘의 관계는 친밀하다고 보기 힘들다. "장미"는 아름다움의 대표적 상징으로서 젊고 아름다운 여성의 몸을 의미하며, 정원사는 그 장미의 "살점"을 뜯어내는 존재라는 점에서 장미와는 대립되기 때문이다. 그런데 주목해 볼 것은

---

50) 조용미, 『일만 마리의 물고기가 산을 날아오르다』, 창작과비평사, 2000, p.61.

화자 자신이 정원사라는 점이다. 정원사인 화자는 장미의 살점을 뜯어낼 뿐 아니라, "떨어져 나온 살점이 끔찍하게 예뻤다"고 말한다. "끔찍하게"와 "예뻤다"는 서로 모순된다. 끔찍하게는 장미의 입장에서 느끼는 감정이며, 예뻤다는 정원사의 입장에서 느끼는 감정인데, 화자는 이 두 감정을 동시에 느낀다고 표현함으로써 모순을 보여주고 있는 것이다. 이러한 모순은 여성성/남성성, 긍정/부정 등 서로 상반되는 것들을 모두 안고 있는 존재론적 표현방식으로서, 단 하나의 의미만을 강조하는 기존 질서를 전복하려는 욕망을 보여주는 것이라 할 수 있다.

그것은 "끔찍"함이라는 단어에 주목할 때 좀 더 구체적으로 드러난다. 화자가 끔찍함을 느끼는 이유는 장미(여성)의 나이가 "마흔 하나"이기 때문이라 할 수 있다. "마흔"이라는 나이는 남성이 여성을 바라보는 시선, 즉 기존의 통념과 관련된다. '여자 나이 마흔이면 호랑이도 안 물어 간다'는 우리속담은 일종의 통념으로서, 여성을 나이로 수량화시켜 성적 대상으로서의 가치마저 무화시키는 요소로 작용해 왔는데, 시인이 모순어법을 사용하는 것은 바로 이러한 통념을 깨부수기 위해서라고 할 수 있다. 모순은 노장적 역설의 논리와도 상통한다. 노장사상은 존재의 시발점을 빈 중심에 두었기 때문에, 처음부터 이것 또는 저것을 지칭할 수 있는 언어적 구사가 불가능했다.[51] 그러므로 존재의 참모습은 주체와 객체를 이분화하는 방식으로는 파악할 수 없다. 그래서 노장은 논리가 더 이상 필요 없는 역설의 논리를 구사하며, 주체/객체, 남성/여성, 긍정/부정이 하나로 뒤엉켜 끊임없이 이어지는 무(無)를 지향한다. 이것이 존재의 참모습이며 세계의 근원이라는 것이다.

"마흔 하나/장미는 다른 꽃이 되었다"는 구절은 그러므로 무(無)의 질서를 표현한 것이라 할 수 있다. "다른 꽃"은 변화된 장미의 모습으로, 하

---

51) '道可道非常道' (『道德經』, 1章.)

나의 모습으로 고착되는 것이 아니라, 또 "다른 꽃"으로 거듭날 것을 암시한다. "마흔"의 시간대는 끝없이 이어지는 자연의 질서로 볼 때, 어느 한 순간에 불과하기 때문이다. 이것이 소요정신과 만나는 지점이라 할 수 있다. 소요정신은 시간의 길고 짧음으로 만물의 의미를 결정하지 않는 초월의 경지를 지향한다. 이때 초월은 결코 현실로부터 도피하려는 소극적인 의미가 아니라, 현실에 대한 깊은 관찰과 인식을 통한 폭로와 비판, 그리고 자유에 대한 동경과 추구가 내재되어 있다.[52] 이런 측면에서 "내"가 알고 있는 "넓은 정원"의 "비밀"은 관념을 벗어난 곳에서 얻어지는 자유, 혹은 소요정신, 더 나아가 진정한 소통의 의미를 담고 있다고 볼 수 있을 것이다. 소통을 위한 '빈 마음(逍遙)'의 경지는 관념의 울타리에서 벗어날 때 다다를 수 있으며, 대상에 대한 관점을 새롭게 할 때 얻을 수 있다.[53] 그것은 큰(大) 것으로 전이될 때만이 얻어지는 것이 아니라, 작은 것을 통하여 큰 우주를 발견할 때도 얻어진다. 다음 시는 이러한 특징을 잘 보여준다.

> 날아다니는 물고기가 되어 세상을 헤매고 다녔다// 비가 쏟아져 내리면 일만 마리 물고기가 산정에서 푸덕이며 금과 옥의 소리를 낸다는 萬魚山과 그 골짜기에 있는 절을 찾아가고 있었다// 하늘에 떠 있는 일만 마리 물고기떼의 적멸, 폭우가 쏟아지던 날 물고기들이 내는 장엄한 풍경소리를 들으며 만어사의 옛 스님은 열반에 들었을 것이다 //-(중략)-// 등이 아파 오고 남쪽 어디쯤이 폭우의 소식에 잠긴다 萬魚石 꿈틀거리고 눈물보다 뜨거운 빗방울은 화석이 된다
>
> —「漁飛山)」 일부[54]

이 시에서 시인은 강이나 바다에서 서식하는 "물고기"를 "산정에서 푸

52) 리우샤우간 지음, 최진석 옮김, 앞의 책, p.182.
53) 박이문, 앞의 책, p.74.
54) 조용미, 『일만 마리의 물고기가 산을 날아오르다』, 창작과비평사, 2000, pp.100~101.

덕이며", "날아다니는" 새처럼 표현하여, 물고기에 대한 일반 상식(관념)을 깨부순다. 이는 마치 장자가 말하는 곤과 붕의 이야기[55]와도 유사하다. 장자의 소요유 편에서 북쪽 강에 사는 곤이라는 물고기가 붕이라는 새가되어 날아오른다는 이야기는 경험적 인식의 세계를 박차고 날아올라, 정신적 자유를 추구하는 인간의 참된 자아를 의미하는 것인데, 이는 "비가 쏟아져 내리면" "산정"으로 "날아오르는 물고기"와 매우 흡사하다. 그런 측면에서 이 시의 "물고기"는 참된 자아를 찾아 "세상을 헤매는" 시적 자아의 모습이라 할 수 있다.

물고기가 찾아가는 곳은 "萬魚山과 그 골짜기에 있는 절"이다. 여기서 "산"의 "골짜기"는 물의 뿌리로서 근원적 여성성, 곧 모성을 상징한다. 따라서 시적 자아가 찾으려는 것은 곧 모성임을 짐작할 수 있다. 그러나 그 모습은 쉽게 감지되지 않는다. 어머니는 마치 계곡물처럼 흘러내리면서 뭇 생명들에게 생명을 주지만, 스스로는 그 생명으로부터 더 낮은 곳으로 떠난다. 그러나 그 떠남은 완전한 종말을 의미하지 않는다. 물은 생명체 안에 그대로 존재하며, 또 흐르면서 기화되고 "하늘"로 올라 "비"로 내린다. "비"는 바로 그런 존재로서의 어머니, 즉 실체가 있으나 스스로 형태가 없는 모성으로서의 '텅(虛) 비어(空) 있는 몸'을 상징한다. 이는 비라는 형상(體)을 통하여 더 큰 여(모)성성, 즉 극소를 통하여 극대의 세계를 만나고자 하는 소요론적 인식에서 기인한 것으로 볼 수 있다.

그러나 그 인식은 인간의 관념을 통해서는 생겨나지 않는다. 오히려 그 관념을 벗어난 자리에서, 즉 몸의 감각을 통해 감지할 수 있다. 이 시의 화자가 "폭우"와 "풍경소리"를 통해 '빈 몸'으로서의 모성(혹은 존재의 참모

---

55) 北冥에 有魚하니 其名爲鯤이라. 鯤之大는 不知其幾千里也라./ 化而爲鳥면 其名爲鵬이어니와 鵬之背는 不知其幾千里也라./ 怒而飛하면 其翼若垂天之雲이라. 是鳥也, 海運則將徙於南冥하니 南冥者는 天池也라./ 齊諧者는 志怪者也니라. 諧之言曰. 鵬之徙於南冥也에 水擊三千里하고 搏扶搖而上者九萬里하여 去以六月息者也니라. (「逍遙遊)」, 『莊子』)

습)을 감지한 후, 그에 따른 상념을 길어내고 있는 것도 이런 이유에서라고 할 수 있다. 그러므로 "산정에서 날아오르는 물고기"는 이성적 관념으로서의 "물고기"가 아니라, 지적인 이해 이전의, '아직 사물이 있지 않다고 생각하는(以爲未始有物)'[56] 데서 비롯된 참된 자아의 현현이라 할 수 있다. 참된 자아는 대상을 차별하지 않는 '빈 마음' 상태를 의미하는 것이기에 그만큼 자유로울 수 있다. "등이 아파"온다는 '통각'은 물고기가 새로 변화 될 것을 암시한다. "꿈틀거리"는 "萬魚石" 또한 '돌'로 고정돼 있던 일만 마리의 물고기가 하늘로 날아오를 것을 암시하면서 물고기와 새, 천상과 지상의 경계를 무화시키는 역할을 한다.

이러한 경계의 무화는 여전히 진행 중인 상태를 드러내어 본질로서의 자기를 찾아가고 있다는 점에서 노장적 소요(逍遙)의 의미와 상통한다. 소요에 이르는 정신적 경지는 관념을 제거하는 수양의 과정을 반드시 거쳐야 도달할 수 있기 때문에,[57] 완성의 결과보다는 '과정'을 중시한다. 그것은 우리 삶의 질서이자 자연(道)의 질서이기도 하다. 그러기에 시인이 사용하는 감각 또한 어느 하나에 집중되어 있지 않다.

> 내가 보는 것은 늘 청동거울의 뒷면이다/ 청동거울을 들여다보기까지/ 짧은 순간의 그 두려움을 견뎌야만/ 거울에 비친 얼굴을 볼 수 있다/ -(중략)-// 시간의 두께에 덮인 녹, 그 뒷면에//-(중략)-// 청동거울 안의 나를 보고 싶다/ 업경대를 들여다보듯 천천히 동경(銅鏡)을 들어/ 두 마리 물고기가 마주 보고 있는/ 쌍어문경(雙魚紋鏡)을 얼굴 앞으로 끌어당겨야 하리/ (중략)/ 몇백 년의 시간이 다 지워지고/ 거기 푸른 녹이 가득 덮인 거울 위에/ 거울을 들여다보던 오래전 사람의 얼굴이 나타날 것이다
>
> —「청동거울의 뒷면」 일부[58]

56) 강신주, 앞의 글, p.61 참조.
57) 위의 글, p.186 참조.

"거울"은 세계 및 자아의 모습을 반영하는 도구로서, '보이는 감각' 즉 시각과 관련된다. 시각과 관련되는 거울의 이미지는 주체의 자기 동일성과 관련하여 나르시시즘적 측면에서 해석되기도 한다.[59] 그러나 여기서의 "거울"은 자기동일성의 원리로서 '보이는 것' 그 자체로 제시되는 인식주체로서의 관념적 의미와는 대립된다. 이 시의 내가 "보는 것"은 '청동거울'의 밋밋한 '앞면'에 비친 '나'가 아니라, 온갖 문양으로 가득 찬 "뒷면", "청동거울 안의 나"이다. "거울 안의 나"는 거울 밖의 나를 투사하는 대상이 아니다. "나"는 실재의 내 모습을 반영한 '나'가 아니라, "몇 백 년"이라는 "시간의 두께에 덮인", 즉 인간의 관(觀)이 미처 발견하지 못했던 생경한 모습까지 포함한 "나"의 전체이다. 이때 거울 안의 나는 시적 자아의 이해 범주를 넘어선 속성을 지닌다.

"거울 안의 나"는 "두 마리 물고기(雙魚)"라는 형상을 가지면서 동시에 그 이면까지 환기하기 때문이다. 그러나 시인은 그 의미를 시적 자아의 목소리로 설명하지 않는다. 다만 거울의 이미지를 통해 "쌍어문경(雙魚紋鏡)"의 의미를 짐작하게 할 뿐이다. "쌍어문경(雙魚紋鏡)"은 언어 이전의 존재이자 원초적 자아이기도 하다. 원초적 자아로서 "두 마리 물고기"는 인간의 관념이나 감정을 실현하고 있다고 볼 수 없는 개체들이다. 그러나 그것들은 "마주 보고 있는" 상태로 하나 이상으로 존재하는 모습을 보여준다. 이는 시적 자아의 관념을 비움으로써 비로소 발견되는 물고기 혹은 자아의 전체를 제시하기 위한 것으로 볼 수 있다. 자아의 전체, 즉 존재의 참모습으로서의 "두 마리 물고기"는 노장의 '텅(虛) 빈(無) 몸'의 의미와도 상통한다.

---

58) 조용미, 『삼베옷을 입은 자화상』, 문학과지성사, 2004, pp.72~73.

59) 나르시시즘은 다른 사람의 시선을 통하여 '자아 리비도(정체성)'를 형성하는 것을 의미한다. 이때 여성은 남성의 응시적 쾌락에 필수적인 대상이 되며, 자신의 정체성을 형성해주는 남성의 욕망에 따라 움직이고 있음을 의미한다. (김해옥, 「대중문화 속의 페미니즘의 틈새읽기」. 『리토피아』 통권16호, 2004, p.16 참조.)

노장에서 존재는 주체와 객체를 이분화하는 방식으로 파악되지 않는다. 존재의 참모습, 곧 근원으로서 도(道)는 유와 무가 상호 관계를 이루며 끝없이 이어지는 큰 것으로서의 무(無)같은 것이기 때문이다. 큰 것으로서의 무(無)는 본래 서로 이질적인 것들이 하나로 통합되어 있는 것이기에, 처음부터 서로 다른 차이성과 다양성을 가지고 있다. 여기에서는 각자의 고유성과 관계성을 인정하며, 조화를 유지한다. 그러므로 자아와 타자 사이의 분절로 인해 야기되는 갈등이나 대립도 있을 수 없다. 거울 밖의 "나"가 "거울 안의 나"를 "보고 싶"어 하는 이유도 바로 이러한 참된 자아를 되찾기 위한 것이라 할 수 있다. 그러나 참된 자아로서의 "쌍어문경(雙魚紋鏡)"은 "푸른 녹이 가득 덮"여 있기에 쉽게 보이지 않는다. 참 나(我)의 모습을 만나기 위해서는 현실의 나를 덮고 있는 "녹(혹은 관념)"을 닦아내는 과정이 있어야 한다. 이것을 시인은 "짧은 순간의 그 두려움을 견뎌야만"이란 역설의 언어로 표현하고 있다.[60)]

"거울을 들여다보던 오래전 사람의 얼굴"은 그 "녹"을 닦아낸 이후에 나타난 "나"로서 과거와 현재를 넘어선 미래의 모습을 환기한다. "거울 위에", "나타날"이란 미래시제는 과거와 현재, 미래가 겹치며 혼융되는 양상을 띤다. 이러한 혼성(混成)적 시간성은 직선적, 일회적 시간성을 추구하는 기존의 관념과 상반되는 것으로, 삶의 시간을 길고 짧은 것에 연연하지 않는 소요(逍遙)의 윤리와도 맥이 닿아 있다. 소요의 윤리는 시비를 초월한 빈 마음의 윤리이자, 타자를 온전히 받아들이는 (열려 있는)여성 몸의 윤리로서, 시간의 길고 짧음 과거와 현재를 비교하지 않는다. 이것을 시인은 시적 자아의 주관적 해석을 최소화한 가운데 보여주고 있다.

조용미의 시는 시각, 청각, 촉각 등 다양한 감각을 통해 대상을 받아들인다. 그가 받아들이는 대상은 물, 꽃, 물고기 등이며, 화자들은 이를 몸의

---

60) 최현식, 앞의 글, p.459 참조.

감각을 통해 받아들인 후, 이에 따른 상념을 길어낸다. 이는 작은 것을 통해 더 큰 세계(혹은 참 자아)를 발견하려는 태도로서, 크고 작음, 길고 짧음을 구분하지 않는 소요론적 인식을 보여준다. 물론 그것이 대부분 비현실적 세계를 다루고 있다는 점에서 일정한 한계를 가지고 있으나, 참된 자아를 찾아가는 과정, 타자와의 소통을 위한 빈 마음으로서 소요(逍遙)의 세계를 지향하고 있다는 점에서 의미 있을 것이다.

## Ⅳ. 결론

이상과 같이 본고는 여성시에 나타난 '빈 몸'의 윤리와 감각화 방식을 이수명, 조용미의 시를 통해 살펴보았다. '빈 몸'은 노장의 핵심인 도(道)를 의미한다. 도는 세계의 기원이자 최고의 인식으로서 자연을 포함한 세계 어디에서나 발견할 수 있는 것이나, 인간의 관념으로는 쉽게 발견할 수 없다. 그것은 너무나 큰 것이기에 텅 비어 있는 것으로 설명할 수밖에 없는 무형지형(無形之形)의 그릇과 같은 것이기 때문이다. 그러므로 시의 언어는 이성적이거나 관념적 서술보다는 몸의 감각을 통해 서술될 수밖에 없다. 이것은 기존의 관념을 무화시키는 방식으로서 두 시인의 시에 나타난 공통점이라 할 수 있다. 그러나 구체적인 형상화방식은 서로 다르다.

이수명 시에서 세계는 '보이는 감각', 즉 시각으로 전면화된다. 이는 시적 자아의 개입을 최소화하여 사물의 의미를 최대화하는 제시방법으로서 노장적 무위(無爲)의 윤리를 보여주는 것이라 할 수 있다. 무위의 윤리는 일체의 의식적 행위가 없는, 그래서 대상을 전적으로 살려내는 윤리이기에, 감각의 활용은 최소화된다. 시의 대상들은 물, 나무, 개 등 동식물로 드러나지만, 화자들은 이에 대해 설명하지 않는다. 단지 '바라봄의 감각'을 통해 사물을 자신의 입장에서 판단하는 모든 인간적 관념을 지운다. 이때 화자의 눈은 더 큰 '눈'으로서 동식물에 내재된 이면까지 바라보게 된다. 이런 방식으로 제시되는 사물은 각각의 개별성과 전체성을 수렴한다는 점에서 특징적이다. 이는 시적 자아의 관념을 지움으로써 대상의 전체를 드러내려는 하나의 전략으로서, 모든 대상을 차별하지 않고 받아들이는 여성/자연적 윤리의 실현이라는 도(道)의 연장선상에서 이해할 수 있다.

이와 달리 조용미는 시각, 청각, 촉각 등 좀 더 다양한 감각을 활용하여 대상을 받아들인다. 특히 손의 촉각이나 청각을 많이 사용하며, 물, 꽃, 물고기 등의 몸을 통해 보이지 않는 세계, 혹은 기원으로서의 여성성을 받아들인다. 이는 작은 것으로 더 큰 우주를 만나려는 노장적 소요유와도 맥이 닿아 있다. 노장에서 소요(逍遙)는 만물과의 합일을 통한 정신적 자유를 의미하는 것으로, 수양의 과정을 통해 다다를 수 있다. 이때 강조되는 것이 자신의 관념을 비우는 것이다. (고정)관념을 버림으로써 자아는 타자와 온전히 소통할 수 있으며, 정신적으로도 자유로워질 수 있다. 시인은 이러한 자유 혹은 참 자아를 회복하기 위해, 다양한 감각을 활용하여 기존의 관념을 부수는 글쓰기를 시도하고 있다.

물론 두 시인의 시는 몸의 한 감각에 치중하거나, 역사적 현실로부터 벗어나 있다는 점에서 일정한 한계를 보인다고 할 수 있다. 그러나 관념어보다는 구체적인 자연물을 통해 노장적 사유를 드러내고 있으며, 이를 통해 근대적 정신을 뛰어넘으려는 모습은 무엇보다 소중하다. 이들이 보여주는 자유정신 혹은 참 자아를 찾아가는 과정은 90년대 이후 여성시의 발전에도 중요한 역할을 담당하였다는 점에서도 큰 의미가 있을 것이다.

07

# '다른 몸-되기'의 전략

-이원, 김행숙의 시를 중심으로-

## Ⅰ. 서론

이 논문은 여성시에 나타난 '다른 몸-되기'의 전략을 살피는 데 목적이 있다. 본고가 '다른 몸-되기'에 주목한 이유는 지금까지 여성시 연구가 주로 서구의 페미니즘, 특히 크리스테바, 식수, 이리가레이 등 프랑스의 포스트모던 페미니스트들이 제시한 여성의 '몸으로 글쓰기'에 치중하여 논의돼 왔기 때문이다. 페미니스트들이 제시하는 (임신과 출산을 경험하는)여성의 몸은 남성과 다른 '차이성', '고유성', 복수적 주체를 제시하는 근거가 되는데, 지금까지 여성시 논의는 주로 이 방법론을 중심으로 논의돼 온 것이다.[1)]

---

1) 김승희, 「상징질서에 도전하는 여성시의 목소리, 그 전복의 전략들」, (한국여성문학학회)『한국여성문학 연구의 현황과 전망』, 소명출판, 2008, pp.269~301 : 김향라, 「한국 현대 페미니즘시 연구-고정희 · 최승자 · 김혜순의 시를 중심으로」, 경상대학교 국어국문학과 박사학위논문, 2010, pp.1~161. : 김순아, 「현대 여성시에 나타난 '몸의 시학' 연구-김언희 · 나희덕 · 김선우의 시를 중심으로」, 부경대학교대학원 박사학위논문, 2014, pp.1~199. : ______, 「현대 여성시에 나타난 '몸'의 상상력과 언술 특징 - 김수영, 허수경의 시를 중심으로」, 『한어문교육』 제31집, 한국언어문학교육학회, 2014, pp.205~236. : 이송희, 「김혜순 시에 나타난 몸의 언어」, 『한국문학이론과 비평』 제43집, 한국문학이론과 비평학회, 2009. pp.285~311. : 송지

그러나 여성시를 설명하는 데 반드시 여성의 몸이 전제될 필요는 없다.

'몸'은 근본적으로 이성 · 남성중심의 사유를 전복하고 상징질서와 상반되는 '차이'를 강조하기 위해 설정된 것이며, 그 안에는 이미 주체를 구성하는 상징체계의 언어, 관념들을 거두어 내려는 의식이 내재되어 있다. 따라서 여성시의 '몸'은 여성의 몸이라는 틀에서 벗어나 좀 더 포괄적인 측면에서 바라볼 필요가 있다. '여성의 몸'만을 지나치게 내세우게 될 경우, 남성성을 오히려 소외시키거나 여성시의 다양한 목소리를 차단시킬 우려도 있기 때문이다. 무엇보다 90년대 이후 일부 여성시인들의 시는 '여성의 몸' 자체를 의식하지 않는 특징을 보이고 있기에,[2] 이를 좀 더 구체적으로 살펴볼 필요가 있다.

본고에서 대상으로 삼은 이원, 김행숙은 이러한 시적 특징을 보이는 90년대 이후의 여성시인들로서, '무성(無性)'적인 몸과 말을 지향하는 공통점을 가지고 있다. 무성은 남성과 여성이라는 경계 자체를 무화시키는 성정체성 개념이지만, 이들 시에서 무성적 몸은 남성/여성의 차이, 차별에 대해서도 인식하지 않는 상태를 드러낸다는 점에서 양성구유를 추구하는 앞 세대 여성시와 다르고, '여성의 몸(자궁)'으로 여성성을 강조하는 90년대의 다른 여성시인들의 시와도 다르다. 이들의 시에서 몸은 기계와 접속, 분열하거나, 아예 사라져 없어져버리는 기화(氣化)의 상태를 드러낸다. 그리고 시적 주체가 인간 주체의 관점에서 대상화되는 것이 아니라, 자기들의 물질적 공간 안에서 그 존재성을 드러냄으로써 동사화 혹은 주체화된다. 이는 포스트모더니즘 이론가 질 들뢰즈의 논의를 참조해 읽을 수 있다.

---

현, 「현대 여성시에 나타난 '몸'의 전략화 양상 – 김혜순의 시세계를 중심으로」, 『한국문학이론과 비평』 제15집, 한국문학이론과비평학회, 2002, pp.371~392.

2) 본고에서 대상으로 삼은 이원, 김행숙을 포함하여 성미정, 이수명 등의 시는 고유한 여성성, 여성적 글쓰기 등 남성과 여성, 주체와 타자 등과 관련된 글쓰기로부터 벗어나는 특징을 보인다. (김윤식 외, 『한국현대문학사』, 현대문학, 2009. p.624 : 김현자 · 이은정, 「한국현대여성문학사–시」, 『한국시학연구』 제5호, 한국시학회, 2001. p.84 참조.)

들뢰즈에 따르면 우리의 몸은 무정부적이고 다형적인 욕망이 생산되는 지점으로서, 단 한순간도 동일성을 갖지 않으며 언제나 변화하는 '과정'에 있다. 그 과정을 들뢰즈는 '되기(생성)'의 논리로 설명하면서, 이를 '욕망하는 기계', '기관 없는 몸'의 개념으로 제시한다. '욕망하는 기계', 혹은 '기관 없는 신체'는 인간의 내재면, 즉 다양한 욕망이 증식되고 흐르는 무의식의 영역과 관련되는 것으로, 언제나 새로운 것을 생성하는 '되기'의 지점을 의미한다. 이는 상징질서가 추구하는 통일성, 단일성, 일의성 구조에 저항하는 하나의 방법으로서, 여성의 몸이라는 틀을 벗어나면서도 기존의 질서에 저항하려는 이원, 김행숙의 시를 읽는 데도 좋은 참고가 되어 준다.

이에 본고는 두 시인의 시를 읽기 위한 전제로서, 먼저 들뢰즈가 제시하는 '몸'의 개념을 좀 더 구체적으로 알아볼 것이다. 거기서 시적 적용원리를 추출한 후, 두 시인의 시에 드러난 '몸'의 의미와 서로 다른 표현방식, 그리고 그 지향점을 조명해보고자 한다. 이들은 지금도 왕성하게 활동하고 있는 현역시인들로서, 시세계의 변화 가능성이 얼마든지 남아있으므로, 텍스트는 각자 초기 작품집으로 한정한다. 이러한 접근 방식은 여성시에 나타난 몸의 또 다른 면모를 살핌과 동시에 90년대 이후 여성시의 '몸' 연구를 더욱 확장시키는 방안이 될 것이다.

## II. '-되기'의 지점으로서 몸

들뢰즈(Gilles Deleuse)는 정신/육체, 주체/객체를 구별하여 인간의 몸을 기계적 신체로 파악한 데카르트적 이분법과 오이디푸스 콤플렉스로 모든 것을 설명하는 정신분석학을 비판하면서, 몸의 사유를 새롭게 펼쳐 보인

프랑스의 철학자이다. 그의 철학은 동일성을 기준으로 '차이'의 관계를 위계 서열화하는 이분법을 주요하게 비판한다는 점에서 프랑스의 포스트모던 페미니스트들의 주장과도 연관된다. 그러나 '여성 몸'의 고유성을 근거로 양성간의 '차이'를 강조하는 페미니스트들의 주장[3]과는 달리, 그는 몸의 고유성을 인정하지 않는다. 들뢰즈에 따르면 "우리는 신체가 무엇을 할 수 있는지 모른다".[4] 우리 몸은 선험적으로 존재하지 않으며, 미리 결정돼 있지도 않다.

『차이와 반복』에서 그는 '표상(재현)'[5]의 논리에 전제된 '자기동일성'을 부정하고, 세계에 존재하는 모든 것은 결코 어떤 것도 단 한 순간도 자기동일성을 갖지 않는다고 말한다. 그에 따르면 존재하는 모든 것은 변화 속에서도 자기동일성을 유지하는 것이 아니라 변화에 의해 항상 달라지는 것, 즉 항상 '자기를 차이화해가는 것'이다. 세계 속에서 일어나는 상호작용이란 차이들이 아무런 동일성(공통성)의 매개 없이 직접 연결됨으로써 이루어진다. 차이와 차이 사이에는 아무런 동일성이 없기 때문에, 이들 사이의 연결은 오로지 새로운 차이만 계속 증식시켜나갈 뿐, 서로 다른 이들 차이들을 모두 그 아래 포섭할 수 있는 어떤 공통의 동일성을 결코 만들지 않는다.[6]

들뢰즈는 『앙띠오이디푸스』에서 동일성을 기준으로 인간의 욕망을 결

---

3) 엘렌 식수, 박혜영 옮김, 『메두사의 웃음, 출구』, 동문선, 2004, : 줄리아크리스테바, 김인환 옮김, 『시적 언어의 혁명』, 동문선, 2000. : 루스 이리가레이, 이은민 옮김, 『하나이지 않은 성』, 동문선, 2000 참조.

4) 질 들뢰즈, 박기순 역, 『스피노자의 철학』, 민음사, 1999, p.186.

5) '표상(재현)'의 논리는 '사물의 자기동일성'을 전제한다. 즉 하나의 사물은 다른 사물들과 구별되는 고유한 자기동일성을 갖고 있으며, 대상에 대한 우리의 표상작용은 대상의 이러한 자기동일성을 (또한 우리 주관의 자기동일성을)재확인하는 것이라고 생각하는 데서 성립한다. (조현수, 「들뢰즈의 '차이의 존재론'과 '시간의 종합'이론을 통한 그 입증」, 『철학』제115집, 한국철학회, 2013, pp.68~69 참조.)

6) 위의 글, pp.75~76 참조.

핍의 산물로 이해하는 전통철학 및 정신분석학의 주된 경향을 비판하고, 생성 혹은 생산으로서의 욕망의 개념을 제시한다. 그에 따르면 욕망이란 인칭들이나 사물들을 대상으로 하는 것이 아니라, 그것이 편력하는 환경 전체를 대상으로 하며, 자기 합류하는 온갖 성질의 진동들과 흐름들을 대상으로 한다.[7] 이를 위해 그는 내재면의 사유를 제시한다. 내재면은 전-종합적인 것이며, 특정한 방식의 질서가 실행되기 이전의 혼돈이지만, 또 그 가운데 어떤 조직화가 행해진다는 측면에서 혼돈을 벗어나는 '카오스모스(chaosmos)'와 같은 성격을 지니고 있다. 우리가 카오스모스를 사유한다는 것은 바로 종합이 행해지는 힘들의 관계, 욕망의 흐름을 사유하는 것에 다름 아니다.[8]

이는 『스피노자의 철학』에서도 강조된다. 여기서 그는 우리의 신체는 불변하는 본질이 아니라 언제나 변화하는 과정 중에 있으며, 과정 중의 신체는 다른 신체와 결합하여 얼마나 변화할 수 있는가 하는 '힘'의 문제와 관련된다고 말한다.[9] 그것은 복합적인 외적 관계들 사이에서 일어난 내적 정서의 우발적 마주침을 조건으로 한다. 그런 의미에서 욕망은 비인격적인 다양체의 배치와 흐름이다. 들뢰즈에 따르면 욕망은 언표적 주체에 귀속되지 않는다. 개체의 존재/인식 역량과 그 역량의 원인으로 작용하는 잠재적 역량이 의식 주체의 표상능력 안으로 환원되지 않기 때문이다.[10] 그것을 도식화한 것이 바로 '기계(machine)'개념이다. 들뢰즈가 조어해낸 '욕망하는 기계(la machine désirante)'는 일차원적 기계가 아니라,

---

7) 들뢰즈 · 가타리, 최명관 옮김, 『앙띠오이디푸스』, 민음사, 1994, pp.430~431.
8) 김명주, 「욕망 개념을 통해서 본 들뢰즈 철학의 의미」, 『철학논총』 제57집, 새한철학회, 2009, p.41 참조.
9) 김은주, 「들뢰즈의 신체 개념과 브라이도티의 여성 주체」, 『한국여성철학』 제20권, 한국여성철학회, 2013, pp.70~71 참조.
10) 김명주, 「'욕망' 개념을 통해서 본 들뢰즈 철학의 의미- '탈주'와 '생성'」, 『철학논총』 제57집, 새한철학회, 2009, p.38.

유기체와 다른, 분리 · 합체 · 결합이 가능한 반형상적이며, 비유기적인 생명을 의미한다. 상품을 대량생산하는 기계, 혹은 기계적으로 순환하는 몸(臟器)의 그 비인격성과 기계적 작동과정의 강도적 흐름에 겨냥하여 욕망의 흐름을 설명하려는 것이다. 들뢰즈에 따르면 (생산하는)욕망은 하나의 주체를 출발점으로 하거나 하나의 대상을 지향점으로 하는 방식에서 벗어나 수많은 입자들과 흐름이 편력하는 장인 '내재면', '탈기관체(Cso)'와 관련하여 일의적으로 존재한다.[11)]

『천개의 고원』에 이르러 들뢰즈는 그 지점을 창조적 생산/되기의 방식으로 제시한다. '-되기'는 신체가 다른 신체와 결합하여 일어나는 강렬한 질적 변화를 의미하는데,[12)] 그 핵심 동력은 '리좀(rhizome)'이다. 리좀은 데카르트의 '나무 모델(뿌리줄기)'[13)]을 비판한 데서 나온 개념으로, 땅 위에 수직적으로 뻗쳐 있는 수목체계의 나무뿌리와 달리 땅 속으로도 옆으로도 자라는 뿌리를 의미한다. 리좀은 미리 결정되어 있는 것이 아니라 자신의 어떤 지점에서든지 다른 지점과 연결 접속한다. 하지만 리좀의 특질들 각각이 반드시 자신의 동일한 본성을 가진 특질들과 연결 접속되는 것은 아니다. 리좀은 n차원에서, 주체도 대상도 없는 '선형적 다양체'들을 구성하며, 그 다양체들로부터 언제나 하나(동일자)가 빠진 n-1차원을 이룬다. n-1차원이란 근대적 주체와 역사의 종국적 목적을 뺀 세계, 즉 동일자로 환원 불가능한 세계를 의미하는데, 이것을 들뢰즈는 탈기관체의 개념으로 설명한다.[14)]

---

11) 질 들뢰즈, 박기순 옮김, 『스피노자의 철학』, 민음사, 1999, p.16 참조.
12) 김은주, 「들뢰즈와 가타리의 되기 개념과 여성주의적 의미 : 새로운 신체 생산과 여성주의 정치」, 『한국여성철학』 제21권, 한국여성철학회, 2014, p.97 참조.
13) 데카르트의 나무 모델로 볼 때, 형이상학은 지식의 나무뿌리를 구성한다면 자연과학은 나무의 줄기이고, 윤리학은 꽃/열매로 이루진 것들이다. 그러므로 자연과학, 윤리학 등은 이미 구성된 지식, 즉 동일자(The One)의 파생물일 뿐이다. 모든 것은 동일자가 세운 목적을 향해 나아가며, 항상 미리 결정되어 있다.
14) 들뢰즈 · 가타리, 김재인 옮김, 『천개의 고원』, 새물결, 2003, pp.301~302 참조.

탈기관체, 곧 '기관 없는 신체'란 신체이되 통일성을 지향하거나 모든 것을 한 곳에 집중시켜 영토화, 재영토화하는 기관을 없애버린 몸, 즉 리좀처럼 다른 것이 됨으로써 자신이 되고 자신이 생산한 것이 자기 것이 되지 않는(즉 재생산이 아닌), 자신의 몸에 강박적이지 않은 신체를 의미한다. 물론 이러한 개념은 욕망의 작동방식을 설명하는 것일 뿐 몸의 본질과는 관계없다. 들뢰즈가 제시하는 '기관 없는 몸'은 욕망의 내재성의 장으로서, 유기체를 구성하는 통일성, 주체를 구성하는 단일화, 의미를 고정시키려는 의미화작용의 구조에 저항하는 질료/물질로서의 몸을 의미하며, '리좀' 또한 뿌리줄기로서 자신을 탈영토화하고 땅을 재영토화하면서도 자본주의적 재영토화에 포획되지 않는 탈주선상의 '되기'의 운동을 형상화한 것에 불과하다. 이러한 개념화에서 그가 강조하는 것이 몸의 역동성과, 욕망의 내재성, 탈주의 운동성이다.[15]

이러한 들뢰즈의 -되기로서의 몸은 지배 주체를 구성하는 '남성/다수/문화(자본)'의 개념을 전복하기 위한 하나의 전략으로서, 여성적 자의식을 가지고 있으면서도, 여성성을 뛰어넘어 탈중심을 지향하는 이원, 김행숙의 시를 읽는 데도 좋은 참조점이 되어준다.

## Ⅲ. 시에 나타난 '다른 몸-되기'의 전략화 양상

90년대 이후 우리의 일상은 우리에게 낯선 '욕망'을 끊임없이 들이대는 자본의 힘에 가로막혀 있다. 거대 이념이 사라진 자리에 들어선 자본주의는 괴물 같은 포획력으로 우리 삶의 전 영역을 장악하고 있으며, 그 속에

15) 박미선, 「변신과 유목에 능한 몸들-들뢰즈, 가타리와 브라이도티」, (한국여성연구소) 『여성의 - 시각 · 쟁점 · 역사』, 창작과비평사, 2007, pp.149~150 참조.

서 인간은 자본의 욕망을 실현하는 기계나 상품처럼 취급된다. 자본주의와 연합한 매체는 젊고 아름답고 건강한 몸을 선전하면서 우리 몸을 통제, 관리하게끔 부추기고 있다. 이것은 조형성, 유연성, 변화가능성 및 다양성의 미덕을 강조하는 포스트모더니즘 담론과 맞물려 몸의 '부재'가 아니라 '과잉'을 말해야 할 만큼 몸에 대한 관심을 폭증시켰고, '몸'이 영혼의 감옥이 아니라, '영혼'이 오히려 '몸의 감옥'으로 간주되는 역전적 상황까지 만들어내었다.[16] 이제 몸이 욕망하는 것이 아니라, (자본의)욕망이 욕망하고, 우리는 그 욕망의 주체라는 꼭두각시를 자못 진지하게 연출한다. 이것이 자본주의 문화의 주체화양식이다.

이원, 김행숙은 이러한 세계로부터 벗어나기 위해 '다른 몸-되기'를 연출한다. -되기를 통해, 즉 고정되어 있는 어떤 본질이나 상태가 아니라 변화를 통해, 다른 삶으로의 이행을 꿈꾸는 것이다. '-되기'는 -인양 따라하는 것도, 미리 설정된 환상이나 꿈을 실현하는 것도 아니다. 오직 '살아있는 현재'[17]속에서 계속해서 달라지기를 바라는 것이 -되기이다. 이들 시에서 -되기를 실현하는 주체 또한 기존 언어체계 내의 관념과 상징체계에 머무르지 않으며, 시간성 또한 연속적, 선형적 시간성으로 드러나지 않는다. 시 속의 화자들은 기계 신체-되기는 물론이고, 심지어 장소나 기체가 되기도 한다. 그 과정에서 화자 대상은 구분불가능하거나 식별불가능한 상황을 연출하기도 하지만, 그 자체로 남아 있지 않고 또 다시 분열되거나 사라지는 상태를 암시한다. 이는 두 시인의 시에 나타나는 공통적 요소라고 할 수 있으나, 구체적인 형상화 방식은 서로 다르다.

---

16) 김남옥, 「몸의 사회학적 연구현황과 새로운 과제」, 『사회와 이론』 통권21-1집, 한국이론사회학회, 2012. p.299 참조.

17) 살아있는 현재는 이미 지나간 순간들과 아직 오지 않은 여러 순간들을 끌어 모아 하나가 되도록 결합시킨 두께(시간적 두께)를 가지고 존재한다.(조현수, 앞의 글, p.81 참조.)

## 1. 사물화-되기를 통한 몸의 변형과 탈주 - 이원

이원[18]시에서 몸은 주로 사물(私物)의 이미지로 드러난다. 사물은 이성 · 남근중심의 사유에 의해 물화되어 온 여성성과도 관련 되지만, 단순히 여성성만을 의미하지 않는다. 시 속에서 사물은 여성을 포함한 모든 물상의 '몸'으로서 자유롭게 움직이며 스스로 주체화된다. 그리고 그 언어는 상징체계적 관념으로는 이해하기 힘든 이질적 언어로 구성된다. 이러한 특징으로 그의 시는 여성적 자의식을 가지고 있으면서도 그것을 넘어서는 (탈)여성적 글쓰기와 관련하여 언급되고 있다.[19] 그러나 '몸'과 관련하여 그의 시를 구체적으로 분석한 논의는 거의 보이지 않는다. 따라서 이 글에서는 시에 나타난 '사물'의 이미지를 '몸'과 관련하여 구체적으로 살피고자 한다.

이원 시에서 사물(私物)은 기계-몸, 기이한 자연 등으로 구체화된다. 여기에는 기계문명으로 상징되는 자본주의 사회에 대한 문제의식이 함의되어 있다. 90년대 이후 더욱 가속화된 기계문명, 특히 디지털기술은 인간 삶의 전 영역을 빠른 속도로 장악하고 있으며, 우리는 새로운 기술의 발견하거나 그 기술을 습득하지 않고서는 변화의 속도를 쉽게 따라가지 못할 처

---

18) 1968년 경기도 화성에서 출생, 서울에서 성장하였다. 서울예술전문대학 문예창작과를 졸업하였으며, 1992년 계간 『세계의 문학』에 「시간과 비닐봉지」 등의 시를 발표하며 작품 활동을 시작했다. 시집으로, 『그들이 지구를 지배했을 때』(문학과지성사, 1996), 『야후!의 강물에 천 개의 달이 뜬다』(문학과지성사, 2001) 등이 있다.

19) 오규원, 「다원주의의 그물」, (이원 시집) 『그들이 지구를 지배했을 때』, 문학과지성사, 1996, pp.91~116. : 이광호, 「전자사막에서의 유목」, (이원 시집) 『야후!의 강물에 천 개의 달이 뜬다』, 문학과지성사, 2001. pp.139~153. : 조연정, 「사랑의 능력, 이토록 모호한……- 김선우, 이원, 김행숙의 근작시집 읽기」, 『문학과사회』 제20권 제4호, 문학과지성사, 2007, pp.398~421. : 이경수, 「여성적 글쓰기와 대중성의 문제에 대한 시론」, 『대중서사연구』 제13호, 대중서사학회, 2005, p.24. : 임지연, 「감각의 세계에서 기화하거나 질주하는-김행숙, 『이별의 능력』(문학과지성사) · 이원, 『세상에서 가장 가벼운 오토바이』(문학과지성사)」, 『리토피아』 통권28호, 2007, pp.288~301.

지가 되어버렸다. 세계의 변화는 기술이 추동해나가고 있으며, 인간은 어쩔 수 없이 쫓아가야만 한다. 그로 인해 삶의 자유와 존재의 실체로서의 몸은 점점 더 사라지거나 소외되어 간다. 시인은 이러한 세계 속에 존재하는 자로서, 이 세계가 더 이상 절대적 이상(理想)을 구현하며 합리성을 추구할 수 없다는 인식을 기계-되기, 기이한 자연-되기의 방식으로 보여준다.

기계 혹은 자연 등과 하나 된 몸은 자기만의 고유함을 갖고 있지 않으며, 하나의 중심으로 수렴되지 않는다. 화자와 대상은 동일한 존재로 겹쳐지지도 않고, 명확히 구분하기도 힘든 구분불가능한 상황을 연출하면서 그 존재성을 바꾸어간다. 이는 사회문화적 토대가 바뀌어버린 시공간에서 자신의 존재성을 새롭게 모색해 나가는 시인의 인식을 드러내는 것으로, 이원 시에 드러난 전반적인 특징이라 할 수 있다. 다음 시는 이러한 특징을 잘 보여준다.

> 내 몸의 사방에 플러그가/ 빠져나와 있다/ 탯줄 같은 그 플러그들을 매단 채/ 문을 열고 밖으로 나온다/ 비린 공기가/ 플러그 끝에 주렁주렁 매달려 있다/ 곳곳에서 사람들이/ 몸 밖에 플러그를 덜렁거리면서 걸어간다/ 세계와의 불화가 에너지인 사람들/ 사이로 공기를 덧입은 돌들이/ 둥둥 떠다닌다
>
> —「거리에서」 전문[20]

위 시에서 시인은 자신의 몸을 "사방에 플러그가/ 빠져나"온 기계로 환치시킨다. 기계는 인간의 관념이나 감정을 담아낼 수 없는 비생명체로서 죽은 몸과 다를 바 없다. 이것은 자본주의 사회 속에서 인간의 존재방식을 문제 삼는 것이라 할 수 있다. 자본주의 사회에서 인간은 더 이상 존엄하거나 숭고한 존재로 인식되지 않는다. 모든 체계는 자본의 논리에 따라 조직화되며, 사회 구성원들은 그 조직을 유지하기 위한 기계의 부속품처

---

20) 이원, 『그들이 지구를 지배했을 때』, 문학과지성사, 1996, p.12.

럼 살기를 요구받는다. 시인이 「거리에서」 바라본 존재들을 모두 기계의 형상을 뒤집어쓴 존재로 드러내는 것은 우리의 삶 또한 이와 다르지 않다는 현실인식을 내포한다. 시인은 기계화된 세계를 이질적이고 낯선 것으로 인식하지 않는다. 인간이 기계화되고, 기계가 인간화된 세계에서 기계는 인간에게 타자이지만 타자가 아니며, 낯설지만 친숙한 것이 되어버렸기 때문이다.

시인은 이러한 세계에 대응하는 한 방식으로, 스스로 기계-되기를 감행한다. 기계가 된 '나'는 서로 이질적인 것이 연결 접속된 기계–몸이자, 인간/비인간의 사이에 놓여 있는 경계선적 주체로서, 대문자 인간(Man) 혹은 기계의 영역으로부터 탈영토화된 존재라 할 수 있다. 즉 인간이 기계가 되고, 기계가 인간화될 때, 기계와 인간은 각기 그 본래의 고유한 영역(영토)으로부터 벗어난 또 다른 존재가 되는 것이다. 그러나 이 상태, 즉 어느 무엇으로 결정불가능한 상태 자체만으로는 주체가 될 수 없다. 그것이 가능해지려면 이 기계–몸이 인간의 관(觀)을 벗어나 스스로 의미를 생산하는 주체가 되어야 한다.

여기서 주목되는 것이 시인의 형상화 방식이다. 이 시에서 기계–몸은 인간의 경험과 관념으로는 포착할 수 없는 낯설고 이질적인 것이다. 그런데 시인은 이 몸을 전경화하여 마치 보이는 것처럼 이미지화한다. '보이는 것', 즉 시각은 대상에 대한 거리감을 전제로 한다는 점에서, 근대적 주체를 표상하는 '보이는 감각'과 관련된다고 볼 수 있지만, 이 시에서 '시각'은 근대적 주체와는 거리가 멀다. 여기서 실제 현실에서 보이는 것이 아니라, 인간의 의식 속에 '알 수 없는 형태'로 개입하여 의식을 구성하는 무의식, 즉 특정한 방식의 질서가 실행되기 이전의 카오스모스적 세계[21]와 관련된다. 말하자면, 이질적인 것이 동시 공존하는 기계–몸은 시인의 무

21) 질 들뢰즈, 박기순 옮김, 『스피노자의 철학』, 민음사, 1999, pp.188~189 참조.

의식에 깃들어 있는 존재의 형상인 것이다. 시인은 이 형상을 자아의 목소리를 최소화함으로써 전적으로 드러낸다. 이때 사물은 스스로의 형상과 행위 자체로 의미화되며, 시적 자아의 관념은 제어된다. 여기서 인간(Man)/사물, 의식/무의식의 위치는 재배치되며, 인간의 의식(觀)이 제어된 기계－몸은 스스로 중심이 되어 자유롭게 움직일 수 있게 된다.

그것은 시의 어법에서도 드러난다. 시인은 사물의 의미를 설명하는 자아의 목소리를 드러내지 않는다. "플러그" 끝에 매달린 "비린 공기"가 어떤 의미를 가지는지도 설명되지 않으며, 플러그를 "덜렁거리며" 밖으로 나오고 걸어가고 떠다니는 사물들의 행위를 설명하는 정보도 생략돼 있다. "플러그들", "사람들", "돌들"은 어떤 통일체나 유기체로 존재하지 않으며, 시의 문맥은 어떤 인과관계나 필연성도 갖지 않는다. '몸'은 언제든 해체, 재조립될 기계이기 때문에 하나의 의미로 고착되지 않는다. 나는 어디에든 꽂힐 수 있는 플러그를 달고 "밖으로 나오고", "걸어"가고, "떠다"니는 중이며, 코드에 접속되는 순간 새로운 생명으로 탄생할 수도 있을 것이다. 특히 "플러그" 끝에 매달린 "비린 공기"는 '기계－몸'들이 계속하여 증식될 가능성을 상징적으로 드러낸다. 이러한 방식으로 분열, 증식되는 몸은 인간의 사물화와 기계화의 측면을 부각함으로써 기존의 인간관 혹은 자본의 논리에 저항하는 동시에 그 논리로부터 벗어날 새로운 길을 모색하는 것으로 읽을 수 있다. 시인은 그 길을 변형 중인 자연 속에서 찾기도 한다.

> 혁신슈퍼 사방의 쇼윈도에 황혼이 밀려들었다 까만 전깃줄이 허공을 끌고 왔다 몸이 작은 새 한 마리가 허공에 매달렸다 황혼의 동쪽 쇼윈도 앞에서 한 사내와 한 여자가 마주보았다 머리 위에서 낡은 아날로그시계 하나가 녹아내렸다 퍽퍽 새가 허공의 몸을 두드렸다 허공의 대지인 하늘이 몸을 열었다 하늘의 속도 온통 붉었다 그들의 두 다리는 나란히 바닥에 닿아있어야 했다 벌써 이 지상의 세계를 몇 번째 온 가로수가 온몸을 공기 위에 얹고 흔들었다
>
> －「만종」 전문[22]

위 시에서 "몸"은 "허공"으로 형상화된다. "허공"은 눈으로 볼 수도, 손으로 만지거나 잡을 수도 없는 텅 빈 지대이다. 그런데 시인은 "허공"을 "몸"으로 표현할 뿐 아니라, "대지인 하늘"로 표현함으로써 "허공"에 대한 인식뿐 아니라, "대지"와 "하늘"에 대한 일반적 인식마저 뒤집는다. 일반적으로 "하늘"은 남성성을 "대지"는 풍부한 생명력을 가진 모성성을 상징한다. 이것들은 서로 대립적인 의미를 가진다. 그러나 이 시에서 "하늘"은 "대지"이기도 "하늘"이기도 한, '함입(involution)'[23]의 상태로서, "대지"와 구분되어 있지 않다. 이러한 상상력은 동일성을 토대 한 전체화나 유기적 질서와 관련 있는 것처럼 보이지도 하지만, 시인이 강조하는 것은 유기적 질서를 가진 자연의 신비함보다는 기괴함이다. 즉 어느 무엇으로 결정불가능한 기이하고 낯선 영역을 연출함으로써 인간의 정체성을 어느 하나로 고정시키는 근대적 사유에 의문을 가하는 것이다.

근대적 사유는 이항대립과 이분법에 근간해 세계를 남성/여성, 인간/자연으로 나누고 이를 다시 위계 서열화하며 문명을 발전시켜왔다. 그러나 실제로 우리 삶의 장(Field 혹은 영토)을 면밀히 들여다보면 그렇게 분명히 구분되거나 구획되어 있지 않다. 모든 사물과 인간, 자연은 각기 나름의 영역과 개성을 가지고 서로 뒤섞이고 혼융되며 자유롭게 존재한다. "허공의 대지인 하늘"의 "몸", '스스로 그러한' 자연(自然)의 질서가 바로 그것이다. 그것은 규칙과 질서를 강조하는 인간관(觀)으로 볼 때, 무질서하고 통제해야 할 무엇이라고 볼 수 있지만, 인간의 시선을 벗어나 볼 때 그 나름의 규칙과 질서가 잡혀있다. 그리고 그(자연의) 질서는 인간의 힘으로 통제할 수 없다.

시인은 이러한 세계로서의 "몸"을 자신의 목소리를 최소화하여 이미지

---

22) 이원, 『그들이 지구를 지배했을 때』, 문학과지성사, 1996, p.44.

23) 들뢰즈는 자신과 이질적인 것과 결연하여 새로운 혼성적인 무엇이 되는 것을 함입이라 부른다. (들뢰즈와 가타리, 김재인 옮김, 『천개의 고원』, 새물결, 2003, p.453.)

화한다. 자연의 세계는 인간의 관념이나 지각이 도달할 수 없는 비인간의 영역으로서, 들뢰즈가 제시하는 인간의 내재면[24]의 영역과도 관련된다. 이 (내면)세계에서 존재는 자율적으로 움직이며 그 위치 또한 언제든 서로 뒤바뀔 수 있다. 그것은 "혁신슈퍼"를 중심으로 좀 더 구체화된다. "슈퍼"는 물건을 사고파는 공간이자, 도시의 공간이다. 이곳으로 "황혼"이 밀려들고, "까만 전깃줄"도 "허공을 끌고"온다는 것은 모든 것이 도시의 공간으로 집중되고 있는 현실을 보여주는 것이라 할 수 있다.[25] "까만 전깃줄이 허공을 끌고"온다는 구절은 "허공"이 "까만"어둠에 의해 사라질 것임을 의미하며, "낡은 아날로그시계"가 "녹아내렸다"는 것은 디지털시대의 도래를 암시한다. "한 사내와 한 여자"의 "두 다리"가 "허공"에 떠 있는 것은 소비문화 혹은 디지털의 가속도에 따라 인간의 실존이 위기에 이르렀음을 보여주는 것이라 할 수 있다. "새"와 "가로수"는 이에 대응하는 존재로서 "허공의 몸"을 두드리고, "온몸을 공기 위에 얹고 흔"든다. 이들의 안간힘으로 인해 "허공"도 "몸을 열"어 "온통 붉"은 속을 드러내고, "사내와 여자 곁으로 지평선"도 "조금 다가"오게 되는 것이다.

이는 기존의 질서에 균열을 내고 변화를 이끌어내려는 시인의 욕망을 형상화한 것으로, 동사적 움직임과 관련되는 "밀려들었다", "끌고 왔다", "매달렸다", "녹아내렸다", "흔들었다" 등의 서술어로도 드러난다. "-ㅆ다"로 끝나는 서술어는 모두 과거형이지만, '살아있는(시가 쓰여지는) 현재'에 결집돼 있으며, 이것들은 다시 여러 순간들로 해체될 수 있다. 앞 뒤 문맥이 인과관계로 이루어져 있지 않은 것은 문장을 재배치하여 새로운 문장을 만들 수 있음을 의미한다. "전깃줄이 허공을 끌고"오고, "새 한 마리가 허공에 매달"리는 것도 우연적, 임의적인 현상일 뿐, 화자의 의도를 드러내는 목적의식은 제어되어 있다. 이런 측면에서 「만종」은 성별이분

---

24) 김명주, 앞의 글, pp.39~40 참조.
25) 오규원, 앞의 글, p.99 참조.

법뿐 아니라, 도시화, 상업화를 추동하는 사회체계로부터 탈주하려는 시인의 기원을 담고 있다고 읽을 수 있다. 그러나 시인의 그 바람은 쉽게 이루어질 수 없다. 이제 자연의 의미는 첨단 기술이 탄생시킨 디지털 문명의 방향으로 확대되고 있으며, 인간에 의해 인위적으로 조작, 변형되고 있기 때문이다. 이러한 현실은 시인으로 하여금 지금-이곳에 '없는' 세계를 찾아 디지털 공간 속으로 발걸음을 옮기게 한다.

> 잉크냄새가 밴 조간신문을 펼치는 대신 새벽에/무향의 인터넷을 가볍게 따닥 클릭한다/ 신문지면을 인쇄한 모습 그대로/ 보여주는 PDF 서비스를 클릭한다/ 코스닥 이젠 날개가 없다/ 단기 외채 총 500억 달러/ 클릭을 할 때마다 신문이 한 면씩 넘어간다/ 나는 세계를 연속 클릭한다/ 클릭 한번에 한 세계가 무너지고/ 한 세계가 일어선다/ 해가 떠오른다 해에도 칩이 내장되어 있다/ 미세 극전이 흐르는 유리관을 팔의 신경 조직에 이식/ 몸에서 나오는 무선신호를 컴퓨터가 받는다는/ 12면 기사를 들여다보다/ 인류 최초의 로봇 인간을 꿈꾼다는 케빈 위웍의/ 웹사이트를 클릭한다/ -중략-/ 나는 그러나 어디에 있는가/ 나는 나를 찾아 차례대로 클릭한다/ 광기 영화 인도 그리고 나……나누고/ ……나오는… 나홀로 소송…또나(주)…/ 나누고 싶은 이야기……지구와 나………/ -중략-/ 계속해서 나는 클릭한다 고로 나는 존재한다
>
> -「나는 클릭한다 고로 나는 존재한다」 일부[26]

위 시의 제목 「나는 클릭한다 고로 존재한다」는 기계와의 접속을 통해서만 자기 정체성을 찾을 수밖에 없는 디지털 시대의 새로운 존재성을 드러낸다.[27] 시의 화자는 "잉크냄새"가 나는 현실공간에 있지만, 결코 현실공간에서만 머물지 않다. 그는 손끝으로 마우스를 "클릭"하여 "무향의 인터넷"공간으로 진입을 시도한다. 이때 내 몸은 컴퓨터와 접속된 몸으로서

---

26) 이원, 『야후!의 강물에 천 개의 달이 뜬다』, 문학과지성사, 2001, pp.42~44.
27) 이경수, 앞의 글, p.26 참조.

하나도 아니고 둘도 아닌 상태를 드러낸다. 그러나 그것은 유기적으로 연결된 하나가 아니다. 즉 가상세계 밖의 "나"와 가상세계 안의 "나"는 동일자로서의 '나'가 아니라 '단일하지 않은 주체'인 것이다. 가상세계 안으로 진입한 "나"는 "인터넷을 가볍게 따닥 클릭"하는 현실적 "나"로부터 점점 멀어지면서 수많은 "나"를 만들고 계속해서 이동한다. 이렇게 이동하는 "나"는 가상세계 안과 밖의 경계를 식별불가능하게 만들면서 끝없이 변이하는 '기관 없는 신체'와도 같다.

기관 없는 신체는 지배주체로서의 인간(I)이 빠진, 즉 유기체를 구성하는 통일성, 의미를 구성하는 단일화 구조에 저항하는 주체이자 과정 중의 주체로서,[28] 한 자리에 고정돼 있지 않고 계속하여 이동한다. 이동은 "클릭"에 의해 이루어지기 때문에 즉흥적이고 충동적이다. 이메일의 첨부파일에서 "붉은 장미들이 이슬을 꽃잎에 대롱대롱 매달고/ 흰 울타리 안에서 피어"난 시들지 않은 꽃다발을 선물 받다가, 지도를 클릭하여 "서울에서 출발하는 길 하나를 따라가니 화엄사에/ 도착"하기도 한다. 이 주체는 "클릭 한 번에 한 세계가 무너지고/ 한 세계가 일어서는"세계에 있기 때문에, 이 세계에서 저 세계로 이동하는 것은 아무 것도 아니다. "미세 극전이 흐르는 유리관을 팔의 신경 조직에 이식"하는 일이나, "몸에서 나오는 무선신호를 컴퓨터가 받는"일도 놀라운 일이 아니며, 해가 떠올라도 그 해는 "칩이 내장"된, 조작 가능한 "해"이기에 생활현실에서 일어나는 변화는 감각되지 않는다. 인공자연, 가상현실 속의 몸에는 고통스런 현실이나 사회 역사적 의미는 새겨지지 않기 때문이다.

그런데 주목되는 것은 화자가 계속하여 자신의 정체성을 찾고 있다는 점이다. "나는 그러나 어디에 있는가"라는 질문은 인터넷의 검색 시스템에서 나를 찾는 일은 사막에서 오아시스를 찾는 일만큼이나 막막하다는

28) 연효숙, 앞의 글, p.81 참조.

인식을 드러낸다. "나……나누고/ ……나오는… 나홀로 소송…또나(주)…/ 나누고 싶은 이야기……지구와 나………"는 분열된 "나"의 심리를 그대로 보여준다. 그러나 시인은 결코 그 세계에서 빠져나오려고 하지 않는다. "계속해서 나는 클릭한다 고로 존재한다"라고 시의 마지막을 종결하면서, 클릭을 통해 존재하는 늘 진행 중에 있는 '나'라는 새로운 시적 주체를 선언한다. 이는 매체의 변화가 삶의 변화를 추동하는 환경 속에서 스스로 변화의 주체로 변모해 가려는 탈주의 욕망을 형상화한 것이라 읽을 수 있다.

> 아이라는 기표를 불렀더니/ 아이가 그림자까지 붙이고 나타났다/ 아이에게 아이스크림을 내밀었더니/ 입이 생기고/ 다섯 개의 꼼지락거리는 손가락이 생긴다/ 아이스크림은 아직 녹지 않았다/ 아이는 금방 생겨난 입으로 깔깔거린다/ 그 사이 녹아내린 아이스크림이/ 아이의 그림자에 달라붙었다/ 그림자를 손으로 찍어보니 달다/ 아이의 그림자만 뜯어먹고/ 아이를 지웠다/ 흔적도 없다
>
> －「아이라는 기표를 위한 상상」 일부[29]

기표는 기의를 담아내는, 다시 말해 시인의 시정신을 담아내는 몸과 같다. 어떤 측면에서 시쓰기의 욕망은 모성과 맞먹는 욕망이다. 모성은 '잉태(기의=시)'를 통해서만 자기 정체성을 확인할 수 있다. 이런 측면에서 "아이"는 자기 정체성(모성)과 관련된다고 볼 수도 있다. 그러나 이 시에서 "기표(모성)"는 '기의(아이)'를 담아내지 못한다. "기표(모성)"의 또 다른 정체성이라 할 수 있는 "아이"는 이미 존재하거나, 잃어버린 대상이 아니라, "기표를 불"러서 생겨난 대상에 불과하다. 아이의 "입"과 "다섯 개의 꼼지락거리는 손가락" 또한 기표가 만들어낸 허상에 불과할 뿐 아무런

29) 이원, 『야후!의 강물에 천 개의 달이 뜬다』, 문학과지성사, 2001, p.93.

의미를 갖고 있지 않다. 이는 시인이 존재 자체의 근원을 인정하지 않는다는 의미이다. 근원을 인정하지 않기 때문에 존재의 기원을 근거로 한 통합의 논리도 드러나지 않는다.

시의 화자는 시의 밖에서 시 속의 상황을 묘사하고 있을 뿐, 말하는 주체와는 일치하지 않는다. 말하는 주체는 "기표"와 "아이", "그림자" 사이를 빠르게 오가면서 "아이가 그림자까지 붙이고 나타"나고, "금방 생겨난 입으로 깔깔거"리고, "녹아내린 아이스크림이/ 아이의 그림자에 달라붙"는 모습을 아무런 감정을 개입시키지 않은 채 서술하고 있다. 이는 기표의 기의, 언어와 실재의 간극을 벌려놓기 위한 장치로서 기표의 실재성에 바탕을 둔 표상(재현)의 논리를 전복하기 위한 것으로 볼 수 있다. 재현의 논리는 기본적으로 자기동일성을 전제한다. 우리가 어떤 대상을 볼 때, 그것을 자신의 입장에서 판단하듯이, 대상에 대한 우리의 인식에는 언제나 자기동일성이 전제되어 있다.[30] 그러나 존재하는 모든 것은 서로 다른 '차이'를 안고 언제나 변화하는 것이기 때문에 결코 동일하지 않다. 시의 화자와 대상(기표)의 불일치, 기의와 분리된 기표로서의 시쓰기는 바로 이러한 동일성의 논리를 전복하기 위해 설정된 것이라 이해된다.

기표로서의 시쓰기는 기의를 담아내지 못한다. 이때 시쓰기는 하나의 놀이와 같다. 그러기에 상징적 논리나 인과적 필연성은 제시되지 않는다. 놀이로서의 '시'는 곧 '몸(기표)'으로서 어떠한 의미체계에 얽매이지 않고 자유롭게 변신하고 생성한다. 이때 시는 '기관 없는 몸'의 의미와도 상통한다. 이 신체는 인간의 관(觀)이나 지각에 의해 구성되는 고정불변한 신체가 아니라, 다른 신체와의 영향관계에서 생겨나는 복수적 흐름이며, 변화하는 힘 자체를 의미하는데,[31] 여기서는 "아이라는 기표를" 부르고, "아이스크림을 내밀"고, "아이의 그림자만 뜯어먹고/ 아이를 지"우는 주

30) 조현수, 앞의 글, p.70 참조.
31) 김은주, 앞의 글, p.107 참조.

체가 누구인지 모호하게 흐려, 주체와 대상의 결정불가능한 영역을 연출하거나, "부"르고, "나타"나고, "내밀"고, "깔깔거"리고, "달라붙"는 동사적 움직임으로 드러난다.

특히 "아이의 그림자만 뜯어먹고/ 아이를 지웠다"는 구절이 함의하는 의미는 섬뜩하다. "흔적도 없"이 사라진 "아이"는 이 세계가 더 이상 인간성을 허락하지 않음을 의미한다. 일상의 곳곳에서 자리 잡은 자본주의 문명=기표(언어)가 우리 삶을 완전히 "뜯어먹"어 버린 것이다. 이때 동반되는 감정은 두려움일 것이나 시인은 이에 대한 어떤 감정도 표현하지 않는다. 시인에게 시는 그저 놀이이거나 상상에 불과하기 때문이다. 이러한 상상의 저변에는 세계에 존재하는 어떤 것도 자기 동일성을 유지하는 것이란 없다는 시인의 인식이 내포되어 있다. 그런 점에서 이 시는 '나-너'의 같음을 근거로 통합성, 전체성을 강조하는 은유적 동일성을 해체하고, 기존의 재현체계를 벗어난 새로운 시쓰기에 대한 시인의 욕망을 언어로 형상화한 것이라 할 수 있다.

이러한 이원의 시는 비인간적 지대, 비실재의 세계를 상정하고 있다는 점에서 현실적 생활 감각이 빠져 있다고 지적될 수도 있겠으나, 그것은 허황된 공상이 아니라 지금-여기 우리의 현실을 가리키고 있다는 점에서 중요한 의미를 가진다. 그가 상상한 세계는 모두 기계문명이나 상업적 시장구조에 복속되고 있는 우리의 현실과 관련되기 때문이다. 이러한 그의 시는 총체적 동일성의 논리로 모든 것을 하나로 규정하는 기존 질서를 문제 삼고, 그로부터 벗어나는 방식을 의식/무의식의 위치를 재배치하여 내면(무의식)의 탐색을 강조하고 있다는 점에서 지금-여기 우리의 존재성을 새롭게 사유하게 한다는 점에서 의미 있을 것이다.

## 2. 기화(氣化)되기를 통한 몸의 변이와 생성 – 김행숙

김행숙[32]의 시 역시 우리의 이성으로 납득하기 어려운 세계를 펼쳐놓는다는 점에서 이원의 시와 유사한 방식으로 전개된다. 그러나 그의 시는 '기계' 등의 사물(私物)로 가시화되는 이원의 몸과 달리 분자적으로 쪼개져 기화(氣化)되거나 사라져 가는 상태를 드러낸다는 점에서 이원의 시와는 다르다. 이원 시에서 사물은 서로 이질적인 것이 동시 공존하는 몸으로서 이동과 분열을 통해 변화가능성을 드러내지만, 김행숙 시에서 기화되어가는 몸은 또 다른 개체 속으로 스며들거나 사라지는 상태를 암시하면서 전혀 다른 존재로 변화될 가능성을 드러낸다. 이러한 특징으로 그의 시는 무한한 분열과 변신이 가능한 탈주체, 혹은 (탈)여성적 글쓰기와 관련하여 언급되고 있다.[33] 그러나 그의 시에 대한 논의 또한 몸과 관련하여서는 거의 언급되지 않고 있다. 따라서 이 글에서는 그의 시를 '몸'의 존재방식에 초점을 맞추어 좀 더 구체적으로 살피고자 한다.

김행숙 시에서 몸은 무정형의 물질로서 무엇으로도 변형될 수 있다. '고양이'도 되고, '가루'나 '알갱이'가 될 수 도 있다. 심지어 0.4, 0.0, 0.01의 소수점이하가 될 수도 있고, 호르몬이 될 수도 있다. 이렇게 변이, 생성하는 몸은 상징질서로부터 부여된 여성–타자로서의 몸을 부정하고, 기존 질서가 규정한 비천한 것들을 불러와 거기에 자기 정체성을 확립시키는 연기(演技)하는 주체와는 다르다. 연기하는 주체는 나/너의 '차이'를 인

---

32) 1970년 서울에서 출생. 고려대 국어교육과 및 동 대학원 국어국문학과 졸업하였다. 1999년 『현대문학』에 「뿔」 외 4편을 발표하며 작품 활동을 해오고 있다. 시집으로 『사춘기』(문학과지성사, 2003), 『이별의 능력』(문학과지성사, 2007) 등이 있다.

33) 조연정, 앞의 글, pp.398~421. : 이경수, 앞의 글, pp.7~36. : 이장욱, 「아이들, 여자들, 귀신들」, (김행숙 시집)『사춘기』, 문학과지성사, pp.124~142. : 임지연, 앞의 글, pp.288~301. : 신진숙, 「윤리적인 유혹, 혹은 아름다움의 윤리–김선우 시집 『내 몸 속에 잠든 이 누구신가』(문학과지성사, 2007) · 김행숙 시집 『이별의 능력』(문학과지성사, 2007)」, 『시작』 통권23호, 천년의 시작, 2007, pp.244~253.

정하지 않고, 차이를 차별화해 온 기존질서에 저항하는 주체로서 남성/여성이라는 이항대립체계와 유기체로서의 인간이라는 사유가 전제되지만, 김행숙 시에서 변이되는 몸은 유기체로서의 몸 자체를 인정하지 않는다. 사라지는 몸은 다른 몸속에 스며들지만 하나로 통합되지 않는다. 유기체적 질서나 자기 본래의 정체성도 회복하려하지 않는다.

시의 화자들은 끊임없이 변형되는 과정 중의 주체, 분자적 흐름으로서의 주체로서 전체통합보다 자유로운 흐름을 강조한다.[34] 때문에 주체는 처음부터 어느 하나로 결정되어 있지 않고, 그 자체로 머물러 있지도 않는다. 각 신체는 다르게 되기를 거치면서 자신의 의미를 새롭게 생성하면서 변이한다. 이러한 특징은 첫시집 이후 갈수록 확장되는 양상을 보인다. 다음 시는 그의 첫시집 『사춘기』에 실려 있는 작품이다.

> 여긴 전에 와본 적이 있다. 나의 浮上을 두려워하는/ 자의 숨소리를 듣는다. 여긴 햇빛이 따갑군요.// 그리고 당신의 머리는 浮沈을 반복하는군요. 당신의/ 음성이 곧 당신을 놀래킬 것입니다.// 당신은 이미 딴 사람 같습니다. 당신의 목젖에 걸린/ 피라미가 반짝, 몸을 뒤채는군요.// 나는 거대한 여자다. 인간적인 차원의 부피가 아니다./ 나는 거의 물이다. 내게 기댄다면 나는 잠시 튜브다.// 당신의 벌어진 입으로 따뜻한 물이 흘러드는군요. 은/ 빛 호수 가운데 나는 떠오른 여자다.
>
> ―「당신의 악몽 · 1」 일부[35]

이 시에서 몸은 "호수"의 풍경으로 탈영토화되고, "호수"는 여성 몸의 특징을 드러낸다. "호수"의 둥근 형상과 "물"의 이미지는 생명의 자궁을 지닌 여성의 몸과 상징적으로 일치한다. 그러나 이 시에서는 단순히 생명력만을 의미하지 않는다. 이곳은 화자가 "전에 와본 적이 있는"공간이자, 비현실

---

34) 연효숙, 앞의 글, pp.92~93 참조.
35) 김행숙, 『사춘기』, 문학과지성사, 2003, p.50.

(꿈)의 공간이다. 그 속에는 "浮上"하려는 "나"와 "浮沈을 반복하"는 "당신"이 깃들어 있다. 여기서 "당신"은 "목젖에" "피라미"가 걸린 이미 죽은 "사람"이자, "거대한 여자"이고, "인간적인 차원의 부피가" 아닌 "물"이며, "튜브"로서, 하나의 의미로 규정할 수 없다. 이때 "호수"는 "나"와 "당신", 인간/비인간, 과거/현재, 삶/죽음, 현실/비현실 등 수많은 것들을 포괄하는 "거대한" 몸으로서,[36] 이분법적 체계에 의해 규정된 여성성(생산적 여성, 혹은 성적 대상으로서 여성)으로부터 탈영토화된 신체라 할 수 있다.

이러한 신체(호수)의 이미지는 지금과는 다르게 살고 싶다는 시인의 꿈과 관련된다. 시인이 꿈꾸는 여성은 자기 동일적인 어떤 상태에서 벗어나 다른 것이 되는 것이고, 기원으로서의 여(모)성성을 회복하려는 것이 아니라, 그 기원에서 벗어나려는 것이다. 그것은 호수에서 "浮上"하는 "나"와 浮沈을 반복하는 "당신"의 움직임과 역동성을 통해 짐작할 수 있다. "浮上"하는 존재로서 "나"는 움푹 패인 "호수"로부터 수면으로 솟아오르려는 자아이며, "浮沈을 반복하는" "당신"또한 한 자리에 고정돼 있지 않고 계속하여 움직인다. 움직이는 "당신"은 이미 죽었으나 완전히 죽지 않고, 스스로 "나는" "~이다"라고 반복하여 '말'하며, 또 다른 무엇으로 변할 수 있는 가능성을 암시한다.

"호수"는 이러한 "당신"과 "나"를 안고 있는 큰 몸이지만, 둘을 하나로 통합하려하지 않는다. "나"와 "당신"은 하나의 신체로 통합되지 않은 채 각각 움직이며 역동성과 변화성을 드러낸다. 이는 단일한 의미틀을 거부하고 리좀적인 흐름을 추구하는 무의식적 욕망과 관련하여, 말하기 방식으로도 드러난다. 시인은 말하는 주체가 누구인지 분명하게 드러내지 않는다. 서로 대화를 나누는듯한 "나"와 "당신"의 말은 어디까지가 "나"의 말이고, 어디까지가 "당신"의 말인지 명확히 파악하기 힘들다. "-다"로 끝

36) 이장욱, 앞의 글, p.138 참조.

나는 서술어는 분명 "여자"임을 표명하고는 있지만, "해요"체의 여성적 어조와는 다르며, 의미맥락을 형성하지도 않는다. 각 문장의 위치나 연의 위치 또한 서로 바꾸어도 아무 관계가 없다. 이러한 언술방식은 상징적 언어체계를 깨부수고, 인간의 정체성을 보편성으로 획일화시키는 사회통제 체계에 저항하기 위한 하나의 시적 전략으로서, 진정한 자신으로서의 주체 및 타자와의 공존 가능성을 모색하려는 시도로 읽을 수 있다. 그런 점에서 시인에게 "호수"는 자기실현을 위한 꿈의 장소가 될 수 있지만, 일의성, 통합성을 강조하는 지배적 주체에게는 「악몽」이 되는 것이다.

이러한 면모는 첫시집 『사춘기』에서 "엄마..... 엄마....." 부르는, "뻐끔거리는 입"이 "잇달아 터지고 있"는 "물방울"로도 드러나고(「우는 아이」), 남자의 악몽에 나타나기 위해 불려 다니는 귀신이야기(「귀신이야기 · 4」)로도 드러난다. 그러나 『이별의 능력』에 이르러 시인은 더욱 다양한 되기를 통해 무한 변신이 가능한 탈주체의 면모를 보여준다.

> 전우처럼 함께 했던 얼굴은 또 한명의 전우처럼 도망쳤다. 끝을 모르는 고요한 밤의 살갗 속으로/ 그리고 다시 얼굴이 달라붙을 때의 코는 한없이 옆으로 퍼져 있었다. 귀는 늘어져 늘어져서 이어지는 꿈과 같았다. 비누칠을 해서 꿈을 씻어내도 얼굴의 높이는 돌아오지 않았다// 콧구멍은 파묻혔다. 냄새가 나지 않는 세계에서 아침 식사를 했다. 나는 맑아지고 의심이 없어진다// 얼굴 위로 쏟아지는 햇빛, 햇빛, 햇빛이 비추는 이 거리의 닮은 구두코, 신발을 신은 사람들. 늪처럼 발부터 빠진다
>
> –「얼굴의 몰락」 전문[37]

"얼굴"은 고유한 정체성을 드러내는 장소이자, 타자와 관계하는 사회문화적 장이다. 얼굴의 표정은 사회문화적 역할에 따라, 권력의 구조(경

---

37) 김행숙, 『이별의 능력』, 문학과지성사, 2007, p.25.

제) 및 조직에 따라 만들어지기도 한다. 이런 뜻에서 얼굴은 하나의 '정치'라고도 한다.[38] 즉 얼굴과 얼굴 사이에는 힘의 관계가 있으며, 그 힘은 다른 사람의 공조(共助)를 요구하기도 하고, 동일화되기를 명령하기도 한다. 그러나 시인은 그런 동일화의 명령에 굴복하려하지 않는다. "전우처럼 함께 했던 얼굴은" "끝을 모르는 고요한 밤의 살갗 속으로" "또 한명의 전우처럼 도망쳤다"는 진술은 얼굴에 내재한 사회문화적 힘(권력), 혹은 보편적 동일성을 거부하려는 시인의 인식을 단적으로 보여준다. "도망"쳐나간 "얼굴"은 그 본래의 기능과 영역에서 탈영토화된 탈기관체로서, 다르게 되기를 통해 그 자신을 끊임없이 변형시킬 뿐 결코 공통의 동일성을 만들지 않는다.[39]

"옆으로 퍼져 있"는 "코"와 "늘어져 있"는 "귀", "파묻"혀 "비누칠을 해"도 그 "높이는 돌아오지 않"는 "콧구멍"은 여전히 얼굴이지만, 본래의 그 얼굴이 아니다. 즉 다시 "달라붙"는 과정에서 "옆으로 퍼"지고 "늘어져" 있는 "얼굴"은 변화에 의해 달라진 상태를 드러낸다는 것이다. 이때 얼굴은 각 부분들이 제 자리에서 전체적으로 조화를 이루는 것이 아니라, 파편화된 얼굴로서 유기체적 동일성을 거부하는 시인의 인식을 그대로 보여준다. 하지만 시인은 그것을 직접적인 목소리로 드러내지 않는다. 자신의 감정을 최대한 절제하여 파편화된 상태를 그대로 드러낸다. 화자는 "귀"가 늘어져서 소리를 제대로 들을 수 없고, "콧구멍"은 파묻혀 있기에 "냄새"도 맡을 수 없다. 그러나 이러한 상황과 대조적으로 "나"는 "냄새가 나지 않는 세계에서 아침 식사"를 하며, 오히려 "맑아지고 의심이 없어진다"고 말한다. 그러면서 "햇빛이 비추는 이 거리의" 사람들이 늪처럼 빠지는 모습을 아무 감정도 없이 묘사하고 있다. 여기서 "나"는 인간의 감정이 철저히 배재되어 있으며, 현실은 시각적으로만 감각된다. 시각은 일종

38) 들뢰즈 · 가타리, 김재인 옮김, 『천개의 고원』, 새물결, 2001, p.340 참조.
39) 조현수, 앞의 글, p.76 참조.

의 거리두기 기법으로서 세계와 자아의 불화를 그릴 때 표현하는 기법이다. 그러나 이 시의 현실은 시인이 상상해낸 현실일 뿐 실재하는 현실이 아니다. 따라서 이 시의 시각은 '보이는 것', 즉 서경(敍景) 그 자체로 제시되는 이미지로서 관념적 의미와는 대립된다.

시인이 그려내는 '보이는 감각'은 사물의 전적인 의미를 지향한다. 사물을 자기중심적으로 한정하는 시적 자아의 관념을 제어하고, 파편화된 사물을 전경화함으로써 인간의 관념에 의해 은폐된 사물의 실재를 전적으로 제시하려는 것이다. 이때 감각은 인식론적 층위로 팽창하지 않고 단지 감각의 차원에만 머문다. 감각은 지성으로 전이되지 않으며, 그래서 날것으로 존재한다. 날것인 감각으로 보는 자의 시선은 형이상학적 이원화된 세계를 비껴가면서 대상을 시적주체의 것으로 전유하는 동일성의 서정세계를 차단한다. 이를 통해 시인은 자기 동일성의 영역으로부터 벗어나고자 한다. 형체가 일그러진 "얼굴", 즉 확고부동한 형태의 얼굴이 "빠"진, 다시 말해 어떤 것도 주체가 될 수 없는 세계를 꿈꾸고 있는 것이다.[40] '도망치다', '파묻히다', '없어지다', "빠진다"등의 동사는 어떤 주체도 성립할 수 없는 세계로 나아가려는 시인의 욕망을 보여준다고 읽을 수 있다. 그리하여 시인은 마침내 주체도 타자도 없는 세계로 진입한다.

> 나는 기체의 형상을 하는 것들./ 나는 2분간 담배연기. 3분간 수증기. 당신의 폐로 흘러가는 산소./ 기쁜 마음으로 당신을 태울 거야./ 당신 머리에서 연기가 피어오르는데, 알고 있었니? / 당신이 혐오하는 비계가 부드럽게 타고 있는데/ 내장이 연통이 되는데/ 피가 끓고/ 세상의 모든 새들이 모든 안개를 거느리고 이민을 떠나는데 //중략// 눈을 뜰 때가 있었어./ 눈과 귀가 깨끗해지는데/ 이별의 능력이 최대치에 이르는데/ 털이 빠지는데, 나는 2분간 담배연기. 3분간 수증기. 2분간 냄

40) 조연정, 앞의 글, p.418 참조.

새가 사라지는데/ 나는 옷을 벗지. 저 멀리 흩어지는 옷에 대해/ 이웃들에 대해/ 손을 흔들지.

―「이별의 능력」 일부[41]

위 시에서 "나"는 "기체"로 치환되어 있다. "기체"인 "나"는 "2분간 담배연기"가 될 수도, "3분간 수증기"가 될 수도, "당신의 폐로 흘러가는 산소"가 될 수도 있다. 이때 자아는 고정된 하나의 주체가 아니라 뭐든지 될 수 있는 과정 중의 주체이다. 과정 중의 주체로서 "나"는 "당신을 태"우는 위협적인 존재로 변이한다. "당신의 머리에서 연기가 피어오르"고, "당신이 혐오하는 비계"를 태우고, 당신의 "내장이 연통이 되"거나 "피가 끓"게 하는 끔찍한 공간을 창조하고, 다시 "2분간 담배연기, 3분간 수증기, 2분간 냄새"가 되어 사라지기도 한다. 이처럼 그가 여러 가지 형태로 주체를 분산, 분열시키는 것은 나/너의 같음을 강조하는 동일성의 사유를 부정한다는 의미이다. 나/너의 같음, 즉 동일성의 원리는 어느 한편이 다른 어느 한 편을 흡수 통합하려는 소유의 개념이 전제되어 있기 때문에 서로 다름, 혹은 차이는 인정되지 않는다. 그러나 이 시의 나는 그 자체로 뭐든지 될 수 있고, 아무것도 될 수 없는 기체이기 때문에 동일성의 논리에 갇히지 않는다.

기체는 "흘러가"고 "흩어지"기도 하면서 계속하여 움직인다. 움직이고 이동하며 자유롭게 나아가는 "기체"는 단순히 기체 그 자체를 의미하는 것이 아니라, 이 세계를 살아가는 시인의 존재방식, 더 나아가 관계방식을 의미한다. 기체인 나는 "당신의 폐로 흘러들어" 당신이 된다. 보이지 않지만, 당신의 몸속에서 당신과 하나로 존재한다. 당신과 하나된 몸은 "비계", "내장", "피"를 가진 존재로서, 기존의 상징질서에서 볼 때 혐오감을 불러일으키는 비천한 몸과 같다. 시인은 이것들을 모두 "태우"고, "끓"게 함으로써 여기저기 마구 "흩어"버린다. 그렇게 함으로써 "당신" 속의

41) 김행숙, 『이별의 능력』, 문학과지성사, 2007, pp.12~13.

"나"는 또 다른 기체로서의 연기(煙氣)가 되거나 액체로 변모할 수 있다. 마치 리좀처럼 어디든지 이동하고 나아가며 변이해가는 것이 참된 자유이며, 그래야 어디든 집으로 삼으면서도 거기에 갇히지 않는다는 것이 기체에 담긴 의미인 것이다. 이러한 면모는 상징질서에서 주변화된 몸을 비천한 몸으로 연기(演技)하며 기존질서를 전복하려는 저항적 주체와는 다른 새로운 면모를 보인다고 할 수 있다.

시인이 바라는 주체는 연기(演技)하는 주체가 아니라, 스스로 연기(煙氣)가 되는 것이다.[42] 연기(煙氣)는 사방으로 퍼져나가고 사라지는 듯 어딘가에 스며드는, 비결정적인 것이기 때문에, (과거의)나의 자아를 넘어서서 나의 자아를 새롭게 구성할 수 있는 힘을 내재하고 있다. 시인이 "이별"을 "능력"으로 표현한 것은 (과거의)나와 이별할 수 있는 능력이 있어야 함을 역설적으로 표현한 것이라 할 수 있다. 다시 말해 외부 세계를 물리적으로 역전시키는 것이 아니라, 먼저 제 자신을 변형시키는, 자기를 변화시켜나가는 능력이 있을 때, 상징적 법, 제도와 같은 외부세계도 변화시켜 나갈 수 있다는 의미이다. 각기 흩어져 있는 문장과 우연적으로 배열된 각 연이 "피어오르는", "타는", "깨끗해지는", "사라지는", "흩어지는" 등의 동사적 움직임과 같이 하는 것도 어떤 하나의 의미로 수렴되지 않으려는 시인의 욕망을 언어형식의 파괴를 통해 드러낸 것이라 할 수 있다. 마지막 구절의 "저 멀리 흩어지는 옷에 대해/ 이웃들에 대해/ 손을 흔" 드는 "나"는 과거의 나와 "이별"하려는 나, 계속해서 이탈하고 발산해가는 탈주체로서의 나를 만들어가고자 하는 시인의 인식을 뚜렷이 보여준다.

> 더 휘저어라. 나는 충분히 섞이지 않았다. 나는 생각 못한 알갱이처럼 남아 있어서 목에 걸리고// 길고 외로운 팔을 욕조 밖으로 늘어뜨리는 것이다. 당신의 목욕시간은 너무 길어, 당신은 소리치는 것이다.//

---

42) 조연정, 앞의 글, p.417 참조.

아주 길어져야 하는 것들이 있다고 나는 소리치는 것이다. 식사시간 보다 목욕시간이 더 길어지면 긴 것, 연약한 것, 갈 곳 없는 것, 사라지는 것,// 그리고 극단적인 기침이 어디서 터져나오는 것이다. 사람 많은 곳에서 사람 아닌 것처럼 구부리고// 구부렸다, 폈다, 구부리는 운동 속에서 나는 계속되지 않는다. 나는 불연속적으로 사람들 속으로 사람들을 떠난다.

-「사라지는, 사라지지 않는」 전문[43]

위 시에서 "나"는 "알갱이"로 드러난다. 주목되는 것은 "알갱이"가 말하는 주체와 구분이 되지 않는다는 점이다. 즉 "나"는 "욕조 밖으로" "길고 외로운 팔"을 늘어뜨리는 사람이자, 알갱이인 것이다. 이는 생명/물질, 인간/비인간의 경계를 구분할 수 없는 식별불가능한 상황을 연출한다. 여기에는 총체적 동일성을 거부하는 시인의 인식이 내재되어 있다. 동일성 혹은 통합성 논리에는 지배의 개념이 전제된다. 즉 총체적 동일성은 언제나 다수(집단)의 생각, 보편적 사유를 주장하며, 모든 사람들에게 보편적 기준을 행사하려 한다. 여기에서 권력이 생겨나며, 권력은 개별자들이 가진 다양한 차이를 하나의 중심으로 수렴하여 폭력을 행사하게 된다. 이 시에서 "알갱이"는 바로 그런 동일성의 논리를 거부하는 "나"이다.

알갱이로 남아있는 "나"는 알갱이들이 모여서 몸을 이루는, 다시 말해 개별적 존재들이 모여서 전체를 이루는 것을 추구하지 않는다. 시인이 추구하는 것은 몸 없이 알갱이로 존재하는, 그러한 전체 없는 부분으로서의 "나" 이다. 이는 전체화의 n사유방식을 거부하는 '기관 없는 신체'의 의미와도 상통하는 것으로, 되기의 과정을 거쳐 자신의 존재성을 새롭게 재정의하기 위해 설정된 장치로 이해된다. -인양 따라하는 것이 아니라, 오직 계속해서 달라짐만을 추구하는 되기는[44] 분자적 흐름으로서의 주체, 과

---

43) 김행숙, 『이별의 능력』, 문학과지성사, 2007, p.147.
44) 김은주, 앞의 글, p.98 참조.

정 중의 주체로서 자유로운 흐름을 강조한다.[45] 화자인 "알갱이"가 스스로를 "더 휘저"어 "사라"져야 한다고 진술하는 것은 바로 그 흐름을 강조하기 위한 것이라 할 수 있다.

"알갱이"인 화자가 "길고 외로운 팔을 욕조 밖으로 늘어뜨리"고 오랫동안 "목욕"을 하는 것은 내가 아직 "충분히" 분해되지 않았기 때문이다. 분해되어 자유롭게 흐를 수 있을 때, 존재는 주어진 정체성을 벗어나 새로운 자기를 만들어갈 수 있다는 것이다. 시의 화자가 "목욕시간"이 "길어져야"한다고 "소리치는 것"은 "목욕시간이 더 길어지면 긴 것, 연약한 것, 갈 곳 없는 것, 사라지는 것"이 될 수 있기 때문이며, "사람들 속으로" 떠났다가 "극단적인 기침이 어디서 터져 나오는 것"처럼 어느 순간 다시 태어날 수 있기 때문이라고 할 수 있다. 즉 "알갱이"로서의 화자가 "사람들" 속으로 들어가 "기침"으로 터져 나오게 되는 것이다. 이때 "기침"은 우연성, 운동성과 관련되는 것으로, 기침 그 자체를 의미하는 것이 아니라, 변화에 의해 항상 달라지는 자아를 의미한다. 이 변화는 필연적 인과관계에 의한 것이 아니라, 우연히, 어느 순간 이루어진다.

시의 언어들이 모두 우연적으로 드러나는 것도 이와 같은 맥락에서 볼 수 있다. 시적 정황은 서사적 맥락이나 구체적인 사건이 소거되어 있고, 각 연은 인과적인 관계가 아니라 우연적으로 설정되어 있다. 1연에서 나는 "충분히 섞이지 않"았기 때문에 "알갱이처럼" "목에 걸"린다는 정황이 설정되어 있다. 그러나 그것은 시의 내적 정황들에 의해 전개되지는 않는다. 2연은 1연의 "목에 걸리고"라는 전제 때문에 발생한 것처럼 보인다. 즉 1연에서의 "목"이 2연의 "목욕"이라는 단어를 불러오고, "기침"을 발생시켰으며, "기침"은 "구부렸다, 폈다, 구부리는" 운동을 불러오는 식으로 우연성과 연쇄에 의해 그려지고 있는 것이다. 이러한 불연속성은 "휘"

---

45) 연효숙, 앞의 글, pp.92~93 참조.

젓고, "소리치"고, "사라지"고, "터져나오"고, "구부렸다, 폈다, 구부리는" 등의 동사적 움직임과 함께 자아와 세계를 규정하는 그 어떤 것으로부터도 벗어나려는 시인의 인식을 잘 보여준다. "나는 불연속적으로 사람들 속으로 사람들을 떠난다"는 선언은 역설이 아니라 주체의 운동 원리로서,[46] 없거나 있는 존재가 아니라 사라지면서 사라지지 않는 존재방식을 형상화한 것이라고 읽을 수 있다.

김행숙의 시에 구축된 세계 또한 현실에서 일어날 수 없는 비가시적 세계를 설정하고 있다는 점에서 일정한 한계를 안고 있지만, 스스로 기화되거나, 분자화됨으로써 타자와 한 몸을 이루고, 거기서 다시 분열과 변신을 반복함으로써 나와 타자들의 정체성을 각각 만들어낸다. 이러한 그의 시는 인간의 시선으로 규정된 존재성을 벗어나 나/너가 서로 한없이 가까워지는, 그러면서도 결코 하나로 존재하지 않는 몸들을 통해 지금-여기 우리의 관계성을 새롭게 사유하게 한다는 점에서 중요한 의미를 가진다.

## IV. 결론

이상과 같이 본고는 여성시에 나타난 '다른 몸-되기'의 상상력과 탈주체화 전략을 이원, 김행숙의 시를 통해 살펴보았다. '-되기'는 들뢰즈 이론의 핵심 주제로서 현재의 삶에서 다른 삶으로의, 즉 바깥으로의 이행을 의미한다. '욕망하는 기계', '기관 없는 신체'는 바로 그 '-되기'의 한 방식으로써 신체 그 자체가 아니라, 상징체계적 관념으로는 포섭할 수 없는 비인간적 지대, 욕망이 생성되는 내재면과 관련된다. 내재면은 우리의 의식이 알 수 없는 형태로 기입된 무의식의 장이자, 비생명체/물질들의 움

---

46) 임지연, 앞의 글, p.295 참조.

직임과 역동성이 내재된 저항공간으로서, 이성을 선험적 본질로 삼아 보편적 정체성을 확증하는 근대적 인간개념에서 벗어나 다른 삶, 다른 의미를 생성하기 위해 제시된 하나의 전략이다. 이것은 두 시인의 시에서도 유사한 방식으로 드러난다. 시 속의 몸들은 모두 인간의 범주에 들지 않는 비인간의 영역과 관련되며, 말하는 주체와 불일치한 화자들은 그 존재들이 '살아있음'을 환기한다. 서로 이질적인 것들이 동시 공존하는 이 존재들은 인간/비인간의 경계에 놓인 존재로서 기존 관념이나 자본의 의미망에서 벗어나 다른 존재로 살아가고자 하는 시인의 욕망이 현시된 것으로, 두 시인의 시에서 공통적으로 드러난다. 그러나 구체적인 형상화방식은 서로 다르다.

이원 시에서 몸은 사물(私物)로 구체화된다. 이 사물은 기계나, 기이한 자연이 인간과 결합된 분리불가능성, 비결정의 영역을 드러내면서 인간의 관(觀)으로는 감지할 수 없는 낯선 세계를 연출한다. 이 세계는 우리의 의식이 '알 수 없는 형태'로 개입된 무의식의 세계이자, 현실세계의 법, 제도 등이 결정돼 있지 않은 세계이기 때문에, 실제 현실에서 일어날 수 없는 일들이 자유롭게 이루어진다. 사물-몸이 스스로 움직이고 자유롭게 이동하면서, 우리 삶이 이와 다르지 않음을 간접적으로 증언하거나, 또 다른 존재로 변화할 것을 암시한다. 이렇게 이동하고 변용되는 주체는 이성을 선험적 본질로 삼아 보편적 정체성을 확증하는 근대적 인간 개념에서 탈주하려는 시인의 자의식을 형상화한 것으로, 비논리적이고 비연속적인 언어로도 드러난다. 이러한 이원의 시는 자신의 목소리를 최소화시키는 '방법적 고요'를 통해 기존의 인간관(觀)을 벗어나 자신의 존재성을 새롭게 재구성하려는 사유방식을 보여준다.

이와 달리 김행숙 시에서 '몸'은 기화되거나 분자로 쪼개지는 무(無)의 상태를 지향한다. 그 무(無)는 완전히 사라져 없어지는 것이 아니라, 또 다른 몸과의 접촉이나 이동을 통해 전혀 다른 정체성으로 변할 것을 암시한다. 기체, 알갱이 등으로 변이하는 몸은 순간적으로 나타났다 순간적으로 사라지는 물질이기에 기존의 어떤 관념이나 경험으로 포착할 수 없고, 손으로 만질 수도 없다. 이러한 방식으로 존재하는 주체는 하나의 통일성으로 묶이지 않고 자유롭게 흐르고 이동하는 주체로서 존재 그 자체의 변화뿐 아니라, 타자와의 관계성까지 드러낸다. 기체가 되고, 알갱이가 되어 다른 몸과 하나를 이룸으로써 동일한 감정을 느끼는 것. 그 느낌은 다른 몸에 스며드는 순간 공유할 수 있으며, 계속되는 이동을 통해 무한하게 확장될 수 있다는 것이다. 이러한 김행숙의 시는 단순히 존재성 뿐 아니라, 지금-여기 우리의 관계 방식을 새롭게 사유하게 한다.

물론 두 시인이 보여주는 '몸'은 모두 실재하지 않는 세계를 설정하고 있다는 점에서 현실성을 결여하고 있다는 지적을 받을 수도 있고, 식별 불가능한 몸을 연출함으로써 인간의 정체성을 더욱 모호하고 불안정한 기호에 머무르게 할 위험도 있다. 하지만 이러한 위험성에도 불구하고 이들의 몸이 보여주는 비결정의 영역과 전환성, 움직임을 동반한 흐름 등은 우리의 존재성, 관계성을 위협하는 것이 아니라, 확장시켜주는 것임은 틀림없다. 이들이 강조하는 것은 차이를 일반화하기보다는 차이의 분열을 끝까지 밀고 나가는 것, 분열된 주체 속에서 '다른 나'의 가능성(존재의 전이)을 감지하고, 소통가능한 자리를 만들어내는 것이며, 이것은 우리의 존재방식, 관계방식을 새롭게 모색하게 해주는 것이기 때문이다. 이러한 두 시인의 시는 90년대 이후 여성시의 새로운 흐름을 보여줌과 동시에 또 다른 주체의 생성(혹은 상생)의 길을 제시하고 있다는 점에서 무엇보다 중요한 의미를 지닌다.

08

# 2000년대 여성시의 '몸' 전략

–김이듬 · 문혜진의 시를 중심으로–

## Ⅰ. 서론

몸은 인간의 영혼이 깃들어 사는 처소이며, 살과 뼈로 구성된 구체적 실체다. 우리는 몸을 통해 다른 몸과 대면할 수 있고, 다른 정신과 교류할 수 있다. 그럼에도 불구하고 몸은 오랜 역사 속에서 폄하되어왔고, 이성의 대상 · 타자로 통제되어왔다. 하지만 탈근대 이후 이분법의 해체가 시도되면서 그간 금기되어온 몸에 대해 새로운 인식을 하게 되었다. 더불어 그간 이성중심적 사유의 대상으로 여겨 온 여성성에 대한 관심도 고조되었다.[1] 문학 작품에서 여성과 몸에 대한 탐색이 활발하게 이루어지고 있는 것도 이와 무관하지 않다. 문학, 특히 여성시에서 몸은 주체중심적 지

1) 서구철학의 근간이 되는 이원론은 만물의 생성원리를 남성과 여성, 문명과 자연, 마음과 몸, 이성과 감성 등 대립구도로 파악하여 전자가 후자보다 우월하다는 왜곡된 믿음을 갖게 했다. 이 이항 대립은 '타자'의 개념이 등장하게 된 탈근대 담론에서 해체된다. 해체론은 근대이원론을 부정하고 그간 주변적인 것으로 인식해 온 인간의 육체를 새롭게 인식하도록 했다. 이로 인해 그간 이성에 의해 억압된 몸, 부재로 여겨져 온 여성성에 대한 탐구가 중요한 과제로 떠올랐다.

배권력, 왜곡된 여성성을 전복하려는 욕망으로 나타난다.[2)]

2000년대 여성시는 지배질서를 질타하고 전복할 뿐 아니라 인간의 삶 자체에 대해서도 본질적인 의문을 제기한다. 물론 이런 전략은 이미 80년대부터 시작되었다. 70년대 말 서구 페미니즘이론이 우리나라에 소개되면서 페미니스트들은 '여성적 글쓰기'의 가능성, 남성과 여성의 '차이'에 주목하였고, 여성시인들[3)]도 "지배받는 결핍된 몸, 성적 폭력 아래 놓인 몸, 출산과 양육의 도구로서의 몸, 모성의 현현체로서의 몸 등으로만 인식되어 왔던 사실을 반성적으로 깨닫고"[4)] 이를 자기 해체를 통한 전복적 방식, 여성 특유의 신체적 경험을 환기하는 방식, 금기된 언어로 기존의 질서를 교란하는 방식 등으로 남성중심의 지배질서에 적극 저항해 왔다.

그러나 2000년대 여성시는 그 저항의 전략이 앞 시기와 뚜렷하게 변별된다. 이전까지의 여성시가 이성적 사유와 지배의 중심을 확인하고 그 경계를 공격하는 여성의 비명이나 가위눌림의 목소리를 들려주었다[5)]면, 2000년대 여성시는 차분하고 담담하며 웃음을 유발하는 데까지 나아간다. 이들은 이성과 몸을 구분 짓고, 이성이 우등하다고 규정한 이원론을

---

2) 근대적 사유에서 여성성을 규정해 온 것은 여성이 가진 몸의 특성(남근 부재) 혹은 몸과 관련된 역할이며, 이런 사고에서 성(性)은 하나의 권력으로 작동하게 된다. 여성시는 인간의 성정체성과 성차(性差)를 생물학적 · 젠더적 차이로 규정하는 남성중심주의에 대항하여 여성의 몸이 가진 특성, 곧 생리, 임신, 출산, 모성 등을 내세워 여성의 왜곡된 존재론적 의미와 사회적 불평등, 소외를 극복하고자 한다.

3) 80년대 김혜순의 『또 다른 별에서』, 『아버지가 세운 허수아비』를 비롯해 최승자의 『이 시대의 사랑』과 『즐거운 일기』, 고정희의 『초혼제』와 『이 시대의 아벨』, 김승희의 『달걀 속의 생』과 『왼손을 위한 협주곡』 등은 이러한 경향을 띠는 대표적인 작품집이다. 이는 90년대로 넘어오면서 김선우, 김언희, 박서원, 신현림, 이연주, 최영미 등에 의해 더욱 확대된다. (김현자 · 이은정, 「한국현대여성문학사-시」, 『한국시학연구』 제5호, 한국시학회, 2001, 10, p.61~91 참조)

4) 김현자 · 이은정, 위의 책, p.79.

5) 최승자의 『밤부엉이』와 『사랑 혹은 살의랄까 자폭』, 김승희의 『사산의 시대』, 김언희의 『트렁크』와 『앵두나무 아래 잠자는 저 여자』, 박서원의 『난간 위의 고양이』와 『이 완벽한 세계』 이연주의 『매음녀가 있는 밤의 시장』 등은 이러한 특징이 두드러진다.

근본적으로 부정한다. 따라서 이들의 언어는 이성적이지도 규범적이지도 않으며, 그간 이성에 의해 금기되었던 모든 것을 형상화함으로써 남성중심적 질서뿐 아니라 만물의 영장으로 규정해온 인간의 개념마저 부정한다. 김이듬 · 문혜진은 그 대표적인 시인들이다.

두 시인 모두 2000년대를 전후하여 등단한 시인들로 감성과 개성이 중시되는 시대, 해체론적 인식이 팽배한 시대에 태어나고 성장한 세대에 속한다. 그런 점에서 이 시인들에게 해체적 사유와 인식은 삶 자체에서 체득한 것이라 할 수 있다. 이들의 작품에서 '몸'은 사물, 유령, 동물, 자연물 등으로 형상화되어 나타나는데, 이는 자아의 합일을 추구하며 동일성을 내세우던 과거의 관념을 해체함과 동시에 여성시의 새로운 면모를 보여준다는 점에서 주목된다. 두 시인에게 '몸'은 '지금–여기'의 세상을 바라보는 렌즈이며, 말하는 방식이며, 거기 대항하기 위한 전략적 기제라고 할 수 있기 때문이다.

김이듬 · 문혜진은 몸을 통해 주체가 사라진 세계뿐 아니라, 대상으로서의 세계 또한 파편화되어 있다는 인식을 드러낸다. 이러한 면모는 주체의 종언을 고하고 사물의 전략을 따라야 한다는 보드리야르의 논의에서도 엿볼 수 있다. 보드리야르는 탈근대사회에서는 인간을 포함한 그 어떤 사물도 주체가 될 수 없다고 본다. 그에 따르면 탈근대는 정보와 기호가 과잉 증식되는 시대이며, 이런 세계에서는 주체에 의해 규정된 인간 · 비밀 · 신체 등 본질적 의미는 사라지고 사물(대상) · 투명성 · 꾸며진 몸이 범람하게 된다. 따라서 이 사회에 저항하려면 넘쳐나는 사물을 무너뜨릴 수 있는 사물의 숙명적 전략을 따라야 한다.

이에 본고는 보드리야르의 논의가 여성시에서는 어떤 전략으로 사용되고 있는가를 살펴 2000년대 여성시의 한 양상을 고찰하고자 한다.

## Ⅱ. 몸(여성)에 대한 비판적 논의

몸에 대한 논의는 철학, 현상학, 사회학, 정신분석학, 여성학 등 다양한 분야의 이론가들에 의해 여러 측면에서 진행되었다. 이들의 공통적 견해는 근대 이후 지배가치를 행사해 온 남근중심주의, 인간중심주의, 서구중심주의 등을 해체하고, 그간 배제되거나 억압받아온 여성, 감성, 몸, 자연 등의 가치를 복원하는 것이었다.

페미니즘은 여성의 몸을 남성의 몸과 비교하여 '차이'를 강조하고, 남성에 의해 억압된 여성의 상징성을 해석함으로써 그간 도외시되었던 여성성과 몸에 대한 관심을 고조시킨 대표적인 이론이다. 이리가레이, 식수, 크리스테바는 급진적인 사유방식을 보여주는 프랑스페미니스트들로, 프로이트와 라캉의 정신분석학에서 해석하는 '상징계 언어'[6]를 재해석하고 남성중심적 질서를 공격했다. 이들의 논의에 의해 그동안 절대적인 것으로 여겨지고 서술되었던 (남성적)진실이 폭로되고, 이로부터 무관했던 여성들도 자신의 몸과 섹슈얼리티에 주목하게 되었다. 이에 영향을 받은 여성시인들은 '몸'을 시적 전략으로 사용하였으며, 문학비평에서 여성시를 해석할 때도 이를 참조해왔다.[7]

---

6) 프로이트와 라캉에 따르면 여성은 남성의 주체성을 확립해주는 타자로 존재한다. 프로이트는 남근의 유무를 통해 남성의 우월함을 주장한다. 이를 언어학적으로 재해석한 라캉은 <상상계>, <상징계>, <실재계>로 단계를 나누어 성정체성을 구분한다. 그에 따르면 아이는 언어를 습득하면서 성차를 인식하게 되고 아버지의 법이 다스리는 상징계로 진입하게 된다. 상징계는 아버지로 대표되는 가부장적 세계이다. 남아는 상징계에서 언어의 기표인 남근과의 관계에 의해 주체성을 획득할 수 있지만 거세된 여아는 상징계의 객체밖에 될 수 없다. (박찬부, 『기호, 주체, 욕망 – 정신분석과 텍스트의 문제』, 서울:창작과 비평사, 2007. 참조)

7) 김향라, 「한국 현대 페미니즘시 연구– 고정희 · 최승자 · 김혜순의 시를 중심으로」, 경상대학교 박사학위논문, 2010. : 송지헌, 「현대 여성시에 나타난 '몸'의 전략화 양상–김혜순의 시세계를 중심으로」, 『한국문학이론과비평』 제15집, 한국문학이론

그러나 페미니즘은 더욱 급진적인 보드리야르에 의해 공격을 받는다. 보드리야르는 페미니즘뿐 아니라 현대성을 특징짓는 모든 영역을 편력하면서 근대세계가 설정한 모든 형태의 합리성과 결별한 가장 유명한 사상가이다. 그는 페미니즘이 남근지배주의에 요구한 권리는 여전히 남성/여성의 구별을 유지하면서 원래의 체제를 전복하려 한 것에 불과하다고 하면서 페미니즘을 극렬하게 공격한다. 그리고 오늘날 남근지배주의는 성의 혁명, 여성해방주의 등의 도전에 응수하지 못해 무너지고 있다고 주장한다. 여성은 근원적인 것이고, 남성은 예외가 됨으로써 가능성이 될 뿐이라는 것이다. 여기서 여성이란 모든 성과 권력을 가로지르는 형태로서의 여성, 무성(insexualité)의 은밀하고 신랄한 형태로서의 여성을 의미한다.

그는 『유혹에 대하여』에서 여성을 본능에 따르게 하고, 육체의 목소리를 내는 페미니스트들은 형이상학적 본질주의와 진실의 말에 사로잡혀 있다고 비판하며, 여성의 본능과 힘은 유혹에서 나온다고 주장한다. 그가 말하는 유혹은 도전과 놀이, 가상의 전략과 가역성을 포함하는 것이며 어떤 가시적인 질서로부터 물러나는 것을 이른다. 그는 상징적 세계의 지배와 매혹적인 조작인 화장을 예로 들어 '여성은 남성과 대립되는 존재가 아니라, 남성을 유혹하는 존재'임을 강조한다. 그리고 여성의 유혹은 동물적인 매력과 화장과 인위적인 기교를 지니는 반면 남성의 유혹은 의식적인 전략을 지닌다고 하면서, 진실로 유혹하는 것은 인위적 기교라고 주장한다. 그리고 유혹의 미적 발현은 본질의 소멸에 있으며 성적 대상은 자신의 비현실성 가운데 성을 넘어 유혹의 경지에 도달하게 된다고 말한다.[8]

한편 그는 『숙명적 전략』에서 자신의 특유한 형이상학을 구체화하고

---

과 비평학회, 2002, 6. pp.371~393. : 엄경희, 「상처받은 '가이아'의 복귀 – 여성시에 나타난 에코페미니즘」, 『한국근대문학연구』 제4권 제7호, 한국근대문학회, 2003, 4. pp.336~361.

8) 배영달, 「페미니즘에 대한 보드리야르의 도전」, 『오늘의 문예 비평』 통권25호, 오늘의문예비평, 1997, pp.211~222 참조.

있는데, 여기서 새로운 형이상학과 관련하여 현실원칙과 인식원칙을 재검토해야할 필요성을 강조한다. 전통적 형이상학은 궁극적인 현실을 개념화하려는 시도였으며, 인식원칙은 대상에 대한 주체의 우위를 전제로 했다. 그러나 보드리야르에게 있어 인식은 싸움이며, 주체와 대상 간의 싸움은 대상 자체를 사라짐의 영역으로 간주하는 주체의 절대적 지배의 상실을 초래한다.[9]

그에 의하면 탈현대사회는 과도한 상품, 과도한 정보, 과도한 메시지와 욕구를 분비하면서 이상 성장의 과정을 보여준다. 이 사회를 지배하는 것은 기호적 코드다.[10] 그 기호의 세계 바깥을 향한 비상구는 없으며, 그 코드 체계 밖을 향한 출구도 없다. 인간의 몸 또한 하나의 기호일 뿐이다. 몸은 더 이상 주체가 가리키는 대상도 실재적 신체도 아니다. 그것은 대상을 꾸며낸 것, 심화된 모형으로 조작된 것, 기호로 생산되거나 소비되는 것이다. 여기서는 현실보다 더 현실적인 하이퍼리얼리티(hyperréalité), 더 외설스러운 이미지들이 난무하여 포화상태에 도달한다. 따라서 근대적 주체가 지시하는 신체(몸)는 사라지고 '외설적 기호'[11]만 범람하게 된다. 그는 '내파'[12]라는 개념을 사용하여 탈근대 사회에서 이미지 모사와 현실 간의 경계는 파괴되고 현실의 경험과 지반은 사라진다고 주장한다. 그가 말하는 내파는 새로운 형태의 폭력으로 곧 정보의 포화, 과잉 증식되는

---

9) 배영달, 「보드리야르의 형이상학적 상상계」, 『한국프랑스학논집』 제35집, 한국프랑스학회, 2001, p.242 참조.

10) 장보드리야르, 이상률 옮김, 『소비의 사회−그 신화와 구조』, 서울:문예출판사, 1991. 참조.

11) 여기서 외설적 기호란 섹슈얼리티의 범위에서만이 아니라 정보화된 그물망의 사회에서 사물 일반이 자신의 비밀과 심층 또는 내면을 숨기지 못하는 사태를 의미한다.

12) 사전적 의미로 내파는 수온이나 염분의 밀도 차이 때문에 서로 다른 바닷물 층에서 생기는 파도를 말한다. 즉 다른 성질들의 경계에서 생겨나는 충돌이며 충격이다. 보드리야르가 말하는 내파의 의미는 기호와 정보의 과잉증식 과정에서 발생하는 일종의 반란이다. 다시 말해 기호와 정보가 통제 불가능할 정도로 발생하는 의미의 내파이다.

기호, 투명함, 외설스러움 등에 의한 내적인 폭력을 의미하며, 이는 사회적 제도와 실천에도 영향을 미친다.

그러나 이 내파가 보드리야르에게 반드시 파국으로 치닫는 것은 아니다. 왜냐하면 가상현실로서의 '시뮬라르크'[13]나 순환과정에 기초를 두고 있는 원시사회는 팽창하지도 않고 스스로 붕괴하지도 않기 때문이다. 거기서는 처음부터 적대자도 공동체도 없다. 사물들은 만나고 결합하고 때로 분리되지만 그 시공간의 주체가 될 수는 없다. 따라서 서로 구별되는 요소 사이의 관계 즉 계급이데올로기나 차이는 사라진다. 이런 점에서 그는 우리가 점점 더 사물, 대상을 닮아갈 것을, 주체의 환상과 교만을 버릴 것을 제안한다. 또한 세계를 변화시키거나 통제하려는 시도는 소용없는 일이며 우리는 그런 주체의 전략을 포기하고 사물의 전략을 받아들일 것을 제안한다.[14]

김이듬 · 문혜진의 시는 가상세계를 상정하여 인간의 '몸'을 조작 · 변형하거나 더 외설스럽고 더 투명하게 보여줌으로써 주체를 유혹(위협)하는 방식을 사용하고 있는데, 이는 보드리야르의 숙명적 전략과도 닮아 있다. 이들의 시를 보드리야르의 시각으로 읽는 것은 탈근대사회에 대응하는 새로운 사유방식과 아울러 여성시의 또 다른 면모를 살펴볼 수 있다는 점에서 의미 있을 것이다.

---

13) 기호와 이미지가 실재를 지배하고 대체하는 현상, 혹은 기호와 이미지에 의해 실재보다 더 실재적이고 우월한 초과실재(hyperréalité)가 산출되는 공간을 뜻한다.
14) 김상환, 앞의 책, pp.451~457 참조.

## Ⅲ. 2000년대 여성시에 나타난 '몸'의 전략화 양상

보드리야르에 따르면 지금 우리는 '시뮬레이션' 시대를 살고 있다. 거대 자본이 삶의 전 영역을 장악하고 기호와 이미지가 실재를 지배하는 이른바 소비사회에 들어서게 된 것이다. 모든 의미는 기능적 기호로 바뀌었고 기호 가치는 인간의 몸마저 도구화 · 상품화하게 만들었다. 여기서는 사물이 소비되는 것이 아니라 기호가 소비된다. 자본주의 생산구조는 다양한 미디어를 통해 다양한 이미지와 상징, 기호를 만들어 내고 그것을 소비하게끔 유도한다. 그 중 섹슈얼리티와 결합된 '몸' 이미지는 가장 빈번하게 상품화되는 기호이다. 인간의 몸이 정체성 구현의 터전으로 인식되기보다 성적 자극을 이끌어내는 몸으로 재현되고 있는 것이다. 이러한 현상은 여성시인들의 사고에도 큰 변화를 가져왔다.

특히 2000년대 젊은 시인들은 기성문학의 권위에 순종하려 하지 않았고, 그들만의 어법으로 그들의 삶과 시대를 표현하려고 했다.[15] 김이듬, 문혜진은 70년대 초반 내지 중반에 출생한 세대이며, 그 인격형성기라고 할 수 있는 20대가 90년대부터 2000년대에 걸쳐 있기 때문에 시뮬레이션 사회를 체감하며 성장한 시인들이라 할 수 있다. 이들은 이 시대의 복잡한 문제들을 '몸'으로 시화하여 보여준다. 이들이 보여주는 '몸'은 인위적으로 조작된 몸, 변형이 자유로운 몸, 끊임없이 분열되는 몸이다. 이는 범람하는 사물의 이미지를 더욱 부각함으로써 주체뿐 아니라 대상의 문제까지 드러내기 위한 장치로, 주체의 구속과 '억압'을 강조했던 기존의 여성시와는 현격한 차이를 드러낸다. 이 점은 두 시인의 공통된 전략이라 할 수 있다. 하지만 김이듬 시에서의 '몸'이 세계의 폭력에서 비롯된 존재의 절망감을 보여준다면, 문혜진의 경우 그 과정에서 발생한 세계의 허위

---

15) 오세영 외, 『한국현대시사』, 서울:민음사, 2007, p.596.

성에 주목하여 존재의 모태, 근원적 안식처로 돌아갈 수 없다는 회의감을 보여준다는 점에서 차이를 보이고 있다.

### 1. 세계의 폭력과 사물화, 기호화된 '몸' : 김이듬

김이듬[16]의 시는 일반적으로 지배이데올로기에 의해 억압된 자의식을 형상화한 것으로 평가된다. 이는 그의 첫시집 『별 모양의 얼룩』에도 적용된다.[17] 그러나 그의 시에서 강조되는 것은 억압보다는 우월함이라 할 수 있다. 그의 시는 사물화, 기호화된 신체의 존재방식을 통해 억압의 주체와 결별한 모습을 보여준다. 이는 실재보다 기호가 범람하는 현사회를 더욱 비판적으로 바라볼 수 있게 하는 하나의 전략이다. 시의 화자들은 '사물, 기계, 유령, 양성인간' 등 끊임없이 변형되는 형상으로 제시되며, 그들이 머무는 세계는 피폐하고 황폐한 공간으로써 우리 현실이 이와 다르지 않음을 간접적으로 시사한다.

그는 주체가 설정한 상징질서 안으로 편입하려하지 않으며 상징질서 자체를 인정하지 않는다. 오히려 보드리야르가 말하는 사물의 전략을 따라, 유혹 쪽으로 방향을 전환한다. "유혹이라는 범주는 현사회가 어떻게 작용하는가를 묘사하는 동시에 주체를 부정하기 위한 가상적 놀이의 매력을"[18]지니기 때문이다. 그의 시는 주로 묘사를 통해 객관적 현실만을

16) 김이듬(1969~ )은 2001년 『포에지』가을호에 「욕조 a에서 달리는 욕조 A를 지나」를 발표하면서 데뷔했다. 시집 『별모양의 얼룩』, 『명랑하라 팜파탈』에서 사물화된 존재와 팜므파탈적 이미지를 드러내어 주목 받고 있다.

17) 오태호, 「자의식의 토로를 넘어 타자성의 회복을 위하여—김이듬, 박지웅, 김병호의 시를」, 『계간 시작』 제5권2호, 2006, pp.273~282. : 김지선, 「치명적인 그녀들, 매혹의 스타일—김이듬 · 문혜진」, 『계간 시작』 제7권2호, 천년의 시작, 2008, pp.306~313. : 이윤정, 「미성숙과 불균형을 찬양함—김이듬 시집 『별모양의 얼룩』」, 『시와세 계』 제12호, 시와세계, 2005, pp.273~282.

18) 배영달, 「페미니즘에 대한 보드리야르의 도전」, 『오늘의 문예 비평』 통권25호, 오

진술한다. 물론 여기서의 현실은 시인의 상상이 불러온 실재하지 않는 현실이다. 인간의 감정이나 판단을 중지한 채 세계를 관찰하기만 하는 화자들은 세계에 적극 편입하려는 욕망마저 거세된 사물화된 인간이다. 다음 시는 이러한 특징이 잘 드러난다.

> 맨 아래 캐비닛 속에는 산책 중의 바퀴가 강물 아래서 돌아가고 푸른 캐비닛은 여자의 몸 위를 질주하는 열차 때문에 삐걱거린다 쓰레기통에서 습득한 핏물 홍건한 낙태아는 손잡이가 떨어진 캐비닛을 연한 손톱으로 긁어댄다/ 참담한 사물은 교미하고 번식한다/ 쌓이기만 할뿐 찾아가지 않는 분실물로 빼곡한 나는 일지에 기호나 암호를 남기지 않는다
>
> — 「분실물 보관소」 일부[19)]

위 시에서 화자는 스스로의 몸을 「분실물 보관소」로 치환하여 현대문명의 무생명성 내지 비생명성을 보여준다. "질주하는 열차"는 빠른 속도로 변화해가는 기술문명을 의미하며, "캐비닛"이란 사물은 주체성을 상실한 인간의 몸을 상징한다. 이 "캐비닛"이 "질주하는 열차 때문에 삐걱거린다"는 것은 정체성을 상실한 존재의 혼란을 나타낸 것이라 할 수 있다. "쓰레기통에서 습득한 핏물 홍건한 낙태아"는 본래적 가치가 폐기된 채 "참담한 사물"로 변해버린 인간의 모습이다. 이것이 "교미하고 번식한다"는 것은 빠르게 변해가는 사회 속에서 주체가 아니라 사물로 전락한 채 자기 통제력을 상실하고, 건강한 생명력을 잃어버린 현대인의 모습을 나타낸 것이라 할 수 있다.

이런 사회에서는 개인과 개인 간의 소통 단절, 타인에 대한 무관심이 동반될 수밖에 없다. "연한 손톱으로 긁어"대는 여린 생명이 폐기되어 있

---

늘의 문예비평, 1997. p.237.

19) 김이듬, 『별 모양의 얼룩』, 서울:천년의 시작, 2005, p.51.

는 모습을 보면서도 "일지에 기호나 암호를 남기지 않는" 화자는 타인의 불행에 대해 무관심한 현대인들의 자화상이다. 하지만 시인은 이런 모습들을 결코 부정적으로 인식하지 않는다. 이것이 이미 우리의 현실이기 때문이다. "쌓이기만 할뿐 찾아가지 않는 분실물로 빼곡한" 화자의 몸은 기술문명에 의해 인간의 삶이 오히려 피폐해지고 있다는 것을 역설하고 있는 것이다.

살벌한 세계를 부정하지 않고 거기에 어떤 개입도 하지 않는 화자의 모습은 인간의 감정이 배제된 상태다. 그저 세계를 관찰하고 목격하기만 할 뿐 그 세계에 편입하려 하지 않는다. 이런 면모는 "썩은 물 흐르는 컨테이너"이자 "뭐든지 입으로 가져가던 음식물 분쇄기"(「물류센터」)로도 나타나고, "생리 중에도 틀어 막히고 페니스로 봉인되어야 비로소 우울하지 않는 마네킹" (「봉인된 여자」) 등으로도 나타난다.[20] 이는 탈근대사회에서는 인간도 하나의 '사물'일 수밖에 없고, 인간을 둘러싼 세계가 그런 사물의 기호에 의해 구성된 것이라면 그 사물을 유혹(놀이)하는 전략을 사용할 수밖에 없다는 인식을 보여준다.

> 습관성 유산에는 정확한 분석이 필요한데 당신의 할머니처럼 다산성의 별보배조개 체질도 아니고 당신 어머니 같이 들큰한 애액을 분비하고 까무라치는 가무락조개 성질도 닮지 못했으니 갑골 문형에서 심각한 유전자 변형을 일으킨 것은 매일 고통의 각성제인 모래를 치사량 이상 삼키거나 일부러 깊숙하게 상처를 내나본데 나의 소견을

20) 이윤정은 이 시들을 페미니즘의 억압에 주목하여 "가장 근원적인 이데올로기로부터 탈출을 시도하지만, 불완전하고 미성숙한 존재이기 때문에 좌절"한 모습으로 읽고 있다. 그러나 조금 다른 시각으로, 사물을 처리하는 시인의 태도에 객관적 거리감이 드러난다거나 현실세계와는 다른 환상적인 상황을 보여준다는 것을 생각해 볼 때 사물화되어 나타나는 화자들은 억압적 현실에 좌절한 모습이라고 하기보다는 사물을 유혹하려는 의도에서 만들어진 이미지로 보는 것이 무난할 것이다. (이윤정, 앞의 글, 앞의 책, p.278 참조)

> 내부의 백색 알갱이를 포기하고 몸을 내게 맡기는 건 어때 어차피 패물이 퇴물로 될 때까지 화폐로 유통되긴 마찬가진데 반짝이는 암세포를 제거하면 눈깔만한 양식 진주 목걸이를 당신에게 걸어주지 몰락한 부족에게 그게 어디야
>
> ―「조개껍데기 가면을 쓴 주치의의 달변」 부분[21)]

이 시에서 상정된 사회는 「조개껍데기 가면을 쓴 주치의의 달변」이 넘쳐나는 곳이자 기호적 가치로서의 물질이 우선시되는 사회이다. 여기서 "화폐", "진주목걸이" 등은 사회적 권위와 위세를 드러내는 상징물로, 기호적 가치가 본질보다 더 강하게 우리 삶을 지배하는 현상을 드러낸다. 우리는 "화폐"나 "진주목걸이"를 소비하는 것이 아니라 그것이 가지고 있는 이미지, 곧 기호적 가치를 소비한다. 이를 통해 자신의 위세를 행세하려고 한다. 시인은 이런 현상이 만연한 이 시대를 비판하기 위해 이런 상징물을 사용한 것이다.

한편 주치의는 여성의 육체를 관음의 대상으로 여기면서, 화폐나 진주목걸이로 여성을 유혹하는 존재다. 주치의는 화자에게, 여성은 "몰락한 부족"이며 화자의 할머니는 "다산성의 별보배조개 체질"이고 어머니는 "들큰한 애액을 분비하고 까무라치는 가무락조개성질"이며 화자는 "심각한 유전자 변형을 일으킨" 존재이므로 화자의 몸을 자신에게 맡기라고 말한다. 그러나 화자는 이 유혹적인 대상에게 맞서지 않는다. 마치 카메라처럼 침묵으로 일관하며 주치의의 모습만 보여줄 뿐이다.

화자는 주치의의 달변을 통해 "할머니"나 "어머니"가 누렸던 건강하거나 든든한 생식기관이 자신에게는 없다는 것을 들려주고, "고통의 각성제인 모래"를 섭취하거나 유전자가 변형되어 아무 것도 생산해 낼 수 없는 화자를 보여줌으로써 생산 할 수 없는 여성의 모습을 강조한다. 이는 남성

---

21) 김이듬, 『별 모양의 얼룩』, 서울:천년의 시작, 2005, p.22.

은 즐기는 것 이상은 되지 못하는 존재, 쾌락의 노예일 뿐이라는 것을 역설하면서, "여성은 생산력의 차원에 있지 않으며 또한 생산이 지배항이 되는 곳에도 결코 있지 않다"22)는 것을 보여주기 위한 전략이라 할 수 있다.

> 물 속에서 팔을 꺼내 젖은 귀를 전화기에 쑤셔 넣었어요- 빨리빨리 나와, 대기하던 젖은 차 안에서 몸을 비스듬히 눕히고 빗소리를 들었지요 나는 절수형 샤워기를 틀어놓고 나왔어요 - 급하니 빨리 빨리 빨아, (중략)막힌 주둥이의 하수구로 오줌과 정액이 역류하는 대로 다 삼켜- 더욱 사실적으로 표현하지 않으면 포르노그라피가 되지, 나의 상체가 꺾어져 운전대 아래서 주억거리는 사이, 그의 입은 강의실에서 앤디 워홀을 분석하고, 나의 말라빠진 다리는 계단을 올라가 출석체크를 하고 끝자리에 포개져 졸고 있었어요.
>
> — 「욕조들」 일부23)

이 시의 화자는 학생들을 가르치는 교사, 곧 지성인이다. 그러나 그 행위는 지성으로 전이되지 않고 감각적 차원에 머물러 있다. 화자는 신체의 감각에 따른 '살'의 본능에 충실하다. 욕조 속에서 걸려온 전화를 받은 화자는 누군가의 "빨리빨리 나"오라는 지시대로 서둘러 차에 올라타 격렬한 섹스를 치른다. 그리고 아무 일 없었다는 듯 "계단을 올라가 출석체크를 하고" 강의를 진행한다. 여기서 주목되는 것은 성행위를 하는 몸이 주체가 아니라 대상으로서만 전달되고 있다는 점, "나"와 "그"의 관계에 어떤 감정도 배제되어 있다는 점이다. 이는 주체의 소멸과 더불어 인간의 몸이 성적 충동을 자극하는 시각적, 감각적 대상으로만 기능하고 있음을 환기하려는 시인의 의도로 볼 수 있다. 인간의 성행위는 동물과 달리 사

---

22) 배영달, 「페미니즘에 대한 보드리야르의 도전」, 『오늘의 문예 비평』 통권25호, 오늘의문예비평, 1997, p.219.
23) 김이듬, 『별 모양의 얼룩』, 서울:천년의 시작, 2005, p.13.

랑이라는 감정이 전제되어야 한다. 하지만 시인은 감정이나 정서를 전혀 드러내지 않고 성행위의 장면만 부각할 뿐이다. 이는 결국 범람하는 몸과 성의 이미지가 우리의 정서를 마비시키고 있다는 사실을 환기하려는 하나의 전략이라 할 수 있다.

이 시대의 성은 더 이상 비밀스러운 것이 아니다. 각종 매체를 통해 어디서나 볼 수 있는 우리 삶의 현상이다. 모든 것은 투명해야 하고 가시적이어야 한다. "오줌과 정액이 역류하는 대로 다 삼"켜야 하는, 즉 범람하는 외설적 이미지를 피할 수 없는 상황이 되어버렸기 때문이다. 따라서 여기에 저항하려면 더욱 외설적인 행위를 드러내는 유혹의 전략을 사용할 수밖에 없다. 시인이 "더욱 사실적으로 표현하지 않으면 포르노그라피가" 된다고 말하는 것은 자신의 전략을 확인시켜 주는 구절이라 할 것이다.

두 번째 시집 『명랑하라 팜파탈』에서 시인은 "주체에 의해 구성된 욕망의 허구성이 대상이 아니라 자아의 욕망을 적극적으로 체현하고 발산하는 명랑한 주체로 팜므파탈의 이미지를 소환한다. 금기와 억압의 체계에 던지는 결별의 노래는 무거운 심연으로 가라앉는 것이 아니라 명랑의 리듬을 타고 솟아오른다."[24] 이는 제대로 사유하는 것 자체가 혼란스러운 현실을 더욱 적극적으로 표현함으로써 이 세계와 맞서려는 의도로 읽을 수 있다.

> 우르르 유령시인들이 몰려와 여자의 종이를 찢어버립니다. 종이만 찢었을 뿐인데 여자의 가슴에서 피가 흐릅니다. 욕조 안에 핏물이 고입니다. 유령시인들은 종이에 대고 협박합니다. 자신의 시를 모방했다고, 갖은 기교 범벅 비스킷 같다느니 뭐니 벽돌로 여자의 머리를 빗어줍니다. 칭찬은 아닌 것 같은데 기분이 좋아집니다. (중략) 몸이 조

24) 이기성, 「난파된 신화와 쎄이렌의 변성」, 『창작과비평』 통권139호, 창작과비평사, 2008, p.365 참조.

금씩 빠져나갑니다. 스르르 욕조 구멍에서 빠져나가 다른 세계로 흘러갑니다. 기고 있지만 날아가는 것 같고 유령과 한패가 된 듯도 하지만 동물들의 울음을 이해합니다. 용감무쌍하지 않고 나약하지 않습니다. 아무래도 절반은 죽은 것 같습니다.

－「유령시인들의 정원을 지나」 일부[25]

위 시는 모두 13개의 장면으로 나누어져 '현실－꿈－현실'(실재－가상－실재)의 구조로 이루어져 있다. 인용부분은 꿈(가상)의 공간에 해당된다. 시인은 이 가상적 공간에 "유령"을 끌어들여 '시쓰기'에 대한 자신의 입장을 표명하고 있다. "유령"은 인간의 육체를 빠져나갔으나 죽지 않고 떠도는 불구의 몸이며 현실 바깥의 존재로서 주체와 타자의 경계를 허물고 마음껏 활보한다. 주목되는 것은 이 유령이 "시인"이라는 점이다. "유령시인"은 삶/죽음, 인간/유령의 경계를 허물고 "정원"을 활보하고 있으나 곧 사라질 운명에 처해진 존재이며, 주체중심의 세계에서 환대받지 못한 익명의 타자들이다. 이렇게 볼 때 "유령시인"은 기존 문학사에서 폄하되거나 왜곡되었던 '여성시'[26]의 일면이라 할 수 있다. 기존의 여성시는 지배질서의 억압에 의해 은폐된 존재를 드러내고 그 존재를 복원하기 위해 상징적 경계를 넘나들며 주체를 교란시키는 전략을 사용했다. 그러나 시인이 강조하는 것은 억압된 몸의 회복에 있지 않다. 억압적 주체가 사라진 지금, 기존 여성시의 전략으로 대응할 수도 없다.

시인은 「유령시인들의 정원을 지나」 새로운 시공간으로 나아가고자 한다. 화자인 "여자"가 "유령시인들"의 시를 "모방"했다는 것은 그간 은

25) 김이듬, 『명랑하라 팜 파탈』, 서울:문학과지성사, 2007, pp.16～21.

26) 기존의 문학사 서술에서 여성시는 '여류시'라는 다소 편견 섞인 이름으로 폄하되거나 자아도취적이고 개인적 감상에 빠진 현실도피물 혹은 역사의식의 부재 등으로 언급되어 왔다. (조연현, 『한국현대문학사』, 서울:성우각, 1982, p.457. : 조동일, 『한국문학통사 · 5』, 서울:지식산업사, 1994, p.99 : 박정애, 「창조된 여류와 그들의 '이원적 착란'」, 『한국문학연구』 20호, 한국문학연구회, 2003, p.77 참조.)

폐되었던 존재를 부각시키고 있다는 점일 것이나, 그것이 억압을 벗어나기 위한 것이 아니라는 점에서 기존 여성시인들의 전략과는 분명 다르다. 하지만 그가 나아가려는 길이 결코 쉽지만은 않다. "피"를 흘려야 하는 고통이 따른다. "유령시인"들은 우르르 몰려와 "여자의 종이를 찢"고 "협박"한다. "자신의 시를 모방했다고, 갖은 기교 범벅 비스킷 같다느니 뭐니"하며 벽돌로 위협을 가한다. 그러나 화자는 두려움을 느끼기보다 "기분이 좋아"진다고 말한다.

이는 여성의 연대의식을 주장한 페미니스트들의 주장과도 대립되는 모습으로, 이제 여성의 연대마저 끝났다는 인식을 보여준다. 모든 것이 파편화된 시공간에서 그들과의 연대는 불가능하다. 따라서 "여자"의 "몸"은 이 세계를 빠져나갈 구멍을 찾아 "다른 세계로 흘러"간다. "유령들과 한패가 된 듯도 하지만 동물들의 울음을 이해"한다는 것은, 동물의 울음소리 같은 아우성이 난무하는 이 세계에서는 기존의 전략으로 대응할 수 없다는 의미이다. 새로운 세계를 향해 "기고 있지만 날아가는 것 같"은 화자가 "절반은 죽은 것 같"다는 것은 변화된 세상에서 새롭게 구축된 주체 또한 사라질 것이라는 사실을 암시하면서, 이 세계에서는 누구도 주체가 될 수 없다는 것을 보여준다. 따라서 이 시는 인간이 유령처럼 되어버린 세상에서 자신 또한 유령과 같은 몸으로 대응할 수밖에 없다는 의도를 드러낸 것이라 할 수 있다.

> 유치하게 할아버지는 내가 너무 잘해서 처음이 아니지? 좋아라하다가 입닥쳐 뭐가되려고 이러니 집안일은 밖에 나가서 말하는 게 아닌 법이야 기껏 키워놓았더니 경찰서나 들락거리냐는 나는 할아버지의 입을 막으며 (중략) 순경도 안 입는 유치한 유니폼을 걸치고 고무동력기 같은 걸 쥐고 불화살이니 뭐니 씨부렁대기는
>
> – 「유니폼은 싫어요」 부분[27)]

위 시는 '근친상간'의 이미지를 보여줌으로써 「유니폼」을 벗어던진 자유로운 몸을 표현하고 있다. 인류학적으로 근친상간이란 금기는 족외혼을 지향한 것으로 부족의 확장, 세력의 확대를 위한 사항이었다. 이는 주체가 자신의 권력을 더욱 강화하기 위해 규정한 규범이었다. 그러나 이미 주체의 시대는 끝났으며, 주체가 상정해 놓은 금기 따위는 아무런 의미가 없다. 억압의 대상은 주체를 유혹하고 위협하는 존재로 변모했다.

이 시의 당돌한 화자는 "내가 너무 잘해서 처음이 아니지? 좋아라" 하면서도 "집안일은 밖에 나가서 말하는 게 아닌 법이야"라는 할아버지를 향해 냉소를 뿜는다. 여기서 "할아버지"는 여성에게 성적 폭력을 행사한 가해자이며 "나"는 피해자이다. 화자는 그런 할아버지에게 시니컬한 웃음을 던진다. 이를 통해 기존의 부권은 여지없이 무너지며 '부모'라는 기호에 부가되어온 기존 질서와 가치가 전복된다. "순경도 안 입는 유치한 유니폼을 걸치고 고무동력기 같은 걸 쥐곤 불화살이니 뭐니 씨부렁대기는"같은 구절처럼 별것도 아닌 것들의 어쭙잖은 짓거리라는 냉소를 통해 주체로서 존재할 수 있겠느냐고, 권력을 행사할 수 있으면 어디 좀 해보라고 위협하는 것이다.

> 내 사전도 피를 흘립니다 내 수염도 피를 흘리고 저절로 충치가 빠졌습니다/ 소문대로 난 일 년의 절반 지하실과 지상을 공평하게 떠돕니다// 나의 눈에서 물이 흐릅니다 한쪽 눈알은 말라빠졌습니다 두 다리의 무릎까지만 털이 수북합니다 음부의 반쪽에선 생리가 나오고 오른쪽 사타구니엔 정액이 흘러내립니다 백 년에 한 번 있는 일입니다만 // 하하하 농담 그냥 여자도 남자도 아니고 죽은 것도 산 것도 아니라는 말을 요즘 유행하는 환상적 어투로 지껄인 겁니다 (중략) 머리맡에 양초든 향이든 피우지 마세요// (중략) //제발 축언은 닥치고요 축복도 그만 좀 주세요
>
> — 김이듬, 「푸른 수염의 마지막 여자」 일부[28)]

27) 김이듬, 『명랑하라 팜 파탈』, 서울:문학과지성사, 2007, pp.22~23.

위 시에서 시인은 "사전"이나 "수염"으로 대변되는 지성(이성)과 남성, 곧 주체가 "피를 흘"리는 상황을 연출하여 주체의 죽음을 암시한다. 시의 화자는 "음부의 반쪽에선 생리가 나오고 오른쪽 사타구니엔 정액이 흘러내"리는, "여자도 남자도 아"닌 양성적 존재다. 이 존재는 시공간의 좌표를 마구 뒤섞어 환상의 공간을 창출한다. 이 공간에 있는 화자는 "한쪽 눈알은 말라빠"지고 한쪽 눈에서는 눈물이 흐르는, "죽은 것도 산 것도 아"닌 상태에서 "지하실과 지상을" 떠돌고 있다. 화자는 "지금은 뼈만 남은 늙은이와 놀다 쉬는 참"이라고 말하면서 "머리맡에 양초든 향이든 피우지"말고 "축복"이나 축원"도 그만두라고 한다. 이는 이런 기괴한 세계가 곧 우리가 서 있는 세계이며, 이곳을 벗어날 출구도 비상구도 없다는 것을 말해준다.

시인은 이런 시적 무대에서 "주세요", "아름답네요" 등 비격식체 종결어미를 사용하여 친근함과 발랄함을 연출한다. 그러나 이 발랄함은 위장된 발랄함에 가깝다. 비정상적이고 왜곡된 진실을 강요받는 현실로부터 파멸당하기 않기 위해 절대적 거리를 두기 위한 장치인 것이다. 세계는 그 누구에게도 인간성을 허락하지 않는다. 온전한 남성도 온전한 여성도 허용하지 않는다. 폐허가 되어버린 세계, 사물과 기호만 범람하는 이 거리는 불구화된 존재들만 가득한 공간이 되어버렸다. 따라서 시인은 여자이면서 남자인 정체불명의 존재를 만들어 일그러진 현실을 폭로한다. 인간 주체의 고유성이 왜곡되고 변형되는 현실의 폭력을 수용할 수밖에 없는 시대, 혹은 그것을 개선할 수도 없는 절망감을 냉소적 태도로 드러내는 것이다.

김이듬의 시에 나타나는 '몸'은 폭력적인 세계를 비판하는 하나의 전략으로 사용되고 있다. 그가 만들어낸 사물화된 몸, 유령화된 몸, 양성화된 몸 등은 무엇으로 변형되든지 더 이상 건강한 생명력을 지닌 인간으로 살

28) 김이듬, 위의 책, pp.42~43.

아갈 수 없다는 비관적 현실인식을 내포한다. 인간을 소외시키고 말살시키는 사물, 모든 존재를 하나의 수단으로 전락시키는 기호, 이러한 것들이 실재보다 더 강하게 우리의 삶을 지배하고 있다는 것, 이것이 혼돈에 가득 찬 지점에 놓인 우리의 모습이라는 것, 폭력과 무질서에 길들여진 인간과 문명사회 전체에 대한 비판의식을 드러낸 것이다. 이런 의미에서 그의 시에 나타난 몸은 주체중심적 질서에 의해 구축된 문명이 그야말로 아무것도 아니라는 냉소, 대상의 증식으로 위기에 이른 이 시대의 절망과 짙은 우울로부터 벗어나고자 하는 몸부림을 형상화한 것이라 할 수 있다.

## 2. 허위적 세계와 파편화, 야수화된 '몸' : 문혜진

문혜진[29]의 시는 억압적 사회구조에 대응하여 동물적 본성을 표출하고 있는 것으로 평가된다.[30] 그러나 그의 시 또한 억압의 구도를 넘어선 모습을 보여준다. 그의 시는 파편화, 야수화되어 범람하는 몸을 나타낸다. 이는 시인의 사유가 과도한 현실, 과도한 사건의 끝을 넘어 역설적인 상태에서 출발했기 때문이다. 보드리야르에 따르면 "역설적인 상태는 전통적인 가치의 회복에 만족하지 않고 역설적인 사유를 필요로 한다. 역설적인 사유는 급진적인 사유, 곧 사태의 근원에까지 이르는 것이며 현실을 의심하고 현실을 갈고 닦는 것이다."[31] 이런 사유에서 출발한 문혜진의 시는 원시적 자연으로 복귀하려는 특징을 보여준다. 차이와 대립에 바탕

---

29) 문혜진(1976~ )은 1998년 『문학사상』으로 등단하여 2007년 제26회 <김수영 문학상>을 수상했다. 시집 『질 나쁜 연애』, 『검은 표범 여인』에서 동물적 야수성을 드러내어 주목받고 있다.

30) 이양현, 「피와 살과 뼈의 인간으로의 회귀」, 『시와세계』 제21호, 시와세계, 2008, pp.263~274. : 김지선, 앞의 글, 앞의 책, pp.306~313.

31) 배영달, 「보드리야르 : 탈근대적 징후, 혹은 사회적인 것의 위기」, 『한국프랑스학논집』 제76집, 한국프랑스학회, 2011, p.49.

을 둔 자본주의 사회와 달리 원시사회는 억압적 권력이 없고, 금기나 명령 등 위계질서가 없기 때문이다.

그러나 여기에서 간과하지 말아야 할 것은 문혜진 시에 나타난 원시적 자연은 실재적 자연의 의미가 아니라 시뮬라르크, 곧 가상적 자연이라는 것이다. 시인이 살아가는 사회는 시뮬라르크 세계이며, 이 세계에 저항한다는 것은 다시 실재적 사물로 복귀하는 것이 될 수 없다. 시뮬라르크에 대한 저항이 시뮬라르크 이전으로의 복귀를 말한다면 고전적 의미의 자연이 아니라 조작된 자연, 인위적으로 만들어낸 자연을 뜻한다[32]고 할 수 있다. 그의 첫 시집 『질 나쁜 연애』[33]에 등장하는 화자들은 동물과 인간이 겹쳐진 모습을 보이며 새로운 시대의 대응방식을 드러낸다.

> 신들의 강은 범람한 지 오래. 더 이상 생명을 길러낼 대지는 없지 강철과 시멘트로 철갑을 두르고 흙의 정조대라도 된 양 의기양양하게 아스팔트 검은 융단 위로 미끄러지는 쇳덩이들// 쇳덩이 몸을 굴려, 사막을 삼키고 초원을 씹어, 달리는 암말의 허벅지를 베어 문다. 하여 너는 벌거벗은 이성! (중략) 외눈박이와 절름발이의 대리모, 내 몸을 삼켜도 좋아! 인공부화기처럼 컴컴한 자궁을 열어두고 언제나 같은 온도를 유지하지//나는 부활한 메두사! 머리카락을 뚫고 나온 실지렁이가 이글거려. (중략) // 순식간에 내 몸은 식인 물고기가 지나간 아마존의 침몰선. 휭휭 구슬픈 바람소리가 뼈다귀를 핥아, 갈 데 없는 내 해골을 걷어차고는 회오리바람을 일으키며 몸을 말아 사라졌어 바로 그때, 당신의 입 속으로 흘러들어 가는 검고 비린 몸
>
> –「날것에 몸을 내어 주다」 일부[34]

---

32) 김상환, 앞의 책, p.453 참조.

33) 이 시집에 실린 시들에 주목한 논의는 거의 찾아볼 수 없다. 다만 시집의 표사에 "문혜진의 시들은 상투적인 몸을 비껴가기 위해 그녀가 즐기는 대중오락 속으로, 장난기 어린 몸짓으로 끌어 들인다"는 신범순의 간략한 언급만 나타날 뿐이다. 이 글에서는 그간 일부작품에 국한하여 언급되어 온 작품을 전체적으로 바라보기 위해 문혜진 시의 출발점부터 살핀다.

위 시에서 시인은 "쇳덩이"에 의해 유린당하는 "대지(흙)"를 통해 "더 이상 생명을 길러낼"수 없는 불모의 존재를 보여준다. 여기서 대지는 생명체를 만들고 길러내는 여성적 자연을 상징하며, "쇳덩이"는 "사막을 삼키고 초원을 씹"으며 빠르게 치달리는 근대 "이성"으로, 인간의 형태가 부여된 존재이다. 이는 인간중심적 질서에 의해 파괴되어가는 자연(여성)을 환기하며 병든 타자(대상)를 보여주는 것이라 할 수 있다.

화자는 쇳덩이에게 자신을 "외눈박이와 절름발이의 대리모"라고 하면서, "내 몸을 가져도 좋"다고 말한다. 이는 주체의 폭력을 수용하겠다는 의미가 아니라 오히려 위협하려는 의도라고 할 수 있다. "인공부화기처럼 컴컴한 자궁을 열어두고 언제나 같은 온도를 유지"하는 화자는 잔혹한 공격성을 가진 "메두사"로 부활할 수 있기 때문이다. "머리카락을 뚫고 나온 실지렁이가 이글거리는" 메두사의 무섭고 흉측한 형상은 야만적 문명에 강력한 복수의 칼날을 휘두르며 등장한 자연의 변형된 몸이다. 원한 맺힌 자연의 귀환은 이성의 야만적 탐욕에 대한 응징으로 이성을 향해 "독을 품어대며 거머리처럼 피를 빤다". 그리하여 "이성"의 폐는 쪼그라들고 창자도 사라진다. 이성의 파멸은 인간의 오만에 대한 여성적 자연의 응징이며, 이로써 근대적 주체는 사라지고 새로운 주체가 등장한다.

그런데 주목되는 것은 메두사로 부활한 몸이 순식간에 "침몰선", "뼈다귀", "해골"등으로 변하고 있다는 점이다. 이는 주체를 하나로 고정시키지 않고 뭐든지 될 수 있는 또 다른 주체를 만들어내면서, 이 주체 또한 곧 사라질 운명임을 보여준다. "당신의 입 속으로 흘러들어가는 검고 비린 몸"은 이를 확인시켜주는 구절이라 할 수 있다. 결국 「날 것에게 몸을 내어」준 "뼈다귀", "해골" 등은 살과 피가 말라버려 죽음에 이른 인간을 보여주는 것으로, 이 "해골"마저 "갈 데 없"다는 것은 본질을 잃어버린 채 떠도는 현대인의 모습을 환기하기 위한 것이라 할 수 있다.

---

34) 문혜진, 『질 나쁜 연애』, 서울:민음사, 2004, pp.48~49.

#나는 인어다. 언어가 아니라 인어. 지하도에서 잘린 다리를 검은 고무로 감싼 아저씨처럼 비애롭게 몸을 끌고 천천히 등장한다. 비참하게 구르면서 들어오거나 힘겹게 끄는 듯한 허리 웨이브로 몸을 걸레처럼 질질 끌고 오면 어쩔 건데?// # 다리는 푸른 비늘에 싸여있고 배, 허리, 등에는 죽은 복제 돼지 태아들이 낚싯줄에 주렁주렁 매달려 있다. 곧 사산될 예정인데 실수로 먼저 튀어나온 스테인리스 아기들은 다리나 팔이 잘려나갔거나 고무 찰흙 덩어리인 채 고무 피를 질질 흘리고 있다.

—「엉망진창 물고기 인간의 모노드라마」 일부[35]

위 시는 모두 5장으로 나누어진 장편시다. 「엉망진창 물고기 인간」로 변형된 신체를 통해 오늘의 세계가 더 이상 이상적이며 조화로운 삶의 공간이 될 수 없다는 것을 극단적으로 드러낸다. 이 시에서 '몸'의 형상은 "엉망진창"으로 일그러진, "다리는 푸른 비늘에 싸여있고, 배 허리, 등에는 복제 돼지 태아들이", "주렁주렁 매달"린 "인어"로 변형되어 나타난다. "아기들"은 "스테인리스"로 만들어지거나 "고무 찰흙덩어리"로 만들어진 존재로 다리나 팔이 잘려나가 "고무 피"를 흘린다. 이처럼 인간의 몸을 분산, 분열, 왜곡시키는 것은 결국 온전한 유기체로서의 인간의 형상을 지닐 수 없다는 비관적 현실인식을 내포한다.

오늘날 인간은 더 이상 숭고하거나 존엄한 대상이 아닌 비천한 존재로 전락했다. "스테인리스"로 상징되는 기계화된 인간, "고무 찰흙덩어리"처럼 조작할 수 있는 인간 곧 더 이상 '인간'그 자체가 아닌, 자본주의 사회를 존속하기 위한 수단, 도구로 변해버렸다. "죽은 복제 돼지 태아들이 주렁주렁 매달려 있다"는 구절은 이런 기이한 존재가 무한히 증식되고 있다는 사실을 상징적으로 드러낸다. 그러나 화자는 이런 세계를 개선하려하지 않는다. 현실의 논리를 벗어날 수 없는 존재의 한계 상황에 도달했기

35) 문혜진, 위의 책, pp.88~89.

때문이다. 따라서 이 시는 사물의 범람을 수용할 수밖에 없는 절망적 현실에 대한 비판적 전략이라 할 수 있다.

시인의 욕망은 점차 폭력적으로 나아가며 동물적 야수성을 나열하기에 이른다. 여기서는 살아 숨 쉬는 포식자의 본능이 적나라하게 진열된다. 이런 생존본능의 발휘는 현사회의 지배논리를 뒤엎는 힘으로 작용한다. 이를 통해 지배질서에 갇히지 않고 광활한 야생으로 달려간다.

> 시체를 강간하고 돌아오던 밤/ 너는 화산에 걸터앉아/ 엉덩이를 지졌다/ 살점을 제 입으로 꼭꼭 씹어/ 내 입에 넣어주었다/ 땅 속 깊은 관 속에서/ 갓 썩어 짓무른/ 모르는 여인의 타액 맛/ 너를 안고/ 움푹 들어간 살점을 토닥인다/ 세기가 폭우처럼 빠르게 지나간다/ -(중략)-/ 또 몇 세기가 썰물처럼 빠져나갔다//내가 죽은 줄로만 알았다/ 역사는 우리의 뒤편으로 피 냄새를 풍기며/ 귀를 막고 빠르게 지나갔고,/ 사람들은 미라가 되었거나/ 냉동 인간이 되었거나/ 아무렇지도 않게 바다로 나가/ 고래잡이를 한다
>
> ―「슬픈 열대」 부분[36]

위 시는 레비스트로스의『슬픈 열대』에서 모티브를 따 온 것으로 보인다. 시의 배면에 깔려 있는 것은 문명이 만들어낸 절망적 세계의 모습에 대한 회의다. 화자는 야수성을 띤 존재이며, 동물적 살해욕과 식욕을 동시에 지니고 있다. 화자는 "시체를 강간하고 돌아오던 밤", "너"가 "살점을 제 입으로 꼭꼭 씹어/ 내 입에 넣어주"는 "갓 썩어 짓무른/ 모르는 여인의 타액"을 맛본다. 이 동물적 식욕은 육식동물의 포식자적 본능을 보여준다. 동물적 본능은 가장 순연하고 생의 원초적 욕구이기에 죄의식을 가져야 할 것도 비난받아야 할 것도 아닌 생존 본능이다. 이는 인간이 가지고 있는 동물적 본성이기도 하다.

---

36) 문혜진, 위의 책, pp.32~33.

그러나 문명의 질서는 이 동물적 본성을 이성적 규범 속에 가두어 질식시키고 있다. 인간의 비인간화를 진행시켜 인간의 정체성을 파괴하는 것이다. "세기가 폭우처럼 빠르게 지나"가고 "또 몇 세기가 썰물처럼 빠져나"간 뒤 "사람들은 미라가 되었거나/ 냉동 인간이 되었"다는 언술은 인간 주체의 사라짐을 말해준다. 이는 결국 스스로 숭고한 존재라고 착각하며 살아가는 인간의 허위성을 꼬집는 것이라 할 수 있다. 지고한 가치추구의 존재이거나 숭고한 존엄성을 지닌 존재라는 인간에 대한 정의는 인간이 추구해온 이상적 존재의 상(像)이나 관념체계일 뿐, 실재에 있어서 인간의 실체는 동물 이상도 이하도 아닌 '살과 뼈로서의 존재'라는 점을 재인식하게 하는 것이다. 이러한 면모는 인간에 대한 정의를 허물고 주체의 허구와 허상을 뒤집어볼 수 있게 하는 전략으로 작용한다.

두 번째 시집 『검은 표범 여인』에서 시인은 "표범으로 상징되는 강렬한 에너지를 지닌 동물이미지, 피와 살이 어우러진 관능적 이미지를 통해 각질화된 이성의 껍질을 뜯어내고 그 속에 내재한 뜨거운 야성적 에너지를 폭발"[37]하며 야생의 세계를 종횡무진하게 된다.

> 내 몸 한가운데 불멸의 아귀 / 그곳에 홍어가 산다 /극렬한 쾌락의 절정 /여체의 정점에 드리운 죽음의 냄새 // 오랜 세월 미식가들은 탐닉해왔다 / 홍어의 삭은 살점에서 피어나는 오묘한 냄새 / 온 우주를 빨아들일 듯한 / 여인의 둔덕에 /코를 박고 취하고 싶은 날 / 홍어를 찾는 것은 아닐까 //(중략)입 안 가득 퍼지는 /젊은 과부의 아찔한 음부 냄새
>
> ㅡ 「홍어」 일부[38]

이 시는 여성의 음부를 홍어로 대치하여 신체의 일부를 확대시켜 보여준다. 마치 사진렌즈의 조절처럼 대상을 확대하여 보여주는 것은 외설스

37) 이양현, 앞의 글, 앞의 책, p.265.
38) 문혜진, 『검은 표범 여인』, 서울:민음사, 2007, pp.16~17.

런 이미지가 본질을 무너뜨리는 사회현상에 대응하기 위한 전략이라 할 수 있다. 부정적인 것을 과감하게 노출함으로써 절망적 현실의 제문제를 노골적으로 드러내고자 한 것이다. 시인은 여성의 음부를 "죽음의 냄새", "삭은 살점에서 피어나는 오묘한 냄새"가 난다고 표현하며, 인간의 육체가 오염되어 가고 있는 상황을 드러낸다. 그리고 그것이 "불멸의 아귀"처럼 "온 우주를 빨아들일 듯"하다고 장황하게 표현함으로써 오염된 세계가 인간의 본질을 삼키고 있다는 사실을 상징적으로 보여준다. 이는 세계가 절대적이고 본질적인 것을 구현할 수 없다는 시인의 부정적인 인식에서 출발한 것이다.

모든 것을 인위적으로 조작하는 시뮬라르크의 세계는 무엇보다 감각에만 의존하는 인간형을 만들어냈다. 감각이란 인간의 육체를 통해 가장 적나라하게 표현된다. 시인은 이런 육체를 더욱 투명하게 보여준다. 이는 절망적 현실을 보다 과장되고 자극적으로 비판하려는 의도에서 비롯된 것이다. 여성의 성기는 생명체의 탄생과 직접 관련된 것이기에 근원적일 수밖에 없고, 그것이 오염되거나 포르노이미지로 범람한다는 것은 우리 사회가 그만큼 타락해 있다는 것이다. 선정적인 이미지들에 둘러싸여 살 수밖에 없는 현실, 모든 인간의 본질이 말살되어버린 타락한 시대에 있어 삶이란 곧 죽음의 다른 이름이다. 따라서 이 시는 근대적 주체에 대한 부정에서 나아가 탈근대적 세계에 대한 비판까지 병행하기 위한 전략으로 사용한 것임을 알 수 있다.

> 자물쇠를 채운 캐비닛, 감춰 둔 만다린 오렌지 빛 알약들, (중략) // 빌딩 벽을 기어오르다 119 구조대원이 출동한 날, 술 취한 손님이 유리창을 깨부수거나 자살을 결심한 전갈자리 눈빛들, (중략) 얼굴에 칼자국 난 젊은 전과자 살의에 번득이는 눈빛, 술병 난 샐러리맨이 토해 낸 오물을 뒤로한 채 표범약사는 약국 문을 닫고 소주를 마신 후 침대

에 누워, 황홀한 장면을 불러올 비밀스런 수액을 혈관에 꼽지 // (중략) 가슴에 투명한 진통 파스를 붙이고 가쁘게 숨 쉬며 달리다 보면 어느새 건조한 대지와 도시의 직사각형 정원, 자살한 병자들의 서랍이 있는 냉동실에서 양귀비꽃이 필 거야!

— 「표범 약사의 비밀약장」 일부[39]

위 시는 "캐비닛", "빌딩 벽", "약국" 등으로 대변되는 도시의 모습을 보여준다. 도시는 근대문명이 만들어낸 공간, 변화 · 진보 · 혁신 · 발전의 과정에서 만들어진 공간이다. 시인은 이제 이 모든 것들이 역사의 종언과 함께 사라졌다고 암시한다. 화자는 인간의 가면을 쓴 표범, 곧 동물적 존재이다. 낮이면 인간의 고통의 치유하는 약사로 살지만 밤이면 날카로운 발톱을 세우고 독기와 살기를 뿜어내며 잠든 아이들 방을 습격하여 가로수 가지에 걸쳐두고 머리부터 발끝까지 살점을 먹는 동물로 변모한다. 낮 동안 동물적 본능을 숨기고 고통스럽게 살아가는 화자는 "눈알이 튀어나오"게 제 살을 "물어뜯"기도 하고, "빌딩 벽"을 오르다가 "119 구조대원"에 의해 끌어내려지기도 한다. "소주를 마"시고 "비밀스런 수액"에 몸을 맡겨 "황홀"함을 맛보기도, "울부짖"기도 한다. 이는 철저히 변형된 세계에서 스스로 사물(동물)이 되려는 열망을 보여주는 것으로 볼 수 있다. "전갈자리 눈빛", "들고양이" 등은 동물적 야수성에 대한 욕망을 반영한 것이다.

모든 것이 철저하게 단절되어 있는 도시, "마취제가 필요"한 이곳은 "자살한 병자", "냉동"된 인간 등 주체가 없는 세계이며 미래에 대한 전망을 바라볼 수 없는 세계다. "겨우겨우 피의 위안으로/ 문명을 견뎌내는 표범약사"는 우리에게 삶의 역정과 역사를 지닌 주체는 잊어야 한다고, 문명은 이제 주체성이란 환영을 벗어던져야 한다고 말하는지도 모른다.

---

39) 문혜진, 위의 책, pp.44~45.

던져진 채 구르고 굴러 풍화를 겪는 게 바위뿐이겠는가 몽상하며 깊어지는 개울물 소리 불그레한 달빛 두꺼비를 삼킨 흰 뱀의 여름이끼가 촉촉이 몸을 덮었고 수리부엉이가 둥지를 틀기도 했다 (중략) 내면의 건기와 우기를 겪으며 나무바위는 마침내 부패하는 유기체의 희열을 느꼈다// 강줄기를 따라 깎이고 닳아져 나무인지 바위인지 정체성도 잊은 채 다만 흐르고 흘렀다 어느 날 모래언덕 위의 마지막 대면 후 다시는 그를 볼 수 없었다 (중략) 낯선 경이와 보이지 않는 불구를 간직한 채 어디서나 존재하거나 존재하지 않는 나의 나무바위

– 「나무인지 바위인지」 일부[40]

위 시는 근대 사유가 만들어낸 우상의 소실점을 보여준다. 이 시에는 인간도 동물도 나타나지 않는다. 기괴하게 일그러진 자연만이 존재한다. 시인은 "구르고 굴러 풍화"된 "바위"에 "이끼가" 덮여 "수리부엉이가 둥지를" 트는 나무이면서 바위인 기이한 존재를 만들어 냈다. 그러나 그는 "내면의 건기와 우기를 겪으며", "정체성도 잊은 채 다만 흐르고" 흐르다 "마침내 부패하"여 사라지고 만다. 바위와 나무가 하나로 결합된 이 변형된 자연은 문명에 의해 파괴된 생태계의 모습으로, 인간의 이성으로 세계를 발전시킬 수 있다는 근대적 믿음을 뒤집어엎는다.

근대적 사유는 인간의 찬란한 미래를 꿈꾸며 이상적 '인간상'을 관념화해왔다. 이는 아주 굳건하고 견고하게 체계화되어 왔다. 그리고 인간들은 그 이상과 가치를 추구함으로써 자연과 더불어 숨 쉬는 자연의 한 존재라는 사실을 외면해 왔다. 시인은 이를 환기시키기 위해 유혹의 전략을 사용한다. 인간의 이기에 의해 인간이 소멸되고, 돌아갈 자연마저 사라지고 있다는 사실을 환기하는 것이다. "어디서나 존재하거나 존재하지 않는", "그"는 불멸의 존재로써 유혹의 끝, 세계의 종말을 보여주는 것인지도 모른다.

---

40) 문혜진, 위의 책, pp.30~31.

문혜진 시에서 몸은 문명과 인간의 허위를 폭로하고 이를 비판하기 위한 전략으로 사용된다. 성적인 욕망을 분출하는 몸, 동물과 인간이 하나로 겹쳐진 몸, 자연물과 자연물이 겹쳐 기이한 모습을 띠는 이런 모습은 단절된 타인과의 일체화를 지향하며 인간의 본성을 되찾고자하는 열망의 다른 표현임과 동시에 모든 것이 파편화된 채 일그러진 모습을 띠고 있다는 점에서 결코 온전하게 융합될 수 없다는 회의감의 표출이기도 하다. 허위가 본질을 은폐하고, 세상을 지배하는 현상을 부각시킴으로써 본질과 가치의 시대 종언을 말하려는 것이다. 이를 통해 허위로 가득한 세상에서 그것을 의식하지 못하고 살아가는 현대인들의 인식을 꼬집는다. 이런 점에서 문혜진 시에서 '몸'은 문명의 허위와 끊임없이 증식하는 사물의 지배아래 살고 있는 우리의 현실을 환기하려는 전략으로 사용된 것이라 볼 수 있다.

## IV. 결론

김이듬, 문혜진은 변화된 사회를 체감하며 성장한 세대로 탈근대적 인식과 사유를 드러내는 2000년대의 대표적 여성시인들이다. 이들은 주체 없는 세계, 철저한 변형의 세계, 사물들이 지배하는 세계를 상상한다. 그 세계 속에서 '몸'은 절단과 합체와 변이가 자유자재로 이루어지는 특징을 드러낸다. 실재 세계에서는 논리적으로 불가능한 일이지만, 이들이 구축한 가상적 세계에서는 불가능한 모든 일들이 아무렇지 않게 실현된다. 본격적인 영상세대이면서 가상현실을 실재 현실보다 더 친숙하게 느끼며 성장한 이들에게는 시뮬레이션세계에서 접할 수 있는 인공자연과 인공현실이 이미 낯설지 않기 때문일 것이다.

두 시인의 시는 실재하지 않는 현실을 설정하고 있다는 점에서 가상의 다른 속성인 현실도피라고 할 수도 있겠지만, 오늘의 현실을 지속적으로 환기하고 있다는 점에서 현실 도피적 결과물이라 할 수는 없다. 이들이 바라보는 현사회는 기호와 사물이 범람하는 곳, 억압의 주체(중심)는 이미 사라진 곳이다. 기호적 가치로 파악되는 인간, 기계와 전파에 함몰되어가는 상황 속에서 그 고통을 감내하기보다는 더욱 투명하게 드러내어 저항하고자 사물의 전략을 사용한 것이다. 이는 두 시인의 공통적인 전략으로 기능하며 이들 세대의 유대를 형성하고 있다. 그러나 작품에 나타난 구체적인 방법은 각기 다르다.

김이듬은 사물화된 몸, 유령화된 몸, 남자이면서 여자인 몸 등을 통해 과잉생산, 과잉소비로 대변되는 탈근대사회의 극적인 결과물을 보여준다. 이는 뒤틀리고 일그러진 이 시대의 절망을 더욱 적극적으로 표현하려는 시인의 전략이다. 그는 사물의 과포화와 황홀경으로 특징지을 수 있는 현실의 세계를 너무도 기이하게 우울한 기색도 없이 탐색한다. 그리고 파편화된 사물들을 동일성으로 묶으려하지 않는다. 철저하게 파괴된 인간, 처절하게 소외된 존재가 바로 현대인의 자화상이라는 것. 주체가 사라지고 사물이 범람하는 사실을 강조함으로써 죽음과도 같은 이 시대의 위기를 보여준다.

문혜진은 동물적인 몸, 피와 살과 뼈로서의 몸을 통해 근대성의 거대한 우상들을 무너뜨린다. 인간과 자연, 사물과 사물의 경계를 무너뜨리고 그 경계를 넘어 야생의 세계로 나아간다. 이를 통해 인간이 동물이 아니라 해도 동물일 뿐이고, 인간이기를 포기하고 동물이고자 해도 동물일 수밖에 없는 사실을 환기하면서, 이것이 현실이라는 회의감을 드러낸다. 생의 부조리는 주체의 모순이나 부조리로부터 비롯되었다는 것이다. 그가 상정한 동물적 인간, 일그러진 자연물은 결국 주체의 폭력과 부조리에 저항하기 위한 전략이라 할 수 있다.

이들의 시에 나타난 변형된 존재, 환상적 시공간의 이미지들은 대상의 존재방식을 보여줌으로써 대상에 대한 인식을 재고하게 한다. 이런 점은 오늘날 인간을 압도하고 유혹하는 사물의 힘을 꿰뚫어보고, 이것이 결국 고통스럽고 부조리한 세계에 놓여 있는 우리의 모습, '지금-여기'의 문제를 더욱 선명하게 각인시켰다는 점에서 의미 있을 것이다.

# 09

## '몸주체'와 (탈)여성적 글쓰기

–황병승, 진은영의 시를 중심으로–

### Ⅰ. 서론

이 글은 현대 여성주의 시에 나타난 '몸주체'의 의미와 '(탈)여성적 글쓰기' 방식을 살펴보는 데 목적을 둔다. 본고가 (탈)여성적 글쓰기에 주목한 이유는 여성주의 시에서 '몸'이 결국 창작방법론으로서의 글쓰기와 관련된다면, '몸'의 의미도 새로운 글쓰기의 차원에서 모색되어야 한다고 판단했기 때문이다. 몸주체의 개념은 기존 관념철학을 해체하려는 포스트모더니즘적 인식을 기반으로 형성되고 확장돼왔다. 포스트모더니즘 담론은 메를로-퐁티의 '몸주체'[1) 개념을 받아들이면서, 기존의 관념적 · 기호적 표상체계 내에 머물러 있던 주체를 '몸주체'로 대체하고, '몸'을 통해 지각

---

1) '몸'주체의 개념은 메를로-퐁티에서부터 출발한다. 퐁티는 '인간주체'를 '현상학적 장', 즉 주체와 대상이 불가분적으로 엮여서 지각활동이 되는 장을 제시하며, '몸주체'에 대한 논의를 전개한다. 그에 따르면 '몸'은 살아 있는 경험이 침전돼 있는 장소이자, 세계 및 타인과 관계 맺는 장이며, 인간은 이러한 몸적 존재로서 세계(타자)를 몸으로 지각하고 감각하며 경험하는 존재이기에 하나의 자기동일성으로 규정할 수 없다. (메를로-퐁티, 류의근 옮김, 『지각의 현상학』, 문학과지성사, 2002,참조) 그러나 퐁티는 '정신'과 다른 몸의 의미를 설명하였을 뿐, 양성 간의 '차이'를 언급하지는 않았다.

하고 감각하고 반응하는 실존적 존재로서의 (무의식적)욕망에 대한 글쓰기를 강조해 왔는데, 한국 여성주의 시 담론에서 이에 대한 논의는 특히 프랑스의 포스트모던 페미니즘이 제시하는 '여성의 몸'으로 글쓰기를 토대로 전개돼 왔다. 그리고 그것은 대개 여성이 시쓰기의 주체로 참여한 시를 대상으로 이루어져왔다.[2] 그러나 '몸'은 근본적으로 기존담론에 대항하려는 저항의 의미가 내재돼 있기에, 여성의 몸이 반드시 전제될 필요는 없다. 이에 대한 탐색 또한 여성시인들만의 전유물이 아니다. 무엇보다 최근 일부 여성시인들의 시는 '여성의 몸' 자체를 의식하지 않는 특징을 보인다.[3]

이는 지금 이 시대가 남성성/여성성의 이분법적 구획이 더 이상 큰 의미를 갖지 않는 시대로 접어들고 있음을 뜻하는 것으로 보인다. 이에 본고는 몸으로 글쓰기의 의미를 여성이 시쓰기의 주체로 참여한 시의 글쓰기로 제한하지 않고, 기존 이분법을 근본적으로 분쇄하려는 '몸' 글쓰기를 (탈)여성적 글쓰기의 의미로 받아들이면서,[4] 기성의 제도적 글쓰기에 대

---

2) 송지현, 「현대 여성시에 나타난 '몸'의 전략화 양상-김혜순의 시세계를 중심으로」, 『한국문학이론과 비평』제15집, 한국문학이론과비평학회, 2002, pp.371~392 : 엄경희, 「상처받은 '가이아'의 복귀- 여성시에 나타난 에코페미니즘」, 『한국근대문학연구』 4권1호, 한국근대문학회, 2003, pp.336~361 : 김승희, 「상징질서에 도전하는 여성시의 목소리, 그 전복의 전략들」, (한국여성문학학회)『한국여성문학 연구의 현황과 전망』, 소명출판, 2008, pp.269~301 : 김향라, 「한국 현대 페미니즘시 연구- 고정희 · 최승자 · 김혜순의 시를 중심으로」, 경상대학교 국어국문학과 박사학위논문, 2010, pp.1~161 : 김순아, 「현대 여성시에 나타난 '몸의 시학'연구 - 김언희, 나희덕, 김선우의 시를 중심으로」, 부경대학교 박사학위논문, pp.1~199 : ____, 「현대 여성시에 나타난 '몸'의 상상력과 언술 특징 - 이선영, 허수경의 시를 중심으로」, 『한어문교육』제31집, 한국언어문학교육학회, pp.203~234.

3) 본고에서 주목한 황병승, 진은영뿐 아니라, 이수명, 김행숙, 이원, 유형진, 이장욱, 정재학 등도 (탈)여성적 글쓰기와 관련지어 읽을 수 있다.

4) 여성주의 시와 여성적 글쓰기에 대해 선행연구를 남긴 김승희는 크리스테바의 논의를 빌려 고유한 여성적 글쓰기가 따로 있다는 분리주의에 반대한다는 입장을 드러낸 바 있다. (김승희, 앞의 글, p.272)

한 대항적이며 대안적인 글쓰기를 시도하는 최근 젊은 시인들을 중심으로 그 특징을 살피고자 한다. 물론 (탈)여성적 글쓰기도 광의의 '여성적 글쓰기'에 포함될 수 있다. 그러나 (탈)여성적 글쓰기는 생물학적 성차와 차별에 대항하는 '여성적 글쓰기'와는 다른, 즉 '여성의 몸'을 벗어나면서도 여전히 '여성/타자/몸'성을 지향하는 글쓰기로서, 좀 더 포괄적이고 생산적인 차원에서 '몸' 글쓰기의 의미를 찾아볼 수 있을 것이다.

이를 전제로 본고에서 논의의 중심에 둔 황병승, 진은영은 2000년대에 등단한 비교적 젊은 시인들이다. 이들의 시는 '조각난 몸'을 토대로 사회정치적 억압에 의해 분열된 자의식을 다루었던 80년대 시와 다르고, '여성 몸(자궁)'의 고유성과 생산성을 토대로 서로 다른 차이를 강조하는 90년대 시와도 다르다. 이들 시의 가장 큰 특징은 여성성의 영역을 특화하지 않는다는 점이다. 시 속에서 몸은 유기체적 전체가 아니라, 일부로 드러난다. 일부로서의 몸은 말하는 주체가 누구인지 구분불가능한 상황을 연출하면서, 그 자체로 고착돼 있지 않고 또 다른 무엇으로 변화할 가능성을 암시한다. 이는 기존의 이분법을 벗어나 자신의 정체성을 새롭게 재정의하기 위한 일종의 시적 전략으로서, 포스트모던 페미니스트 버틀러의 논의를 참조해 읽을 수 있다.

버틀러에 따르면 젠더는 특정한 규범적 담론이 만든 허상에 불과하며, 여성주체를 재현할 때 반드시 여성이 전제될 필요는 없다. 자아는 근본적으로 타자 연관적, 혹은 혼종적이며 기존담론에 대항하려면 이를 토대로 기존 젠더를 연기하거나, 유일무이한 자기정체성을 드러내야 한다. 이에 본고는 두 시인의 시를 읽기 위한 전제로서, 먼저 버틀러의 논의를 구체적으로 살필 것이다. 그런 다음 두 시인의 시에서 '몸'은 어떤 방식으로 제시되며, 그 의미가 무엇인지 구체적인 작품 분석을 통해 밝히고자 한다. 이러한 접근 방식은 여성주의 시의 새로운 흐름을 살핌과 동시에, 한국 현대시의 '몸의 시학'에 대한 연구를 더욱 활성화하는 방안이 될 것이다.

## II. 여성 없는 페미니즘과 의미변형 장소로서의 몸

주디스 버틀러(Judith Butler)는 기존 페미니즘이나 철학에 의문을 제기하면서 여성 없는 페미니즘 정치를 제시한 미국출신의 포스트모던 페미니스트이다. 그녀의 논의는 자아와 타자가 서로 연관되어 있다는 인식에서 출발하고 있다는 점에서 프랑스의 포스트모던 페미니스트들의 인식과도 연관된다. 그러나 기원으로서의 '여성 몸(자궁)'을 근거로 양성 간의 '차이'와 복수적 의미를 강조하는 프랑스페미니스트들과 달리,[5] 버틀러는 기원으로서의 몸을 인정하지 않는다. 버틀러가 볼 때, 기존 여성주의는 여성이라는 동질적 성정체성의 집단적 표현에 기반하기 때문에 개별 여성들의 차이나 변화에 대한 해답을 제시하지 못한다.[6]

버틀러는 『욕망의 주체』에서 여성에 대한 재현은 여성 주체가 가정되지 않을 때 의의가 있다는 입장을 보이며, 주어진 섹스(혹은 몸)를 질료로 구성된 젠더의 개념을 해체한다. 『젠더 트러블』에서는 페미니즘이라는 정치성에 보편 여성이라는 일관된 재현 주체가 필요하다는 기존 페미니즘의 논의를 부정한다.[7] 그녀에 따르면 젠더 '차이'가 왜 만들어지는가라

---

5) 크리스테바, 식수, 이리가레이 등 프랑스의 포스트모던 페미니스트들은 어머니와 아이가 연결돼 있는 '전-오이디푸스'적 공간(자궁)에 주목하여 남성과 '차이'를 가진 여성 몸의 고유성과 복수적 의미를 강조해 왔다. 이 중 크리스테바는 여성적 글쓰기와 남성적 아방가르드 글쓰기적 충동을 동일시함으로써 여성적 글쓰기만의 차이를 발견하고자 했던 페미니스트들과는 다른 입장을 가지고 있지만, 그녀가 주장하는 코라(chora)는 신의 질서가 개입하기 이전의 '기원'과 관련된다는 점에서 기원 자체를 인정하지 않는 버틀러의 입장과는 다르다.(엘렌 식수, 박혜영 옮김, 『메두사의 웃음, 출구』, 동문선, 2004, : 줄리아크리스테바, 김인환 옮김, 『시적 언어의 혁명』, 동문선, 2000. : 루스 이리가레이, 이은민 옮김, 『하나이지 않은 성』, 동문선, 2000 참조.)

6) 임국희, 「여성주의 정치 패러다임 전환의 이론적 모색-차이와 연대를 포괄하는 윤리의 정치로」, 『페미니즘연구』제11권2호, 한국여성연구소, 2011, p.127 참조.

7) 조현준, 「젠더 계보학과 여성 없는 페미니즘-주디스 버틀러의 『젠더 트러블』」, 『안과밖』제26호, 영미문학연구회, 2009, p.186 참조.

는 질문 또한 젠더이분법의 틀 안에서 구성되는 질문이기 때문에 젠더를 생물학적 이분법처럼 본질화시킨다. 기존의 섹스, 젠더, 섹슈얼리티는 모두 사회적으로 구성된 허구일 뿐이며, 그것은 모두 이성애중심주의를 강화하는 데 사용돼 왔다. 이러한 문제를 극복하기 위한 방법으로, 버틀러는 기존 젠더를 '모방'하거나 '패러디'함으로써 우연성을 노출시키고, 단일한 젠더정체성과 이성애중심주의를 낯설게 보는 관점을 제시한다.[8)]

그것은 패러디, 수행성, 불안한 복종, 우울증 등의 네 가지로 설명된다. 패러디적 정체성은 원본에 대한 모방이 아니라, 원본이라 가정되는 복사본에 대한 모방으로 얻어지는 정체성의 개념으로서 원본에 대한 조롱과 패러디적 웃음의 패스티쉬 효과를 가져 온다. 수행성이나 수행적 화행은 명명하는 행위나 반복된 몸의 양식화가 수행적이고, 젠더가 행위 중에 가변적으로 구성되는 일시적이고 잠정적인 양상임을 드러냄으로써 젠더 정체성을 허구로 드러나게 하는 것이다. 불안한 복종은 이데올로기의 호명에 응답하지만, 그 이데올로기에 다 포섭되지 않는 잉여와 잔여물을 남기는 것이다. 주체는 이름이 불리는 순간 그 호명에 응답할 것인지를 망설이게 되는데, 이때 드러나는 불안정성과 비예측성 때문에 주체는 호명된 이름이 지칭하는 정체성을 완전하게 달성할 수가 없다. 또한 젠더는 본디 자기 안에 이질적 타자를 안고 있어서 우울하다. 우울증적 동일시는 거부가 완전히 이루어지지 않고 동성애 금지를 거부한다는 의미에서 '거부의 거부', 즉 '이중거부'의 양식을 취하는 '구성적 외부'[9)]의 방식으로 발생한다. 이러한 방식은 의미화 · 재발화를 통해 새로운 의미를 생산하고 기존 의미를 전복하는 것으로, 궁극적 지향점은 이성애 사회 속에서 억압받고

8) 김현미, 「젠더와 사회구조」, (한국여성연구소)『젠더와 사회』, 동녘, 2014, pp.89~93 참조.

9) 자끄 데리다의 용어로 주체의 외부에 있지만 주체를 구성하는 데 필수적인 요건을 의미한다. 주체의 외부가 주체를 구성한다면 자족적인 주체나 완전한 자아동일성은 불가능해진다.

비천시되어 온 동성애 담론의 권익회복에 있다.[10]

『윤리적 폭력비판』에 이르러 버틀러는 구체적 타자를 인식하는 방법을 불투명성, 혹은 추상적 보편성에서 찾는다. 그녀는 보편성 그 자체를 거부하지 않는다. 다만 보편성을 폭력으로 만드는 조건이 있으며 이러한 조건들로 인해 규범이 '죽은 사물'처럼 된다는 것을 상기시킨다. 그리고 『미니마 모랄리아』에서 아도르노가 사용한 용어를 빌려 윤리적 원칙과 규칙이 구체적이고 개별적인 개인들에 의해 '생생하게' 점유되어질 때 윤리적 폭력으로부터 벗어날 수 있다고 주장한다.[11] 버틀러에 따르면 생생한 보편성은 윤리적 주체가 나르시시즘적 환상을 벗어나 자신을 문제 삼을 때, 즉 '자신과의 투쟁'을 수행할 때 점유될 수 있다. 나는 내적인 존재도, 나 자신 안에 닫혀서 자신에 대해서만 문제를 제기하는 그런 고립적인 주체도 아니다. 어떤 의미에서 나는 너에 대해서 그리고 네 덕분에 존재한다.[12]

이는 '나' 혹은 '주체'는 더 이상 자기만의 특권적 내부 공간 즉 자기의식이 아님을 뜻한다. 즉 '나'는 고립된 의식 공간 안에 있는 실체가 아니라, 타자 즉 '너'의 공간에 내맡겨진 존재이며, 나는 '너'라는 공간이 나에게 제시하는 의미와 진리체계에 영향을 받으면서 형성된다는 것이다. '너'라는 공간은 '나'를 성립시키는 조건이 되는 것이다.[13] '나'이면서도 나와 다른 '너'는 온전히 알려져 있지 않으며 완전히 파악될 수도 없다. 그것은 내가 '대체불가능'하고 '유일무이한' 개별적 존재이기 때문이다. 시/공적인 하나의 지점으로서의 나와 너는 그 자체로 유일한 존재이기 때문에 다

---

10) 조현준, 「거식증과 우울증의 정치학—푸꼬, 보르도, 버틀러를 중심으로」, (한국여성연구소)『여성의 몸—시각 · 쟁점 · 역사』, 창작과비평사, 2005, pp.406~414 참조.

11) 주디스 버틀러, 양효실 옮김, 『윤리적 폭력비판—자기 자신을 설명하기』, 인간사랑, 2013, pp.15~16 참조.

12) 위의 책, p.58 참조

13) 이현재, 「인간의 자기한계 인식과 여성주의적 인정의 윤리 : 주디스 버틀러의 『윤리적 폭력비판』을 중심으로」, 『한국여성학』제23권2호, 한국여성학회, 2007, p.128 참조.

른 것으로 대체할 수 없으며, 나는 나에게 그리고 너에게 완전히 이해될 수 없는 불투명한 유일성으로서의 타자가 된다. 불투명한 타자로서의 나, 즉 너는 시시각각 변하는 과정에 있기 때문에 자신에게조차 완전히 되돌아올 수 없다. 이러한 사실을 인정하는 것은 새로운 윤리의 토대가 된다. 자신이 지금 갖고 있는 판단 내용들이 불완전할 수 있다는 것을 인정하게 될 때, 자신의 판단을 유보하게 되며, 이를 통해 자신과 타자의 타자성을 더욱 잘 인정할 수 있기 때문이다. 그래서 버틀러는 '자신의 한계를 인정하는 주체는 무엇보다도 타자를 이해하기 위해 자신의 판단을 유보할 의무를 갖는다'[14]고 말한다.

버틀러가 제시하는 수행 · 연기의 장소로서의 몸, 불투명한 존재로서의 유일무이한 몸은 혼종적 (성)정체성, 화자와 대상의 불일치를 통해 자신의 정체성을 새롭게 재정의하려는 황병승, 진은영의 시를 읽는 데도 좋은 참조점이 되어 준다.

## Ⅲ. 시에 나타난 '몸주체'와 (탈)여성적 글쓰기

2000년대 이후 우리사회에서 근대적 주체의 개념은 더 이상 큰 힘을 발휘하지 못한다. 근대 이성으로 무장한 남성주체의 의미는 1980년대 후반 이념의 붕괴와 1990년대 포스트모더니즘 담론의 등장에 따라 완전히 소진되어버렸다고 할 수 있다. 80년대 말부터 급속히 전개된 세계사적 국내적 사회문화 변동의 추이는 포스트모더니즘 담론의 확산과 함께, 자기 정체성 찾기로서의 '몸담론'을 부상시키는 계기를 마련하였다. 특히 '여성의 몸'으로 '여성적 글쓰기'를 시도해 온 여성작가들의 노력은 남성의 논

14) 주디스 버틀러, 양효실 옮김, 앞의 책, p.81 참조

리에 의해 억압돼 온 여성의 가치를 새롭게 인식시키는 중요한 역할을 담당하였다. 그러나 '여성적 글쓰기'는 남성의 몸마저 도구화, 상품화되어가는 지금 이 시대에는 큰 의미를 발휘하지 못한다.

지금 이 시대의 몸에는 자본주의 이데올로기가 기입돼 있다. 자본주의는 모든 것을 자본의 영역으로 끌어들이며, 자기 '몸'을 스스로 관리하고 변형시키는 주체를 호명한다. 여기에 응할 경우 좀 더 나은 사회적 지위와 생활을 보장받을 수 있기에, 남녀 모두는 자기 몸을 관리하고 꾸미는 데 적극 동참한다. 이때 모든 몸은 자본주의 시장논리에 흡수된다. 그것은 이성애적 사유를 강화하는 요소로도 작용한다. 즉 남녀가 사회가 요구하는 기준에 맞춰 자신을 더 남성스럽게 혹은 여성스럽게 꾸밀 때, '몸'은 남성성/여성성이라는 당대의 특정한 이상을 구현하는 동시에, 동성이 아닌 다른 이성에게 욕망을 느낀다는 함의가 전제되기 때문에 이성애중심의 사유는 더욱 강고해 지는 것이다.[15] 여기에서 몸의 주인으로서의 주체, 개별자들 간의(혹은 집단 간의) 다름과 차이, 소통의 의미는 점점 더 소멸하게 된다.

황병승, 진은영은 이러한 세계 속에서 느끼는 존재의 실존적 위기, 혹은 한계인식을 파괴되고 변형된 신체 이미지로 드러낸다. 변형된 신체는 유기체로서의 전체적 인간관(觀), 주체(자본)중심주의에서 벗어나려는 욕망으로 준동(蠢動)되기 때문에, 우리의 경험으로 파악되는 현실적 존재로 그려지지 않으며, 그 언어 또한 상징체계적 관념적 언어로는 전개되지 않는다. 시의 화자들은 남자도 여자도, 산 것도 죽은 것도, 인간도 짐승도 아닌 모호한 상태에서 말하고 움직이며 또 다른 무엇으로 변이할 가능성을 보여준다. 이는 두 시인의 공통적 전략으로 기능하며 동 시대, 동 세대 간의 유대를 형성하고 있다. 그러나 그 형상화방식과 지향점은 사뭇 다르다.

---

15) 조현준, 「젠더 계보학과 여성 없는 페미니즘－주디스 버틀러의 『젠더 트러블』」, 『안과밖』제26호, 영미문학연구회, 2009, pp.181～182 참조

## 1. '가면적 몸주체'와 연기(演技)의 언어 – 황병승

황병승[16] 시에서 자아의 이미지는 '뱀', '항문', '시체' 등으로 변형되어 드러난다. 그리고 그것은 단순히 하나의 이미지만 아니라 '자궁', '디통수', '피' 등이 동시 공존하는 복합적인 형상으로 제시된다. 이러한 형상은 그 주체가 여성인지 남성인지 알 수 없는 'n개의 성' 정체성을 연출하면서, 그 자체로 고착돼 있지 않고 또 다른 정체성으로 변이할 것을 암시한다. 이러한 특징으로 그의 시는 미래파의 상상력과 관련지어 언급되고 있다.[17] 물론 전통서정의 일인칭 시점을 파괴하고 새로운 상상력을 드러내는 미래파 시를 모두 (탈)여성적 글쓰기와 관련지어 읽을 수는 없을 것이나, 황병승 시의 '몸주체'는 전-상징적 언어를 사용할 뿐 아니라, 몸의 설정과 변형이 타자인식과 '타자(여성)'지향적 관점을 취하고 있기에 (탈)여성적 글쓰기로 읽을 수 있다. 따라서 이 글에서는 그의 시에 나타난 몸을 (탈)여성적 글쓰기와 관련지어 구체적으로 살피고자 한다.

---

16) 1970년 서울에서 출생하였고, 명지대학교 문예창작 대학원에서 석사과정을 수료하였다. 2003년 계간『파라21』에 '주치의 h'를 발표하며 문단에 데뷔하였으며, 시집으로『여장남자 시코쿠』(랜덤하우스중앙, 2005『트랙과 들판의 별』(문학과지성사, 2012),『육체쇼와 전집』(문학과지성사, 2013)이 있다. 박인환문학상(2010), 미당문학상(2013)을 수상했다.

17) 이재복,「그로테스크 혹은 맨얼굴의 페르소나」,『다층』통권36호, 다층, 2007, pp.28~37: ______,「2000년대의 실험시 : 아이덴티티는 너무 20세기적이야 – 박상순, 이수명, 황병승, 김경주를 중심으로」,『열린시학』통권14호, 2009, 고요아침, pp.69~93 : 권경아,「2000년대의 시적 감수성, 그 새로운 징후」,『다층』통권27호, 다층, 2005, pp.14~26. : 김미정,「시코쿠환타스틱공작기 – 황병승시집『여장남자 시코쿠』」,『시와세계』통권13호, 시와세계, pp.279~290 : 이만식,「황병승 시집『여장남자 시코쿠』와『트랙과 벌판의 별』, 여장남자 시코쿠와 아홉소 씨의 쓸모없는 별」,『시와세계』통권20호, 시와세계, 2007, pp.274~289. : 김영희,「미래를 소환하는 목소리의 심급–김경주, 황병승, 김행숙의 시와 '목소리의 지형도'」,『한국어문학국제학술포럼학술대회』, 한국어문학국제학술포럼, 2008, pp.355~367. : 김행숙,「황병승 론 – 황병승스러운 에로스와 아우라」,『문학과 사회』통권26호, 문학과지성사, 2013, pp.217~228.

그의 시에서 서로 이질적인 것이 동시 공존하는 몸은 자아의 분열된 내면을 표상한다. 이는 집단적 정체성의 논리에 대한 거부감을 전제로 한다. 집단의 정체성은 개별자들이 가진 다양한 차이를 하나의 중심으로 수렴하기에, 개별적 정체성, 서로 다름은 인정하지 않는다. 여기서 권력이 생겨나며, 권력은 다른 생각을 가진 소수자들에게 폭력을 행사하게 된다. 그러나 시인은 여기에 적극 저항하지 않는다. 다만 폭력적 현실에서 느끼는 가치관의 혼란과 갈등을 다중적이고 모순된 신체의 형상으로 변형하여 묘사할 뿐이다. 이러한 형상은 우리의 통념과 관념으로는 볼 수 없는 현실의 제문제를 드러내는 방식으로서, 버틀러가 제시하는 '구성적 외부'의 형식과도 유사하다. 구성적 외부는 내면적 자아를 표층으로 이끌어 냄으로써, 그 내부에 아무것도 남아있지 않게 하는 한 방식인데, 이때 외부는 내부와 합체됨으로써 단일한 성정체성의 개념을 허물게 된다.[18]

이렇게 구성되는 몸주체는 시인과 분리불가능한 주체이자, 기존질서에서 거부하는 몸의 형상을 뒤집어쓰고 연기(performance)하는 주체라고 할 수 있다. 연기하는 주체로서의 '나'는 남자도 여자도, 산 것도 죽은 것도, 인간도 짐승도 아닌 모호한 존재로 형상화되며, 세계를 지배하는 온갖 규율과 규칙을 어기고 계속하여 또 다른 무엇으로 변화할 가능성을 암시한다. 이는 시문법의 일탈과 혼란을 동반하는 환유적 글쓰기를 동반하는데, 이는 그의 시에 나타난 전반적인 특징이라 할 수 있다. 다음 시는 첫시집의 표제작으로서 출간 당시에 상당한 반향을 불러 일으켰던 작품이다.

> 하늘의 뜨거운 꼭짓점이 불을 뿜는 정오// 도마뱀은 쓴다/ 찢고 또 쓴다// -중략-// 열두 살, 그때 이미 나는 남성을 찢고 나온 위대한 여성/ 미래를 점치기 위해 쥐의 습성을 지닌 또래의 사내아이들에게 날마다

---

18) 조현준, 「거식증과 우울증의 정치학—푸꼬, 보르도, 버틀러를 중심으로」, (한국여성연구소)『여성의 몸— 시각 · 쟁점 · 역사』, 창작과비평사, 2005, pp.430~431 참조

보내던 연애편지들/(다시 꼬리가 자라고 그대의 머리칼을 만질 수 있을 때까지 나는 약속하지 않으련다 진실을 말하려고 할수록 나의 거짓은 점점 더 강렬해지고)// -중략-/ 화장을 하고 지우고 치마를 입고 브래지어를 푸는 사이/ 조금씩 헛배가 부르고 입덧을 하며// 도마뱀은 쓴다/ 찢고 또 쓴다/ 포옹을 할 때마다 나의 등 뒤로 무섭게 달아나는 그대의 시선!// 그대여 나에게도 자궁이 있다 그게 잘못인가

– 「여장남자 시코쿠」 일부[19]

위 시에서 자아의 이미지는 "도마뱀", "여장남자"라는 변형된 몸으로 제시된다. "도마뱀", "여장남"은 모두 기존질서에서 비천시되어 온 존재의 표상이라 할 수 있다. 우선 "도마뱀"은 성서에서 추방한 악의 대표적 상징이자, 물과 뭍의 경계를 넘나들고, 꼬리가 잘려도 다시 원상태로 회복하는 생태적 특성을 가지고 있기에, 기존질서에서 가장 금기하는 동물이다. 시인은 이러한 도마뱀의 형상을 뒤집어쓴 "나"를 통해 기존의 인간관에 대한 우리의 보편적 관념을 파괴한다. 그런데 주목되는 것은 이 "나"가 시인과 일치하지 않고 명확하게 구분하기도 어려운 형상으로 제시된다는 점이다. 도마뱀은 시인의 내면이 만들어낸 변형된 형상으로서 시인과 반드시 일치하지 않는다. 그러나 "쓴다"는 행위에 주목할 때, 이 주체는 도마뱀이 아니라, "찢고 또" 쓰는 시인 자신과 연결된다.[20] 이는 자기 안의 또 다른 자아(도마뱀)를 구성적 외부로 안고 있는 방식과 같다. 즉 내면적 자아를 표층의 영역으로 끌고 와 표층적 자아(시인)와 하나를 이루게 함으로써 단일한 정체성의 안정성을 흔드는 것이다. 이때 자아의 정서는 불안과 우울을 동반할 것이나, 시인은 그 감정을 드러내지 않는다.

---

19) 황병승, 『여장남자 시코쿠』, 문학과지성사, 2005, p.52

20) 김영희, 「미래를 소환하는 목소리의 심급–김경주, 황병승, 김행숙의 시와 '목소리의 지형도'」, 『한국어문학국제학술포럼학술대회』, 한국어문학국제학술포럼, 2008, p.361 참조

도마뱀과 동일시된 "나"는 실제로 존재하는 것이 아니라, 시인이 상상해낸 "거짓" 존재이며, 그 정체성은 사실 '없는 것'이기에 우울해 할 필요가 없는 것이다. 이때 "나"는 도마뱀의 형상을 뒤집어쓰고 연기하는 주체라 할 수 있다. 연기하는 주체로서 나는 어떤 역할도 감당할 수 있으며, 그러므로 시코쿠의 무대로 나아가는 것은 자연스럽다. 시코쿠는 일찍이 "남성을 찢고 나"와 "위대한 여성"이 된, 즉 남성이되 여성의 "자궁"을 가진 존재이다. 이러한 "나"는 자기 안에 이질적 타자를 안고 있는 드래그 퀸과 같다. 드래그 퀸은 여성과 동일시되는 남성이므로, 그 자체로 남성/여성, 남성성/여성성의 이분법을 허문다. 또한 드래그의 "사내아이들에게 날마다 보내던 연애편지"나, "나의 등 뒤로 무섭게 달아나는 그대"를 향한 사랑은 이성애/동성애의 이분법까지 허문다. 이러한 드래그는 일반인들이 볼 때, 본질은 남성인데 여성의 외피(여장)만 입었다고 생각하지만, 당사자인 자신은 자기 본질이 여성인데 껍질만 남성으로 타고났다고 생각한다.[21] 이는 "나에게도 자궁이 있다"는 구절과 "열두 살, 그때 이미 나는 남성을 찢고 나온 위대한 여성"이라는 구절에서도 확인된다. 이렇게 "찢"어지는 '몸'은 본질이 되기도 하고 외피가 되기도 한다. 이때 몸은 본질/외양의 이분법을 넘어 제3의 'n개의 성'을 만들어내는 지점이 된다.

이를 통해 시인은 기존의 모든 정체성을 거부하면서 자신 안에 이질적인 타자를 안고 있는 "나"를 통해 이분법적 구도를 타파하고, 고정된 의미를 허물며 기존 의미의 전복을 모색한다. 그러므로 시의 언어는 논리적, 이성적, 의식적 언어로 전개되지 않는다. 앞 뒤 문장은 인과적 필연성으로 이어지지 않으며, 문맥 또한 일관된 의미를 지니지 않는다. 자유롭게 절단하여 재배치할 수 있는 언어는 의미나 본질을 지칭하지 못하고 계속

---

21) 조현준, 「거식증과 우울증의 정치학– 푸꼬, 보르도, 버틀러를 중심으로」,(한국여성연구소 편)『여성의 몸』, 창작과 비평사, 2005, p.413 참조

하여 미끄러지는 환유의 형식을 띠고 있으며, 그것은 "꼬리가 잘린" 도마뱀의 "붉은 입술"에서 연상한 "여장남자"로 이어지는 데서도 확인된다. 이런 측면에서 이 시는 인간의 정체성을 이성애/동성애, 남성성/여성성 등으로 이원화하여 구분하는 제도담론이 모두 허위임을 밝히려는 시인의 인식을 연기(performance)의 언어를 통해 보여주는 것이라 할 수 있다. 다음 시 또한 유사한 측면에서 전개된다.

> 나의 진짜는 디통순가봐요/ 당신은 나의 뒤에서 보다 진실해지죠/ 당신을 더 많이 알고 싶은 나는/ 얼굴을 맨바닥에 갈아버리고/ 뒤로 걸을까봐요// 나의 또 다른 진짜는 항문이에요/ 그러나 당신은 나의 항문이 도무지 혐오스럽고/ 당신을 더 많이 알고 싶은 나는/ 입술을 뜯어버리고/ 아껴줘요, 하며 뻐끔뻐끔 항문으로 말할까봐요
>
> ─「커밍아웃」 일부[22]

위 시에서 시인은 자신을 "디통수", "항문"이라고 명명한다. "디통수", "항문"은 유기체로서의 전체를 의미하지 않는다. 유기체적 전체는 총체적 동일성의 논리로 다양한 차이를 하나로 통합함으로써, 나와 다른 것들에 폭력을 행사한다. 이것은 우리의 현실 논리이기도 하다. 우리는 대개 앞이나 뒤, 입이나 항문 중에서 후자보다는 전자를 "진짜"로 인식한다. 특히 "항문"은 몸의 가장 더러운 부분이거나 "혐오스"러운 것으로 생각한다. 그러나 항문이 없으면 입으로 삼킨 음식물을 배설할 수 없으며, 그 상태가 지속되면 종래에 죽음에 이르게 된다. 그러므로 "항문"은 더러운 것도 혐오스러운 것도 아니며, 결코 가짜도 아니다. 그럼에도 불구하고 우리사회의 대다수는 "항문"을 혐오스럽게 생각하며, 그것을 말하는 것조차 금기한다.

22) 황병승, 앞의 책, p.18.

시인이 스스로를 "혐오스럽"게 생각하고, 자신의 "얼굴을 맨바닥에 갈아버리고", "입술을 뜯어버리고" 등으로 자학하는 모습은 바로 이런 현실적 통념으로부터 자신 또한 자유롭지 못하기 때문이라 할 수 있다. 특히 "얼굴"은 자기 정체성을 가장 극명하게 드러내는 장소인데, 이것을 "맨바닥에 갈아버"리겠다는 것은 자신의 정체성을 스스로 지우겠다는 의미이며, "입술을 뜯어버"리겠다는 것 또한 타인과 대화조차 하지 않겠다는 것과 같다. 여기에는 자신에 대한 분노와 우울의 심리가 깔려 있다. 그런데 자세히 보면 이 분노는 시인 자신에게로 향하고 있지 않다.[23] "나의 항문을" "혐오스럽"게 생각하는 존재가 바로 "당신"이기 때문이다. 시인은 그 "당신"의 정체를 구체적으로 밝혀 보이지는 않지만, 자신의 "항문"을 혐오스럽게 생각하는 당신이 있다는 사실을 분명히 자각하고 있다. 그러나 시인은 그것을 자기 목소리로 표출하거나 대상을 공격하는 방식을 취하지 않는다.

대상과 불일치한 화자를 통해 오히려 "당신"을 조롱한다. 몸의 "진짜"가 "디통수"고 "항문"인 "나"는 시인과 일치하지 않는다. "디통수", "항문"으로 말할 수 있는 "나"는 시인의 욕망을 수행 · 연기하는 주체로서 "뒤로 걸을까봐요", "항문으로 말할까봐요"라는 등의 말을 쏟아내고 있다. 즉 하나의 역할을 패러디하고 연기함으로써 그 이면에 숨겨진 "진짜"를 드러내고자 하는 것이다. 뒤로 걷고 항문으로 말하는 것은 앞으로 걷고 입으로 말하는 데 익숙한, 그것을 정상적인 것으로 인식하는 사람들에게는 비정상적이고 기괴한 것으로 보일 수 있지만, 시인은 바로 그것이 오히려 비정상적이고 기괴하다는 것을 역설하고 있는 것이다. 이것은 기존의 질서에서 거부하는 것을 거부하는 '거부의 거부', 즉 '이중거부'의 방식을 통해 기존의 규범이나 체제를 조롱하는 동시에 그 규범을 파괴하려는 버틀러의 '구성적 외부'형식과 유사하다고 할 수 있다.

---

23) 이재복, 「그로테스크 혹은 맨얼굴의 페르소나」, 『다층』통권36호, 다층, 2007, p.30 참조.

시의 언어가 우연적, 비문법적으로 전개되고 있는 것도 이와 무관하지 않다. 시의 정황은 서사적 맥락이나 구체적인 사건이 소거되어 있으며, 언어의 조립은 우연하게 반응하면서 전개되고 있다. 시인은 "나"가 왜 뒤로 걷고 항문으로 말하려하는지 구체적으로 드러내지 않으며, "당신을 더 많이 알고 싶"어 하는 이유도 설명하지 않는다. "나의 또 다른 진짜는 항문이에요"라는 서술어는 필연적 인과관계가 아니라, "디통수"의 '뒤'에서 우연히 불러온 것으로 보이며, 각 연은 그 위치를 바꾸어도 아무 관계가 없다. "뻐끔뻐끔"이라는 부사어는 "갈"고 "걷"고, "뜯"고 "말"하는 등의 동사와 함께 움직임, 운동성을 드러내면서 또 다른 무엇으로 변이할 가능성을 드러낸다. 여기에 "해요체"의 여성적 어조는 가면을 쓴 시인의 직접적인 목소리를 실어 나르는 역할을 하면서 기존의 질서를 위반한다. 이런 점에서 이 시는 상징질서에서 규정한 성정체성에 「커밍아웃」을 외치며, 자신의 존재성을 새롭게 재정의하려는 욕망을 강하게 보여주는 작품이라고 읽을 수 있다. 이러한 시인의 능동성, 존재의 적극적 길 찾기는 시적 주체를 자기 안에 갇혀있게 하지 않는다.

> 가령 초침이 예순 번째의 걸음을 내딛으며 분침의 등을 밀고/ 분침이 시침을 덮치는 순간처럼/ 그녀의 얼굴은 싸움터이다/ 축제의 행렬이 지나가는 공동묘지,/ 울퉁불퉁을 열 잔 마시고 티격태격을 스무 잔 삼킨 아이들/ 쓰러뜨림이 목적인 것처럼// -중략-/ 어둠 속, 한 여자가 울고 두 번째 여자가 울고 세 번째 여자가 뛰쳐나간다/ 기침 끝없는 기침처럼 거울을 사이에 두고 두 여자가 서로의 얼굴을 향해 침을 뱉었다
>
> — 「그녀의 얼굴은 싸움터이다」 일부[24)]

"얼굴"은 인간의 정체성을 극명하게 드러내는 장소이자, 타자와 관계하

24) 황병승, 『트랙과 들판의 별』, 문학과지성사, 2007, p.16.

는 사회문화적 장이다. 관계의 장으로서 얼굴은 미와 추, 젊음과 늙음 등으로 구분되며, 여기서 힘의 관계가 형성된다. 그리고 그 힘은 어느 한쪽으로의 동일화를 요구하기도 한다. 이 시에서 시인은 그런 동일화에 대한 거부를 「그녀의 얼굴」로 묘사하여 보여준다. 묘사는 대상과의 거리를 전제한다는 점에서 근대적 주체를 표상하는 시각과 관련되지만, 이 시에서 묘사는 '보이는 것'을 있는 그대로 그리는 '시각'중심으로서의 묘사가 아니다. "그녀의 얼굴"은 실재가 아니라, 시인의 내면의식이 불러낸 자아의 또 다른 형상이다. 즉 자기 안의 무의식에 있는 형상(여성 · 타자)을 표층으로 이끌어내어 기존의 관(觀)이나 허구를 벗겨내는 방법론적 감각인 것이다.

주목되는 것은 이 시의 "얼굴"이 눈코입이라는 얼굴윤곽의 차원이 아니라, "초침", "분침", "시침" 등의 시간차원에서 전개되고 있다는 점이다. 시간의 차원에서 대상을 시각화한다는 것은 대상이 연속적으로 움직인다는 것을 전제한다. 그러나 여기서 시간은 연속적이 아니라, 초침이 분침의 등을 밀어 시침을 덮치는 "순간", "축제의 행렬이 지나가는", "어둠 속"에서 여자들이 "울고", "뛰쳐나간다"와 같이 우연적이고 불연속적으로 그려진다. 이때의 시간은 현실의 물리적 시간으로는 환산할 수 없는 신화(또는 환상)적 시간으로서, 보는 자의 시계(視界)에 포착되지 않고, 다시 여러 순간들로 해체될 수 있는 "순간"이기에, 시적 자아의 논리로 주도될 수 없다. 이러한 시간과 함께하는 "얼굴"은 "예순"의 나이에 이른 여자의 "얼굴"이자, 하나의 "침"이 또 다른 "침"을 밀어내고 부딪치는 "싸움터"로서, 그 의미는 자아의 논리로 한정하여 규정할 수 없다. 시인은 이러한 얼굴의 의미를 자기목소리를 최소화하여 전면화시킨다. 즉 자기얼굴을 "그녀의 얼굴"뒤에 숨기고 일종의 연기를 하고 있는 것이다.

연기의 주체로서 말하는 주체는 감정을 직접 누설하지 않는다. 연기의 몸은 자기 안의 무의식으로서 이질적 타자를 안고 몸이며, 그 실체를 알 수 없기 때문에 무엇도 분명하게 말할 수 없다. 이 시의 마지막 행, "거울"은 그래서 나르시시즘적 자기투사의 기호로 읽히지 않는다. 자기투사는 원래 자기 안에 있던 타자를 확인하는 것을 전제한다.[25] "거울을 사이에" 두고 "침을 뱉"는 두 여자는 얼핏 서로를 비추는 거울처럼 보인다는 점에서 자기투사로 볼 수도 있다. 그러나 동일한 시/공간(얼굴)에 놓여 있으며, 그 의미를 분명히 파악하기 어렵다는 점에서 자기투사로는 보기 힘들다. 두 여자는 서로 이질적이되, 마치 주름처럼 마주한 하나로 보인다. 이것은 어떤 관계성을 말하는 것 같다. 나와 다른 타자를 나르시시즘적으로 삼켜서 동질화시키는 관계가 아닌, 서로 나뉠 수 없고 하나도 아닌 '우리'. 이때 '우리'는 혼성주체이며, 서로를 투명하게 알 수도 없다. 그러므로 "침을 뱉"는 행위는 서로 적대시하거나 자기 것으로 융합하려는 것이 아니라, 그러한 융합을 거부하는 시인의 욕망을 역설적으로 드러낸 것이라 할 수 있다. 즉 기존질서에서 거부하는 것을 거부하려는 위반의 욕망을 연기의 언어를 통해 전달하고 있는 것이다.

이 시의 문맥이 인과관계로 이루어져 있지 않은 것도 이런 의도에서 설정된 것으로 보인다. 울퉁불퉁 티격태격을 마신 아이들, 우는 여자들의 행위는 인과적 필연에 의해 이루어진 것이 아니며, 앞뒤 문장과 각 연의 위치는 서로 바꾸어도 아무 관계가 없다. 여자들의 행위나 그 관계를 설명하는 정보도 생략돼 있다. 싸움터인 얼굴은 울퉁불퉁, 티격태격의 부사어가 목적어의 위치로 변경되거나, "들"의 복수적 어미, "걸음을 내딛"고 "뛰쳐나가"고 "침을 뱉"는 등의 동사를 통해 또 다른 무엇으로 변할 수 있음을 암시한다. 이러한 글쓰기는 동일성의 논리를 토대로 모든 것을 하나의 중심으로 수렴하려는 기존 논리를 해체하고, 자기 삶의 주체로서 타자

25) "원래 자기 안에 있는 타자를 확인하는 것은 타자를 나의 일부로 받아들임으로써 자기 생각을 타자에게 투사시키는 주체 동일화의 과정과 같다."(주디스 버틀러, 김윤상 옮김, 『의미의 논리』, 인간사랑, 2003, p.62 참조.)

와 자유로운 관계의 장을 만들어가려는 시인의 욕망을 형상화한 것이라 할 수 있다. 그러나 시인의 욕망은 억압적 현실공간에서 실제로 이루어질 가능성이 희박하며, 실제 이루어진다 하더라도 시인이 꿈꾸는 이상적 세계가 되기는 어려울 것이다.

> 내가 누군가의 딸이었을 때/ 나에게는 늙은 어머니가 없었다/ 꽃장식이 달린 챙이 긴 모자도/ 브로치도 레이스 양산도/ 지켜지지 못할 약속도 없었다/ 나는 나의 작은 다락에서/ 죽은 여자의 노트를 가졌다/ 노트에 적힌 글귀를 떠올리며/ 램프를 들고 텅 빈 복도를 지나/ 한밤중의 거실을 서성거렸다/ 내가 젊은 인부들로 가득한 목화밭이었을 때/ 나에게는 창문이 없었다/ 그 어떤 세계도 동경하지 않았고/ 나와 만나기를 두려워했다/ 어두웠고 정조가 없었다/ 내가 추위에 갈라지는 창틀이었을 때/ 창밖에는 젊은 인부들의 목소리도/ 나무의 새들의 지저귐도 없었고/ 대낮도 갈증도 없었다/ 죽은 남자들의 시체가/ 작은 다락에서 조용히 썩어갈 뿐/ 내가 마지막 장을 덮는 노트의 주인이었을 때/ 나는 내가 만든 세계 속에서 피를 흘렸고/ 그것은 팥빛이었다
>
> –「자수정 육체쇼와 전집」전문[26)]

위 시에서 시인은 여성화자의 가면을 쓰고 여성의 어두운 삶을 노래한다. 나를 지칭하는 "딸", "목화밭", "창틀"은 모두 여성성과 관련이 된다. "밭"은 생명을 받아들이고 키워내는 모성과 관련되며, 창틀 또한 방의 가장자리로서 기존질서에서 주변화된 여성성과 관련된다. 특히 시의 제목에 나타난 자수정은 여성과 더욱 친숙한 것이며, 육체 또한 이성 · 남성과 상반되는 여성성과 연결된다. 그러나 그 형상들을 여성적 자질을 드러내는 것일 뿐, 여성만의 것이라 할 수는 없다. 이런 점에서 이 시는 여성으로 대변되는 소수자들의 고독, 죽음, 유한성의 문제와 더 관련이 깊다고 할

---

26) 황병승,『육체쇼와 전집』, 문학과지성사, 2013, p.50.

수 있다. 주목되는 것은 이 시의 "나"가 서술하는 시점이 모두 "았/었"의 과거형으로 드러난다는 점이다. 기존의 입장에서 볼 때, 과거는 '이미 흘러간', '더 이상 존재하지 않는,' 그래서 '의미 없는' 시간으로 인식된다. 그러나 이 시에서 과거는 '현재와 동시에 공존하는', '결코 사라지지 않은', 시를 쓰는 '현재에 영향을 미치는' 과거라고 할 수 있다.

"내가 누군가의 딸이었을 때", "내가 젊은 인부들로 가득한 목화밭이었을 때", "내가 추위에 갈라지는 창틀이었을 때", "내가 마지막장을 덮는 노트의 주인이었을 때" 이 모든 과거 시점이 주어인 "나"는 이미 "죽은 여자의 노트"를 가지고, 그 "노트에 적힌 글귀를" 읽으며, 그리고 다시 쓰는 자다. "내가 마지막 장을 덮는 노트의 주인"이라는 것은 내가 쓰고 덮는다는 의미가 전제된다. 시인이 쓰는 세계는 어떤 꿈도 아름다운 이상도 제시되지 않는다. 그 세계는 "새들의 지저귐도", "대낮도 갈증도 없"다. 다락에 "죽은 남자들의 시체"가 "조용히 썩어"가는 이곳은 "어둠"과 "추위"와 죽음만 난무하는, 그 누구도 주체가 될 수 없는 세계이다. "나" 또한 죽은 여자의 후손이었고, 이미 죽은 여자다. 내가 주인이 되었을 때, "내가 만든 세계 속에서 피를 흘렸"다는 구절은 자신 또한 죽음에 이르렀음을 의미한다. 그리고 그 피의 빛깔은 "팥빛"의 "자수정"과 연결된다. "팥빛"은 죽은피의 빛깔과 같은 것으로, 나를 포함한 수많은 이들의 피가 섞여 있음을 암시한다.[27] 이미 죽어 없어진 주체의 입술을 통해 흘러나온 언어들은 화자인 "나"와 말하는 주체를 일치시키지 않는다. 이때 말하는 주체는 이미 죽은 "나"를 대신하는 연기(演技)의 주체이자, 가면을 쓴 주체라 할 수 있다. 그러기에 이 시는 '나'와 불일치한 시인이 펼치는 하나의 "육체쇼"가 되는 것이다.

하나의 쇼로서 시는 기존 의미체계에 포섭되지 않는 시인의 무의식의

27) 김행숙, 앞의 글, p.226 참조.

표출로서, 총체적 동일성의 논리에 저항하려는 욕망, 그럼에도 그 안에서 살아갈 수밖에 없는 삶의 부조리를 언어로 다듬어 낸 것이라 할 수 있다. '내가 ~이었을 때'로 이어지는 통사구조의 반복은 복제를 통해 무한대로 증식될 수도 있고, 자리바꿈을 통해 그 위치를 전도시킬 수도 있다. 그러나 결코 전체성(진리)에는 이를 수 없다. 이는 파편화된 세계, 그 속에서 느끼는 우울마저 혼자 삭일 수밖에 없는 지금-여기 우리의 모습을 환기하면서, 이 세계가 더 이상 전체적이고 절대적인 이상을 구현할 수 없다는 시인의 인식을 강하게 드러낸다고 할 수 있다.

이러한 그의 시는 현실과 동떨어진 영역을 드러낸다는 점에서 현실로부터 도피하려는 모습을 보인다고 지적될 수도 있으나, 그것은 결코 공상의 차원이 아니라 지금-여기, 황폐한 우리의 세계를 환기하고 있다는 점에서 무엇보다 의미 있다. 이런 측면에서 그의 시는 병들고 황폐한 현실세계를 더 과장되게 표현함으로써 역설적으로 건강하고 자유로운 세계, 진정한 자기로 살아가려는 미적 전략을 보여준다고 할 수 있다.

## 2. '유일무이한 몸주체'와 이중적 언어 - 진은영

진은영[28]의 시 역시 우리의 이성으로 납득하기 어려운 세계를 펼쳐놓는다는 점에서 황병승의 시와 유사한 방식으로 전개된다. 그러나 세계의 부정성을 몸의 파편화를 통해 노래하는 황병승과 달리, 진은영은 파편적 몸을 '나'라는 존재의 유일성 안에서 통일시키고 있다는 점에서 사뭇 다르

---

28) 1970년 대전에서 출생하여 이화여자대학교 대학원에서 철학 박사학위를 받았다. 2000년 계간 『문학과 사회』에 「커다란 창고가 있는 집」 외 3편을 발표하면서 문단에 데뷔하였으며, 시집으로 『일곱 개의 단어로 된 사전』(문학동네, 2003), 『우리는 매일 매일』(문학과지성사, 2014)을 상재하였다. 제56회 현대문학상, 제14회 김달진문학상, 제15회 천상병 시 문학상을 수상한 바 있다.

다. 진은영 시의 '몸'은 사물(私物)과 동시성을 띠고 드러나며, 그 움직임의 과정에서 다양한 감각 이미지들이 펼쳐진다. 그 풍경은 아버지의 세계보다 어머니의 세계에 더 가깝다고 할 수 있지만, 시인은 어머니의 세계를 숭배하거나 구원의 신화로는 재현하지 않는다. 때문에 그의 시는 여성적 자의식을 가지고 있으면서도 그것을 넘어서는 (탈)여성적 글쓰기와 언급되고 있다. 하지만 이에 대한 논의는 시집이 나온 때의 서평이나 단평[29] 정도에 머물러 있어 구체적인 의미를 파악하기는 힘들다. 따라서 이 글에서는 '몸'적 인식에 초점을 맞추어 형상화방식을 구체적으로 살필 것이다.

진은영 시에서 존재는 '눈동자', '손가락', '아이스크림' 등과 하나를 이룬다. 여기에는 총체적 동일성을 전제한 기존질서에 대한 문제의식이 함의되어 있다. 하지만 시인은 그것을 직접적인 언술로 드러내지 않는다. 시의 화자는 대상이기도하고 시인이기도 한, 구분불가능의 영역을 연출하면서 그 자체로 고착돼 있지 않고 다양하게 변형될 가능성을 암시한다. 이는 과거의 낡은 관념을 벗어나 존재의 유일성을 확인하기 위해 설정한 하나의 장치로 이해된다. 그가 지향하는 유일한 '나'는 우리가 일반적으로 생각하는 독아(獨我)의 개념이 아니다. 나는 너를 전제한, 즉 나이면서 곧 너인, 그래서 다른 무엇과 대체불가능한 '나'를 의미한다. 즉 나는 나에게 그리고 너에게 완전히 이해될 수 없는 불투명한 유일성으로서의 타자인

29) 정준영 「진은영시집 『우리는 매일매일 』- 생각하는 사물, '유일무이한 나'」, 『시와 세계』통권24호, pp.315~320 : 허윤진, 「다중 우주의 꿈 : 발산하는 문학을 위하여 - 정현종, 김선우, 최승호, 진은영의 근작시집을 중심으로」, 『문학과 사회』통권 17호, 문학과지성사, 2004, pp.396~414 : 이경수, 「여성적 글쓰기와 대중성의 문제에 대한 시론」, 『대중서사연구』제13호, 대중서사학회, 2005, pp.7~36. : 김영희, 「라일락과 장미향기처럼 결합하는 - 진은영 시의 '감성'과 '정치'」, 『창작과비평』통권37호, 창작과비평사, 2009, pp.296~315 : 최현식, 「시는 매일매일 - 진은영 론」, 『문학과사회』통권22호, 문학과지성사, 2009, pp.398~415 : 김대현, 「불협화음의 화성학 - 진은영 시에 나타난 시인의 책무」, 『실천문학』통권107호, 실천문학사, pp.185~200.

것이다.[30] 시 속의 "나"는 과거와 다르지만, 여전히 '나'인 하나의 존재로서, 안/밖, 소멸/생성, 은유/환유를 하나로 포개놓는 이중적 글쓰기의 방식을 통해 드러난다. 이는 그의 시에 나타난 전반적인 특징이라 할 수 있다. 아래 시는 시인이 지향하는 시쓰기의 방향성을 뚜렷이 보여주는 작품이다.

> 시를 쓰는 건/내 손가락을 쓰는 일이 머리를 쓰는 일보다 중요하기 때문, 내 손가락, 내 몸에서 가장 멀리 뻗어 나와 있다. 나무를 봐, 몸통에서 가장 멀리 있는 가지처럼, 나는 건드린다, 고요한 밤의 숨결, 흘러가는 물소리를, 불타는 다른 나무의 뜨거움을.// 모두 다른 것을 가리킨다. 방향을 틀어 제 몸에 대는 것은 가지가 아니다. 가장 멀리 있는 가지는 가장 여리다. 잘 부러진다. 가지는 물을 빨아들이지도 못하고 나무를 지탱하지도 않는다. 빗방울 떨어진다. 그래도 나는 쓴다. 내게서 제일 멀리 나와 있다. 손가락 끝에서 시간의 잎들이 피어난다.
>
> – 「긴 손가락의 시」 전문[31]

위 시에서 시인은 자신이 "시를 쓰는 건/ 내 손가락을 쓰는 일"이며, 그것은 "머리를 쓰는 일보다 중요하기 때문"이라고 말하고 있다. 여기에는 이성(머리)중심의 사유에 대한 부정의식이 내포되어 있다. 이성중심의 사유에서 우위를 점하는 것은 정신이며, 그것은 절대적이고 불변하는 인간의 본질로서, "몸"의 의미를 은폐하거나 통제하는 요소로 작용해 왔다. 기존 여성주의 시는 이 점에 주목하여 이성중심의 상징질서에 저항해왔다. 그런데 흥미로운 것은 이 시에서의 "나"는 "몸에서"도 "가장 멀리 뻗어 나와 있"는 "손가락"으로 드러난다는 점이다. "가장 멀리" 나와 있는 "손가락"은 "몸"과 다르고, 다른 손가락들과도 '차이'를 가진다는 점에서 기존 여성주의 시에서 제시되는 '여성의 몸'과 다르다. '여성의 몸'은 존재의 기

---

30) 이현재, 앞의 글, pp.130~133 참조

31) 진은영, 『일곱 개의 단어로 된 사전』, 문학과 지성사, 2003, p.85.

원으로서 자기 타자성을 발견하고 그것을 회복하기 위한 장치로 사용되지만, 이 시의 "손가락"은 "제 몸"이 아니라, "다른 것을 가리"킨다. 이렇게 볼 때, "손가락"은 이성중심의 사유뿐 아니라, 기존의 여성적 사유를 동시에 문제 삼으며 자기 정체성을 새롭게 재정의하기 위해 설정된 장치로 이해된다.

주목되는 것은 말하는 주체가 누구인지 명확하게 구분하기 어렵다는 점이다. 화자인 "나"는 "고요한 밤의 숨결, 흘러가는 물소리를, 불타는 다른 나무의 뜨거움을" "건드"리기도 하고, 시를 쓰기도 한다. "건드"리는 존재로서의 나는 실제 현실에서는 볼 수 없는 낯설고 이질적인 존재이다. 이때 "나"는 시인과 불일치한 자아로 볼 수 있다. 그러나 "시를 쓴다"에 주목해 볼 때, 나는 곧 시인 자신으로 환치된다. 이러한 "나"는 나의 '안(내면)'에 있는 동시에 '밖(표층)'에 있는 존재로서, 시인과 분리될 수도 동일하지도 않은 유일무이한 불투명한 타자로 읽을 수 있다. 불투명한 타자로서의 너는 나와 동시 공존하는 존재이기에 시인과 대체불가능하고, 서로 완전히 이해될 수도 없다.[32] 또한 계속하여 멀리 "뻗어"가는 과정에 있기 때문에, 어느 무엇으로 규정될 수 없고, 따라서 나에 대한 판단은 유보되거나 연기될 수밖에 없다.

그것은 독특한 언어전략으로도 드러난다. 시인은 "손가락"의 의미를 강조하기 위해 연상되는 "가지"를 끌어들인다. 연상은 기표가 기의를 지칭하지 못하고 계속 미끄러져나가는 환유의 한 양식으로서, 여기서는 "손가락"에서 "가지"로, 가지에서 다시 "손가락"으로 이미지가 꼬리를 물고 계속하여 미끄러지는 형태를 띠며 드러난다. 이때 손가락과 가지의 의미는 각각 독립적이면서 동시적이다. "몸에서 가장 멀리 뻗어 나와 있"는 손가락, "몸통에서 가장 멀리 있는" 나무는 각기 개별적이면서도 동일한 의

32) 주디스 버틀러, 양효실 옮김, 앞의 책, pp.70~71 참조.

미를 안고 있는 것이다. “뻗어 나”오고 “건드”리고, “가리”키고, “부러”지고, “떨어지”고, “쓰”고, “피어”나는 동사적 움직임은 원인과 결과에 의해 이루어진 것이 아니다. “뻗어 나”오는 움직임이 순간적으로 포착되고, 그것이 “건드”리는 행위로 연결된다. 이를 통해 인과적 연결고리 없는 행위의 동시성을 가능케 하고, ‘손가락/가지’에 대한 판단을 유보시키며, 의미의 고정성을 강조하는 이분법적 경계를 해체시킨다. 그 “끝에서” 피어난 “잎”이 바로 한편의 “시”라고 할 수 있다.

시인이 쓰려는 시는 결코 과거의 관념에 갇혀 있는 시, 혹은 상식적인 시가 아니다. 그것은 “가지”가 “방향을 틀어 제 몸에” 대는 것처럼 자기 자신과 타자, 그리고 시(詩)에 대한 어떤 변화도 이끌어낼 수 없다. 그러나 “손가락”으로 쓰는 시는 나뿐 아니라, 나를 구성하는 모든 타자성을 끊임없이 들쑤시고 드러낼 수 있으며, 그것들과 관계할 수 있다.[33] 이런 점에서 이 시는 기존의 모든 사유체제를 벗어나 유일무이한 자기만의 시를 생산해가려는 시인의 시적 지향점을 뚜렷이 보여준다고 읽을 수 있다.

> 거위의 희고 많은 깃털들 밑에 눈동자/ 사과 팔다 매맞아 죽은 왼쪽 눈동자/ 집 지키다 깔려죽은 오른쪽 눈동자/ 나는 눈감고 싶어라/ 좌우 시선 피하고 싶어라/ 이 털을 다 뽑고 나면 더 많은 눈동자들// 눈동자가 흘리는 진물이/ 내 입으로 들어옵니다/ 몸을 공명시키면 작은 강도가 깊게 울립니다/ 그 물가에 묻어드리고 싶습니다./ 거리에서 심장마비로 죽은 젊은 눈동자/ 감옥에 무기수로 잡혀 있는 시의 눈동자/ 내가 죽인 거위 눈동자 곁에 다른 눈동자/ 묻어드리고 싶습니다
>
> –「마더구즈」 일부[34]

위 시의 “눈동자”는 기본적으로 ‘보는 것’과 관련된다. ‘보는 것’, 즉 시

33) 김대현, 앞의 글, pp.185~200.
34) 진은영, 앞의 책, pp.74~75.

각은 대상과의 거리감을 전제하며, '보이는 것'을 강조하는 이성 · 문명 · 남근적 사유와 연결된다는 점에서 근대적 주체를 표상한다고 볼 수 있다. 근대적 시각에서 주체는 '전방위 감시체계'[35]에 의해 모든 대상을 통제하고 억압해 왔다. 여기서 '보여 지는' 대상은 '보는 자(주체)'의 관찰과 감시 아래서 자기주체성을 박탈당한 수동적인 존재로 전락할 수밖에 없다. 이때 '보는 자'와 '보여 지는 자'의 상호성은 사라지고, 보는 자로서의 주체는 대상을 지배하는 지배자의 위치에 서게 된다. 그러나 이 시에서 "눈동자"는 지배주체로서의 '보는' 것과 관련이 없다. 시인은 보는 자의 눈이 아닌, 볼 수 없는 자의 눈을 보여준다. "거위의 희고 많은 깃털들 밑에 눈동자", "사과 팔다 매 맞아 죽은 왼쪽 눈동자", "집 지키다 깔려죽은 오른쪽 눈동자"들은 모두 죽어서 "진물"을 흘리는 눈동자들이다. 이것들은 문맥으로 보아 "좌우" 어느 한편을 지향하다 죽은 존재의 형상이라고 읽을 수 있다. 그러나 시인은 어느 한 편을 지향하지 않는다. "좌우시선을 피하고 싶"어 하고, 더 많은 "눈동자들"을 드러내려 거위의 "털을 다 뽑"으려 한다. 이렇게 볼 때, 이 시는 이분법과 이항대립에 근간해, 모든 것을 좌/우, 보이는 것/보이지 않는 것, 인간/비인간으로 나누고 다시 이를 위계서열화해 온 기존질서를 비판적으로 조명하는 것으로 볼 수 있다.[36]

그런데 주목해 볼 것은 이 "눈동자"들이 모두 현실에서는 볼 수 없는 낯선 것들이라는 점이다. 그럼에도 시인은 마치 보이는 것처럼 형상화하면서 "눈동자가 흘리는 진물이/ 내 입으로 들어"온다고 말하고 있다. 여기서 "나"는 시인과 불일치한 또 다른 "나"(혹은 너), 즉 시인과 분리될 수 없고 동일하지도 않은 유일무이한 타자라고 할 수 있다. 다시 말해, 입으로 진물이 흘러든 "나"는 시인 자신이기도 하면서 시인의 내면(상상적 공간)에

---

35) 전방위 감시체제는 벤담의 원형감옥 파놉티콘 구상에서 유래한 것으로, 영원한 고립 속에서 세뇌된 수인의 삶과 전면적 통제의 메카니즘을 결합한 것이다.

36) 최현식, 앞의 글, p.406.

존재하고 있으며, 항상 어느 정도 지금까지의 자신으로부터 이탈되어 있는 "나"인 것이다. 이때 나는 실재하지 않는 나, 나에게 낯선 것으로 나타나는 '너'37)를 말할 수 있다. 즉 현실적 나로부터 거리를 취함으로써 "내 몸을 공명"시켜 진물을 받아들이고, 그 "(진)물"가에 "거리에서 심장마비로 죽은 젊은 눈동자/ 감옥에 무기수로 잡혀 있는 시의 눈동자"들까지 "묻어"주고 싶어 하는 "나"를 이야기할 수 있게 된다는 것이다. 이렇게 너와의 관련 속에서 "나"를 말할 때 현재적 독아(獨我)로서 "나"만의 이야기는 불가능하게 된다.

그리고 나와 다른 것, 즉 타자에게 동일화의 폭력을 행사할 수도 없다. 유일무이한 나는 너를 전제하며, 너와 나는 서로에게 동일한 방식으로 서로를 대하지 않기에 타자의 상처와 고통을 이해하고 이를 경험할 수 있게 한다. 시인이 자아의 행위에 대한 어떤 설명을 하지 않는 것도 이와 같은 맥락에서 이해할 수 있다. 말하는 주체는 "눈감고", "좌우시선을 피하고 싶"은 이유를 설명하지 않는다. 거위의 "털을 다 뽑고", "죽인" 이유도, 각 "눈동자들"이 어떤 연관이 있는지, 이에 대한 정보도 생략돼 있다. 다만 문장의 반복을 통해 "눈동자들"의 모습을 나열하거나, 죽은 눈동자들의 황폐한 모습과 다르게, 그 어조를 "-ㅂ 니다"의 경어체로 담담하게 드러낸다. 이는 대상에 대한 판단을 유보하게 하고 지금까지 인지하지 못했던 희생자들을 감지하게 하는 역할을 담당한다. 그것은 의미의 고정성, 일의성을 강조하는 기존의 언어구조를 파괴하는 것으로 이어진다. 다른 수식어로 대치해도 상관없는 "눈동자들"과 문장의 반복은 의미를 하나로 고착시키지 않고 계속하여 확장시킬 수 있는 여지를 남기며, "들어"오고 "울"리고 "묻"는 등의 동사적 서술어는 움직임과 역동성을 드러내면서 또 다른 존재로 변이할 가능성을 암시한다. 이런 점에서 이 시는 어느 한 편

37) 주디스 버틀러, 양효실 옮김, 앞의 책, pp.68~69 참조.

을 강조하는 인간관(觀), 상징체계에 의해 의식화된 "눈", '다르게 보기'를 비정상적인 것으로 고착시키는 기존질서로부터 벗어나려는 시인의 욕망을 형상화한 것이라 할 수 있다.

> 너무 삶은 시금치, 빨다 버린 막대사탕, 나는 촌충으로 둘둘 말린 집, 부러진 가위, 가짜 석유를 파는 주유소, 도마위에 흩어진 생선비늘, 계속 회전하는 나침반
>
> —「나는」 일부[38]

위 시에서 "나"는 "시금치", "막대사탕", "집", "가위", "주유소", "비늘", "나침반" 등으로 무한하게 분열, 증식된다. 이러한 "나"는 기존의 질서에서 볼 때 인간의 감정을 실어담지 못하는 사물(私物)일 뿐이다. 그러나 인간의 관(觀)을 내려놓고 볼 때, 그것들은 다양한 감각이 내재된, 즉 쌉싸름함(시금치), 달콤함(사탕), 차가움(가위), 비릿함(생선) 등 미각, 후각, 촉각 등의 감각을 가지고 있다. 시인이 자신을 이렇게 나열해 놓은 데에는 총체적 동일성에 대한 거부감을 드러내기 위해서라고 볼 수 있다.[39] 동일성의 사유는 다수를 전제로 한다. 다수의 정체성은 다양한 차이들을 하나로 수렴하여 집단의 정체성으로 환원시킨다. 동일자의 논리는 이 집단의 정체성을 보편적 기준으로 삼아 세상 모든 사람들에게 이 기준을 행사한다. 그러나 그것은 제도 담론의 이차적 구성물에 불과할 뿐, 개별 주체의 기준이 아니며, 오히려 개별자의 힘을 약화시키고 그 능력을 정지시킨다. 무한 분열되는 "나"는 이러한 보편적 기준에 대한 부정의식을 함의하고 있다.

그러나 시인은 그런 자의식을 직접적인 언술로 드러내지 않는다. 자신의 목소리를 최소화하면서, 사물들의 이미지를 부각시킨다. 이미지, 즉

---

38) 진은영, 『우리는 매일매일』, 문학과 지성사, 2014, p.45.
39) 김대현, 앞의 글, p.191.

보이는 감각은 대상에 대한 거리감을 전제로 한다는 점에서, 근대적 주체를 표상하는 '시각'과 관련된다고 볼 수 있지만, 이 시에서 '시각'은 근대적 주체와는 거리가 멀다. 이 시의 "나"는 시인이 상상해낸 나의 모습일 뿐 실제로 존재하는 내 모습이 아니다. 따라서 이 시의 시각은 '보이는 것', 즉 서경(敍景) 그 자체로 제시되는 이미지로서 관념적 의미와는 대립된다. 시인은 파편화된 사물을 전경화하고, 자아의 관념을 스스로 말하지 않게 침묵시킴으로써, 유일한 사물로서의 자신의 모습을 제시하려는 것이다. 유일한 사물로서의 '나'는 결코 하나의 모습으로 존재하지 않는다. 나는 시시각각 변해가는 과정에 있으며 나에서 항상 다르기 때문에,[40] 그 모습이나 위치는 또한 달라질 수 있다. "너무 삶은", "빨다 버린", "촌충으로 둘둘 말린", "부러진", "가짜 석유를 파는", "도마 위에 흩어진", "계속 회전하는" '나'들은 앞뒤 문장의 위치를 바꾸거나, 분절되는 명사형의 자리에 다른 어떤 단어를 집어넣어 새롭게 구성할 수도 있는 것이다. 때문에 "나"는 어느 무엇으로 규정할 수 없고, '나'에 대한 판단은 제어될 수밖에 없다.

그러므로 나를 표현하는 모든 문장은 인과율적인 원리 이상의 차원에서 형성된다. 시적 자아의 의도를 드러내는 목적의식은 제어되고, 분절되어 이어지는 문장 뒤에 다른 문장을 덧붙여도 상관이 없다. 이러한 문장의 조합은 나/너의 같음(A=B)을 토대한 은유적 동일성을 거부하고, 시문법을 해체함으로써 비동일성을 지향하는 환유적 글쓰기와 가깝지만, '나'라는 존재의 안에서 통일되고 있다는 점에서 환유보다는 제유에 가깝다. 즉 "시금치", "막대사탕", "집", "가위", "주유소", "비늘", "나침반"은 그 공간이나 지시하는 의미는 각기 다르지만, 전체적으로는 「나는」이라는 하나의 의미로 수렴되고 있는 것이다. 이는 한편으로는 전체 하나로 수렴되는 주체의 불가함을, 다른 한편으로는 이질적인 것의 연대와 배열에 의

---

40) 주디스 버틀러, 양효실 옮김, 앞의 책, p.51 참조.

해 주체가 구성됨을 암암리에 시사하면서, 기존의 규범체계를 수행하는 동시에 그 규범을 파괴하는 이중적인 역할을 한다.

> 그는 나를 달콤하게 그려놓았다/ 뜨거운 아스팔트에 떨어진 아이스크림/ 나는 녹기 시작하지만 아직/ 누구의 부드러운 혀끝에도 닿지 못했다// 그는 늘 나 때문에 슬퍼한다/ 모래사막에 나를 그려놓고 나서/ 자신이 그린 것이 물고기였음을 기억한다/ 사막을 지나는 바람을 불러다/ 그는 나를 지워준다// 그는 정말로 낙관주의자다/ 내가 바다로 갔다고 믿는다
>
> — 「멜랑콜리아」 전문[41]

"아이스크림"은 액체적인 것이 기계를 통해 고체화된 음식이다. 그것은 자본주의 매체에서 선전하는 상품이기도 하다. 시인이 자기 정체성을 "아이스크림"으로 환치하여 드러내는 것은 바로 이 자본주의 사회에서 인간이 존재하는 방식을 문제 삼기 위해서라고 볼 수 있다. 자본주의 사회에서 인간의 몸은 기술의 힘을 빌려 인위적으로 변형하거나 재창조될 수 있다. 여기서 인간은 고귀한 생명체나 인격체가 아니라, 자본의 논리를 유지하기 위해 이용되는 원료이거나 소비품으로 인식될 뿐이다. 그런데 주목해 볼 것은 이 아이스크림이 "그"가 "그려놓"은 것이라는 점이다. 시인은 "그"가 누구인지 명확하게 밝히고 있지는 않으나, "나를 그려놓고 나서" "나를 지워"주고, "내가 바다로 갔다고 믿는", "낙관주의자"라는 구절로 보아 "그"는 인간의 생명을 기술적으로 변형하고 재창조할 수 있다고 믿는 자본주의적 존재로 이해된다. 그러나 시인은 그런 "그"를 부정하지 않는다.

"그"는 곧 "나"일 수도 있기 때문이다. 시인이 속한 사회는 자본의 사회이며, 여기서 인간은 누구도 자유로울 수 없다. "녹"고, "지워"지는 "나"의

41) 진은영, 『우리는 매일매일』, 문학과 지성사, 2014, p.11.

모습은 자본의 사회 속에서 정체성이 소멸되어 가는 인간의 모습이라 할 수 있다. 그러나 소멸은 역설적으로 새롭게 거듭날 수 있음을 내포한다. 시인은 그것을 말하는 주체와 불일치한 "나"로 드러낸다. 즉 "아이스크림"은 지금 "녹"아가는 소멸의 상태에 놓여있으나, "나"는 살아서 "녹기 시작하"는 나의 상태를 담담하게 이야기하고 있는 것이다. 이때 "나"는 시인과 불일치한 또 다른 "나"(혹은 너), 시인과 분리될 수 없고 동일하지도 않은 유일무이한 타자로 읽을 수 있다. 나이면서 곧 너인 "아이스크림"은 불투명한 유일성으로서의 타자로서, "아직" 비결정의 상태이기 때문에 하나로 고착되지 않으며, 어느 무엇으로 규정할 수 없다.[42] 우선 "뜨거운 아스팔트에 떨어진 아이스크림"에서 상기할 수 있는 것은 "뜨거운"이라는 촉각과 결합되는 차가움(아이스)이다. 그리고 그것은 아직 얼어있는 상태로서의 딱딱함(고체)과 녹아가는 "부드러"움(액체)을 동시에 환기한다.[43] 시간적인 측면에서는 "-ㅆ 다"의 과거와 "-ㄴ 다"의 현재가 한 쌍을 이룬다. 이때 주체는 뜨거움과 차가움, 고체와 액체, 과거와 현재의 복합체로서 무규정의 "나"를 드러낸다.

시의 서사적 맥락과 구체적인 사건이 소거되어 있는 것도 이와 무관하지 않다. 시인은 그가 나를 왜 그려놓았는지, "나 때문에 슬퍼하는"이유는 무엇인지 설명하지 않는다. 화자인 "나"의 말은 화자의 내면에서 길어 올린 통일적 언어가 아니라, 우연적 임의적으로 반응하고 있다. 가령 1연에서 "나"는 그가 "그려놓았다"는 정황이 먼저 설정된다. 2연은 1연의 "그려놓"은 이라는 전제 때문에 발생하는 것처럼 보인다. 즉 "그려놓"은 '그림'이 "물고기"를 불러오고, 물고기가 "바다"를 불러오는 것처럼 시의 언어는 우연적이고 연쇄로 구성된다. 이렇게 구성되는 "나"는 어떤 인과관계나 연속성에 의해서가 아니라, 불연속적으로 그려진다. "그려놓"은 (허구

42) 주디스버틀러, 양효실 옮김, 앞의 책, p.60 참조.
43) 김영희, 앞의 글, p.303.

적)그림의 속성과 결부됨으로써, 속성의 차이는 유지하되, 경계는 모호해진다. 이러한 모호함은 기존 관념으로는 해석할 수 없는, 혹은 해석으로는 도달할 수 없는 시인의 정서 「멜랑콜리아」로 집결된다. 이런 점에서 이 시는 자본주의 문화에서 겪는 우울함을 "아이스크림"이라는 언어기호를 통해 드러내고, 기존 질서로부터 벗어나 또 다른 다른 삶의 가능성을 모색하려는 시도로 읽을 수 있다.

진은영의 시는 실재하지 않는 나 혹은 세계를 가정하고 있다는 점에서 일정한 한계를 안고 있지만, 그것은 허황된 공상이 아니라 지금-여기 우리의 모습을 환기하고 있다는 점에서 중요한 의미를 가진다. 그가 가리키는 세계는 모두 동일성의 논리에 지배받는 우리의 현실과 관련되며, 그 속에서 어떤 문제의식도 새로운 것도 느끼지 못하는 우리의 모습을 환기한다. 이러한 그의 시는 동일성을 강조하는 기존 질서를 문제 삼고, 유일무이한 자신을 회복하기 위해 자신과의 투쟁을 보여준다는 점에서 지금-여기 우리의 존재방식을 새롭게 사유하게 한다.

## IV. 결론

이상과 같이 본고는 현대 여성주의 시에 나타난 '몸주체'의 의미와 (탈)여성적 글쓰기의 방법을 황병승, 진은영의 시를 통해 살펴보았다. 이들 시의 특징을 살피기 위해 기존 젠더를 부정하는 버틀러의 논의를 참고하였다. 버틀러는 여성주체를 재현할 때 반드시 여성이 전제되어야 할 필요는 없으며, 기존담론의 문제를 극복하려면 기존 젠더성을 연기하거나, 자기한계를 인식하고 스스로를 생생하게 변형시켜야 한다고 본다. 이는 황병승, 진은영의 시에서도 유사하게 드러나고 있었다. 이들의 시는 혼융된 주체를 통해 화자와 대상의 불일치를 다루며, 기존 논리에서 벗어나 자신의 정체성을 새롭게 만들어가려한다는 공통점을 가지고 있다. 그러나 그 형상화 방식은 뚜렷이 다르다.

황병승 시에서 자아의 이미지는 '꼬리가 잘려나가는 뱀', '자궁을 가진 남자' 등 이질적인 성이 혼융되어 있는 'n개의 성정체성'으로 제시된다. 이것은 인간의 정체성을 하나로 규정하려는 기존질서에 대한 부정의식을 함의한다. 그러나 시인은 그것을 직접적인 언술로 드러내지 않는다. 시의 화자는 남자도 여자도, 인간도 짐승도 아닌, 혹은 그 둘 다 이기도 한, 혼성적 주체로서 시인과 일치하지도 않고 구분할 수도 없다. 이러한 주체는 모든 것의 경계에선 주체이자 모종의 역할을 연기하는 주체로서, 실재가 아닌 비실재, 사실상 없는 존재이며, 또 다른 역할을 수행하며 계속하여 변할 수 있기에, 어느 무엇으로 규정할 수 없다. 시의 무대는 주체가 하나의 역할을 수행하는 공연장이 되며, 이로써 기존의 담론은 해체된다. 이는 기존질서를 벗어나 자신의 정체성을 새롭게 만들어 가려는 시인의 욕망을 형상화한 것으로 어떤 의미나 본질을 지칭하지 못하고 계속하여 미끄러지는 환유적 어법으로도 드러난다.

이와 달리 진은영 시에서 자아는 '손가락', '눈동자', '아이스크림' 등과 동시성을 띠며 드러난다. 시적 주체는 대상과 일치하지 않고 구분할 수도 없는 결정불가능한 영역을 연출한다. 그 속에서 자유롭게 움직이고 말하는 주체는 삶/죽음, 실재/비실재의 세계를 넘나들며 다양한 감각적 이미지들을 펼쳐낸다. 시 속의 '나'들은 지금의 나와는 다른 '나', 곧 너이며, 너는 과거와 관련하여 현재의 '나'를 구성하는 것이기에 다른 무엇으로 대체할 수 없는 유일무이한 '나'이다. 유일무이한 존재로서의 '나'는 시시각각 변해가는 과정 중에 있는 주체로서 과거로 돌아갈 수도 없고 어느 무엇으로 규정할 수도 없다. 나를 말하는 순간 나는 이미 과거가 되어버리기 때문에 투명하게 설명할 수도 없다. 때문에 대상에 대한 판단은 유보될 수밖에 없다. 이러한 방식으로 '나'를 드러내는 언어는 안과 밖, 은유와 환유를 동시에 구사하는 이중적 글쓰기로 드러난다.

이들 시에서 '몸주체'는 화자와 대상의 불일치, 의미를 규정할 수 없는 언어를 통해 무규정의 상태를 지향하고 있다는 점에서 기존 '여성적 글쓰기'가 또 다른 국면으로 넘어가고 있음을 상징적으로 보여준다. 물론 그것이 기존의 이분법적 구획을 넘어서는 문턱의 글쓰기를 실천한 것인지, 우리 시에 어떤 가능성을 열어 줄지에 대해서는 논란의 여지가 있지만, 존재의 한계를 인정하고 자기 스스로를 변화시켜 나가려한다는 점에서 무엇보다 의미 있다. 자기한계를 인정하고 스스로를 변화시켜나려 할 때, 기존의 나와는 다른 '나'를 만들어 갈 수 있으며, 타자에게 동일화의 폭력을 행사하지 않을 수 있기 때문이다. 이런 점에서 두 시인의 시는 2000년대 이후 여성주의 시의 새로운 가능성을 보여줌과 동시에 지금－여기 우리의 존재성을 새롭게 사유하게 하는 중요한 의미를 지닌다고 할 것이다.

## □ 원제목 및 발표지

01. 여성시에 나타난 에코페미니즘적 특성 : 「현대 여성시에 나타난 에코페미니즘적 특성 고찰」, 『한어문교육』제23집, 한국언어문학교육학회, 2010, 12.

02. '여성의 몸'과 전복의 전략 - 김언희, 나희덕 : 「90년대 이후 여성시에 나타난 여성의 몸과 전복의 전략– 김언희, 나희덕의 시를 중심으로」, 『한어문교육』제29집, 한국언어문학교육학회, 2013, 11.

03. '몸'의 상상력과 언술 특징– 이선영, 허수경 : 「현대 여성시에 나타난 '몸'의 상상력과 언술 특징– 이선영, 허수경의 시를 중심으로」, 『한어문교육』제31집, 한국언어문학교육학회, 2014, 11.

04. 섹슈얼리티의 전략– 신현림, 김선우 : 「현대 여성시에 나타난 섹슈얼리티의 전략– 신현림, 김선우의 시를 중심으로」, 『여성문학연구』제29호, 한국여성문학학회, 2013, 6.

05. '몸'의 상상력과 노장사상적 특성– 김수영, 김선우 : 「현대 여성시에 나타난 '몸'의 상상력과 노장사상적 특성– 김수영, 김선우의 시를 중심으로」, 『여성문학연구』제33호, 한국여성문학학회, 2014, 12.

06. '빈 몸'의 윤리와 감각화 방식– 이수명, 조용미 : 「현대 여성시에 나타난 '빈 몸'의 윤리와 감각화 방식– 이수명, 조용미의 시를 중심으로」, 『여성문학연구』제34호, 한국여성문학학회, 2015, 4.

07. '다른 몸-되기'의 전략— 이원, 김행숙 : 「현대 여성시에 나타난 '다른 몸-되기'의 전략화 양상— 이원, 김행숙의 시를 중심으로」, 『한어문교육』제34집, 한국언어문학교육학회, 2015, 11.

08. 2000년대 여성시의 '몸' 전략— 김이듬, 문혜진 : 「2000년대 여성시에 나타난 '몸'의 전략화 양상— 김이듬, 문혜진의 시를 중심으로」, 『한국문학논총』제62집, 한국문학회, 2012, 12.

09. '몸주체'와 (탈)여성적 글쓰기— 황병승, 진은영 : 「현대 여성주의 시에 나타난 '몸주체'와 (탈)여성적 글쓰기— 황병승, 진은영의 시를 중심으로」, 『한어문교육』제36집, 한국언어문학교육학회, 2016, 5.

* 참고문헌은 각주로 대신함

# 현대 여성주의 시로 본 '몸'의 미학

초판 1쇄 인쇄일 | 2016년 7월 8일
초판 1쇄 발행일 | 2016년 7월 11일

지은이 | 김순아
펴낸이 | 정진이
편집장 | 김효은
편집/디자인 | 김진솔 우정민 박재원
마케팅 | 정찬용 정구형
영업관리 | 한선희 이선건
책임편집 | 김진솔
인쇄처 | 국학인쇄사
펴낸곳 | 국학자료원 새미(주)
등록일 2005 03 15 제25100-2005-000008호
서울특별시 강동구 성안로 13 (성내동, 현영빌딩 2층)
Tel 442-4623 Fax 6499-3082
www.kookhak.co.kr
kookhak2001@hanmail.net

ISBN | 979-11-87488-03-3 *93800
가격 | 21,000원